gta.

W0182849

btb
Aus Freude am Lesen

btb

Buch

Anna Svenssons neuer Nachbar wird Opfer eines Brandanschlages. Bei der Spurensuche stellt sich heraus, dass er mit einer falschen Identität gelebt hat. Tatsächlich handelt es sich um den renommierten Maler Per Vagnman, nur: Der kam bereits vor vier Jahren bei einem Unfall ums Leben. Seine Leiche wurde aber nie gefunden. Kommissar Joakim Hill steht vor einem Rätsel: Wo war Vagnman in den letzten Jahren? Hat seine Witwe etwas mit dem Mord zu tun? Schließlich hat sie mit dem Verkauf von Vagnman-Bildern ein kleines Vermögen verdient. Lotta Jönsson, eine clevere, unerschrockene Reporterin, verfolgt bereits eine heiße Spur…

Autorin

Bodil Mårtensson, geboren 1952, wuchs in Karlskrona auf und lebt seit einigen Jahren in Helsingborg. Dort spielt auch ihre Krimiserie um Kommissar Joakim Hill, die in Schweden sofort begeistert aufgenommen wurde.

Bodil Mårtensson bei btb

Die zärtliche Zeugin. Roman (72894)
Die Tote im Sund. Roman (72895)
Die Frau im Schatten. Roman (73174)

Bodil Mårtensson

Die Kunst des Sterbens

Roman

Aus dem Schwedischen
von Nike Karen Müller

btb

Die schwedische Originalausgabe erschien 2002 unter dem Titel »Konsten att dö« bei Bokförlaget Prisma, Stockholm.

Die Zitate zu Beginn der Kapitel sind authentischen E-Mails von Lars Henriksson, Kriminaltechniker in Helsingborg, entnommen und stehen im Zusammenhang mit realen Verbrechen.

FSC
Mixed Sources
Product group from well-managed forests and other controlled sources

Cert no. GFA-COC-1223
www.fsc.org
© 1996 Forest Stewardship Council

Verlagsgruppe Random House FSC-DEU-0100
Das FSC-zertifizierte Papier *Munken Print* für Taschenbücher aus dem btb Verlag liefert Arctic Paper Munkedals AB, Schweden.

1. Auflage
Deutsche Erstveröffentlichung Juni 2005
Copyright © Bodil Mårtensson 2002
Copyright © der deutschsprachigen Ausgabe btb Verlag, München 2005, ein Unternehmen der Verlagsgruppe Random House GmbH
Umschlaggestaltung: Design Team München
Umschlagfoto: Wolf Huber
Satz: Uhl + Massopust, Aalen
Druck und Einband: Clausen & Bosse, Leck
Lektorat: mœbius
EM · Herstellung: Augustin Wiesbeck
Printed in Germany
ISBN 3 442 73344 8

www.btb-verlag.de

FÜR BERIT UND STIG

1

Heute waren wir uns alle einig, dass ein zweiter Mord uns gerade noch gefehlt hätte… aber dann passierte er doch. 22.30: Bin gerade nach Hause gekommen und muss morgen um 6.30 nach Linköping…

Seltsam war nicht etwa, dass der Mann nichts außer schmutzigen Boxershorts trug. Viel merkwürdiger fand Anna Svensson, die nebenan wohnte, dass er morgens um fünf draußen stand und eine knallgelbe Ringelblume beschimpfte, die in einer schmalen, mit Steinen eingefassten Rabatte kauerte.

Er trat um sich, dass der Grus vom Hof gegen die Treppe spritzte, und ließ einen Schwall Flüche auf die halb verwelkte, wehrlose Pflanze niederregnen. Anna konnte ihn deutlich hören, obwohl sie das Fenster nicht geöffnet hatte, sondern nur vorsichtig durch die Gardine spähte.

Seine Hand hielt krampfhaft eine Flasche Schnaps umschlossen.

Um seinen Anschuldigungen den nötigen Ernst zu verleihen, goss er die siebenunddreißigprozentige Flüssigkeit großzügig über die Blütenblätter. Dann trat er einen Schritt zurück und besah sich zufrieden das Resultat der Bestrafung.

Die Blume zitterte unter dem Gewicht der Tropfen, richtete sich jedoch herausfordernd trotzig wieder auf.

Das machte den Mann in den verschmutzten Shorts endgültig wütend.

Die Flasche fest in der Rechten, holte er Schwung und sprang überraschend zielsicher direkt ins Beet.

Die Holzpantoffeln mit Farbklecksen zerquetschten die wehrlose Blume unter ihren Gummisohlen. Doch damit nicht genug. Dem Mann reichte es nicht, sie vernichtet zu sehen. Er würde erst besänftigt sein, wenn Blut floss. Und er dachte nicht daran aufzuhören, bevor der Pflanzensaft aus dem verdammten Unkraut gepresst war und in die Erde sickerte!

Anna Svensson schüttelte entsetzt den Kopf und zog ihr Nachthemd enger um die Schultern.

Eigentlich sollte man die Polizei rufen.

Aber… was kann die unternehmen?

Soviel sie wusste, war es kein Gesetzesverstoß, Pflanzen im Garten zu zertreten, zumal es sich um seine eigenen handelte. Doch die Art und Weise, wie er sich benahm, hatte etwas Bedrohliches, ja Gewalttätiges an sich. Das war absolut nicht normal, fand sie.

Der Mann trampelte wie wahnsinnig auf der Blume herum, als dachte er, er könnte sie gänzlich von der Erdoberfläche verschwinden lassen.

Er trat und stampfte dermaßen, dass die Boxershorts von seinen Hüften zu rutschen drohten.

Eine schreckliche Sekunde lang sah Anna eine weiße Hinterbacke schimmern, bevor er mit seiner freien Hand den Stoff zu fassen bekam und die Hose wieder hochzog.

Sie war wie versteinert und wagte kaum zu atmen.

Doch damit schien die Vorstellung immerhin beendet. Erschöpft setzte er sich auf die Treppe und stützte mühsam den Kopf in die Hand.

Wie um Himmels willen hat ihn eine arme… Blume so rasend machen können?, dachte sie.

Jedenfalls war es in letzter Zeit nicht sehr angenehm hier draußen im Wald gewesen, nicht seit dieser komische Kauz vor eineinhalb Jahren aufgetaucht war und sich in Åkermans alter Hütte niedergelassen hatte.

Offenbar kannte er Åkerman irgendwie, aber Anna wusste nicht, woher. Auch Åkerman hatte sich länger nicht blicken lassen, sonst hätte sie sich ein Herz gefasst und ihm erklärt, dass die Leute in diesem kleinen Feriendorf den neuen Nachbarn nicht mochten.

Das hätte sie ihm zweifellos mitgeteilt, obwohl sie vom Hörensagen wusste, dass Åkerman nicht mehr ganz gesund war und in die Stadt gezogen war, um ärztlich versorgt werden zu können. Aber die Satzung schrieb sogar vor, dass neue Mitglieder im Feriendorf vom Vorstand akzeptiert werden mussten.

Denn auch wenn es sich nur um Sommerhäuser handelte, mussten gewisse Regeln eingehalten werden. Da viele der Häuser, wie auch Annas, wintertauglich und das ganze Jahr bewohnbar waren, war es besonders wichtig, sich an die Bestimmungen zu halten. Sie garantierten allen eine harmonische Gemeinschaft, und bis diese Person aufgetaucht war, war es hier tatsächlich ruhig und friedlich gewesen.

Jetzt soff und lärmte er in der Hütte, dass man es schon von weitem hörte. Auch andere außer Anna fanden das unangenehm, doch niemand hatte sich beschwert. Teils weil man naheren Kontakt mit diesem komischen Zeitgenossen vermeiden wollte, teils weil man nicht so viel sagen konnte, solange er sich auf seinem Grundstück aufhielt.

Aber schön war das nicht mehr – wirklich nicht!

Es blieb nur noch zu hoffen, dass Åkerman bald zurückkam, um selbst in seinem Sommerhaus zu wohnen. Sonst wusste sie nicht, wie das noch enden sollte. Kürzlich war er sogar herübergekommen und hatte an ihre Tür geklopft. Aber sie hatte sich im Haus versteckt und nicht aufgemacht.

Nun löste der Verrückte drüben auf der Treppe plötzlich den festen Griff um seinen Kopf und schraubte den Verschluss der Schnapsflasche auf. Er setzte sie an die Lippen und nahm ein paar große Schlucke, bekam dann eine Sprosse der Veranda zu fassen und zog sich hoch.

Danach sah sie, wie er eine Weile vorn an seinen Shorts herumnestelte, schließlich den Eingriff fand und das Unsagbare herausholte.

Er stellte sich breitbeinig hin, den Rücken Anna zugewandt, und genau das rettete sie vielleicht vor einem Infarkt.

Sprachlos verfolgte sie das Geschehen.

Offensichtlich dauerte es einen Moment, bis der Groschen im System gefallen war, aber dann begann es zu tröpfeln.

Der Mann mit den dreckigen Boxershorts pinkelte auf die letzten Blumenreste des vernichteten Feindes. Seine ganze verbleibende Aggression verspritzte er in Form einer glänzenden Kaskade gelbweißen Urins.

Die milden Strahlen der Morgensonne reflektierten die hüpfenden Tropfen in einem glitzernden Spektrum, als sie auf die massakrierte Ringelblume aufschlugen.

Kaum hatte er diese Tat vollbracht, schleppte er sich die Treppe hinauf, stapfte in die Hütte und knallte die Tür hinter sich zu, dass die ganze Gegend erzitterte.

Mein Gott – was für ein unangenehmer Mensch!, schauderte Anna und wagte sich endlich wieder zurück ins Bett, für ein kurzes, mehr als nötiges Nickerchen vor dem Morgenmagazin auf TV4.

Alles wäre viel einfacher gewesen, wenn sie gewusst hätte, dass sie ihn an diesem Morgen zum letzten Mal lebend gesehen hatte.

Kriminaltechniker Johan Anderberg von der Helsingborger Polizei war der Geruch nach Rauch außerordentlich lästig. Eigentlich hätte er daran gewöhnt sein müssen, doch auch seine langjährige Berufserfahrung machte den stechenden Geruch nach Teer, verbranntem Bauholz und geschmolzenen Kunststoffteilen der Einrichtung nicht erträglicher.

Er brannte in den Augen, kitzelte in der Nase und reizte den Hals.

Aber es kam darauf an, solche Dinge zu ignorieren und stattdessen so rasch wie möglich zu arbeiten, um die wirklich interessanten Fakten am Brandherd sicherzustellen. Falls sich später herausstellte, dass eine gründlichere Untersuchung vorgenommen werden musste. Das Wichtigste war, sowohl den Medien als auch den Versicherungen zuvorzukommen, denn wenn die auftauchten, um ihre Interessen geltend zu machen, war nichts mehr heilig.

Also beschleunigte er auf der Wiese neben der niedergebrannten Hütte in Söderåsen seinen Schritt, in einer Hand das Ende des blauweißen Absperrbands der Polizei.

»Weiß man schon, ob hier jemand wohnt?«, fragte er den Assistenten Larsson, der das andere Ende festhielt.

»Nun ja, laut Gemeindeverwaltung gehört die Hütte einem älteren Mann namens Åkerman. Aber er ist seit längerem krank und lebt zurzeit in einem Pflegeheim. Höchstwahrscheinlich steht sie also leer.«

»Höchstwahrscheinlich, aber nicht sicher?«

»Wohl nicht.«

Anderberg entdeckte einen robusten, üppigen Fliederbusch in ausreichendem Abstand von den glimmenden Überbleibseln des Sommerhauses und befestigte das Polizeiband daran.

»Vielleicht hatte eine alte Stromleitung einen Kurzen, was meinst du?«, vermutete Larsson, während er sein Ende des Bandes um eine halb verdorrte Birke band.

»Tja«, gab Anderberg zurück, schlüpfte mit den Armen in einen Overall und zog den Reißverschluss bis zum Hals zu. »Völlig abwegig ist das nicht. Wann sind die Leitungen hier oben wohl installiert worden? Irgendwann in den Fünfzigern?«

Er blickte sich um und bemerkte die alten, unmodernen T-Masten, die in den Wald hinaufführten, mit durchhängenden Leitungen wie ausgekochte Spaghetti zwischen jedem Mast.

»Doch, das kann hinkommen.«

Der große Leiterwagen der Feuerwehr startete mit aufheulendem Motor, fuhr rückwärts zur Straße und zu seiner Station nach Berga in Helsingborg zurück. Das Feuer war so weit unter Kontrolle, dass das verbleibende, kleinere Feuerwehrauto selbst einen überraschend aufflammenden Brandherd bewältigen konnte.

»Dann gehen wir wohl mal rein«, seufzte Anderberg. Vorsichtig setzte er seinen Fuß in die Rabatte, um auf die Grundmauern zu steigen. Die Treppe war größtenteils abgebrannt, ihre Reste hingen zu Boden. Unbewusst trat Anderberg auf die bereits verunglimpfte Ringelblume.

»Anderberg!«, rief Kriminalinspektor Ulf Gårdeman, der im Laufschritt über den Rasen vom Nachbargrundstück eilte. »Warte mal!«

Anderberg wollte gerade den Estrich betreten, hielt inne und stieg wieder mitten auf die zertrampelte Pflanze.

»Ja?«

»Am besten redest du mit Frau Anna Svensson hier«, erklärte Gårdeman. »Sie ist die Nachbarin und kann sicher etwas dazu sagen, was hier möglicherweise passiert ist.«

Anderberg blickte über Gårdemans Schulter und musterte eine kleine zierliche Dame, ein Stück entfernt. Sie wickelte sich den zerschlissenen Kragen ihres Morgenmantels so eng um den Hals, dass sie sich fast erdrosselte. Als er sie zu sich heranwinkte, stieg sie vorsichtig über das verstreute Gerümpel, das die Feuerwehrmänner auf dem Rasen gesammelt hatten, um die Schläuche und Räumwerkzeuge besser einsetzen zu können. Sie trug mit einem Häkeltroddel verzierte Hausschuhe an den Füßen, obwohl es nach sieben Uhr abends war und das Gras kalt und feucht wurde.

Sie schien die beiden Beamten zu ignorieren und starrte misstrauisch auf die verkohlten Reste des Baukörpers. Er brannte nicht mehr sichtbar, aber Rußpartikel tanzten in dem dünnen Brandrauch, der aus den Trümmern aufstieg. Sämtliche Überbleibsel im Inneren waren rußiger Schrott und deformierte Einrichtungsgegenstände, bis zur Unkenntlichkeit zusammengeschmolzen.

Anderberg unterbrach die morbide Faszination der alten Dame für die Brandstätte und stellte sich mit gedämpfter Stimme vor.

»Hat es auch früher schon Schwierigkeiten mit der Stromversorgung gegeben?«, erkundigte er sich. »Sind Kurzschlüsse oder andere Probleme aufgetreten?«

»Oh ja, und nicht zu knapp!«, entgegnete Anna und machte eine ausholende Geste, sodass sie für einen Moment ihr Revers losließ. »Ja, es ist schlimm mit den ganzen Stromausfällen und all dem Elend hier oben!«

»Ach ja?«

»Ja, schon beim kleinsten Gewitter fällt der Strom aus. Um die Elektrizität ist es hier so erbärmlich bestellt, das ist nicht zu glauben! Und erstattet wird uns auch nichts.«

Er musterte sie blinzelnd. »Dann ist das doch vielleicht eine glaubwürdige Ursache dafür, dass dieser Brand entstanden ist.«

»Sehen Sie, das glaube ich überhaupt nicht!«

»Ach nein?«

Die betagte Frau schüttelte energisch den Kopf.

»Warum denn nicht«, wunderte Anderberg sich, »wenn die Versorgung so miserabel ist?«

»Nein, denn dieser Åkerman, dem das hier gehört – der geizige alte Knacker –, hat sich nie Strom in seine Hütte legen lassen. Er hat sich geweigert, sich an den Kosten für das Verlegen der Leitungen zu beteiligen, und dachte wohl, er könnte daherkommen und sich hinterher auf unsere Kosten dazuschalten. Aber da hat er sich gehörig verrechnet! Und das Ende vom Lied war, dass er nie Strom für sein Sommerhaus bekommen hat.«

»Dann kann das natürlich nicht sein. Ist Ihnen denn irgendetwas Verdächtiges hier in der Nähe aufgefallen?«

»Verdächtig, verdächtig«, schnaubte Anna verärgert, »seine gesamte Erscheinung war verdächtig, will ich meinen.«

»Dieser Åkerman?«

»Nein, Åkerman bestimmt nicht. Der ist nur nicht ganz bei Trost und hat sich schon lange nicht mehr blicken lassen.«

So weit stimmten also die bereits recherchierten Informationen.

»Wen meinen Sie denn dann?«, fragte er.

»Ich meine die sonderbare Gestalt, die letztes Jahr hier hin und wieder gewohnt hat.«

»Und wer ist das?«

»Keine Ahnung, und ich will es auch gar nicht wissen.«

»Wieso das denn nicht?«

»So wie der sich aufgeführt hat und herumgetobt hat. Manchmal habe ich mich gefragt, ob er nicht mehr bei Sinnen ist! Hat mitten in der Nacht auf fremden Grundstücken herumgeschnüffelt und anderes dummes Zeug. Mit dem wollte hier niemand etwas zu tun haben – das kann ich Ihnen versichern.«

»Aber er hat in der letzten Zeit die Hütte bewohnt«, stellte Anderberg fest und machte sich eine Notiz. »Wissen Sie, ob er hier war, als es gebrannt hat?«

»Zuletzt habe ich ihn heute Morgen gesehen«, entgegnete Anna und schauderte bei dem Gedanken an seinen Auftritt, den sie mit angesehen hatte. »Er war schon gegen fünf Uhr draußen und randalierte im Garten.«

»Wie… randalierte?«

»Tja, er war ja betrunken. Wie immer. Sturzbesoffen am frühen Morgen!«

Anderberg machte sich erneut Notizen.

»Und was hat er getan?«, erkundigte er sich.

Die Erinnerungen an sein entblößtes Hinterteil und an das, was er anschließend präsentierte, ließen Anna verlegen erröten.

»Das… das möchte ich lieber nicht erzählen!«, entschied sie.

»Aber es ist für die Ermittlung sehr wichtig, wenn wir uns ein möglichst genaues Bild von dem verschaffen können, was passiert sein kann«, beharrte Anderberg.

Anna Svensson begriff, dass sie ihrer bürgerlichen Pflicht nachkommen musste, und wappnete sich.

»Er… er hat gepinkelt«, erklärte sie mit dünner Stimme.

»Ja«, notierte Anderberg beiläufig, »…und dann?«

Ihm kam das eigentlich ganz natürlich vor. Wohnte man so weit draußen im Wald, war es sicherlich nichts Ungewöhnliches, seine Blase hinter der Hausecke anstatt in die Toilettenschüssel zu erleichtern.

»Nein, Sie verstehen nicht!«, insistierte Anna aufgebracht. »Er hat gepinkelt… um sich zu rächen!«

Anderberg musterte sie erstaunt. Vielleicht war in ihrem Oberstübchen auch nicht alles in bester Ordnung?

»Wie denn rächen?«

»An der armen kleinen Ringelblume, die er gerade zertreten hatte.«

Anderberg seufzte resigniert. Diese Zeugenaussage konnte er gleich vergessen, die Tante war offenbar völlig neben der Spur.

Aber die Folgefrage kam automatisch: »Welche Ringelblume?«

Sie lockerte wieder den Griff um ihren Morgenmantelkragen und deutete mit einem sehnigen, zitternden Finger zu Boden.

»Das… das arme Ding, auf dem Sie gerade stehen!«

Anderberg hechtete geradezu aus dem verbrannten Beet, wo er bisher gestanden hatte, ohne zu wissen, dass er möglicherweise potenzielle Beweise vernichtete.

»Die hier?«, fragte er ungläubig und betrachtete die kümmerlichen Reste verbrannter Zellulose.

»Genau die!«

»Warum in aller Welt sollte er sich an… einer Blume rächen wollen?«

»Fragen Sie mich etwas Leichteres, Herr Oberpolizeikommissar«, seufzte Anna müde, und er verzichtete darauf, sie zu korrigieren. »Wer mit gesundem Menschenverstand sollte so etwas eigentlich wollen? Aber bei diesem Typen brauchte man sich über gar nichts mehr wundern, das sage ich Ihnen. Einmal hat er ein Krähenjunges beschimpft, das im Gebüsch saß und nach Futter schrie, dass ihm fast die Federn vom Leib gefallen sind. Brüllte, es sollte sich gefälligst benehmen, oder etwas in der Art. Der Kerl hatte einfach nicht mehr alle Tassen im Schrank.«

»Nein, das klingt wirklich merkwürdig«, stimmte Anderberg zu, während er überlegte, ob die massakrierten Überbleibsel der Ringelblume als Beweismaterial sichergestellt werden sollten.

Aber als Beweis für was?

Dafür, dass der Mann, der zuletzt hier gewohnt hatte, leicht gestört war?

Weder zu beweisen noch Beweise zu entkräften zählte zu den Aufgaben der Spurensicherung. Vielmehr war es von Interesse, was der Mann getan hatte, nachdem er in das Beet uriniert hatte.

»Was hat er anschließend getan?«, wollte Anderberg wissen.

»Er ist reingegangen – was hätte er sonst machen sollen? Der Kerl konnte sich kaum noch auf den Beinen halten, geschweige denn das Grundstück verlassen.«

»Und seitdem haben Sie ihn nicht mehr gesehen?«

»Nicht dass ich mich sonderlich dafür interessiert hätte, was er vorhatte. Aber nein, danach habe ich ihn nicht mehr gesehen.«

»Dann ist er womöglich noch da drinnen«, murmelte Anderberg zu sich selbst.

Die Versicherung wollte die Angelegenheit rasch ad acta legen und bestenfalls einen guten, bombensicheren Grund finden, um sich vor der Zahlungspflicht zu drücken.

Es kam gelegentlich vor, dass sie auf eine genauere Analyse irgendwelcher Funde am Brandort pochte – beispielsweise wenn elektrische Bestandteile gefunden wurden. Meist war der Schadenshergang jedoch so eindeutig, dass auf diese Zeit raubende Maßnahme nicht zurückgegriffen werden musste. Eine Zigarette im Bett sprach für sich. Ebenso wie ein umgestoßener Kerzenleuchter neben einer Gardine. Daraus konnte man relativ sichere Schlüsse ziehen.

Allererste Priorität hatte jedoch die Frage, ob sich noch eine Leiche in den Überresten befand.

Falls ja, verlangte die Praxis nach einer äußerst rigorosen Ermittlung. Denn starb jemand eines unnatürlichen, jähen Todes, drängte sich stets ein unbehaglicher Verdacht auf.

Mordverdacht.

Ulf Gårdeman war glücklicherweise wieder ganz der Alte, sein einzigartiges Verhandlungstalent eingeschlossen, das er sogar gegenüber so ausgekochten Wespennestern wie der organisierten Motorradrockerszene einsetzte und das ihn so zäh wie nötig machte, wenn es darauf ankam.

Und das ihn mit der nützlichen Fähigkeit versah, sich zu einer entscheidenden Zeugenaussage vorzudiskutieren.

Ulf Gårdeman konnte sich mit Hinz und Kunz unterhalten, dort Vertrauen schaffen, wo Misstrauen näher lag. Es spielte keine Rolle, ob die Menschen ganz oben in der Nahrungskette oder ganz unten angesiedelt waren. Niemand wusste genau, wie ihm das gelang, aber die Tatsache blieb – Gårdeman war verdammt gut darin, die Leute zum Reden zu bringen.

Doch es gab eine Zeit, in der ihm diese Fähigkeit abhanden gekommen war. Das war nach einem Schusswechsel im Dienst gewesen. Es war schwierig für ihn gewesen, die inneren Ängste abzubauen. Seitdem waren nun mehr als eineinhalb Jahre vergangen, und er befand sich bereits nach den ersten sechs Monaten wieder im aktiven Dienst.

Anfangs hatte er gezählt: Tag für Tag, Woche für Woche, bis der Heilungsprozess schließlich auf erfolgreich bewältigte Monate angewachsen war.

Eine Kugel in der Bauchhöhle vergisst man nicht so leicht.

Die Phantomschmerzen konnten ihn immer noch mitten in der Nacht vollkommen verschwitzt und frierend aus dem Schlaf reißen. Doch das passierte inzwischen zum Glück immer seltener. Tagsüber dachte er fast nie an das, was oben beim Sportstadion Olympia passiert war. Als eine ganz gewöhnliche Verkehrskontrolle derart aus dem Ruder gelaufen war wie irgend möglich. Gårdeman hatte plötzlich direkt in eine Pistolenmündung gestarrt, nachdem er lediglich darum gebeten hatte, einen Blick auf den Führerschein werfen zu dürfen.

Aber das Leben musste weitergehen, und er ließ sich erneut von der Vorstellung einnehmen, dass sein Job vermutlich auch nicht risikoreicher war als die meisten anderen. Doch das war effektiver Selbstbetrug, um unbeschwert dem Tagesgeschäft nachgehen zu können, und eindeutig eine reine Lüge.

Die Wahrscheinlichkeit, dass im Polizeialltag etwas schief ging, war im Gegenteil erschreckend groß und nahm fortwährend zu. Gårdeman war der lebende Beweis dafür, dass diese Wirklichkeit allen näher rückte – er war nämlich bewiesenermaßen für tot erklärt worden.

Wenige dramatische Minuten auf dem Operationstisch für klinisch tot erklärt in jenem Winter vor eineinhalb Jahren.

Doch ein fähiges Team von Chirurgen hatte ihn wieder ins Leben zurückgeholt, zu seinem guten alten Ich. Dank dieses Einsatzes konnte er jetzt Frau Anna Svensson zum Erzählen bewegen sowie die Spurensicherung darauf vorbereiten, was sie in den qualmenden Ruinen der Hütte erwarten würde.

Ulf Gårdeman hatte Anna Svensson artig zu ihrem Sommerhaus begleitet und das formelle Verhör dort fortgesetzt, was sie als willkommenen Anlass genommen hatte, darauf zu bestehen, einen Kaffee zu kochen. Bald hatte es im ganzen Haus verführerisch gut nach Zoegas-Skåne-Röstung geduftet, und beide waren dankbar gewesen, dem lästigen Brandgeruch entkommen zu sein.

Er hatte außerdem die Gelegenheit genutzt, sich nach ihrer privaten Situation zu erkundigen. Wohnte sie allein hier? Hatte sie keine Angehörigen, die zu ihr kommen und bei ihr bleiben konnten, bis der erste Schock vorüber war?

Doch Anna hatte niemanden. Offenbar war sie ganz allein auf ihre alten Tage, versicherte jedoch stolz, dass sie beileibe nicht zu jenen zählte, die sich gleich einschüchtern ließen!

»Nein, das glaube ich auch gar nicht«, lachte Gårdeman und lächelte die kecke alte Dame an. »Und das hier ist auch nichts, wovor man sich fürchten müsste, meine ich. Die Feuerwehr bleibt so lange hier, bis absolut sichergestellt ist, dass nichts mehr brennt oder glimmt.«

»Das ist ja gut zu wissen«, stellte Anna Svensson fest.

»Aber nehmen Sie trotzdem meine Karte«, fuhr Gårdeman

fort und reichte ihr eine Visitenkarte der Helsingborger Polizei.

Sie nahm sie so überrascht entgegen, als hätte er ihr gerade einen echten Mondstein geschenkt.

»Hier stehen die Nummer der Zentrale, meine Durchwahl und meine Mobilnummer…«, erläuterte er und kritzelte eine weitere Nummer dazu. »Das hier ist die von unserem Techniker Anderberg, mit dem Sie draußen schon gesprochen haben.«

»Vielen Dank, das kann ganz hilfreich sein«, sagte Frau Svensson und gähnte hemmungslos. Auch wenn sie versuchte, unbeteiligt zu wirken, war es offensichtlich, dass der Vorfall sie mitgenommen hatte.

Gårdeman legte grüßend die Hand an die Schläfe, obwohl er keine Uniformmütze trug – allerdings trug er nie eine, sondern meist einen Motorradhelm.

»Kann ich…?«, fragte sie zögernd.

»Können Sie was?«

»Kann ich mich jetzt hinlegen?«

»Natürlich, das ist überhaupt kein Problem. Wir werden auch noch eine ganze Weile hier draußen sein. Sie brauchen sich also keine Sorgen zu machen«, entgegnete Gårdeman. »Jetzt ist alles vorbei, Frau Svensson.«

Er schloss gewissenhaft die Tür, als er hinausging, hörte aber, wie sie zur Sicherheit den Schlüssel im Schloss umdrehte. Es war deutlich dunkler geworden, und bei den rauchenden Überresten des Brandes waren Scheinwerfer angeschaltet worden.

Einige gebückte Gestalten schlichen vorsichtig zwischen dem Gerümpel hin und her und sammelten diverse Gegenstände aus den Ruinen ein, die eben noch Teile eines ganz normalen Sommerhauses gewesen waren. Die Plastikbeutel mit dem Easy-Grip-Verschluss wurden gefüllt und systematisch katalogisiert.

Nicht nur Anderberg und Larsson, sondern weitere Kollegen von der SpuSi beteiligten sich an der Suche. Mit weißen Schutzanzügen bekleidet, machten sie sich vorsichtig auf die Jagd nach Indizien, in der Hoffnung zu erfahren, was heute Abend im Wald eigentlich passiert war.

Gårdeman begriff sofort, dass in den Ruinen etwas Wichtiges gefunden worden sein musste. Das Ganze hatte offensichtlich weitreichendere Dimensionen angenommen, denn er sah, dass der große Wagen der Spurensicherung eingetroffen und ein Stück weiter unten am Wegesrand geparkt worden war.

Niemand, der es nicht schon wusste, konnte ahnen, was dieses Gefährt tatsächlich war. Aber das Innere des augenscheinlich ganz gewöhnlichen dunkelblauen Pick-ups barg alle erdenklichen Mittel für eine umfassende Ermittlung am Tatort.

Die Einrichtung war ihrem Zweck angepasst, sodass jede Fläche optimal ausgenutzt wurde. Die Kameraausrüstung sowie Materialien zur Spurensicherung drängten sich neben Karten und anderen Dingen. Lediglich das Navigationssystem kam selten zum Einsatz. Aber auch wenn das Blaulicht kaum verwendet wurde, war es natürlich stets von Bedeutung, dass der Wagen rasch am Zielort eintraf. Die Kollegen mussten zügig aus der Stadt rausgefahren sein, wenn sie jetzt schon hier waren, dachte Gårdeman.

Wer außerdem das Gaspedal durchgetreten haben musste, war Lotta Jönsson vom *Expressen* und von der *Kvällsposten/Göteborgstidningen*. Die Tür ihres kleinen roten Fiats schlug zu, sowie sie ausgestiegen war.

Ulf Gårdeman erkannte sie auf Anhieb wieder, als sie schnaubend quer über die Grundstücksgrenze direkt auf ihn zusteuerte.

»Hallo«, rief sie ungeniert. »Gårdeman – kann man eine Aussage über das, was hier geschehen ist, erhalten? Handelt es sich um Mord? Wer ist das Opfer? Und haben Sie schon einen Verdacht, wer der Täter ist?«

Sie klang wie ein wandelndes Maschinengewehr, und Gårdeman lächelte schief. Es gab Gelegenheiten, bei denen giftige Reporter ihn zur Weißglut brachten. Etwa bei Rettungsaktionen, wenn es darum ging, sich vollkommen auf einen Einsatz zu konzentrieren, der Leben retten konnte. In solchen Fällen war es nicht besonders ratsam, sich als Schreiberling Ulf Gårdeman zu nähern, denn dabei konnte man sich gehörig die Finger verbrennen. Das wusste Lotta Jönsson sehr wohl von früheren Begegnungen. Doch heute Abend gab es aus reinen Rettungsgesichtspunkten nicht viel zu tun, sodass es relativ ungefährlich war, sich dem Beamten mit berechtigten Fragen zu nähern.

»Leider sind wir noch nicht sehr weit«, sagte er wahrheitsgemäß. »Meines Wissens sind dort drinnen einige wichtige Funde sichergestellt worden, denn das gesamte Team ist vor Ort.«

»Was hat die Zeugin gesagt? Denn Sie haben doch mit der Dame gesprochen, die nebenan wohnt?«

Sie schien wie immer gut informiert zu sein.

»Doch, ja«, fuhr Gårdeman fort, »das stimmt. Aber stören Sie sie heute Abend nicht mehr. Sie ist müde und wollte zu Bett gehen.«

Lotta Jönsson rümpfte enttäuscht die Nase. Sie hatte damit gerechnet, etwas Substanzielleres aus dem Inspektor herauskitzeln zu können, wenn sie schon als Erste an Ort und Stelle war.

»Im Ernst«, versuchte sie.

»Ehrlich gesagt, können wir noch nicht mehr sagen. Aber warten Sie hier, bis wir eine konkrete Angabe machen können.«

Gårdeman tätschelte leicht ihren Arm und stiefelte Richtung Tatort. Seine letzte Begegnung mit Lotta Jönsson lag lange zurück. Das musste … ja, vor der Schussverletzung gewesen sein. Als sie die hochschwangere, durch Zyanid getötete Frau auf der Insel Råå entdeckt hatten. Auch wenn das lange her war, wusste er noch, dass die einzige Möglichkeit, der energischen Reporterin zu entkommen, darin bestand, freundlich, aber bestimmt das Weite zu suchen.

Gårdeman fühlte sich plötzlich beobachtet. Er sah, wie die Assistentin Birgitta Svenningsson, eines der jüngsten und schneidigsten Mädels der Einheit, ihn musterte. Zusammen mit Lasse Beckman hatte sie ein Stück weiter oben an der Absperrung ordnungsgemäß ihren Posten eingenommen und passte auf, dass kein Unbefugter den Tatort betrat.

Birgitta war erst knapp achtundzwanzig, aber bereits im Sturmschritt in Richtung Karriere unterwegs. Sie besuchte die Abendschule und peilte die Ausbildung zum Inspektor in Rekordzeit an. Und Gårdeman hätte sich nicht im Mindesten gewundert, wenn ihr das auch mit bestem Resultat gelungen wäre. Sie war der beharrlichste und ehrgeizigste Mensch, den er kannte – ob es um Kampfsport, das Schießen oder gute Noten ging. Es war nicht verwunderlich, dass sie trainiert bis in jeden Muskel und flink wie ein Wiesel war.

Svenningsson trug einen strengen Kurzhaarschnitt, der perfekt zu der neuen, modischen Uniformmütze passte. Sie war eine ausgesprochene Anti-Nonsens-Person, die weder Zeit noch Lust hatte, auf Kosten der Arbeit die eigene Persönlichkeit zu verhätscheln. Das war auch gar nicht nötig. Sie war natürlich burschikos, machte aber dennoch ein Zugeständnis an ein typisch feminines Attribut: Lippenstift.

Der Farbton ihrer Lippen änderte sich täglich – je nachdem, in welcher Laune sie war. Nur in absoluten Ausnahmefällen verwendete Birgitta Svenningsson Grelllila. Sonst war jede Nuance der Rotskala in ihrem Waffenarsenal vorhanden.

Denn Birgitta betrachtete das Ganze so: Meist handelte es sich für sie um eine Kraftprobe. Sogar das Hin und Her im ewigen Kampf der Geschlechter, so unschuldig das auch erscheinen mochte. Und im Kampf wie in der Liebe war bekanntlich alles erlaubt.

Jetzt beobachtete sie also Gårdeman aufmerksam von ihrem Kampfposten. Mit einem viel sagenden, orangeroten Lächeln auf den Lippen und einem verschmitzten Funkeln in den Augen, begegnete sie unverhohlen seinem Blick.

Er nickte ihr gönnerhaft zu und zuckte mit den Schultern. Schließlich konnte er nichts dafür, wenn die Mädels ihn anziehend fanden.

Dann setzte er schmunzelnd seinen Weg zur stetig qualmenden Brandstätte fort.

Er musste an Pizza denken, wenn er Birgitta sah.

Im Nachhinein konnte er über diese Vorstellung lachen. Die Vorstellung, wie sie Joakim Hill letztes Jahr durch eine überfallartige Attacke davor bewahrt hatten, von einem angeheuerten Profikiller umgelegt zu werden.

Das war bisher das einzige Mal, dass er Birgitta mit lilafarbenem Lippenstift gesehen hatte.

Diese Farbe, schmatzendes Kaugummikauen und eine mithilfe von Nivea-Creme strähnig abstehende Haarfrisur hatten den Erfolg dieser Operation garantiert.

Lediglich eine Pizza Capricciosa war angeschossen worden – viel wichtiger war jedoch, dass Hill überlebt hatte. Eine angenehme Folge dessen war der Umstand, dass diese Unternehmung den Neuling Svenningsson rein beruflich der alten »Männergarde« ein Stück näher gebracht hatte. Zum ersten Mal hatte man sich bei einer heilen Pizza und einem Bier zusammengesetzt. Diese Stimmung gegenseitiger Anerkennung hatte angedauert und für die Zusammenarbeit in der Einheit wahre Wunder bewirkt.

Für Gårdeman stellte der Vorfall einen entscheidenden

Wendepunkt dar: Er hatte zum ersten Mal seit dem Schusswechsel beim Stadion eine Pistole in der Hand gehalten. Die Bedrohung des Freundes und Kollegen Hill hatte ihm keine andere Wahl gelassen, als wieder zur Waffe zu greifen. Glücklicherweise hatte er seit jenem Abend seine SIG Sauer stets einsatzbereit gehalten. Seine Ängste verschwanden ebenso schnell und unerwartet, wie er dem Auftragsmörder die Makarov aus der Hand geschossen hatte.

Zu seiner Rechten blitzte es auf, und er wurde aus seinen Gedanken gerissen.

Ein soeben eingetroffener Fotograf ging mit methodischer Ruhe seiner Arbeit nach. Er machte so viele Aufnahmen von der niedergebrannten Hütte wie möglich, ohne die Ermittlungsarbeit zu stören, und erhellte die Nacht erneut mit seinen Blitzen.

Gårdeman kannte auch ihn und grüßte mit einem Kopfnicken. Stefan Lindblom von der Helsingborger *HBG-Bild* hatte ein gutes Verhältnis zur Polizei. Unter anderem hatte er mit Rekonstruktionsaufnahmen geholfen und gelegentlich mit Bildern vom Tat- oder Unfallort wichtige Beweise liefern können.

Der beißende Gestank des fortwährend schwelenden verkohlten Holzes stach in der Nase, aber dagegen war nichts zu machen. Gårdeman meinte, noch einen anderen Geruch wahrzunehmen. Bildete sich ein, den typischen Gestank von verbranntem Menschenfleisch zu riechen. Doch er war sich nicht sicher, denn an diesem Abend schwirrten viele unangenehme Dinge durch die Luft.

Anderberg hielt einen Plastikbeutel mit Beweismaterial gegen das Scheinwerferlicht. Er kniff die Augen zusammen, um den Inhalt genau zu betrachten. In der Tüte lag ein Ring. Ein breiter Herrenring aus Weißgold mit einem eingefassten Saphir. Gårdeman warf einen raschen Blick darauf und hielt das Schmuckstück für einen Ehering.

»Dann war er doch noch da drinnen«, stellte er leicht resigniert fest.

In seinem Beruf war es nie ein Anlass zur Freude, wenn Vermutungen sich bestätigten. Es war eine Berufskrankheit, stets das Schlimmste zu befürchten, doch die Enttäuschung war jedes Mal groß, wenn sich der Verdacht bewahrheitete.

»Ja, das war er leider.«

»Weißt du, mit wem wir es zu tun haben?«

Anderberg schwieg und versuchte, eine feine Gravur im Ring zu entziffern. Sie war nur schwer zu erkennen, besonders durch den Plastikbeutel bei der grellen Beleuchtung. Doch irgendetwas stand dort geschrieben, und Anderberg fischte eine Lupe aus seiner Tasche.

Er trug nur ungern die lästigen Gummihandschuhe. Sie hemmten gleichsam das Erlebnis des Beweismaterials. Das merkwürdige Gefühl des Kontakts mit den Dingen über die Berührung mit der bloßen Hand hinaus. Die Wahrnehmung der wahren Geschichte hinter der toten Oberfläche der Gegenstände.

Aber die moderne Technik der Spurensicherung verbot so etwas.

Sogar ein alter schlauer Fuchs wie Anderberg schlüpfte brav in Overall und Handschuhe. Das Risiko, mehr DNA-Material zu verlieren, als man durch Intuition gewinnen konnte, war zu groß. Die technische Auswertung würde noch rechtzeitig zeigen, was sich tatsächlich hier ereignet hatte, dachte er überzeugt und legte die Tüte an den für sie vorgesehenen Platz.

»Komm mit«, forderte er seinen Kollegen auf, »wir sehen uns mal an, was die anderen dort vorne gefunden haben.«

Larsson und ein neuer Kollege, Robert Bellman, der kürzlich die Polizeischule in Sundbyberg absolviert hatte und meist Robban genannt wurde, waren an der Stelle, wo sich vorher das Wohnzimmerfenster befunden hatte, völlig in ihre Arbeit versunken. Jetzt konnte auch Gårdeman die Ursache des üblen Gestanks nicht länger leugnen. Es war verbranntes Fleisch – nahezu verkohlte Haut, Haare und Muskeln eines menschlichen Körpers.

Die verkümmerten Überreste, die nun Gegenstand intensiven Interesses der Kollegen waren, ließen Gårdeman an Bilder aus dem alten antiken Pompeji denken. Zusammengekauerte Gestalten, ihre Extremitäten im Angesicht des Todes eng angewinkelt, für alle Ewigkeit bewahrte, auf unheimliche Art faszinierende Lavastatuen.

Der Körper, der hier lag, war genauso wehrlos.

Die Leiche lag in einer eigenartigen, fast flehenden Position. Die Arme pathetisch bittend nach oben gereckt, die Finger klauenförmig gekrümmt. Die Beine halb angezogen, als ob der Tote vor seinem schmerzhaften Schicksal davonlaufen wollte.

Gårdeman wusste jedoch, dass das keineswegs der Fall war. Vielmehr handelte es sich um die so genannte Fechterstellung, ein spektakuläres Phänomen, das häufig bei Brandopfern auftrat, da die intensive Hitze die Muskeln posthum zusammenzog. Doch die Tatsache, dass er die Ursache dieser Angst einflößenden Stellung kannte, änderte das unbehagliche Gefühl nicht im Mindesten. Der Tote schien die Anwesenden mit seinen sprechenden Gesten förmlich anzuklagen. Bewegungen, die andeuteten, dass es auch anders hätte enden können.

Wenn sie rechtzeitig da gewesen wären.

Aber Gårdeman verscheuchte energisch sein Schaudern.

»Johan«, rief Larsson, als er sah, dass Anderberg wieder zurück war. »Wir haben noch ein Dokument gefunden.«

Er reichte Anderberg einen weiteren Plastikbeutel, der einen Ausweis enthielt.

Es handelte sich um einen alten Führerschein, die große unhandliche Ausführung, die schon seit längerem durch die bedeutend handlichere kleine EC-Kartenversion ersetzt worden war – die man auch wesentlich leichter verlieren konnte.

»Der lag hier drüben in der Schublade«, fuhr Larsson fort und deutete auf ein altes, unmodernes Mahagonimöbel mit Schubfächern, das an dem verbleibenden Teil der Wand stand. Die Kommode war fast vollkommen unbeschädigt. Das konnte manchmal der Fall sein, wenn es gebrannt hatte. War in einem Teil eines Gebäudes so gut wie alles verkohlt, konnte der Teil direkt daneben nahezu intakt sein.

Anderberg besah sich den Führerschein und konnte viel einfacher entziffern, was da geschrieben stand, als bei der Gravur in dem Fingerring.

»Per Edvin Vagnman«, las er vor, »12.08.1946.«

»Könnte das Opfer sein«, murmelte Larsson.

Anderberg trat neben die stark verbrannte Leiche, die noch am Boden lag, und musterte forschend den verzerrten Mund. Die Zähne standen auf tragikomische Weise vor, weil das Fettgewebe im umliegenden Zahnfleisch durch die Wärme aufgelöst worden war. Die Eckzähne waren außerdem ungewöhnlich lang, was dem Toten einen etwas wölfischen Zug verlieh. Die Haut war durch die Hitze nicht nur schwarz geworden, sondern auch extrem zusammengeschrumpft, sodass sie aufgeplatzt war und narbenähnliche Risse sowohl auf den Gliedmaßen als auch im Gesicht entstanden waren.

Doch was von dem ledrigen Gesicht übrig geblieben war, ließ sich nicht mehr identifizieren.

»Ja, das müssen wir wohl noch sehen. Aber die Angaben könnten mit der Inschrift in dem Ehering übereinstimmen: Per & Lise 12.06.1977.«

Anderberg beugte sich über den Körper und unterzog ihn einem prüfenden Blick. Auch wenn man eine gewisse Schrumpfung durch die Muskelkontraktion berücksichtigte, handelte es sich um einen großen und kräftigen Mann.

»Das würde dann auch mit seiner Körpergröße übereinstimmen«, fügte er hinzu.

»Wie meinst du das?«, fragte Gårdeman verwundert.

»Na ja, wenn ich mich recht erinnere, war Per Vagnman ein ziemlich kräftiger Bursche.«

»Was, du kanntest ihn?«

»Nein, das nicht, aber ich habe seine Akte studiert.«

»Du meinst, er steht in der Verbrecherkartei?«

Doch bei diesem Namen klingelte nichts in Gårdemans Straftätern gegenüber sonst sehr empfindlichen Ohren.

»Nein«, gab Anderberg zurück. Er betrachtete erneut die Leiche auf dem nahezu verbrannten grauen Linoleumboden – genau so einen hatten seine Großeltern früher im Windfang ihrer kleinen Kate in Småland gehabt. Er bemerkte ferner schwache Anzeichen einer chemischen Reaktion direkt unter der Leiche, wie sie häufig eintritt, wenn ein Brand mithilfe einer leicht entzündlichen Flüssigkeit gelegt worden ist.

»Aber der ist tot«, fügte er dumpf hinzu.

Gårdeman wusste nicht recht, ob er bei dieser Bemerkung lachen sollte … oder?

Beliebte Anderberg mit ihm zu scherzen, war das seiner Ansicht nach ein wenig fehl am Platz. Denn auch wenn der Tote keinen Schaden mehr nehmen konnte, war ein gedämpfter Ton der Situation angemessen.

»Hundertprozentig ist der Bursche tot«, erwiderte er leicht säuerlich. »Wenn man so stark verkohlt ist wie in seinem Fall, ist man ziemlich definitiv, unwiderruflich und unrettbar tot.«

»Nein, ich meine schon länger.«

»Und wie soll das möglich sein?«, erkundigte Gårdeman sich.

»Das weiß ich auch nicht«, gab Anderberg zu und kratzte sich irritiert am Kopf, »aber ich finde, wir sollten Hill informieren, auch wenn er keine Bereitschaft hat. Ich meine, immerhin hat er sich darum gekümmert – letztes Mal, als dieser Kerl gestorben ist!«

Die Tanklok 89 der Deutschen Bahn schlängelte sich mit ihren Waggons im Schlepptau immer schneller die enge Kurve entlang. Die Räder donnerten, die Geschwindigkeit kletterte in gefährliche Höhen. Die Passagierwagen schleuderten beunruhigend, und die Achsen rotierten wie wahnsinnig, als der Zug sich im Sauseschritt dem Streckenabschnitt näherte, der als unfallträchtigster galt.

Die Baumkronen flogen wie ein grünes Flimmern an den Fenstern vorbei, und die malerischen Einfamilienhäuser, die die Schienen säumten, duckten sich fast vor dem Fahrtwind der vorüberrasenden Lokomotive. Die Angst vor einem katastrophalen Handlungsverlauf stieg mit jeder Mikrosekunde, die der Zug auf die unheilvolle Kurve vor dem Pass zusauste.

Und dennoch konnte Kriminalkommissar Joakim Hill sich nicht ganz auf das konzentrieren, was passierte. Er starrte zerstreut und sah das Unglück mit unerbittlichem Tempo näher kommen, ohne auch nur einen Finger zu rühren, um es zu verhindern.

Die Räder verloren in dem Moment ihren Halt auf der Schiene, als sich die Lok mit viel zu hoher Geschwindigkeit in die Kurve legte.

Die wild rotierenden Räder quietschten, als der Zugführer verzweifelt versuchte, die Katastrophe abzuwenden, die jedoch bereits unausweichlich war.

Die Lok wurde aus den Schienen geworfen und flog direkt auf das Bahnhofsgebäude zu. Mit verheerenden Folgen raste der gesamte Zug in den Wartesaal hinein.

Genau in diesem Augenblick ging plötzlich das Licht aus.

Es wurde stockfinster in dem engen begehbaren Schrank, und Joakim Hill erwachte verstört aus seinen Grübeleien.

»Was ist denn jetzt …?«, zischte er irritiert, erhob sich zu hastig und schlug sich den Kopf an dem Querbalken, der die Dachschräge stabilisierte. »Au, zum …!«

Sogar in seiner erhabenen Einsamkeit versuchte er, Schimpfwörter zu vermeiden. Nur damit Sara Bianca Hill, meist Bia genannt, nicht schon in frühem Stadium mit einem nicht sehr wünschenswerten Wortschatz behaftet war, wenn sie in den Kindergarten kam.

Die Schranktür wurde aufgerissen, und Catharina schaute mit ertappter Miene herein.

»Oh – ach, da bist du, Liebling. Sorry, das wusste ich nicht. Es war reine Gedankenlosigkeit von mir, dass ich das Licht ausgemacht habe. Entschuldige bitte!«

Seine reumütige Ehefrau drängte sich zu ihm in den Schrank, schlang die Arme um den Hals ihres mitgenommenen Gatten und tat alles, um ihn in seinem Kummer zu trösten.

»Ist schon in Ordnung«, antwortete er und vergrub sein Gesicht in ihren kurzen weichen Haaren. »Ich habe nur über einen Fall nachgegrübelt, mit dessen Entwicklung ich nicht ganz zufrieden bin. Wir wissen, dass es Mord war, aber es ist verdammt schwer, das nachzuweisen, wenn die konkreten Beweise fehlen.«

»Denkst du an den Kerl, der in seiner Küche russisches Roulette gespielt hat?«

»Ganz genau. Aber irgendwas ist da verkehrt. Dieses Szenario überzeugt mich nicht, denn die Blutspritzer zeigen in die falsche Richtung. Wenn er da gestanden hat, wo die Zeugen meinen, dann wäre das Blut in einem anderen Winkel verspritzt worden. Die Tropfenform würde ganz anders aussehen, aber wenn die Analyse das nicht bestätigt, dann …«

Catharina Hill wurde nicht gleich mulmig, wenn Joakim zu Hause derart detailliert von seinem Job berichtete. Sie war Ärztin und würde schon bald ihren Dienst in Lund wieder aufnehmen, wobei sie sich darauf geeinigt hatten, dass sie ein paar Monate länger dienstfrei hatte. Bianca war knapp ein Jahr alt, sodass ohnehin noch etwas Zeit blieb, bis sie in den Kindergarten kam. Natürlich machten sie sich Sorgen. Auch wenn sie nicht darüber sprachen, überlegten sie, wie das werden würde, wenn Bianca zu den Kindern zählte, die sich in der städtischen Kinderbetreuung nicht wohl fühlten. Denn solche gab es auch, hatten sie erfahren.

Aber Bianca wirkte außerordentlich robust und lebensfroh. Sie kam mit anderen Kindern stets gut aus, und war das einmal nicht der Fall, suchte sie sich eine andere Beschäftigung. Das gab sicher keine Schwierigkeiten. Nicht für sie zumindest – doch eventuell für die immer gewohnheitsabhängigeren Eltern. Wie sollte das gehen, wenn man krank wurde und einen Tag zu Hause bleiben musste? In einer völlig leeren Wohnung. Einer, in der nicht das fröhliche Plappern und weinerliche Quengeln von Bianca hallten.

»... und ich werde einfach nicht schlau daraus, was ich bei den Beweisen übersehen habe.«

»Oje – du bist also gerade etwas neben der Spur?«

»Mmm, das kann man wohl sagen – in mehrerlei Hinsicht.«

Die kleine Lok aus der z-Serie der Marke Märklin, einer Sammlung von Miniatursätzen, die ausgezeichnet zu der beengten Kleiderkammer passte, lag achtlos umgestoßen neben dem ramponierten Bahnhofsgebäude in Kleinformat. Die Wagen, identische Kopien berühmter Modelle aus der Blütezeit der Deutschen Reichsbahn, waren aus den mühevoll zusammengesteckten Schienen gesprungen.

Joakim Hill hatte nicht im Traum daran gedacht, dass er sich jemals für Eisenbahnen begeistern würde. Nicht einmal als kleiner Junge war ihm dieser Gedanke gekommen. Doch je runder Catharinas Bauch geworden war, desto beharrlicher hatte er sich auf den Gedanken versteift, dass das Baby ein Junge werden würde. Und darauf, dass sein Sohn ein richtig schönes Willkommensgeschenk haben sollte, wenn er das Licht der Welt erblickte.

So gut es ging, hatte Joakim versucht, eine rationale Einstellung zum Vaterwerden zu behalten, aber irgendwann im achten Monat hatte er über die Stränge geschlagen. Er hatte beschlossen, seine fixe Idee in die Tat umzusetzen, falls der Bursche früher als berechnet kommen würde. Also war er an einem Freitagabend im Mai in das Spielwarenhaus in Berga geschlendert und hatte sein Schicksal besiegelt.

»Und womit können wir Ihnen heute helfen?«, hatte sich ein höflicher Herr mittleren Alters in einem grellorangen Sweatshirt mit dem Logo des Geschäfts so vertrauenswürdig wie irgend möglich erkundigt.

»Ja ... also«, hatte Hill umständlich geantwortet, »es geht um elektrische Eisenbahnen – für meinen Sohn, meine ich.«

»Möchten Sie die Grundausstattung oder etwas zur Erweiterung?«

»Eher die Grundausstattung, denn er hat bisher noch nichts.«

»Wie alt ist denn Ihr Sohn?«, fragte der Mann interessiert.

»Er ist ... genau genommen ... noch gar nicht geboren«, räumte Hill mit einem verlegenen Räuspern ein und kam sich plötzlich grenzenlos lächerlich vor. Benahmen sich seine Kollegen und Freunde gelegentlich irrational und sentimental, machte er ihnen das zum Vorwurf, doch jetzt verhielt er sich selbst genauso. Wie all jene, die, gleichsam gefangen in der Zeit des Wartens, nicht wussten, wie sie mit den unzähligen Erwartungen umgehen sollten.

Aber den Mann schien das nicht im Entferntesten zu tangieren.

Dieser Kunde war weder der erste noch der letzte, der das Spielwarengeschäft betreten hatte mit dem Traum vom perfekten Geschenk für jemanden, der ihm alles bedeuten würde – wenn dieser Jemand erst einmal auf der Welt war. Das war überhaupt nicht ungewöhnlich und kam regelmäßig vor. Erst kürzlich hatte sich ein junges Paar, das offensichtlich sehr bald zu dritt sein würde, stundenlang umgeschaut und sich schließlich auf einen riesigen Plüschesel geeinigt, der sicher zehnmal größer war als das Neugeborene. Dieser Esel würde von seinem mit Bedacht gewählten Platz im Kinderzimmer aus verlässliche Freude und Geborgenheit schenken, nicht nur dem Kind, sondern auch den Eltern.

Der Mann im orangefarbenen Pullover verzog keine Miene und geleitete Hill zu einem kleinen Glastresen, allem geweiht, was das Modelleisenbahnerherz begehrte.

»Möchten Sie Fleischmann oder Märklin?«

»Tja…«, entgegnete Hill völlig unwissend. »Was ist besser?«

»Besser – das ist natürlich reine Geschmackssache. Aber wir verkaufen meist Märklin, was es auch einfacher macht, mit Schienen, Waggons, Elektronik und Landschaftsteilen aufzustocken.«

Mit schwindelnder Bestürzung begann Hill zu ahnen, worauf er sich eingelassen hatte. Mit einem gewöhnlichen, einmaligen Kauf war es nicht getan. Vielmehr ging es um ein verheerendes Laster. Ein Gift, das sich langsam, aber sicher in die Adern einschlich. Und bald wäre er rettungslos verloren.

»Nun«, begann er zögernd und geriet ins Schwanken, »das ist vielleicht doch nicht so ganz das, was ich…«

»Magnus, kommst du mal eben?«, rief der Verkäufer plötzlich einem jüngeren Mann zu, der mit einem ferngesteuerten Auto unter dem Arm Richtung Büro unterwegs war.

»Magnus kennt sich damit einwandfrei aus«, erklärte er Hill.

Entweder wollte dieser Magnus ein bisschen spielen, bevor die Nachmittagskundschaft kam, oder er musste etwas reparieren. Jedenfalls verwarf er sofort seine Pläne mit dem ferngesteuerten Auto und kam an den Glastresen.

»Guten Tag auch«, grüßte er fröhlich.

Im Nachhinein dachte Hill, dass sein Lächeln etwas von Graf Dracula hatte, direkt bevor er zubiss und einen nichts Ahnenden in ein hilflos abhängiges Opfer verwandelte.

»Also«, erläuterte der ältere Verkäufer, »der Kunde hier möchte wissen, ob Modelleisenbahnen etwas für seinen kleinen Sohn sind. Der Knabe ist zwar noch nicht geboren, aber ich dachte, du könntest erzählen, wie wichtig es ist, rechtzeitig damit anzufangen, sozusagen.«

»Ja, es ist wirklich wichtig, dass man sich damit beschäftigt, um seinen Sprössling zu begeistern. Mit einer elektrischen Eisenbahn zu spielen fördert nämlich nicht nur die Motorik bei einem Kind, sondern unterstützt auch die intellektuelle Entwicklung.«

Er zeigte eine hübsche kleine Märklin-Lok, das Modell DB 74 aus den Vierzigern, und rühmte die vielzähligen Details.

»Sämtliche Loks und Wagen sind völlig exakte Kopien der Vorbilder und haben ihre eigene Geschichte, die man nachlesen kann. Da bekommt man richtig Lust, nach weiteren Informationen zu recherchieren. Außerdem wird die Fantasie angeregt, neue Routen und Schienenstrecken zu legen – und vieles andere mehr.«

»Doch, das ist wirklich sehr schön, aber vielleicht ist es trotzdem noch etwas früh für…«, versuchte Hill zu bremsen. »Der Bub ist ja noch gar nicht auf der Welt, wie gesagt.«

Aber er merkte, wie er immer tiefer in dem treibsandartigen Sumpf, auch Modelleisenbahnen genannt, versank. Dem man sich nicht mehr entziehen konnte, sondern für immer verhaftet blieb.

»Ich weiß aus eigener Erfahrung, wie wichtig es ist, zeitig genug damit anzufangen«, fuhr Magnus fort und versetzte Hill den Gnadenstoß. »Mein Vater hat mir die Modelleisenbahn nahe gebracht, da war ich erst ein Jahr alt. Seitdem haben wir all die Jahre das Interesse rund um die Bahn geteilt. Bis heute. Das schweißt zusammen und bringt viele gemeinsame nette Stunden mit sich.«

Joakim Hill war klar, dass er verloren und verkauft war.

»Hier«, sagte der Mann in dem orangefarbenen Sweatshirt, der unterdessen ein hübsches Exemplar auf den Tresen gestellt hatte. »Sehen Sie sich diese z-Serie der Deutschen Reichsbahn an. Dampflok, Passagierwagen, sowohl erste wie zweite Klasse, Holzwaggons, Bahnhofsgebäude von anno dazumal und zweispurige Schienen für nur 2998 Kronen. Billiger kriegen Sie das nirgends, ganz sicher.«

Hill starrte wie hypnotisiert auf den verlockenden kleinen Satz Eisenbahnwagen.

»Ja«, pflichtete Magnus bei, »fassen Sie diese kleine Schönheit mal an. Halten Sie sie eine Weile in der Hand, dann merken Sie, wie schwer und gediegen sie ist, obwohl sie zu den kleinsten Modelleisenbahnserien der Welt gehört.«

Hill streckte seine Hand aus, sodass die Lok wie ein solider Klumpen Edelmetall darin ruhte – und er begriff.

Wusste, dass er unrettbar verloren war und demnächst abends Kataloge wälzen, Leistungen vergleichen und von noch zugkräftigeren Loks träumen würde. Von höheren, in Form gegossenen Bergen, noch komplizierteren Weichen und detaillierter ausgestatteten Bahnhöfen.

Doch selbst dafür hatte er sich gewappnet.

Alles, um seinen ungeborenen Sohn glücklich zu machen.

»Ich nehme sie.«

»Ich bedanke mich«, erwiderte der Mann in Orange zufrieden. »Dann lege ich das an die Kasse, dort können Sie dann bezahlen. Und danke für deine Hilfe, Magnus!«

»Keine Ursache, Vater«, gab Magnus zurück, klemmte sich das ferngesteuerte Auto unter den Arm und nickte Hill freundlich zu.

Vater?

Hill musste grinsen. Das waren wirklich professionelle Burschen, ein richtig gutes Team. Sie hatten das Spiel genauso mühelos für sich entschieden wie ein Ermittlerteam im Präsidium, das auch die unkooperativsten Zeugen dazu brachte zu erzählen, was sie wussten.

Er hatte den Märklin-Karton mit Karte gezahlt und das Geschäft mit dem sicheren Gefühl verlassen, dass er hier bald wieder auftauchen würde – und in der stillen Hoffnung, dass er und sein Sohn zusammen ebenso souverän sein würden.

Doch dann hatte er eine Tochter bekommen.

Ein wunderbares kleines Mädchen, für das er sich schon morgens um fünf Uhr zwanzig aus dem Bett quälen und zu den Technikern ins SKL, das staatliche kriminaltechnische Labor, nach Linköping düsen würde, um die Unklarheiten im Zusammenhang mit den rätselhaften Blutspritzern zu eruieren.

»Wo ist Bia?«, erkundigte er sich.

»Sie schläft zusammen mit Nallepadda. Die beiden sind so süß, zum Wahnsinnigwerden.«

Nallepadda war ein lustiges kleines Plüschtier, das Joakim für Bianca geschossen hatte, als sie zwei Monate alt war und er und Catharina sie zum ersten Mal zum Schützenfest mitgenommen hatten.

Eine Gruppe fahrender Schausteller hatte ihre äußerst provisorischen Wohnwagen auf dem Hamntorget aufgestellt und den letzten Jahrmarkt des Sommers veranstaltet. Catharina hatte darauf bestanden, dass er einen Preis vom Schießstand für die kleine Dame ergattern sollte, und obwohl er seine beruflich bedingte Zielsicherheit nicht gern missbrauchte, blieb ihm keine andere Wahl, als seinen beiden Frauen zu gehorchen. Der kleinen Bianca, die mit zu Fäusten geballten Händen und noch leicht gekrümmten Beinen im Kinderwagen strampelte und mit ihren eigenartig nachdenklichen Augen den Wolken am hellblauen Himmel zu folgen versuchte. Und Catharina, die mit unverhohlener Vorfreude die Reihen mit gigantischen, in Taiwan hergestellten Plüschtieren musterte, die sich an den Wänden und unter dem Dach der kleinen Schießbude drängten.

»Einen Pu der Bär hätte sie gern«, hatte sie Joakim ins Ohr geflüstert, bevor er ein Ziel anvisierte.

»Woher weißt du das?«

»Ach, zier dich nicht so. Natürlich will sie einen.«

Hill seufzte tief.

Er befand sich in einem schweren Konflikt mit seinen innersten Überzeugungen. Die ihm sagten, er solle klar und deutlich über seine Kompetenz Rechenschaft ablegen und nicht den armen Mann in der Bude auf diese Weise hinters Licht führen.

So war Joakim Hill nun einmal.

Eine hartnäckige, durch und durch ehrliche Natur, die auf Gedeih und Verderb nach den Prinzipien der Ehrenhaftigkeit lebte, die seiner Ansicht nach für das menschliche Miteinander notwendig waren. Im Beruf wie privat erfüllte er jene Normen, die, wie er fand, für eine harmonische Gesellschaft unabdingbar waren.

Dazu zählte sicherlich nicht das Vorspiegeln falscher Tatsachen.

»Nein, ich kann nicht einfach …«, ereiferte er sich.

»Ach was, klar kannst du. Hier geht es nicht um Ehrlichkeit, hier gilt: Nimm, was du kriegen kannst! Und weiter nichts.«

»Aber Catharina …«

»Wenn du nichts schießt, tut es ein anderer Profi, Joakim. Jemand, der im Schützenverein ist oder der beim Militär war oder …«

»Das ist dann eben deren Sache«, beharrte Joakim mürrisch.

Catharina fasste ihn plötzlich am Arm und deutete mit ihrem Blick, er solle beobachten, was gerade am Schießstand vor sich ging. Ein kleiner magerer Kerl, ungefähr sieben, reckte seine Faust über den Tresen und reichte dem Burschen mit dem Gewehr erwartungsvoll seine Ersparnisse. Dieser nahm übertrieben gleichgültig die Münzen entgegen, legte sie in die Tageskasse und gab dem Jungen ein Luftgewehr.

Die Waffe war viel zu schwer für den kleinen Knopf. Außerdem war sie schlecht ausgerichtet, und die Kimme war schief, vermutlich weil der Gewehrlauf nicht ganz gerade war.

Aber der drahtige Siebenjährige gab sein Bestes. Er schien einen der größeren Gewinne oben unter dem Dach anzupeilen. Keinen Pu der Bär, sondern eher ein riesiges Pokemon aus orangefarbenem Plüsch.

Der Knirps löste Schuss nach Schuss, traf jedoch kaum die Zielscheibe, geschweige denn einen Preis. Er konnte das schwere Gewehr kaum halten, und die völlig daneben gezielten Schüsse machten aus dem ganzen Unterfangen eine Farce.

Aber er gab nicht auf.

Er war wie besessen von dem Gedanken zu gewinnen und wühlte nach der ersten Runde tiefer in seiner Hosentasche. Das Stofftier da oben war ihm ungeheuer wichtig.

Der Bursche im Schießstand nahm, ohne mit der Wimper zu zucken, eine weitere Gebühr entgegen und ließ den Jungen seine letzten Kronen für eine vollkommen hoffnungslose Unternehmung vergeuden.

»Siehst du, was er macht, Joakim?«, zischte Catharina indigniert. »So geht das hier zu. Die Verluste beim Karussell fahren sie auf den Schaukeln wieder ein. Der Kleine da bezahlt für die Erfolge der richtigen Schützen. Findest du das in Ordnung?«

Joakim sah den Jungen in dem Traum, ein eigenes, übergroßes Stofftier an sich zu drücken, seine letzte missglückte Schusssalve verpulvern. Dann seufzte er enttäuscht und legte entmutigt das Gewehr auf den Tresen zurück. Wie war es möglich, dass er nicht getroffen hatte? Seine Unterlippe begann verdächtig zu zittern, und Hill sah eine Träne in seinem Auge glitzern.

Nun konnte er die Tragödie nicht länger mit ansehen, schritt entschlossen zum Stand und knallte sein Geld auf den Tresen.

Der Bursche hinter der Kasse wurde plötzlich wachsam, konnte jedoch nicht anders, als ein neu geladenes Gewehr vor den resoluten Kunden zu legen.

Hill nahm die unhandliche Waffe, stabilisierte den Kolben an der Schulter, stützte den rechten Ellbogen auf und legte den Lauf ruhig in die Hand. Aus dieser Position musste er nach oben zielen, doch das war in jedem Fall besser, als einen unsicheren Frontalschuss zu verschenken.

Er zielte sorgfältig, indem er ein Auge zukniff und mit dem anderen konzentriert fokussierte. Dann löste er nacheinander die fünf bezahlten Schüsse.

Der Mann im Stand schnaubte wütend.

Alle fünf Schuss waren astreine Treffer, mitten ins Schwarze.

»Okay«, murmelte er missgelaunt. »Was wollen Sie haben?«

Joakim wandte sich an den Jungen, der mit offenem Mund ungläubig das Resultat bestaunte.

»W... was?«

»Wolltest du nicht das orange Ungetüm da oben haben?«

»Charmander, doch, aber... meinen Sie, dass ich den haben darf?«

»Ja sicher, das Monster gehört dir, Junge.«

Der Knirps war immerhin so pfiffig, dass er darauf verzichtete, dem geschenkten Gaul ins Maul zu schauen. Er zeigte, welches Tier er haben wollte, bedankte sich bei Joakim und verschwand, bevor es sich jemand anders überlegen konnte.

Hill fischte einen Zwanziger aus seinem Portemonnaie.

»Noch einmal«, verlangte er.

Der Bursche schien protestieren zu wollen, doch bei genauerer Betrachtung konnte er nicht viel unternehmen. Schließlich war nirgendwo von irgendwelchen Limits die Rede. Weder alters- noch berufsbezogen. Also musste er in den sauren Apfel beißen, dem Kunden eine neue Runde ausgeben und sich damit abfinden, dass mehr Plüschtiere als gewöhnlich heute Nachmittag ein neues Zuhause finden würden.

Aber Joakim Hill legte diesmal das Gewehr fairerweise im Stehen gegen die Schulter, zielte und schoss mit bedeutend geringerer Treffsicherheit als vorher.

Dennoch hatte er Treffer, einmal ins Schwarze und zweimal knapp außerhalb. Die Punkte, die es dafür gab, reichten jedoch nicht für einen Pu der Bär, sondern nur, um dieses seltsame grüne Ungetüm zu gewinnen, das wie die Kreuzung eines abgehalfterten Teddybären und einer Schildkröte aussah.

Der Mann hinter dem Tresen warf es unsanft auf die Tischplatte und drehte ihnen demonstrativ den Rücken zu.

Sie hatten den eigenartigen Gewinn mit nach Hause genommen, und zu ihrer großen Verwunderung wurde das Ungetüm rasch Biancas Favorit – die unerklärliche Entität, die Tränen in gurgelndes Lachen verwandelte. Sie schlief zufrieden, wenn es neben ihr auf dem Kissen lag. Aß sogar zerstampftes Gemüse, wenn das Ungeheuer mit gutem Beispiel voranging.

Es war auf den Namen Nallepadda getauft worden, und auch wenn Bianca noch nicht sprechen konnte, wusste sie, wer mit diesem Namen gemeint war.

Joakim bezeichnete es allerdings im Stillen als Kompromiss, womit dieses Wort eine erhebliche Aufwertung und facettenreichere Bedeutung erfuhr. Er hatte seitdem damit leben müssen, bei diesem und jenem einen Kompromiss machen zu müssen.

Verwundert hatte er alte Idole wie John Coltrane und Clint Eastwood Gullan Bornemark und den Teletubbies weichen sehen. Der Wechsel war rasch vollzogen worden und ohne viel Federlesens – damit Klein Bia sich wohl fühlte.

Wo er jedoch niemals bereit war, Kompromisse einzugehen, war die Einstellung gegenüber der immer stärker zunehmenden Gewalt draußen auf den Straßen.

Er weigerte sich, das auch nur im Entferntesten als akzeptablen Zustand anzusehen, als etwas, das einen völlig kalt ließ. Keinen Augenblick lang dachte er daran, von seinen Forderungen an eine funktionierende Gesellschaft Abstand zu nehmen.

Besonders jetzt nicht, seitdem er Bianca hatte – und Catharina.

Sie duftete einfach verführerisch, so nah bei ihm in dem Kleiderschrank.

Weder nach Parfum oder Haarpflegeprodukten oder etwas in der Art. Sie brauchte weder das eine noch das andere. Sie hatte eine pflegeleichte, kurze Frisur mit blonden Strähnen, die perfekt zu ihrem sportlichen Stil passte. Sie war klein, aber schlank und voll sprühender Energie.

Die spürte er jetzt – sowie den Geruch von süßer Muttermilch, der durch den BH hindurchdrang. Ein milder, süßer Duft, der ihn anfangs verwirrt hatte, doch seitdem er daran gewöhnt war, verrückt machte.

Er wollte ihn nicht mehr missen.

Aber Bia war nicht mehr besonders versessen darauf, gestillt zu werden. Es würde nicht mehr lange dauern, bis sie ganz entwöhnt war, und dann würde die Milch ausbleiben.

Zuweilen fand er, Catharina solle bald wieder schwanger werden. Wegen Bia, damit die Geschwister nicht zu weit auseinander waren, und wegen ihm. Damit er sich nicht nach diesem verlockenden Duft sehnen musste, wenn sie ihm so nah war …

Bia schlief, und er bohrte erwartungsvoll seine Nase in Catharinas weiches blondes Haar. Schnupperte wie ein neugieriges Bärenjunges, deutete die Signale und küsste ihren bronzefarben schimmernden Nacken.

Seine Lippen tasteten sich hungrig ihre Wangenknochen entlang zum Mund.

Als er ihre zarten Lippen auf seinen spürte, durchfuhr ihn ein elektrischer Schlag, der ihn innehalten ließ. Er konnte kaum atmen, als befände er sich in einem heiligen Vakuum.

Er wollte den Augenblick festhalten, als seine Lippen – sein Atem gegen ihren – fragten, ob sie dasselbe fühlte.

Nach über zwei Jahren konnte es sich wider Erwarten immer noch wie beim ersten Mal anfühlen.

Ihre Augen funkelten aufmunternd.

Das schrille Klingeln des Telefons riss ihn aus seinem seligen Zustand.

Er hatte doch heute keine Bereitschaft?

Aber er konnte das Läuten nicht einfach ignorieren.

Denn, um ehrlich zu sein, ein Kriminaler war immer bereit, auch außerhalb der Dienstzeiten. Wenn Unterstützung benötigt wurde, war man notgedrungen zur Stelle – und er wusste sicher, dass keiner der Kollegen diese Option missbrauchte.

Mit einem ärgerlichen Ruck riss er sein Mobiltelefon aus der Tasche und nahm das Gespräch entgegen.

»Ja, Joakim hier.«

»Grüß dich. Anderberg spricht. Jetzt kannst du was wirklich Komisches hören …«

Joakim Hill traf ungefähr zu der Zeit am Unglücksort ein, um die er normalerweise entspannt und befriedigt an Catharinas Seite im Bett lag und sie sich genüsslich auf seinem ausgestreckten Arm zurechtlegte, über seinen verschwitzten Brustkorb strich und ihm etwas Zärtliches ins Ohr flüsterte. Als er aus dem Auto stieg, trat er direkt in einen Hundehaufen.

Sein Fuß rutschte leicht in dem glitschigen Brei, der gut versteckt im üppigen Gras am Wegesrand lag. Das hatte der Kriminalkommissar beim besten Willen nicht sehen können.

»Verdammt nochmal!«, schimpfte er wütend vor sich hin und versuchte, die Tretmine am nächsten taufeuchten Grasbüschel abzustreifen.

Unsicher stand er ein paar Sekunden auf dem rechten Bein und säuberte die Seiten seines linken Slippers so gründlich wie möglich.

»Hej!«

Hill zuckte zusammen und verlor beinahe das Gleichgewicht.

»Was? Ah, hej«, erwiderte er ertappt.

Teils weil er sich hatte überrumpeln lassen, teils weil er Lotta zum ersten Mal seit langem wiedersah, und ausgerechnet dann musste er mit Hundedreck unter der Schuhsohle dastehen.

»Wie geht's?«, erkundigte er sich ungelenk.

»Ziemlich frustriert bin ich«, gab sie freimütig zurück. »Niemand will mit mir reden.«

Er lachte auf – das ewige Dilemma der Medien. Alle waren in irgendeiner Form darauf angewiesen, dass etwas geschrieben wurde, aber niemand wollte derjenige sein, der unfreiwillig Geheimnisse preisgab, die dann möglicherweise Schlagzeilen machten.

»Vielleicht gibt es auch einfach noch nichts Konkretes.«

»Und was ist mit Ihnen – was wissen Sie darüber, was hier passiert ist?«

»Ganz ehrlich, überhaupt nicht viel. Ich habe nur einen Anruf bekommen und erfahren, dass hier, wo es gebrannt hat, eine Leiche gefunden wurde.«

»Ist irgendwas Außergewöhnliches dabei?«

Sie sah ihn aus treuherzigen blauen Augen an, umrahmt von ihren schulterlangen blonden Haaren in unschuldiger Flower-Power-Frisur. Sie hielt einen Notizblock samt Stift bereit, doch er hatte nichts, womit sie ihn füllen konnte.

»Nein, nichts, was uns bisher bekannt ist.«

Er dachte, es war das Beste, etwas auf Distanz zu der offensichtlich blauäugigen Reporterin zu gehen, denn er wusste aus Erfahrung, dass sich hinter dieser Fassade ein Journalisteninstinkt verbarg, der jeden Bluthund als träge Spürnase in den Schatten stellte.

Ihre Antennen für psychologische und versteckte Motive hinter den Verbrechen hatten im vergangenen Jahr nahezu erschreckend gut unterrichtete Artikel hervorgebracht. Reportagen, die ihr binnen relativ kurzer Zeit sowohl innerhalb der Pressewelt als auch bei der Polizei Respekt eingebracht hatten.

»Haben Sie eine Glaskugel oder so was?«, hatte sie ein Kriminaler aus Malmö kürzlich gefragt. »Denn dann würden wir sehr gern darauf zurückgreifen.«

Sie hatten beide gelacht, waren sich aber auch bewusst, dass es ein wertvolles Talent war, nicht nur das bereits Geschehene analysieren zu können, sondern auch das, was – unter gewissen, allseits bekannten Voraussetzungen – höchstwahrscheinlich passieren würde.

Von anderen Zeitungen waren bereits Anfragen eingegangen, und über einige davon dachte Lotta ernsthaft nach. Innerhalb eines guten Jahres hatte sie es von der freiberuflichen Redakteurin, die auf Abruf arbeitete, zur Festanstellung in der Redaktion gebracht. Aber eine volle Stelle in der Hauptstadt zu bestreiten war zweifellos verlockend. Die *Kvällspressen* hatte ihre Fühler schon ausgestreckt, denn dort wurde jemand gebraucht, der als Dauervertretung für Annika Bengtzon einsprang, aber Lotta hatte sich noch nicht ganz entschieden.

Denn gerade jetzt gab es hier in Skåne jede Menge zu tun. Dieses Brandopfer war nur einer von vielen interessanten Fällen der letzten Zeit.

Und mitten in dem stechenden Rauchgeruch hatte die Spürnase – oder möglicherweise war auch die Glaskugel aktiviert worden – eine heiße Spur gewittert. Jetzt musste sie nur dafür sorgen, dass der Herr Kriminalkommissar den Köder Stück für Stück schluckte, bis er richtig fest an ihrem spitzen Haken saß.

»Gibt es da keine Verbindung zu einem früheren Fall?«, fragte sie und musterte Hill mit ihren unschuldigen blauen Augen.

Wie zum Teufel konnte sie …?

Na ja, das bestärkte Joakim Hill nur darin, dass man mit dieser Dame am besten so verfuhr wie ein Minenräumer im Kampfgebiet. Mindestens so leise schleichen, wie wenn Bia einschlafen sollte.

»Nichts, was ich gegenwärtig bestätigen kann.«

»Nichts, was Anlass gäbe, frühere Ermittlungen wieder aufzunehmen, oder so?«

»Wie meinen Sie das?«

»Vielleicht etwas, das mit einem früheren … Todesfall zu tun hat.«

Hill begriff, dass Lotta bereits mehr wusste, als er wollte, dass sie wusste. Also musste er seine Zunge im Zaum halten, damit sich nicht auch die übrigen Puzzleteile, die dieser Sherlock Holmes im Schafspelz benötigte, plötzlich zusammenfügten.

»Unter Umständen ist es tatsächlich nicht abwegig, dass dieser Fall in Verbindung mit irgendeiner Art von früherer krimineller Aktivität steht«, erwiderte er unverbindlich.

»Ich dachte da allerdings eher an einen … ganz bestimmten Unfall.«

Lotta rekapitulierte Anderbergs Telefongespräch. Das, was sie hinter den Wacholderbüschen aufschnappen konnte, die gerade nah genug am Unglücksort standen. Anderberg hatte nicht bemerkt, dass sie da gekauert hatte. Eigentlich hatte sie gar nicht vorgehabt zu spionieren, aber sie hatte ihre Reportertasche abgestellt und sich hingehockt, um die Batterien in ihrem Aufnahmegerät zu wechseln, als sie plötzlich die Stimme des Technikers auf der anderen Seite des Wacholders gehört hatte.

Was sollte sie also tun?

Sie hatte beschlossen, unsichtbar zu bleiben, aber die Ohren waren so groß wie Rhabarberblätter geworden. Allerdings hatte sie nur eine Hälfte der Konversation verfolgen können.

»… ja, Joakim … äußerst seltsam … schwer verbrannt, aber ich glaube trotzdem an diesen Per Vagnman … der bei diesem Bootsunfall abgekratzt ist, ja … ja, ich weiß, und der Totenschein lag ja auf deinem Tisch!«

Diese Phrasen sog ihr Reporterinstinkt hinter dem Gebüsch auf wie ein Schwamm. Und nun tat sie ihr Äußerstes, um Joakim Hill dazu zu bewegen, den anderen Teil des Telefongesprächs preiszugeben.

»An was für einen Unfall denn?«, wollte Hill wissen, und sein Hals war auf einmal ungewöhnlich trocken. Würde die nächste Replik die symbolische Landmine auslösen?

Man wusste nämlich nie, wie sich die Dinge im Wettrennen der Schlagzeilen entwickelten … *Neuer Irrtum der Polizei: Für tot erklärter Mann in Skåne ermordet – Versehen der Polizei führt zu Mord …* Solche Schlagzeilen sahen die Polizeibeamten in den Führungspositionen gar nicht gern, auch Hill nicht.

»Zum Beispiel … ein Bootsunfall?«, versuchte sie.

»Können Sie das genauer formulieren? Denn ich bin nicht sicher, ob ich weiß, was Sie meinen.«

»Ja, ich meine, wer auch immer da drinnen ist«, fuhr Lotta fort und deutete auf die völlig niedergebrannte Hütte, »war der Betreffende bereits zuvor in eine Art dramatischen Bootsunfall verwickelt …?«

»Tja, das ist nicht ganz ausgeschlossen«, war zumindest eine halbwegs sichere Antwort.

Lotta hielt den Kopf jetzt verräterisch schief und setzte zum Gnadenstoß an.

»… und ist somit ohnehin schon formell für tot erklärt worden?«

Die Frage, die eigentlich eine Feststellung war, hing in der Luft wie die berechtigte Forderung nach einer Erklärung.

Hill spürte, wie der spitze Journalistenhaken unbarmherzig im Gaumen stach.

Jetzt wollte sie, dass er alles abstritt. Tat er dies, konnte sie rasch alle öffentlichen Unterlagen über Per Vagnmans früheres Hinscheiden einsehen und ihn der Lüge bezichtigen. Gab er ohne Umschweife zu, dass an ihrer Behauptung etwas Wahres dran war, handelte es sich unmittelbar um einen neuen Fall von polizeilicher Inkompetenz.

Wenn er nicht gehörig aufpasste, würde er sich ordentlich festbeißen, der Fang des Tages sein und im Handumdrehen auf der ersten Seite der Abendzeitung prangen.

Ein Windstoß fuhr plötzlich durch die Tannenwipfel, blies den beißenden Geruch vom Brandherd direkt in die Nebenhöhlen und versah Hill mit dem glaubwürdigen Grund, den er brauchte, um sich aus der Unterhaltung mit der unbequem pfiffigen Journalistin auszuklinken.

»Nein, Sie müssen mich entschuldigen – ich werde am Tatort gebraucht, wir müssen ein andermal weiterreden, verstehen Sie.«

»Nur noch eins!«, rief sie. »Handelt es sich hier um einen Burschen namens… Per Vagnman?«

Wo um alles in der Welt hatte sie diesen Namen her?

Schließlich waren sie übereingekommen, sich erst an die Presse zu wenden, wenn sie etwas wussten, das Hand und Fuß hatte.

»Kein Kommentar«, wich er rasch aus, »wie gesagt – wir können später weiterreden.«

Joakim Hill drehte sich um und eilte Richtung Brandherd. Er hatte noch immer den Hundedreck am Schuh. Es war ihm nicht gelungen, ihn ganz abzustreifen, und ihm kam es so vor, als hätte er einen schweren Klumpen am Fuß, als er sich einen Weg zu seinen Kollegen bahnte.

Ebenso lähmend spürte er Lotta Jönssons Blick im Rücken und wusste, dass sie zumindest einen Etappensieg eingefahren hatte. Sie hatte ihn offensichtlich mit ihren aufdringlichen Behauptungen aufgescheucht und außerdem eine eindeutige Versicherung über eine Fortsetzung der Kommunikation erhalten, der zu entkommen ihm äußerst schwer fallen würde.

Das ließ sich wirklich nicht sonderlich gut an.

Verdammt nochmal!

2

Ein Kollege ist heute krank geworden, und außerdem stand der Gang unter Wasser, als ich heute Abend um 17.45 gekommen bin. Vom vierten Stock ist es ins Labor runtergelaufen, sodass ich spätabends noch das Wassersauggerät anwerfen musste.

Es war ein Schlag ins Gesicht. Eigentlich hätte man inzwischen daran gewöhnt sein sollen, aber wie gut man sich auch vorbereitete, es war jedes Mal dasselbe.

Kriminalkommissar Joakim Hill hatte eine anstrengende Fahrt nach Linköping ins SKL gehabt. Im Zusammenhang mit den widerspenstigen Blutspritzern in der Küche des Selbstmörders hatte es zähe Diskussionen gegeben. Erwägungen, die knapp Zeit ließen für einen Hot Dog zu Mittag, bis es wieder so weit war, die Rückfahrt mit dem Zug anzutreten.

Wenn Joakim Hill fort war, sehnte er sich auf eine unterbewusste Art stets nach Hause. Nach Hause, an die Perle des Sundes und zu allem Vertrauten dort. Schon bei dem Lärm des brausenden Hafenverkehrs, wenn man aus dem unterirdischen Bahnhof am Verkehrsknotenpunkt heraufkam, atmete man erleichtert auf. Das bekannte, ungeduldige Hupen der flinken kleinen Sundbusse. Das Knarren des Bugvisiers und der Schranken der Gangways, die fast rund um die Uhr dreimal stündlich geöffnet und geschlossen wurden, wenn die großen Fähren an- und ablegten. Die Lastwagen und Pkws, die geduldig in der Schlange vor der Fähre warteten und ihre Motoren unmittelbar zu einem einzigen Urgebrüll aufheulen ließen, sowie die erste Leuchte auf Grün sprang und das Zeichen zum An-Bord-Fahren gab.

Das Klirren der Flaschen in den vollen Bierkästen, die glückliche Reisende nach Helsingør in dem naiven Glauben gekauft hatten, sie kämen damit bis Weihnachten aus. Aber das würde definitiv nicht der Fall sein. Wohnt man in Sandsbro und hat drei Träger »Dänisches Gold« in der Garage, hat man plötzlich furchtbar viele Freunde. Freunde, die öfter als gewöhnlich vorbeischauen, es sich bequem machen und ein kleines herrliches Bier zischen.

Joakim Hill spürte, wie gut das tat, wieder in Helsingborg zu sein.

Er war um halb sieben Uhr morgens aufgebrochen und gegen elf beim SKL in Linköping eingetroffen. Nach ausführlichen Unterredungen mit Technikern und Analytikern bezüglich der Blutspritzer war er kurz nach eins wieder südwärts gefahren.

Jetzt, Viertel vor sechs, war er wohlbehalten wieder daheim. Seine Stimmung hellte sich auf, und er war richtig passabler Laune, als er rasch den Hügel hinaufeilte und um die Ecke des Präsidiums in die Carl Krooksgatan bog.

Doch Kommissar Hill sah das Elend erst, als er die Eingangstür erreichte.

Er starrte auf die unzähligen kleinen funkelnden Splitter von zerborstenem Glas, die vor dem Eingang des Präsidiums auf dem Fußweg verstreut lagen.

Glas, das eigentlich unzerstörbar war, aber, wenn es dennoch kaputtging, in einem Platzregen aus minimalen quadratischen Fragmenten explodierte. Splitter, die sich über den Bürgersteig bis ins Foyer ausbreiteten wie trügerischer Schnee bei einem Neujahrssturm.

Nur, dass jetzt August war.

Spätsommer in einem angenehm temperierten Helsingborg.

Und es war vollkommen windstill.

Mit einer missgelaunten Grimasse betrachtete Hill das Resultat eines widerlich zielgerichteten Steinwurfs direkt in die Eingangstür der Wache.

Und er bekam exakt die Wut, vor der das Anleitungsheft jeden neuen Rekruten warnte.

»Was um alles in der Welt soll das hier werden?«, fuhr er Joansson an, als sei der der Schuldige.

»Da wollte wohl jemand einen Backstein abgeben, hatte aber keine Zeit mehr, vorher die Tür zu öffnen, nehme ich an«, entgegnete Joansson unberührt und besah sich lakonisch den Splitterhaufen am Boden.

»Ist jemand verletzt worden?«

»Nein, das ist kurz nach der Schichtverteilung passiert, da war zum Glück keine Seele mehr im Eingangsbereich. Außer ich und Mandén, versteht sich.«

»Herrje, und was sollte das dann für einen Sinn haben?«, erkundigte Hill sich beinahe rhetorisch.

»Tja, Sinn – das war wohl einer, der uns nicht so richtig leiden kann.«

»Ja, aber verflixt – zum wievielten Mal passiert das jetzt in diesem Jahr? Zum dritten oder vierten?«

»Erst zum zweiten Mal – dieses Jahr, also.«

»Erst …«, murmelte Hill und starrte wütend auf die Splitter, die vor dem Eingang herumlagen, während er den Türcode am Seiteneingang eintippte. Er vermutete, das Reinigungspersonal sei bereits unterwegs. Er fand jedenfalls, dass er keine Zeit hatte, sich darum zu kümmern, denn er wurde oben im Aufenthaltsraum erwartet.

Am liebsten wäre er direkt nach Hause zu Catharina und Klein Bia gefahren, die heute anscheinend leicht fiebrig gewesen war und Beschwerden mit den Zähnen gehabt hatte. Aber es war völlig selbstverständlich gewesen, dass Hill die Leitung der Ermittlungen übernommen hatte, mit Einverständnis des erfahrenen Ermittlers Sjöholm. Und die Mühen des Tages waren nun reif für die Analyse und Abgleichung. Die Zähne würden sich schon nicht davonmachen, auch wenn er noch eine Stunde – oder schlimmstenfalls länger – blieb.

Es war spät, bereits nach sechs, und alle hofften, die Fallbesprechung in den hellen, bequemen Personalräumlichkeiten halten zu können anstatt in irgendeinem kleinen, engen Konferenzzimmer.

Bisher wurde das bei einem Becher Kaffee vor dem alten Automaten auf dem Gang abgehandelt, aber jetzt gab es extra Aufenthaltsräume mit bequemen Möbeln und der Möglichkeit, selbst Kaffee zu kochen.

Allerdings bestand die ungeschriebene Übereinkunft, das Abhalten von Besprechungen dort nach Möglichkeit zu vermeiden, denn die Räume waren in erster Linie für Rekreation und erholsame Pausen vorgesehen – und diese Konferenzen waren alles andere als das.

Doch nun war es leise auf den Korridoren, und man konnte ziemlich sicher damit rechnen, dass auch die mit dem größten Arbeitsdruck inzwischen nach Hause gegangen waren.

Anderberg hatte sich schon in dem behaglichen Ledersofa niedergelassen und zappte durch den Videotext. Gerade wurden düstere Ziffern über die Frequentierung der neu eingeweihten Brücke in Malmö präsentiert. Der Touristenstrom war zwar noch nicht abgerissen, hatte aber keineswegs den Erwartungen entsprochen. Und wenn nur der normale Verkehr sowie Lastgut die Verkehrsdichte bestritten, sah es noch düsterer aus. Die Gebühr war hoch, und dass der nächste Weg über Helsingborg/Helsingør sowohl mit

Kaffeepause als auch mit einer fünfzig Kilometer kürzeren Fahrstrecke zum Kontinent warb, machte die Sache auch nicht leichter.

Und Anderberg war auch nur ein Mensch.

Er konnte es nicht lassen und grinste überheblich über die grellgelben Minuszahlen des Erzfeindes weiter südlich.

Gårdeman stand in der Kochnische und machte Kaffee. Missgelaunt wühlte er in Schränken und Schubfächern nach Filtertüten, doch ohne Erfolg.

»Grüßt euch!«, rief Hill und schleuderte seine Reisetasche in eine Ecke. Sie enthielt jede Menge Unterlagen von seinem Besuch im SKL. Analysen, Berichte, Fotoaufnahmen und Diagramme sowie haufenweise handschriftliche Aufzeichnungen. Doch um diesen Fall ging es heute Abend gar nicht.

»Hallo, gut, dass du gekommen bist – dann können wir gleich anfangen. Sjöholm hat diese komische Sommergrippe und kann nicht. Aber wir warten doch noch auf Larsson und Robban?«

»Doch, doch – keine Eile.«

Robert Bellman hatte angekündigt, dass er sich etwas verspäten würde. Er war in Lund gewesen, um bei der Obduktion dabei zu sein. Jetzt befand er sich auf der Rückfahrt im Auto und hatte sowohl vage Vermutungen als auch die ersten vorläufigen Resultate im Gepäck. Darauf zu warten würde sich sicherlich lohnen. Larsson war nur auf der Toilette, Sjöholm hatte es schlimmer erwischt.

»Hej, Ulf«, grüßte Hill und warf einen Blick Richtung Kochnische. »Was suchst du denn?«

»Die verfluchten Filtertüten. Wo kann Susanna die nur versteckt haben?«

Ihre Kollegin Susanna Avehed war rund fünfzig und mittlerweile im Innendienst beschäftigt. Trotzdem war sie noch immer eng mit dem wirklichen Leben draußen auf den Straßen verbunden. Vielleicht versuchte sie, einen Gegenpol drinnen in der Trutzburg des Präsidiums aufzubauen, denn hier repräsentierte sie die Geborgenheit selbst. Den Kollegen schenkte sie kostenfrei und häufig ein strahlendes Lächeln, an dem kein Missmut der Welt rütteln konnte. Sie schien die grenzenlose Fähigkeit zu haben, teilnahmsvoll allem zuzuhören, woraus für die Kollegen Probleme erwachsen könnten, aber sie hatte auch strenge Regeln, welche Ordnung in der Teeküche zu herrschen hatte. In regelmäßigen Abständen hängte sie kleine Zettel mit resoluten Instruktionen auf. Und behielt mit eiserner Hand den Überblick über die Einkäufe und die Ordnung in den Schränken.

Allerdings änderte sie bisweilen ihre eigene ausgezeichnete Ordnung. Dann war es nicht immer einfach mitzukommen. Nun hatten offenbar die Kaffeefilter einen neuen Platz bekommen, aber soweit Gårdeman das überblickte, hatte sie die komplett wegrationalisiert.

Hill half, Schranktüren zu öffnen, Zuckerpakete und Teebeutel zur Seite zu schieben, und verrückte Plastikdosen. Aber die Filtertüten blieben unauffindbar.

»Dann lass das doch«, meinte er. »Wir können auch eine Tasse Tee trinken.«

»Nein, verflixt und zugenäht«, erwiderte Gårdeman, »ich habe mich jetzt schon auf Kaffee eingeschossen.«

»Aber wenn es doch keine Filter gibt…«

Er verstummte und fixierte einen Gegenstand direkt neben der Kaffeemaschine. Dann kicherte er und fasste Gårdeman, dessen Kopf halb im Tellerschrank verschwunden war, am Arm.

»Guck mal, du Blindfisch – was, glaubst du, steht da?«

Er zeigte triumphierend auf einen neu erworbenen Behälter in funktionsoptimiertem Metall – eine Halterung für Kaffeefilter, die prall gefüllt war.

Gårdeman starrte mit offenem Mund.

»Ach nein! Woher soll man wissen, dass sie die Filter mir

nichts, dir nichts hier rausstellt, wo sie doch immer im Schrank verstaut waren?!«

»Logisches Denken vielleicht?«

»Haha …«

Gårdeman wurde von Robert Bellman gerettet, der völlig außer Atem hereingestürmt kam mit einem dicken Stapel Akten unter dem Arm.

»Entschuldigt die Verspätung«, schnaufte er und ließ sich neben Anderberg aufs Sofa fallen. »Soll's losgehen? Wo ist Sjöholm?«

»Grippe.«

»Was – mitten im Sommer?«

Gårdeman gab gerade den letzten Messlöffel Kaffee in die Filtertüte, schloss den Deckel und betätigte den Startknopf. In wenigen Minuten würde er seinen heiß ersehnten Becher trinken können.

Hill hatte sich auf einen Stuhl neben dem Sofatisch gesetzt, mit Blickrichtung zum Fernseher, doch Anderberg schaltete das Gerät aus, als Larsson von der Toilette zurückkam und sich zu den anderen gesellte.

Bellman breitete seine Unterlagen auf dem sorgfältig abgewischten Sofatisch aus, und die Vorstellung konnte beginnen.

»Ja, wir können wohl feststellen«, begann er, »dass es sich tatsächlich um diesen Künstler Per Vagnman handelt. Wir haben die Zähne überprüft, und sie stimmen überein mit den Röntgenaufnahmen, die sein Zahnarzt hier in der Stadt hatte.«

»Okay, sonst noch was?«, erkundigte sich Anderberg und witterte auch den verführerischen Kaffeeduft aus der Küche.

»Den vorläufigen Untersuchungen der Lunge zufolge lässt sich relativ sicher sagen, dass das Opfer durch die Rauchentwicklung umgekommen ist. Allerdings hat der Tote vor dem Brand einen kräftigen Schlag auf den Kopf erhalten. Im

Laufe des morgigen Tages soll untersucht werden, ob der Schlag in direktem Zusammenhang mit dem Brand oder bereits zu einem früheren Zeitpunkt erfolgt ist. Und ob er durch Gewalt oder einen Unfall verursacht wurde. Alle, die an der Flasche hängen, neigen ja dazu, durch die Gegend zu torkeln und sich den Kopf irgendwo anzuschlagen.«

»Dann ist es noch zu früh, um von Mord sprechen zu können?«, warf Gårdeman ein, der die Kaffeekanne und fünf Becher auf den Tisch gestellt hatte.

»Das erfahren wir wohl morgen.«

»Dann geht es wirklich um diesen Vagnman«, murmelte Hill und rieb sich nachdenklich das Kinn. »Wir haben seine Leiche ja nie gefunden. Nicht das kleinste Detail ist bei dem Unfall übrig geblieben. Nicht mal eine Socke oder irgendwas. Dann stellt sich die Frage, was um alles in der Welt dem Kerl passiert ist.«

Obwohl er keine Zeit gehabt hatte, sich erneut mit den Details zu befassen, erinnerte er sich recht genau an jenen Abend, an dem der Notruf eingegangen war, ein Mann sei mitten im Sund von einer Fähre über Bord gegangen. Der zu der Zeit fünfzigjährige Künstler Per Vagnman hatte laut Zeugenaussagen eine richtig feuchtfröhliche Bootstour zusammen mit seiner dänischen Frau Lise und dem gemeinsamen Freund, dem Galeristen Carl Linell, unternommen. Die Bedienung im Saal des Restaurants konnte bestätigen, dass Vagnman stark betrunken gewesen war, als er lärmend nach draußen getorkelt war, um sich zu erleichtern.

Aber er hatte nicht wie üblich die Toilette benutzt – der Revolutionär Per Vagnman doch nicht, der nicht! Er hatte darauf bestanden, von der Reling ins Meer zu pissen.

Das war nicht so leicht zu bewerkstelligen, vor allem unter Berücksichtigung des hohen Geländers, das extra angebracht worden war, um Unfällen vorzubeugen. Doch in seinem benebelten Zustand war der Künstler auf das Geländer geklettert und hatte seine verdammte Absicht dem brausenden Meer und der gesamten Welt kundgetan.

Auf der Kommandobrücke war Alarm gegeben worden, doch niemand hatte seinen haltlosen Fall in die pechschwarzen Wogen verhindern können.

Das Schiff hatte sofort die Motoren gestoppt, war beigedreht und hatte auf die Küstenwache gewartet. Diese sowie das Boot vom Zoll waren rasch zur Stelle gewesen, doch die Dunkelheit der Nacht hatte die Suche so gut wie unmöglich gemacht. Auch der folgende Tag hatte nicht die kleinste Spur ergeben.

Per Vagnman war als vermisst registriert worden, doch aufgrund der Zeugenaussagen seiner Frau sowie des Freundes über die schwierigen Umstände des Unfalls, ist davon ausgegangen worden, dass hier besonders zu gewichtende Aussagen vorlagen. Der Mann war sturzbetrunken gewesen und konnte außerdem offenbar nicht schwimmen. Damit hatte der Prozess um die Feststellung des Todes beschleunigt werden können, obwohl die Leiche nie gefunden wurde. Eine damals vollkommen nachvollziehbare, heute jedoch höchst bedauernswerte Entscheidung.

»Es ist doch theoretisch möglich«, warf Gårdeman ein, »dass der Mann auf irgendeine seltsame Weise an Land geschwemmt worden ist – möglicherweise auf der dänischen Seite – und sich dort jemand um ihn gekümmert hat. Vielleicht hatte er eine Amnesie oder etwas in der Art?«

»Ja, das klingt noch am glaubwürdigsten«, pflichtete Hill bei. »Denn wenn irgendein Schiff den Burschen aufgelesen hat, hätte die Besatzung das wohl umgehend der Hafen- oder Zollbehörde gemeldet. Oder …?«

»Nun ja, für den Pathologen war es nicht ganz leicht festzustellen, in welchem Zustand die Leiche war, aber anscheinend wurde nicht von einem Tod durch Unterernährung ausgegangen, ebenso wenig waren Anzeichen einer Misshandlung zu verzeichnen. Demnach deutet nichts darauf hin, dass er als Sklavenarbeiter in einem Dritte-Welt-Land geendet ist.«

»Wer hatte heute Dienst?«, fragte Hill plötzlich. »Månsson?«

Dozent Bengt Månsson gegenüber hatte Hill ein äußerst gespaltenes Verhältnis. Der gute Pathologe war ein sehr fähiger und begabter Mediziner, mit umfassender Erfahrung und einem wachen Auge für die kleinen Details, die oftmals einen Rechtsfall entscheiden konnten. Außerdem war Bengt Månsson in seiner frühen Studienzeit Kommilitone von Hills Frau Catharina gewesen. Eine irritierend anonyme Zeitspanne, in die Hill nicht den geringsten Einblick hatte. Er glaubte zu wissen, dass der Dozent an mehr als einer Freundschaft mit Catharina interessiert gewesen war, aber er hatte sie nie danach gefragt. Das hätte doch sehr pathetisch gewirkt, außerdem war er nicht ganz sicher, ob er das überhaupt wissen wollte. Denn vielleicht hatte sie sich auch für Månsson interessiert, und vielleicht hatten die beiden …

»Nein, ich glaube sie hieß Lagerkvist – Anna-Lena Lagerkvist. Scharfe Braut, wirklich. So in den Dreißigern, und schlecht sah sie nicht aus, das steht fest. Aber weder Ort noch Anlass boten die richtige Gelegenheit, um nach einem Date zu fragen.«

Hill merkte sich den Namen, wunderte sich jedoch im Stillen, weshalb Månsson nicht da gewesen war. War er krank oder hatte er gar aufgehört? Vielleicht hatte er woanders eine Stelle angenommen – weit weg in Kurdistan, hoffte Hill.

»Aber was in aller Welt soll er in den ganzen Jahren gemacht haben?«, fragte er laut, um seine infantile, eifersüchtige Reaktion zu überspielen.

Worüber sollte er sich überhaupt aufregen, wenn die beiden Kommilitonen oder gar ein Liebespaar gewesen waren, früher, vor Urzeiten? Wichtig war nur, dass er, Joakim, es war, der sie geheiratet hatte und der Vater ihres Kindes war.

»Ja, das klingt komisch«, meinte Anderberg und unterbrach Hills egozentrische Gedanken, »wenn er gewusst hat, wer er war, wäre er sicher aufgetaucht und hätte seinen Anteil von dem Geld gefordert.«

»Geld?«

»Klar, sowie durch die Presse ging, was passiert war, sind die Preise für die Bilder von dem Burschen blitzartig in die Höhe geschossen. Die Ehefrau und der Galerist sind eine Art Partnerschaft eingegangen, oben in der Kullagatan, in der netten Galerie Blå. Es gibt nicht viel, was sich so sehr für einen Künstler lohnt, wie zu sterben.«

Gårdeman lachte auf und schüttelte ungläubig den Kopf.

»Dann verdient also seine Frau an dem Ganzen?«, meinte Hill und rief sich Lise Vagnman ins Gedächtnis.

Eine recht große und schlanke Frau mit hohen Wangenknochen und einem fast grobschlächtigen Gesicht. Langes weizenblondes Haar, klarblaue Augen und eine markante Nase. In ihrem Bericht über das Verschwinden ihres Mannes hatten eine ungewöhnliche Strenge und Sachlichkeit gelegen. Als ob ihr ganzes Wesen sagen würde: »Was geschehen ist, ist höchst bedauerlich, aber ich habe nicht vor, den Rest meines Lebens davon beeinflussen zu lassen.«

Lise war auch Künstlerin, fiel Hill ein.

Längst nicht so begabt und bekannt wie ihr Mann, sodass der gestiegene Wert seiner Bilder durchaus willkommen war.

»Außerdem hat sie einen Waffenschein«, warf Anderberg ein.

»Was? Tatsächlich?«, staunte Hill. »Wofür denn?«

»Keine Ahnung, an sich ist nichts Seltsames dabei. Für eine Korovin, 6,35 mm Browning«, antwortete Anderberg. »Sie hat damit zu schießen gelernt und die Lizenz, sie zu Hause zu verwahren, erhalten.«

»Ist sie schon von jemandem benachrichtigt worden?«

»Wir wollten die Identität vorher absolut sicherstellen.«

»Okay…«, stimmte Hill zu und machte sich eine Notiz. »Was gibt es sonst noch von dem Brand?«

»Nicht sonderlich viel«, gab Anderberg zu. »Die Menge an Spuren ist leider sehr dürftig, weil es seit einiger Zeit trocken gewesen ist. Aber wir haben deutliche Schuhabdrücke um das Haus herum isolieren können, die von den Schuhen des Toten stammen. Der Hacken weist eine besondere, keilförmige Abnutzung auf, die mit den Schuhen, die die Leiche trug, vollkommen übereinstimmt. Komischerweise waren sie kaum beschädigt. Der Fuß war fast verkohlt, aber die Treter sahen nicht viel schlimmer aus als unsere eigenen.«

»Mmmm…«

»Dann ist da noch der Verdacht, den ich wegen des Linoleumbodens hatte. An das SKL sind Proben für die chemotechnische Analyse geschickt worden, aber die dauert noch.«

»Ich verschwinde mal eben«, verkündete Gårdeman und verließ eilig den Aufenthaltsraum.

Der Kaffee war offenbar schneller als der Schall abwärts geflossen.

»Hat schon jemand mit dem Hüttenbesitzer sprechen können?«, fragte Hill, während er schrieb.

»Ja«, erwiderte Larsson, der bisher geschwiegen hatte. »Er heißt Olof Åkerman und liegt nach einem Oberschenkelhalsbruch auf der Pflegestation. Es hat allerdings Komplikationen gegeben – an sich nicht verwunderlich, denn der Knabe ist fast achtundachtzig –, sodass es sich mehr oder weniger um eine permanente Pflege handelt. Er wirkte etwas verwirrt, aber er hat ausgesagt, dass er den Maler, der ohne Obdach war, irgendwie mal getroffen hat. Er hat dem Kerl angeboten, dort zu wohnen, dann würde gleichzeitig jemand auf sein Sommerhaus aufpassen, meinte er. Ich weiß nicht, ob er begriffen hat, dass alles niedergebrannt ist.«

»Gut«, sagte Hill, der lieber nach Hause wollte, aber wusste, dass die Realität anders aussah. »Dann machen wir morgen mit dem Bericht aus der Gerichtsmedizin weiter. Ich versuche, jemanden zu finden, der mitkommt, dann fahren wir sofort nach Hause zu Lise Vagnman. Das hinauszuzögern bringt auch nichts.«

»Was sagen wir der Presse?«, fragten Larsson und Bellman fast im Chor.

»Ja, verflucht, die fackeln noch das Präsidium ab, wenn sie nichts zu beißen bekommen, bevor heute Abend die Walzen in der Druckerei angeschmissen werden. Also, was haben wir denn? Wir haben die Identität, die Hintergrundgeschichte … ja, wirf ihnen das vor. Dann haben sie ein bisschen Mystik, wo sie dran knabbern können. Halt dich bei der Brand- und Todesursache lieber noch zurück. Wir brauchen noch etwas, womit wir sie morgen füttern können.«

»In Ordnung«, sagte Larsson und schrieb.

»Du«, begann Anderberg und blätterte in seinen Unterlagen, »Lise Vagnman hat eine neue Adresse. Sie ist aus der Wohnung auf Söder ausgezogen und hat sich vor gut einem Jahr ein kleines, herrensitzartiges Anwesen vor Vallåkra gekauft. Villa Mohnglück heißt das Haus.«

»Herrensitzartig … soso«, sinnierte Hill, streckte sich und rückte den Hosengürtel zurecht.

Er spürte, dass die SIG Sauer ordentlich an ihrem Platz im Holster in Hüftnähe steckte. Lise Vagnmans Lebensumstände hatten sich also in der letzten Zeit dramatisch verändert. Das begann bedeutend interessanter zu werden.

»Verdammt nochmal!«, schrie Gårdeman plötzlich vom Gang. »Hier leckt schon wieder Wasser aus dem vierten Stock. Demnächst läuft das noch direkt ins Labor. Legt irgendwas davor und holt diese Maschine, um das Wasser aufzusaugen.«

Tatsächlich wuchs immer noch leuchtend orangeroter Mohn am Weg, der zu Lise Vagnmans neuem Heim hinaufführte. Hill und Birgitta Svenningsson betrachteten die herrliche rote Pracht im Abendlicht zwischen üppigem Grün am Straßenrand.

Es hatte seine Zeit gedauert, das Wasser im Präsidium zu beseitigen, aber schließlich hatte Hill den Rest seinen Kollegen überlassen und war zusammen mit Svenningsson aufgebrochen.

Trotz der späten Jahreszeit hielten sich in dem milden Klima Schonens die Mittsommerblumen oft bis weit in den Herbst hinein.

Das Haus war elegant, doch seine Proportionen waren bedeutend gemäßigter als bei einem richtigen Herrenhaus. Es könnte zu Beginn des vorigen Jahrhunderts erbaut worden sein, vermuteten die beiden, als sie langsam die Weidenallee entlang auf das malerische Gut in imitiertem Barockstil zufuhren. »Malerisch« war in diesem Zusammenhang der passende Ausdruck, denn Anderberg hatte noch die Information hinzugefügt, dass Lise Vagnman auch ihr Atelier hier draußen hatte.

Auch wenn es sich bei weitem nicht um ein Landgut handelte, durften die Räumlichkeiten mehr als ausreichend sein. Hill nahm an, dass das Wohnhaus zwischen zweihundertfünfzig und dreihundert Quadratmeter maß und dass die daneben liegenden Vorratsgebäude für die Art von Tätigkeit, der Künstler nachgingen, vollkommen tauglich waren.

Dichte, wilde Weinranken kletterten an der Fassade aufwärts. An manchen Stellen hatte das eine oder andere Blatt begonnen, sich herbstlich bräunlich zu färben, aber das übrige Blätterwerk leuchtete noch kräftig smaragdgrün.

»Krabbeln da nicht lauter Spinnen und anderes Ungeziefer drin herum?«, fragte Birgitta sachlich und verdarb die schöne Stimmung.

»Ich glaube schon, aber zugleich ist es so pittoresk wie ein kleines englisches Cottage. Mir gefällt das, und ich hätte nichts dagegen, selbst so eins zu haben.«

»Ach wirklich? Aber wenn das Dach neu gedeckt, die Fensterrahmen gestrichen und im Winter die Auffahrt freigeschaufelt werden muss, würdest du dich sicher wieder in die Stadt zurücksehnen.«

Das würde er vielleicht tatsächlich tun, doch Fakt war auch, dass er und Catharina sich nicht richtig in der Hebsackersgatan wohl fühlten, seit vor fast eineinhalb Jahren der gedungene Profikiller bei ihnen eingedrungen war. Zwar hatte er seinen hoch dotierten Mordauftrag an Joakim nicht in die Tat umsetzen können, aber es war, als hätte sich etwas von dem Killer in den Wänden festgesetzt. Möglicherweise weil man den Fleck von der zerschossenen Pizza auf dem Flurteppich noch erahnen konnte, obwohl sie nach allen Kräften geschrubbt und gescheuert hatten.

»Auf jeden Fall sieht es inspirierend aus. Ein bisschen wie in einem Agatha-Christie-Roman, zumindest solange sich um das rein Praktische andere kümmern«, beharrte er.

»Mmmm.«

Was in der idyllischen Umgebung allerdings störte, war das Auto. Ein roter Ford Mustang stand ein Stück entfernt vor einer Garage geparkt.

Auf dem Nummernschild war »BLÅ 1« zu lesen, und Hill fragte sich, ob das Lise Vagnmans Auto war oder ob sie Besuch hatte.

Es wirkte luxuriös, auf diese Weise bis vor die Haustür fahren zu können. Auf dem knirschenden Kies eine Runde zu drehen und den Wagen einfach da abzustellen, wo man wollte. Keine Politessen, keine Kronen verschlingenden Parkuhren und keine weißen Markierungen für das rechte Benehmen im Straßenverkehr. Hier herrschte zweifelsohne die richtige Stimmung des freien Landlebens.

Eine Laterne aus dem neunzehnten Jahrhundert war mit einer Stromleitung versehen worden, und eine Energiesparleuchte verströmte effektives kaltweißes Licht über die weich gerundete Treppe.

»Das hätte eigentlich Gas sein sollen«, bemerkte Birgitta.

»Ich dachte, du fändest das vergangene Jahrhundert nicht so romantisch?«

»Nein, ich meine ja nur, dass es Gas sein müsste.«

Er schmunzelte und registrierte, dass nicht einmal eine hartgesottene Frau aus dem Weltraumzeitalter wie Svenningsson von der Atmosphäre vergangener Zeiten unberührt blieb.

Mit einer gewissen Würde stiegen sie die Treppe hinauf. Die harmonische Gestaltung des Eingangs bestand aus einer gediegenen Steinarbeit. Mitten auf der soliden Holztür prangte ein schmiedeeiserner Türklopfer, daneben eine höchst moderne Klingel. Hill drückte auf den Klingelknopf und hörte, wie das Signal drinnen ertönte. Dem Echo konnte man entnehmen, dass die Räume hoch waren. Er rechnete fast damit, dass eine Dame in schwarzem Spitzenkleid und mit Pincenez öffnen würde.

Sie hörten das Rasseln einer Vorlegekette, die an ihren Platz geschoben wurde. Dann öffnete sich die Tür einen winzig kleinen Spalt.

Eine schmale Nasenspitze lugte heraus.

»Ja?«, erkundigte sich eine abweisende Frauenstimme. »Worum geht es?«

»Lise – Lise Vagnman?«, fragte Hill, obwohl er sie sehr wohl wiedererkannte, selbst aus dieser merkwürdigen Perspektive. Es fragte sich nur, ob sie sich an ihn erinnern würde. »Kriminalkommissar Joakim Hill, wir sind uns vor einigen Jahren begegnet, als Ihr Mann im Sund verunglückt ist.«

»Ja, natürlich. Jetzt erkenne ich Sie«, erwiderte sie mit leichtem dänischen Akzent.

»Können wir reinkommen und uns unterhalten?«, schlug er vor. »Dies ist übrigens Polizeiassistentin Birgitta Svenningsson.«

»Einen Augenblick«, bat sie und schlug die Tür zu, dass es dröhnte.

Hill vermutete, dass das Holz im Türstock in der feuchten Spätsommerwärme aufgequollen war und klemmte. Es rasselte wieder, als sie die Kette löste und die Tür mit einem resoluten Ruck weit aufmachte.

»Bitte, treten Sie näher«, forderte sie die beiden auf.

Lise Vagnman war alles andere als eine zierliche, vornehme Dame aus vergangenen Tagen. Sie trug verschlissene Jeans und einen fransigen, Grunge-inspirierten Pulli, der auf Schenkelhöhe endete. Die langen blonden Haare waren achtlos mit einem grellrosa Haargummi im Nacken zusammengebunden. Sie hatte kein Pincenez, sondern eine Lesebrille, die sie ungeduldig auf die Stirn geschoben hatte. Hill wusste, dass sie fast zehn Jahre jünger war als ihr Mann, wonach sie Mitte vierzig sein musste.

Im Haus herrschte eine herrliche Atmosphäre. Es war mit alten schweren Möbeln eingerichtet, die sie, wie Hill annahm, in verschiedenen Antiquitätengeschäften der Gegend gekauft hatte. Meist dominierte die Jahrhundertwende, wobei er nicht an das letztvergangene dachte. Das hatte noch keine besondere Atmosphäre. Aber Objekte aus den ersten Jahren des zwanzigsten Jahrhunderts hatten eine enorme nostalgische Patina, die zum Nachdenken und Ausruhen einlud. Oder eine, die – wenn man so wollte – eine unwirkliche Wirklichkeit evozierte, um sich dahinter zu verstecken.

Lise geleitete die Besucher mit einer weltgewandten Geste ins Wohnzimmer und bot ihnen an, in einem herrlich stramm gepolsterten Chippendalesofa aus moosgrünem Brokat Platz zu nehmen.

Sowie Lise sich gesetzt hatte, reckte sie sich nach einer

Zigarettenschachtel, die neben einem protzigen Aschenbecher aus schwarzem Alabaster lag. Sie steckte sich eine an und nahm einen tiefen Zug. Was machte sie nur so nervös, überlegte Hill. Schließlich hatten sie von der Neuigkeit noch gar nichts berichtet.

»Ja?«, fragte sie, während sich der Rauch deckenwärts kräuselte. »Was wollen Sie?«

Doch dann sah er in ihrem Blick, dass sie plötzlich seine Person mit dem traurigen Vorfall verknüpfte, der sie zuletzt zusammengeführt hatte.

»Sie haben doch nicht...«, keuchte sie beinahe, »Pers... Überreste gefunden?«

»Doch – nein, nicht direkt. Ich weiß nicht recht, wie ich das formulieren soll, aber ich muss Sie bitten, sich auf einen Schock gefasst zu machen.«

Sie schwieg, setzte sich kerzengerade hin und legte die Zigarette auf den Rand des Aschenbechers.

»Gestern Abend ist in Söderåsen ein Sommerhaus niedergebrannt.«

»Aha?«

»Wir haben in der Ruine eine Leiche gefunden«, fuhr er fort und musterte forschend Lise Vagnman.

Aber sie sah ihn reglos und unverwandt aus ihren großen blauen Augen an. Er konnte um keinen Preis etwas anderes als unverstellte Verwunderung darin lesen und kam rasch zum Kern der Sache.

»Und, wie denkwürdig das auch klingen mag«, tastete er sich vorwärts, »wir nehmen an, dass der Tote Ihr Mann Per Vagnman ist.«

Lise blickte verstört von einem Gesicht zum anderen, doch sie entdeckte kein leichtes, höhnisches Lächeln, weder bei der jungen Dame noch auf Hills Lippen.

»Was sagen Sie da? Sie... machen doch Witze!«

»Nein, der Zweifel ist leider sehr gering. Wir haben Aufnahmen von seinem Gebiss vergleichen lassen, und sie stimmen bis ins Detail überein.«

»Aber das ist doch absurd! Per ist doch seit ... fast vier Jahren tot!«

»Das haben wir auch geglaubt. Aber anscheinend hat er den Unfall auf irgendeine Weise überlebt und seit einiger Zeit da oben auf der Anhöhe in einem Sommerhaus sozusagen leihweise gewohnt.«

Lise Vagnman öffnete den Mund und brachte kein Wort heraus. Dann schüttelte sie den Kopf, als wollte sie seine unerhörte Behauptung aus ihrem Bewusstsein scheuchen.

»Hat er nie mit Ihnen Kontakt aufgenommen?«, erkundigte sich Hill.

»Nein ... nein, überhaupt nicht. Ja, entschuldigen Sie mich«, stammelte sie, griff nach der Zigarette und nahm einige tiefe Lungenzüge, »aber das ist ein unfassbarer Schock.«

Hill war durchaus bereit, ihr das zu glauben. Andernfalls war sie eine äußerst geschickte Schauspielerin. Eine Möglichkeit, die sich natürlich auch nicht ausschließen ließ. Aber er begegnete eine Sekunde lang Svenningssons aufmerksamem Blick und merkte, dass sie dasselbe wie er zu glauben schien.

»Ich muss leider ... der Formalitäten halber«, hob er an, »fragen, ob Sie sich gestern Abend hier zu Hause aufgehalten haben?«

»Ja, das habe ich«, gab sie äußerst beherrscht zurück. »Eine meiner alten Tanten – Tante Magda – war sogar zum Abendessen hier. Sie hat bei mir übernachtet, und ich habe sie heute Mittag wieder nach Holbaek zurückgefahren.«

»In Ihrem eigenen Auto? Dem da draußen?«

Sie nickte.

Hill wollte das überprüfen. Dem Zoll war der Mustang vielleicht aufgefallen. Er würde Stefan Ryd anrufen, um nachzufragen. Aber es gab noch eine Menge weiterer Fragen, die er Lise stellen wollte, obwohl ihm klar war, dass sie sich in einem Zustand heller Aufregung befinden musste. Menschen kehren für gewöhnlich nicht von den Toten zurück, und noch weniger sterben sie zweimal hintereinander eines gewaltsamen Todes.

Eine Frage, die ihm unter den Nägeln brannte, war die nach der Pistole.

»Aus unseren Akten geht hervor, dass Sie eine Waffe besitzen. Eine 6,35 mm Korovin, stimmt das?«

»Ja, das ist richtig.«

»Für diese Waffe haben Sie, kurz nachdem Ihr Mann verschwand, eine Lizenz erworben. Darf ich fragen, weshalb?«

Die höfliche Variante brachte ihn meist um einiges weiter als der sachliche Formentanz, dachte Hill. Aber er war dennoch bereit, rasch seinen Stil zu ändern, wenn die Umstände dies verlangten.

»Sie sehen ja selbst, wie ich wohne«, entgegnete Lise Vagnman und breitete die Arme aus. »Hier ist es ziemlich einsam und weit bis zum nächsten Nachbarn, wenn etwas passiert. So fühle ich mich sicherer, beschützter.«

»Und Sie haben keinen Hund?«

Sie wollte gerade antworten, als plötzlich etwas um sein Hosenbein strich und er zusammenzuckte. Eine getigerte Katze schmiegte sich schmeichlerisch zuerst an Hills Waden, dann an Svenningssons.

»Percy«, rief Lise Vagnman. »Komm her, Percy – komm!«

»Ist ja gut«, sagte Svenningsson beruhigend und streichelte die laut schnurrende Katze. »Ich mag Katzen. Na, du bist aber ein Schöner!«

»Nein«, sagte Lise, um Hills Frage zu beantworten, »ich habe keinen Hund. Ich bin eher ein Katzenmensch, wenn Sie verstehen. Einen Hund kann man leicht betäuben, aber eine Pistole hat man immer an seiner Seite.«

Sie klang überheblich und selbstsicher, und Hill bemerkte fasziniert, wie sie dabei fortwährend an einem außergewöhnlich schönen Brillantring an ihrem Finger drehte.

»Und außerdem«, fügte sie trotzig hinzu, als hätte er ihr etwas unterstellt, »ist nicht mehr aus ihr gefeuert worden seit den Übungen vor mehreren Monaten.«

Er hatte nicht danach gefragt, aber sie hatte ihm dennoch diese Information geliefert. Auf eine Art, die darauf hindeutete, dass sie womöglich tatsächlich nicht wusste, wie Per ums Leben gekommen war. Hatte sie instinktiv geglaubt, der Tote sei vor dem Ausbruch des Feuers erschossen worden? Aus ihrem defensiven Vorstoß schien das hervorzugehen.

Hill stellte sich folglich die Frage nach dem Warum. Auch wenn ihre Aussage sie als dringend Tatverdächtige ausschloss. Aber er dachte intuitiv so, auch wenn eigentlich noch nicht feststand, ob man es mit Mord oder einem Unfall zu tun hatte. Die Erfahrung sagte ihm, dass es galt, Eindrücke und Reaktionen zu sammeln, welcher Art sie auch sein mochten, und das so schnell wie möglich. Denn wurde etwas schneller kalt als eine Portion Pommes frites, dann waren es genau diese unmittelbaren Wahrnehmungen.

»Ein wirklich schönes Haus haben Sie«, wechselte er rasch das Thema. »Wann sind Sie hier eingezogen?«

»Vor einem knappen Jahr«, antwortete sie wahrheitsgemäß.

»Ein großer Unterschied zu einer Stadtwohnung«, setzte er hinzu.

»Die Bilder«, gab sie trocken auf seine unausgesprochene Frage zurück.

»Wie bitte?«, täuschte er vor, sah jedoch ein, dass sie seinen erbärmlichen Versuch, Katz und Maus zu spielen, bereits durchschaut hatte.

»Als Per starb – oder wie man das im Nachhinein nennen

soll –, ist der Wert seiner Bilder enorm gestiegen. Das war einfach so«, sagte sie und zuckte müde die Achseln, während Percy seinen Mut zusammennahm, auf das Sofa sprang und sich dicht und behaglich neben Svenningsson zurechtlegte. »Sodass sich ein unerwartetes Erbe daraus ergeben hat, wenn man so will.«

Sie tastete erneut nach der Zigarettenschachtel, bekam mit leicht zitternden Fingern einen weiteren Glimmstängel zu fassen und zündete ihn an. Tiefe Lungenzüge waren wieder angesagt.

»Er hat anscheinend eine ganze Menge gemalt«, warf Svenningsson ein und kraulte die euphorisierte Katze hinter den Ohren.

»Ja, Per ist zeitweise sehr produktiv gewesen. Als ich alles durchgesehen habe nach … ja, da habe ich Unmengen verworfene Werke gefunden, die er auf dem Dachboden gelagert hatte. Gemälde, die sich plötzlich wie geschnitten Brot verkauften.«

»Ich verstehe …«, sagte Hill und machte sich eine Notiz. »Sie haben nicht zufällig ein Foto von ihm gefunden – nach Möglichkeit nicht lange vor dem Unfall aufgenommen?«

Schon vor vier Jahren war nach einem Foto gefragt worden, und weil keine Leiche gefunden worden war, hatte man nicht einmal ein Obduktionsfoto anfertigen können. Es gab nur ein so gut wie wertloses Jugendfoto.

Sie schien unfreiwillig innezuhalten und dachte nach, bevor sie verneinte.

»Nein, Per hat es gehasst, fotografiert zu werden. Eine Grille, die er von Kindheit an hatte. Er ist vor Kameras immer geflohen, und es existieren im Prinzip keine Aufnahmen von ihm, seit er erwachsen war.«

»Das ist ja schade, aber gut.«

Joakim Hill erhob sich und deutete damit an, dass der Besuch beendet war.

Percy zuckte überrascht zusammen und starrte wütend auf die Person, die seine schöne Stunde mit dieser gemütlichen Dame unterbrochen hatte.

»Also, wie gesagt«, wiederholte Hill und reichte Lise Vagnman die Hand über den Sofatisch, »wir können Ihnen nur unsere Anteilnahme aussprechen. Wir melden uns wieder, sobald wir mehr von der noch andauernden Analyse wissen. Kommen Sie so klar oder möchten Sie, dass ein Arzt vorbeischaut und Ihnen eine Beruhigungstablette gibt?«

»Nein, danke, bewahre – nichts, was mich benebelt. Ich komme zurecht, ich nehme dann einen kleinen Whisky.«

»In Ordnung, und wenn Sie es sich anders überlegen sollten, rufen Sie einfach den Notarzt an. Vielen Dank fürs Erste.«

»Danke«, entgegnete Lise, mehr, weil man so sagt, als weil sie tatsächlich für diesen unerwarteten und unschönen Besuch dankbar war.

Sie geleitete die beiden wieder in die große Halle, und Hill fiel auf, dass einer der Räume auf der anderen Seite hell erleuchtet war.

»Das Atelier«, sagte Lise, als sie seinen fragenden Blick bemerkte. »Ich habe meine Künstlerwerkstatt da drinnen.«

Er nickte.

Hill und Svenningsson öffneten die schwere Haustür und traten auf die gerundete Treppe.

»Übrigens«, sagte er im Hinuntergehen, »hat Ihr Mann auch geraucht?«

»Ob Per geraucht hat? Hat der Weihnachtsmann eine rote Mütze? Per hat wie ein Schlot geraucht. Alles, was er kriegen konnte. Aber am liebsten große, fette Zigarren.«

»Gut, vielen Dank«, sagte er, stieg rasch die letzten Stufen hinunter und betrat die mit Kies ausgestreute Auffahrt.

Er hörte, wie die Tür hinter ihnen geschlossen und die Kette vorgelegt wurde.

Svenningsson hatte sich schon auf den Fahrersitz gesetzt und den Motor gestartet, sodass Hill sich neben sie auf den Beifahrersitz fallen ließ.

Er warf einen besonders langen Blick auf das romantische Gebäude durch den Rückspiegel und fragte sich, was sich eigentlich hinter der unzeitgemäßen, weinberankten Fassade verbarg.

Es war dämmrig geworden. Und erst als die Scheinwerfer in Svenningssons abruptem U-Turn Licht auf die Allee warfen, sahen sie wieder die Mohnblumen am Wegesrand. Blutrot bogen sie sich in der leichten Abendbrise.

Richtung Bårslöv sprang plötzlich ein Reh quer über die Fahrbahn. Es wurde von den Scheinwerfern geblendet, blieb erschrocken stehen und starrte verstört das Auto an.

Svenningsson bremste weich ab und wartete in sicherem Abstand. Schließlich ließ der Bann nach. Das grazile Tier blinzelte, fuhr sich mit einer hellrosa Zungenspitze um die Nase und setzte auf schlanken Beinen seinen Weg zur anderen Straßenseite fort.

»Okay, geht's weiter?«, erkundigte Hill sich ungeduldig.

Es war schon nach halb neun, und die Wahrscheinlichkeit, dass Bia schlief, war groß. Aber dieses eine Mal dachte er in erster Linie an sich selbst. Er war seit sechs Uhr früh auf den Beinen und begann das, ehrlich gesagt, zu spüren.

»Hab noch etwas Geduld«, antwortete Birgitta ruhig und blieb, wo sie war.

Sie hatte das Licht ausgeschaltet und spähte in das finstere Dickicht auf der rechten Seite. Plötzlich bewegte sich etwas zwischen Farn und Gestrüpp. Zwei kleine Kitze kämpften sich auf unsicheren Babybeinen aus dem Straßengraben und stolperten leicht verwirrt auf die andere Seite, wo ihre Mama wartete.

»Wenn eine Mutter kommt, folgen ihr bald ein oder mehrere Junge«, erklärte sie zufrieden und triumphierend. »Das Sichtbare zeugt von dem Unsichtbaren.«

Das war eine empirische Tatsache, die der große Ermittler weiß Gott nicht wusste!

Nun startete sie gehorsam und begann, sich auf den schmalen Landstraßen Richtung Stadt vorzuarbeiten. Sie schlängelten sich seitwärts, stiegen und senkten sich über kleine, heimtückische Bergkuppen. Ungefähr so wie die Gedanken in Hills Kopf.

»Na, was hattest du für einen Eindruck?«, fragte er und lehnte sich erschöpft an die Kopfstütze.

»Nun, sie hat das ja ganz gut aufgenommen, denke ich. Aber es war deutlich, dass es ein echter Schock für sie war, dass er die ganze Zeit noch am Leben war.«

»Das finde ich auch. Das heißt, du kaufst ihr auch ihre Erklärung über den Waffenbesitz ab?«

»Da spricht nicht sehr viel dagegen, an und für sich.«

»Aber …?«

»Nein, nichts Bestimmtes, ich hatte nur so ein Gefühl.«

»Raus mit der Sprache.«

Er wunderte sich, wie Frauen gewisse Dinge ewig in die Länge ziehen konnten. Als hätte eine simple, verbale Aussage fatale Folgen, wenn sie nicht gründlich gedreht und gewendet worden war, bevor sie ausgesprochen wurde. Doch eigentlich war er einfach nur müde, und es war stets besser, zuerst nachzudenken.

»Ein Gefühl, dass dieses ganze pittoreske Jahrhundertgedöns mit seinen klobigen Möbeln, schweren Vorhängen und der allgemeinen Tendenz, sich abzuschirmen vom Rest der Menschheit da draußen auf dem Land, etwas ganz anderes als eine Stilfrage ist.«

»Wie meinst du das?«

»Na ja, eher eine Furcht«, sagte sie und nickte nachdrücklich, als sie links auf die neue Bundesstraße 109 abbog. Die,

die ostwärts nach Ekeby führte. Aber sie mussten in die andere Richtung, zum Bårslöv-Kreisel und weiter in die Stadt. Beide wohnten in modernen Stadtwohnungen, denkbar weit entfernt von dem landsitzähnlichen Künstlerheim, das sie gerade verlassen hatten.

»Ich weiß auch nicht, wieso, aber die Dame mit der Katze hat vor irgendetwas Angst, glaube ich – große Angst.«

Lise Vagnman umklammerte den Telefonhörer und wollte nicht auf die Einwände ihres Galeriepartners Carl Linell hören. Es war keine Minute verstrichen, seit Kommissar Hill und seine Kollegin den Kiesweg hinuntergefahren waren; verschwunden waren und sie allein gelassen hatten mit der schrecklichen Gewissheit, dass nichts so war, wie es schien.

»Das kümmert mich einen Dreck, was du zu tun hast oder mit wem du verabredet bist – wenn du nicht sofort hier rauskommst, weiß ich nicht, was ich tue…«

»Ist ja gut, Lise – beruhige dich doch«, versuchte Carl sie zu besänftigen, »ich verstehe ja, dass…«

»Du verstehst überhaupt nichts!«, fauchte sie so wütend, dass sogar Percy aufschreckte. »Du warst nicht hier, du hast nicht die Unterstellungen gehört und kannst nicht begreifen, wie das war!«

»Nein, das kann ich natürlich nicht.«

»Also, dann versuch nicht, mich abzuwimmeln.«

»Ich wimmle dich nicht ab.«

»Doch, das tust du sehr wohl!«

»Lise…«

»Du kapierst offenbar nicht, worum es geht!«

»Lise – ich komme. Okay?«

»Okay«, bestätigte sie und legte auf.

Lise hatte sich eine Jacke um die Schultern gehängt. Sie fror, war sich aber nicht sicher, ob das daran lag, dass es kalt war in dem Steinhaus oder weil sie Angst hatte. Sie trat an das große Verandafenster, zog vorsichtig den dicken Samtvorhang zur Seite und starrte auf die Allee hinaus. Sie war mäßig von einigen überlegt platzierten Laternen erleuchtet, die einen milden und an die Umgebung angepassten Lichtschein verströmten. Doch gerade jetzt wünschte sie, es würde eine Unmenge von Scheinwerfern geben, die die sich herabsenkende Dunkelheit in ein strahlendes Lichtinferno verwandelten.

Dann kam ihr eine Idee, und sie zog den schweren Vorhang hastig wieder zu.

Sie lief nach oben ins Schlafzimmer im ersten Stock zur großen Kommode. Die, die noch aus ihrem dänischen Elternhaus stammte. Zwei elektrische Kerzenleuchter tauchten das pompöse Möbelstück in schwaches Licht. Es wurde nicht länger für den Nachttopf und die Waschschüssel verwendet, sondern erfüllte eine rein ästhetische Funktion im Raum. Das heißt, Topf, Schüssel und Kanne aus Emaille gab es noch, aber eher als Kuriosität. Lise hatte ein großes, geräumiges Badezimmer Wand an Wand mit dem Schlafzimmer. Mit Dusche, einer kitschigen Sitzbadewanne auf emaillierten Löwenfüßen und einer modernen Toilette. Die Kommode verwendete sie hauptsächlich, um Sachen zu verwahren, die sie nicht offen herumliegen lassen wollte.

Unter anderem die Kondome, die sie sorgfältig hinter die Waschschüssel gesteckt hatte.

Und die Pistole.

Die lag an ihrem angestammten Platz in einer kleinen ausziehbaren Schublade, die ursprünglich für Kämme, Scheren, Nagelfeilen und anderes Zubehör für die Körperpflege vorgesehen war.

Doch nun diente sie als Waffenschrank.

Sie steckte ihre Hand hinein, fühlte das kalte, harte Metall und schloss ihre Finger gierig um den Kolben.

Die Waffe lag mit beruhigender Schwere in ihrer Rechten,

als sie wieder hinunterging. Sie huschte noch mal ans Fenster und spähte ängstlich durch einen Spalt in der Gardine den Laubgang hinab. Draußen rüttelte der Wind an den langen Zweigen der Weiden, peitschte sie hin und her, als wollte er ihnen Angst machen. Die mächtigen Eichen seitlich neben der Auffahrt waren nicht viel besser dran. Sie reckten ihre knorrigen Äste in den nachtblauen Himmel empor und schufen mit ihren knotigen Stämmen bedrohliche Sinnestäuschungen.

Es war wie ein Gruselfilm, ein richtiger Schocker. Doch für sie war das Wirklichkeit. Ein paar große Krähen hüpften auf das lange rote Ziegeldach, bevor sie sich einen passenden Ast in dem Baum daneben für die Nacht suchten. Das Klopfgeräusch setzte sich fort, wurde durch den Widerhall in dem leeren Spitzboden lauter und glich in der Diele einem gefährlichen Krachen. Sie glaubte, dass sich draußen Schatten aus dem schummrigen Licht lösten. Bildete sich ein, dass sich gekrümmte Gestalten zwischen den Rhododendronbüschen versteckten und sich langsam, aber sicher dem Hause näherten.

Percy fauchte und machte einen Buckel.

Sie umfasste mit beiden Händen die Waffe und drehte sich um – bereit zu schießen.

Aber es war nur ein Funke, der aus dem offenen Kamin flog und auf dem Schutzblech kreiste, bevor er verglühte.

Lise Vagnman legte ihre Hand auf die Brust, um ihr flatterndes Herz zu beschwichtigen.

»Ja, ja, Percy«, sagte sie in dem vergeblichen Versuch, sich selbst zu beruhigen. »Da ist nichts Gefährliches, Kleiner. Nur ein bisschen …«

Dann hörte sie endlich das Auto.

Sie lief wieder ans Fenster.

Carl Linells schwarzer Chrysler-Pick-up, mit dem er auch die Transporte für die Galerie erledigte, raste die Allee hinauf und wirbelte hinter sich eine Staubwolke auf. Die Reifen quietschten, als er auf den Vorplatz bog. Sie sah, wie er das Mobiltelefon aus seiner Halterung riss, das Licht überprüfte und das Auto elektrisch verriegelte, während er auf die Haustür zurannte. In unfassbarem Tempo war sie im Flur, nahm die Sicherheitskette ab und öffnete die Tür.

»Ich bin so schnell gefahren, wie es nur ging…«, begann er, doch er spürte ihre Faust an seiner Schläfe. Sie schlug und schlug. Prügelte, während ihr die Tränen die geröteten Wangen hinabliefen, mit der geballten Hand, wo sie gerade traf. Auf die Brust, die Schultern, den Hals und wieder ins Gesicht.

Mit eisernem Griff packte er die schlagende Hand und hielt sie fest.

»Hör auf!«, schrie er. »Schluss, es reicht!«

Sie schniefte etwas Unverständliches, senkte den Kopf und begann, an seiner Brust zu schluchzen.

Er legte den Arm um sie, nahm behutsam die Pistole aus ihrer Rechten und führte sie zum Wohnzimmersofa.

»So ist es gut«, sagte er und ging an den Schrank mit den Spirituosen. »Beruhige dich erst mal, Lise. Du bekommst einen Kognak, und danach können wir reden.«

Er fand die Flasche Larsen-Kognak und füllte großzügig einen Kognakschwenker aus geschliffenem Glas. Er zögerte, goss sich dann ebenfalls einen kleinen Schluck ein. Ja, das brauchte er weiß Gott in dieser Situation.

»Hier – trink!«, befahl er und ließ sich neben sie in das Sofa sinken.

Sie nahm zuerst einen kleinen Schluck, der vor lauter Schnupfen und Tränenflüssigkeit beinahe in der Luftröhre stecken blieb. Sie fuhr sich schnell mit dem Handrücken über den Mund und nahm einen größeren Schluck. Sie spürte, wie der hochprozentige Alkohol durch die Magenöffnung rann und eine beruhigende Wärme im ganzen Körper verströmte. Carl reichte ihr sein tadellos reines Taschentuch, sie schnäuzte sich geräuschvoll und atmete etwas ruhiger.

»Erzähl«, sagte er und nippte ein wenig an seinem Kognak. »Aber bleib ruhig und fang vor allem am Anfang an.«

Als sie geendet hatte, war das Feuer im Kamin heruntergebrannt, aber er hatte nicht die geringste Lust, aufzustehen und neue Holzscheite nachzulegen.

Das hier war ernst – verdammt ernst.

»Und weißt du was«, schniefte sie und blickte ihn schräg von der Seite an, »ich kann einfach nicht aufhören, mich zu wundern.«

»Wundern, worüber?«, fragte er, plötzlich erschöpft, stellte den Schwenker mit einem irritierenden Klirren auf die Tischplatte und rieb sich die Augen.

»Ob du irgendwas damit zu tun hast!«

»Ich?«

Mit einem Ruck nahm er die Hände vom Gesicht und starrte sie ungläubig an.

»Ja – du. Woher soll ich wissen, ob du nicht die ganze Zeit über ...«

»Mach dich nicht lächerlich! Ich habe ihn doch auch im Meer verschwinden sehen, an dem Abend, oder nicht?«, zischte er. »Wie um alles in der Welt er überlebt hat, begreife ich nicht. Sind die denn wirklich sicher, dass er es ist?«

»Bombensicher. Sie haben sogar sein Gebiss beim Zahnarzt überprüft – es gibt nicht den geringsten Zweifel.«

Er schwieg, erhob sich missgelaunt und trat wie sie zuvor an die Gardine und lugte misstrauisch die Allee hinab. Doch sogar der Abendwind war abgeflaut, und nicht einmal der dünnste Zweig bewegte sich.

»Wir vergessen das«, bestimmte er schließlich und zog mit einem kräftigen Ruck den dicken Samtvorhang zu.

Er bot ihr einladend die Hand.

»Komm«, sagte er und lächelte zum ersten Mal. »Sitzen

wir nicht länger hier herum und grübeln. Wir werden schon noch alles rechtzeitig erfahren. Lass uns ins Schlafzimmer hochgehen – komm!«

Carl Linell war ein Mann, dessen offenes, blondhaariges Äußeres und weiß poliertes Zahnpastalächeln selbst dem gewieftesten Kaufmann seinen Ladenschlüssel abluchsen konnte, wenn er denn wollte. Was natürlich nicht hieß, dass man dieser ansprechenden Fassade trauen konnte. Seine Kunden begriffen das vielleicht nicht. Aber Lise wusste es umso besser. Denn genau diese prickelnde, unzuverlässige Komponente vereinte sie – in Schuld und Not.

Um nicht von Lust zu sprechen.

Genau dieses Lächeln und diese Geste – herausfordernd und kalkuliert zugleich – betätigten gleichsam einen großen roten Startknopf für Lises sämtliche animalische Triebe.

Sie spürte den aufreizenden Kitzel im Unterleib. Der, der mitteilte, dass Vernunft und Wille nichts mehr mit der Sache zu tun hatten, der das gesamte Nervensystem reizte und blitzschnell die Wirbelsäule hinaufkletterte und, bevor sie begriff, was passierte, Sturzbäche von Östrogen in ihrem Gehirn explodieren ließ.

Sie legte ihre Hand in seine und ließ sich widerstandslos vom Sofa hochziehen. Doch dann führte ihre eigene Kraft den Taktstock. Ungeachtet all dessen, was gerade geschehen war, ließ sie den fransigen Pullover von den Schultern gleiten und zu Boden fallen. Sie löste das rosa Haarband, und ihr blondes Haar wogte frei über den Rücken.

Keine Sekunde ließ sie seinen Blick aus den Augen. Ein siegessicheres Funkeln loderte darin, und sie war bereit für den Kampf. Langsam legte sie den Kopf leicht schief, öffnete die Lippen einen Spalt und befeuchtete sie mit ihrer glänzenden Zungenspitze. Lise stellte sich auf die Zehen und näherte ihr Gesicht dem seinen.

Schnupperte wie ein misstrauisches Tigerweibchen und

suchte seinen geöffneten Mund mit einem provozierenden, festen Zungenkuss.

Als sie ihr Bein um seine Hüfte schlang und an dem maßgeschneiderten Schlitz der Armani-Hose nestelte, war von der mondänen, kultivierten Künstlerin nicht mehr viel übrig.

Wieder hatte er das Tier in ihr geweckt.

Ihre falsche Untergebenheit kaufte er ihr keineswegs ab.

Bevor dieses Spiel zu seinem Ende kam, würde einer von ihnen der Stärkere sein, der den anderen wie eine Beute ohne das geringste Erbarmen zur Strecke brachte.

Sie bewegten sich wie ein sich windendes Wesen mit verdächtig abwehrenden Gesten auf die Treppe zu. Ihre Lippen waren noch immer untrennbar ineinander verschmolzen, aber der Kuss war in ein erstes Kräftemessen übergegangen. Seine Zähne schlugen an ihre, sie stöhnte auf, und der Laut ging in ein aufbegehrendes Brüllen über, als sie den Mund noch weiter öffnete und seine Kiefer umschloss, während die Zungen einen wilden Kampf vollführten. Ohne den Griff zu lockern, bewegten sie sich eng umklammert die Treppe ins Schlafzimmer hinauf.

Er jubelte im Stillen.

Lise hatte ihren ersten Fehler bereits begangen, ohne es zu merken. Er hielt die Pistole noch immer in seiner Hand, und er würde nicht zögern, seine Überlegenheit auszunutzen. Unter Drohung mit der Waffe würde sie sich diesmal den Lederriemen und den anderen Utensilien, die sie zusammen mit den Kondomen in der alten Kommode aufbewahrte, unterwerfen müssen.

Danach brauchte sie nur ein dünnes Rinnsal Blut aus dem Mundwinkel zu tupfen.

Das ausgetreten war, als er sie kurz vor der Erlösung hart über den Mund geschlagen hatte. Das half jedes Mal. Half ihnen beiden über die unerträglich herrliche Schwelle.

Als sie hinterher schweigend nebeneinander unter der Bettdecke lagen, spürte sie natürlich, wie es auf ihren Schenkeln und ihrem Rücken brannte. Das tat es immer dann, wenn man der Empfangende war. Die Lederriemen hatten harte Kanten und knallten schallend, wenn sie trafen. Aber es war selten, dass die Haut wirklich blutete. Meist bekam sie nur feuerrote Striemen.

Sie schwor sich, nie wieder so idiotisch unvorsichtig zu sein.

Wie um Himmels willen hatte sie die Pistole vergessen können?

Das, wie so viel anderes Unglück, war selbstverständlich Pers Fehler. Durch die Aufregung über den Besuch der Polizei war sie überhaupt nicht mehr auf der Hut gewesen, dass sie ihre Unterlegenheit erst bemerkt hatte, als Carl ihre eigene Pistole auf sie gerichtet hielt und die totale Unterwerfung verlangte.

Und als ihre Gedanken dahin zurückkehrten, von wo sie in dem aufregenden Spiel geflohen waren, tauchten alle Fragen unbeantwortet wieder auf.

Carl drehte sich um, reckte sich nach einer Zigarettenschachtel, die auf dem Nachttisch lag, und nahm zwei Zigaretten heraus. Er steckte beide an und reichte ihr eine.

»Hier«, sagte er gedehnt.

»Mmm.«

Was sich gerade zwischen ihnen abgespielt hatte, erwähnten sie mit keinem Wort – das taten sie nie.

Stattdessen sogen sie den herben, stimulierenden und zugleich beruhigenden Rauch in langen, intensiven Zügen ein. Stumm lagen sie nebeneinander, als hätte das Erwachen aus der Spannung sie in ein unwirkliches Vakuum geworfen. Doch schließlich fanden die Worte den Weg in die noch immer erotisch vibrierende Luft hinaus.

»Also ist er trotz allem nicht im Meer gestorben, an dem

Abend«, sagte sie und blies eine dichte Rauchsäule an die Zimmerdecke.

Das war keine Frage, sondern eine Feststellung.

»Nein, das scheint nicht so.«

Lise spürte, dass er nicht alles sagte, was er dachte, was sie plötzlich grenzenlos irritierte.

»Hör mit der Heimlichtuerei auf, Carl«, schnaubte sie, »wir müssen beim Polizeiverhör zusammenarbeiten, wenn wir mit heiler Haut davonkommen wollen.«

»Wir – was meinst du mit ›wir‹? Es gibt ja wohl keinen Grund, wieso sie mit mir sprechen wollten.«

»Begreifst du nicht, dass durch die Tatsache, dass er die ganze Zeit über am Leben war, mit Sicherheit die gesamte bisherige Ermittlungsarbeit von neuem aufgerollt wird?«

»Und …?«

»Und ein gewisser, bekannter Galeriebesitzer ist dort als Hauptzeuge des Vorfalls verzeichnet. Mit einer Zeugenaussage, die dazu geführt hat, dass die Ausstellung des Totenscheins in Rekordzeit erfolgt ist. Glaubst du nicht, dass sie deine Ausführungen noch ein zweites Mal hören wollen – in Anbetracht dessen, was sich nun ereignet hat?«

»Mein Gott, das ist doch vor … drei Jahren passiert, oder?«

»Vier«, murmelte sie verdrossen. »Im September vier.«

»Whatever! Denken die, dass ich mich nach diesen Jahren an alle Details erinnere?«

»Nein, hoffen wir's.«

»Und ich weiß sicher, dass mich keine Menschenseele gesehen hat.«

»Das hast du gesagt, ja. Aber stell dir vor, jemand vom Servicepersonal hat plötzlich ein besonders gutes Gedächtnis, wenn das hier rauskommt. Und es wird rauskommen. Das ist ein gefundenes Fressen für die Presse, und, ehrlich gesagt, wundert es mich, dass wir bisher noch nichts gehört haben.«

»Da gibt es doch nichts zu erinnern – für niemanden!«

»Unterschätze nie, was Kellner alles bemerken, Carl. Ihre Augen und Ohren lassen sogar einen Privatschnüffler vor Neid erblassen.«

»Aber vor vier Jahren hat keiner von ihnen etwas sagen können. Wieso in aller Welt sollten sie das jetzt tun?«

»Man weiß nie… man weiß es eben nie.«

Sie stand auf, aschte in den Aschenbecher auf der Kommode, und er betrachtete ihren noch immer sehr anziehenden Körper in dem mattgelben Licht der elektrischen Kerzenleuchter. Man sah ihr wirklich nicht an, dass sie fast sechsundvierzig Jahre alt war, dachte er anerkennend. Die Schultern waren noch gerade, das Fleisch fest und muskulös und der Hintern herrlich stramm. Fast wie bei einem Mann. Carl gefiel, was er sah. Auch die feuerroten Striemen.

Plötzlich drehte sie sich um und blickte ihm in die Augen.

»Vielleicht, weil sich die Erinnerung meist ganz klar herauskristallisiert, wenn man auf eine so dramatische Weise erinnert wird. Wenn die Geschichte jetzt in die Zeitungen kommt, erinnert sich vielleicht jemand an die kleine braune Flasche. Jemand, der zufällig so schnell vorbeigehuscht ist, dass du vielleicht gar nichts gemerkt hast.«

»Blödsinn – du übertreibst!«

»Okay – aber stell dir vor, dem Augenarzt fällt plötzlich alles wieder ein!«

Jetzt wurde er stinkwütend – wieso musste sie die schöne Stimmung kaputtmachen?

»Jetzt hör aber auf – ich will verdammt nochmal nichts mehr davon hören.«

Verärgert schlug er die Decke zurück und schwang drohend die Füße aus dem Bett. Aber Lise hatte keine Angst, nicht vor Carl. Sie wusste, dass er nur mit Worten drohte.

»Von mir – oder von der Kripo?«

»Was denn – hören?«, machte er sich lustig und schlüpfte rasch in Unterhose und Hose.

»Von dem Medikament für die Augen, wofür du ein Rezept bekommen hast, einige Wochen bevor Per über Bord gehüpft ist.«

»Kein Mensch sieht da einen Zusammenhang.«

»Bist du sicher?«

Sie provozierte ihn bewusst, obwohl er den Vorteil hatte, zumindest zur Hälfte bekleidet zu sein, während sie nackt vor ihm stand.

»Seitdem kommt das nämlich immer öfter vor«, behauptete sie patzig.

»Mit den Sehschwierigkeiten?«

»Nein, dass diese Tropfen verwendet werden, um jemanden zu manipulieren. So, wie wir es mit Per gemacht haben.«

»Okay, so what? Selbst wenn sich beweisen lässt, dass ich das Rezept eingelöst habe, lassen sich verflucht nochmal keine Spuren von dem Medikament im Körper nachweisen. Nicht nach all den Jahren, und außerdem war er schwer verbrannt, hast du gesagt.«

Sie zuckte mit den Schultern, bemerkte unvermittelt ihre Blöße und streckte sich nach dem Morgenmantel auf dem Bügel. Er war aus dünnster, cremefarbener Seide, mit hohen Schlitzen an den Schenkeln. Was er verbarg, war zwar nicht viel, aber er bedeckte immerhin ein wenig.

Carl sah aus dem Schlafzimmerfenster, ließ seinen Blick erneut über die verlassene Allee Richtung Landstraße schweifen. Weshalb tat er das, wenn es doch keinen Grund zur Beunruhigung gab?, dachte sie und schmiegte sich dennoch an ihn.

Es waren einige Fragezeichen aufgetaucht.

»Okay«, sagte sie einlenkend. »Als wir ihm das Medikament verabreicht haben, waren wir uns sicher, dass er wirklich sterben würde. Doch offensichtlich ist es anders gekommen.«

Er dachte über Alternativen nach.

»Glaubst du tatsächlich, dass die Polente uns die Wahrheit über den Brand erzählt hat? Könnte es nicht sein, dass die Polizei uns dazu bringen will, uns zu verraten?«

»Nach all den Jahren?«

»Wer weiß – das ist noch nicht verjährt.«

Sie dachte über diese Idee nach, schüttelte dann den Kopf.

»Den Eindruck hatte ich nicht. Dieser Hill war da. Ich weiß nicht, aber er wirkte ehrlich auf mich.«

»Hej, wach auf – er ist ein Bulle!«

Percy miaute lautstark im Erdgeschoss.

Sie hatte vergessen, ihn zu füttern.

Lise murrte beleidigt und wandte sich zur Treppe, um ihre Sünde wiedergutzumachen. Doch sie blieb in der Tür stehen, knotete den Gürtel enger um ihre Taille und musterte nachdenklich Carl, der noch am Fenster stand.

»Wenn Per auf wundersame Weise überlebt hat, fragt man sich doch, was er seit dem Unfall so getrieben hat«, meinte sie. »Und wenn ihn nun keiner von uns da oben in der Hütte getötet hat… wer dann – und warum?«

»Kein Kommentar – wir können später weiterreden«, zu einer Nachrichtenjournalistin zu sagen – besonders zu einer, die an einem attraktiven Job bei einem Stockholmer Käseblatt dran war –, war ungefähr so, wie ein brennendes Streichholz in ein Lager mit Feuerwerkskörpern zu werfen.

Das war jedenfalls die Wirkung, die Hills Abwiegeln am Brandort bei Lotta Jönsson erzielt hatte. Es dauerte nicht lange, allgemeine Daten über Per Vagnman einzuholen, den Künstler, der vor vier Jahren bei einem Unfall im Sund umgekommen war. Und darauf schien der Kriminalkommissar offenbar nicht näher eingehen zu wollen. Das war so sonnenklar, dass Lottas Interesse sofort geweckt war.

Die Ermittlungsakten waren offiziell, und man brauchte

sich nur Kopien nach Hause schicken zu lassen. Sie hatte sich mit einer großen Tasse Kaffee ins Café Birger in der Bibliothek gesetzt und die Berichte durchforstet. Ehrlich gesagt, hatte sie nicht die mindeste Ahnung von diesem Per Vagnman gehabt, bis sie die leichtsinnigen Antworten von Anderberg während seines Telefongesprächs mit Hill aufgeschnappt hatte. Doch je mehr Lotta in den Akten las, desto interessierter wurde sie – an Pers künstlerischem Schaffen, aber auch an seinem unsteten Leben. Möglicherweise, weil dieser Mann in jeder Hinsicht die klassischen Ansprüche eines schöpferischen Genies erfüllte. Ein Bohemien, eigenwillig und zeitweise völlig eingenommen von der Magie des Malens wie von den chaotischen Launen des Trinkens.

Als sie sich ein ungefähres Bild von den Umständen im Zusammenhang mit Per Vagnmans vermutetem Tod vor vier Jahren gemacht hatte, war sie noch immer äußerst wissbegierig. Sie wollte mehr über den Mann aus diesen Akten erfahren, über seine treibende Kraft und seine Ausdrucksmittel.

Und sie befand sich auch am richtigen Ort, um ihre Neugier zu stillen. Die Bibliothek hatte große Mengen an Literatur über Kunst, und Lotta entdeckte einige Bände, die Per Vagnmans Leben und sein künstlerisches Schaffen erläuterten. Sie betrachtete einen vierfarbigen Druck des von der Gemeinde in Auftrag gegebenen Ölbildes *Die Zukunft ist Licht*. Ein abstraktes Gemälde, dessen Schattierungen und Farbtöne eine spannungsgeladene Tiefe erzeugten. Ein Blickfang vor der fernen Vision eines immer heller werdenden Lichts. Der mit wilden Pinselstrichen den Betrachter jenseits von Zeit und Raum hin zu einer lichten Zukunft unter der kompetenten Führung der Politiker lenkt.

Er wurde als zu den Furionisten gehörig beschrieben, und Lotta Jönsson verstand sofort, was damit gemeint war.

Dass Vagnmans Œuvre einen tiefen und nachhaltigen Eindruck bei ihr hinterließ, konnte sie nicht bestreiten; sie wollte mehr wissen. Viel mehr als das, was in den trockenen, referatartigen Artikeln stand.

Sie las, dass die Furionisten sich gern der durch Drogen verursachten Aggression bedienten, um Visionen aus einer Urkraft heraus zu produzieren.

Etwas Gewaltsames, Ungezügeltes und Bedrängendes.

Sie fand, ihm war das überraschend gut gelungen.

Dennoch war *Die Zukunft ist Licht* das einzige Werk, das unter den von der Gemeinde in Auftrag gegebenen gelistet war.

Natürlich hatte er auch eine Reihe von Bildern privat verkauft, allerdings nicht zu besonders weltbewegenden Preisen.

Per Vagnman hatte offenbar eine euphorische Begabung besessen. Dennoch wurde er nicht zu den anderen Großen des Landes gezählt. Lotta fragte sich unweigerlich, weshalb – woran mochte es liegen, dass er dort keinen Platz gefunden hatte? Und wie hatte er selbst sich zu dieser verhaltenen Reaktion gestellt?

Ihrem Eindruck zufolge war er anscheinend eine sehr von sich eingenommene Persönlichkeit, die naturgemäß bedingungslose Achtung und Anerkennung von ihrer Umwelt verlangte.

War er vielleicht zu fordernd gewesen? War es ihm nicht geglückt, die unausgesprochenen Gesetze zu befolgen, die in dem hochkulturellen Menuett galten, sondern war er jedem, dem er begegnet war, auf den Schlips getreten?

Der Instinkt sagte ihr, dass sie hier vor einem interessanten Rätsel stand. Ein Rätsel, das weit über den mystischen Bootsunfall hinausging und dessen Brennpunkt vielleicht sogar in dem Geschehen oben bei den Sommerhäusern lag.

Wenn es sich tatsächlich so verhielt, dachte sie jedenfalls nicht daran, sich diesen Leckerbissen wegschnappen zu lassen. Sie wollte so lange in den Archiven graben, suchen und schnüffeln, bis sie etwas hatte, das sie Joakim Hill vorsetzen konnte und das er nicht mit einem leichtfertigen: »Wir können später weiterreden«, abtun konnte. Und so lange, bis sie auf etwas gestoßen war, das ihr definitiv die erste Stelle bei der Jobvergabe der *Kvällspressen* einbringen würde.

Zuerst würde sie jemanden in der Redaktion bitten, die Telefonnummer von Per Vagnmans Ehefrau herauszufinden – Lise war doch ihr Name?

Was hatte er gleich noch gesagt, der nette Polizist in der Motorradkluft? Dass es keinen Grund mehr zur Beunruhigung gab – dass alles vorbei war?

Anna Svensson wollte seiner Versicherung gern Glauben schenken, aber das war schwer. Besonders jetzt, mitten in der Nacht, wo jemand offenbar um ihr Haus strich und irgendwo einzusteigen versuchte.

Sie hatte wach gelegen und auf die leisen Schritte und das vorsichtige Prüfen an Türklinke und Fenstern gehorcht.

Das Herz schlug in ihrer Brust wie der Hammer des Schmieds auf den Amboss.

Dadum, dadum … dadum.

Ihr Arzt, Doktor Forsberg aus Kvidinge, hatte gesagt, sie müsse aufpassen und dürfe sich nicht so schnell aufregen. Sie hatte gefragt, ob er meine, sie solle keine Gruselfilme im Fernsehen anschauen. Nein, das hatte er nicht gemeint. Aber sie solle versuchen, alles etwas langsamer anzugehen. Sich tagsüber ausgiebig ausruhen, sich nicht mehr als notwendig anstrengen und absolut keine zu schweren Sachen heben.

Die Aufregung über das Feuer gestern Abend war definitiv nichts, was der Arzt empfohlen hätte. Und er hätte sicher nicht gefunden, dass es besonders sinnvoll war, davon geweckt zu werden, dass jemand mitten in der Nacht einzubrechen versuchte.

Sosehr Anna auch versuchte, eine vollkommen normale Erklärung für die seltsamen Geräusche zu finden, es glückte ihr nicht. Etwas schlug draußen gegen die Hauswand. Jemand hegte die Absicht, in ihr eigenes Heim einzudringen.

Ihr Herz raste noch wilder.

Ihre Schläfen pochten und schmerzten, sodass sie nicht mehr klar denken konnte.

Obwohl... waren die Beamten in den Overalls und mit ihrer Ausrüstung nicht noch hinten auf dem Nachbargrundstück?

Nein, das war in der Nacht zuvor gewesen, fiel Anna ein, und ihre so rasch aufkeimende Hoffnung war ebenso schnell wieder erloschen.

Die Techniker und Brandanalytiker hatten bereits gestern Nachmittag die erbärmliche Ruine, die von Åkermans Hütte übrig geblieben war, wieder verlassen. Was wichtig war, hatte man untersucht, und die Leiche war nach Lund transportiert worden. Einer der Beamten hatte erklärt, dass man immer, wenn es sich um einen plötzlichen, ungeklärten Todesfall handelte, die Leiche zur Obduktion weiterschickte. Wie übel zugerichtet sie auch sein mochte, die erfahrenen Pathologen konnten überraschend viel anhand der Überreste feststellen.

Aber mit »ungeklärt« war Anna nicht ganz einverstanden.

Es war doch sonnenklar für jeden – außer vielleicht für solche Experten –, dass der Kerl im Rausch sich selbst und die Hütte mit seinen stinkenden Zigarren angezündet hatte.

Bei manchen Dingen musste man wohl Spezialist sein, um nichts zu kapieren, vermutete Anna.

Und da sie sich nicht für einen solchen Spezialisten hielt, gab es keinen Zweifel daran, dass sie sich gerade jetzt in einer äußerst unschönen Situation befand.

Der Unbekannte da draußen würde früher oder später einen Weg finden, um in ihr Haus einzusteigen. Und was würde passieren, wenn er – sie nahm an, dass es sich um einen Mann handelte, denn die Schritte waren maskulin und fest – sie entdeckte?

Doch plötzlich wurde sie ärgerlich.

Sie sammelte sich und setzte sich kerzengerade im Bett auf. Nein, zum Teufel, sie dachte nicht daran, unter der Decke zu liegen und zu zittern – nur weil ein Grünschnabel einbrechen und feststellen wollte, ob es bei ihr was zu holen gab!

Sie hatte ihr Leben lang gearbeitet und geschuftet und sich tadellos benommen für das bisschen, was sie nun besaß. Ja, und die kleine Romanze mit Kurt Anfang der Sechziger war schließlich nicht so schlimm gewesen – Olle hatte ja nie etwas gemerkt. Aber sonst hatte sie eine blütenweiße Weste und ihre Steuern immer überpünktlich bezahlt.

Hier würde sie sich nicht so leicht geschlagen geben – koste es, was es wolle!

In der Ecke stand ein alter Schrubber, für den Fall, dass das Rollo klemmte. Dann musste man den Rollmechanismus leicht anschieben, und dafür verwendete sie den Schrubber. Aber damit konnte man auch einen Taugenichts von Einbrecher unschädlich machen, schätzte Anna.

Doch zuerst …

Wo war nur die Karte, die der freundliche Motorradpolizist ihr an jenem Abend gegeben hatte?

Jetzt fiel es ihr wieder ein, sie hatte sie sofort in ihre Nachttischschublade gelegt, denn auf dem Nachttisch stand das Telefon – ein modernes, bequemes, schnurloses.

Es quietschte laut, als sie die Schublade aufzog.

Annas Hand hielt inne, zeitgleich mit ihrem Herzen.

Hatte er etwas gehört – er da draußen?

Dann hörte sie plötzlich, wie die Klinke der Verandatür heruntergedrückt wurde, sie hatte also nicht mehr viel Zeit zu verlieren. Jetzt achtete Anna nicht mehr darauf, leise zu sein, sondern zog die Schublade schwungvoll auf und bekam mit zittrigen Rentnerinnenfingern die Visitenkarte mit den Telefonnummern zu fassen. Sie griff nach dem Telefon und tippte, so schnell sie konnte, die handgeschriebene Durchwahlnummer, denn die war am einfachsten.

»Sie haben die Nebenstelle 3320 erreicht …« ertönte eine monotone Stimme.

»Hallo, hallo …«, sagte Anna mit stockender Stimme und wild klopfendem Herzen. »Hier spricht Anna Svensson, oben vom …«

»Dies ist eine Sprachbox. Der Teilnehmer ist zurzeit nicht erreichbar. Bitte hinterlassen Sie eine Nachricht …«

Anna verstand überhaupt nichts. Worum ging es hier eigentlich? Das war sicher irgend so eine technische Neuheit. Sie wusste nur, dass alles falsch gelaufen war und sie jetzt keine Zeit hatte für solche Spielchen. Zumal sie gerade hörte, wie das Fensterbrett vom Badezimmerfenster knackte.

Sie beendete die Verbindung. Konnte die andere Durchwahl entziffern, die extrem klein gedruckt war, und wählte. Dass diese neuen Telefonnummern so lang sein mussten! Jetzt – jetzt kam das erste Freizeichen, und Anna umklammerte den Hörer so fest, dass er vor Schweiß ganz glitschig wurde.

»Ja?«

Diese Antwort war verwirrend. Anna hatte keine Ahnung, mit wem sie eigentlich sprach, aber als am Badezimmerfenster irgendetwas nachgab, begann sie, so schnell zu reden, dass sie sich fast verhaspelte.

»Hier ist Anna … Anna Svensson, oben aus Söderåsen! Bitte, kommen Sie schnell, ich habe schon geschlafen, und jetzt will jemand in mein Haus einbrechen!«

Ulf Gårdeman war sofort im Bilde. Er erkannte die Stimme der alten Dame und hatte die Beine aus dem Bett geschwungen, noch bevor sie ihr Anliegen vorgebracht hatte.

»Bleiben Sie ganz ruhig, Frau Svensson«, beschwichtigte er sie über sein Mobiltelefon mit überzeugend gespielter Gelassenheit.

Wie weit mochte es aus der Stadt raus bis nach Söderåsen sein? Mindestens fünfundzwanzig Kilometer. Er würde auf jeden Fall zwanzig Minuten brauchen, bis er dort sein konnte. Aber vielleicht gab es eine Streife in der Nähe?

»Hören Sie«, fuhr er fort und hatte unterdessen zum Festnetztelefon gegriffen, um die Bereitschaft zu alarmieren, »bleiben Sie dran … nicht auflegen!«

Gårdemans Frau Lena war auch wach geworden und horchte schweigend. Die gemeinsamen Jahre mit Ulf hatten sie gelehrt, auf alles gefasst zu sein, und das Beste, was die Ehefrau eines Polizisten tun konnte, war, ruhig zu bleiben und nicht dazwischenzufunken, wenn es ernst wurde.

Ihr Mann presste das Mobiltelefon an seinen Brustkorb, während er in den anderen Hörer sprach und gleichzeitig versuchte, sich den Uniformpullover überzuziehen, der über einem Stuhl neben dem Bett gelegen hatte.

»Hallo, hier spricht Ulf Gårdeman«, rief er in die Sprechmuschel, als würde die Lautstärke schneller die Hilfe herbeiholen, die die alte Dame so dringend brauchte. »Oben in Söderåsen gibt es einen Einbruch, direkt neben der Hütte, die kürzlich niedergebrannt ist! Eine ältere Dame befindet sich allein im Haus, es ist also dringend – ist eine Streife in der Nähe?«

»Hier ist die Notrufzentrale, die Meldung des Einbruchs ist notiert. Einen kurzen Augenblick noch …«

Gårdeman wechselte die Hörer und stieg in ein Paar bequem ausgetretene Slipper, die neben der Haustür standen. Auf Socken und ähnlichen Kleinkram konnte er auch verzichten.

»Sind Sie noch dran, Frau Svensson?«, fragte er, das Handy ans Ohr gepresst.

»Ja«, flüsterte sie, »ich bin noch dran. Aber beeilen Sie sich doch …«

»Frau Svensson«, sagte er mit beruhigender Stimme, »die Zentrale macht eine Streife ausfindig, die sich in Ihrer Nähe aufhält. Ist der Täter schon im Haus?«

»Nein, noch nicht, aber es klingt ganz so, als würde er das ganze Fenster auseinander nehmen …«

»Hallo, Gårdeman …?«

Die Notrufzentrale meldete sich wieder.

»Warten Sie noch mal, Frau Svensson – ja, Gårdeman hier?«

»Eine Streife hat eben Billesholm in Richtung Vrams Gunnarstorps Schloss passiert. Sie haben die Meldung aufgenommen und sind unterwegs nach Söderåsen zu den Sommerhäusern dort, die sie in zirka fünf Minuten erreichen.«

»Okay – Ende! Sind Sie noch dran, Frau Svensson?«

»Ja, doch …«

»Die Kollegen sind unterwegs. Eine Streife ist in zirka vier bis fünf Minuten bei Ihnen. Am besten, Sie suchen sich einen begehbaren Schrank oder so etwas und schließen sich ein.«

»Ja, ja.«

»Was für ein Telefon haben Sie?«

»So ein … neumodisches«, wisperte sie, »eins ohne Schnur.«

»Sehr gut. Nehmen Sie das mit. Ich halte die Verbindung zu Ihnen.«

Er tastete nach den Autoschlüsseln in der Jackentasche, behielt das Mobiltelefon in der Hand und war in der nächsten Sekunde aus der Tür. Er drückte nicht, sondern hämmerte regelrecht auf den Liftknopf, fluchte, dass der Fahrstuhl so langsam war, und riss die schwere Stahltür auf, als er endlich kam. Gereizt drückte er auf »UG« und prüfte das Handy. Das Netz im Lift war denkbar schlecht, aber er versuchte dennoch, eine Verbindung herzustellen.

»Anna, können Sie mich hören?«

»Ja«, flüsterte es in den Hörer zwischen mehreren elektrostatischen Störungen.

»Können Sie hören, ob er schon eingestiegen ist?«

»Ja ... er hat gerade die Dose mit Watte auf dem Badezimmerregal umgestoßen.«

»Verdammt«, zischte er zwischen den Zähnen und spürte, wie sein Magen sich zusammenzog, als der Fahrstuhl im Keller hielt. »Haben Sie ein gutes Versteck gefunden?«

»Ja, aber beeilen Sie sich ... bitte!«

»Bleiben Sie, wo Sie sind, und verhalten Sie sich absolut ruhig. Was immer passiert, rühren Sie sich nicht vom Fleck, bis wir da sind – wir sind unterwegs ...«

Er steckte das Telefon in die Tasche und suchte nach dem Autoschlüssel. Hier. Aber als er bei der kalten Kellerbeleuchtung nachschaute, merkte er, dass es die falschen waren.

»Wo zum Teufel sind die Autoschlüssel abgeblieben?«, rief er.

Er hatte stattdessen die Schlüssel von seiner großen, bronzefarben lackierten Honda Gold Wing in der Hand, die etwas weiter entfernt von dem schwarzen Saab 95 stand, den er normalerweise fuhr.

»Verflixt«, brummte er, »wobei, andererseits ...«

Lena Gårdeman hatte sich im Bett aufgesetzt und geseufzt. Früher war sie bei jedem Notruf aufgeschreckt, aber nach fast zwanzig Jahren hatte sie keine Kraft mehr. Das Beste, was sie tun konnte, war, aus dem Bett zu schlüpfen, die Wohnungstür abzuschließen und versuchen weiterzuschlafen.

Sonst hatte sie immer eine Heidenangst gehabt, Ulf könnte im Dienst etwas zustoßen. Aber seit dem Vorfall beim Helsingborger Sportstadion Olympia vor eineinhalb Jahren rechnete sie damit, dass die Wahrscheinlichkeit auf ihrer

Seite war. Die Wahrscheinlichkeit, dass er überhaupt erschossen werden konnte, war äußerst gering gewesen. Die meisten Beamten sahen sich nie mit einer Situation mit gezogener Waffe konfrontiert. Und da er ohnehin schon das Pech gehabt hatte, verletzt zu werden, und zudem überlebt hatte, war es umso unwahrscheinlicher, dass ihm erneut etwas Ernsthaftes passierte.

Rein prozentual gesehen.

Also kroch Lena Gårdeman wieder unter die Decke, schüttelte das Kopfkissen zurecht und bettete ihren Kopf darauf.

Fünf Minuten später schlief sie tief und träumte, sie sei in Italien.

Der leistungsstarke 1500-Kubikmeter-Motor der Golden Wing dröhnte in der Spätsommernacht durch die Straßen Helsingborgs. Die Passanten, die einen späten Spaziergang machten oder von einem Fest heimgingen, starrten Gårdeman wütend nach. Fahren wie ein Verrückter – noch dazu ohne Helm, diese verfluchten Halbstarken meinen, sich alles erlauben zu können, wenn die Polizei es nicht sieht! Und wo ist die überhaupt, wenn man sie mal braucht?

»Wir sind unterwegs … wir sind unterwegs«, hallte es in Gårdemans unbehelmtem Kopf, als er provozierend, aber im Grunde geschickt Slalom über die Spuren Richtung E 4 fuhr. Spontan duckte er sich bei dem ärgsten Fahrtwind hinter das breite Visier des Motorrads.

Verzweifelt versuchte er, den Gedanken an die alte Dame zu verscheuchen. Es waren unnötig störende Gedanken, die zu leicht das eigentliche Ziel seiner wilden Jagd gefährden konnten. Außerdem hoffte er, während die breiten Motorradreifen auf dem schwarz glitzernden Asphalt dahindonnerten, dass die Streife inzwischen schon eingetroffen war.

Er fuhr hundertsiebenundsechzig Stundenkilometer und

betete, dass kein neidischer Kollege es sich in den Kopf setzen würde, ihn anzuhalten.

Der Wind pfiff nicht nur unangenehm kalt um seinen Schädel, sondern auch um die Handgelenke und ins Kreuz, wo die Jacke hochgerutscht war. Durch das hohe Tempo fühlte sich die laue Abendtemperatur eisig an, und er wusste, dass das nicht besonders gesund war. Er spürte leichte Rückenschmerzen, die fast immer mit einer Erkältung einhergingen.

Doch daran war jetzt nicht zu denken.

Das Motorrad hatte sich in dieser Situation als bedeutend geeigneter erwiesen als der Saab. Es beschleunigte schneller und überholte mühelos sämtliche anderen Verkehrsteilnehmer. Sogar den überbreiten Transporter mit einem Betonmischer nach Oskarshamn.

Er gab noch mehr Gas und sah auf der rechten Seite die erste Ausfahrt nach Åstorp und Checkpoint Sweden vorüberfliegen. Aber Gårdeman peilte die nächste Abfahrt an, die am schnellsten zum Wald hinaufführte. Jetzt war es sinnlos, nach dem Mobiltelefon zu suchen. Der Geräuschpegel würde jede versuchte Kommunikation zunichte machen, und das Risiko, dass die Dame sich dem Einbrecher gegenüber verriet, wenn sie sich meldete, war nicht von der Hand zu weisen.

Wenn sie noch am Leben war.

Gårdeman bog in einer scharfen Kurve auf die Bundesstraße 21 Richtung Kristianstad, richtete das Motorrad wieder auf und gab erneut Gas in östliche Richtung.

Das zählte leider zu den unangenehmen Risiken seines Berufes.

Nicht rechtzeitig das Ziel zu erreichen.

Wie sehr man sich auch abhetzte, konnte man dennoch eine einzige Sekunde zu spät sein.

Wenn jemand, dann wusste Ulf Gårdeman aus eigener bitterer Erfahrung exakt, wie schnell eine Kugel flog.

Er bog erneut ab, erreichte einige schmale, kurvige Feldwege und war endlich im Wald. Durch die feuchte Nachtluft ahnte er den schwachen Rauchgeruch, der nach dem Brand noch in der Luft hing. Der gleiche unbehagliche Duft, der letzte Nacht dicht über der gesamten Umgebung gelegen hatte.

Plötzlich sah er ein blaues Licht zwischen den Stämmen aufleuchten. Immer wieder erhellte es die Gegend und signalisierte, dass das kleine, ruhige Waldstück mehr und mehr von Gewalt heimgesucht wurde.

Es fehlte nicht viel, und er wäre mit seinem Motorrad im Kies ausgerutscht, als er auf Anna Svenssons Hof eine Vollbremsung machte. Er stemmte den linken Fuß in den Boden, verhinderte den Sturz und richtete sein Motorrad im letzten Moment wieder auf. Mit einem wütenden Scheppern stellte er es auf den Ständer und lief auf das Haus zu. Die Stunde der Wahrheit war gekommen, und Gårdeman war auf alles gefasst.

Er hatte die kecke, alte Dame gemocht. Sie hatte so forsch gewirkt und war offenbar nicht so leicht aus der Ruhe zu bringen. Sicherlich hatte er ihr seine Visitenkarte aus irgendeiner persönlichen Fürsorge heraus gegeben. Und nun musste er eventuell einsehen, dass das überhaupt keinen Unterschied machte. Der unheimliche Verdacht, dass sie vielleicht trotz allem misshandelt oder tot in ihrer kleinen Puppenhütte mitten im Wald lag, nagte an ihm.

Drinnen brannte Licht, und im Türrahmen zeichnete sich eine kräftige Gestalt mit beeindruckender Schulterpartie ab. Die Epauletten auf der Lederjacke deuteten darauf hin, dass es sich Gott sei Dank um einen Kollegen handelte. Die Streife hatten sich bereits mit der Situation vertraut gemacht, aber es war niemand von den Helsingborger Kollegen. Kristianstad hatte heute Abend für Nordwestskåne Dienst, und diese Patrouille war einen weiten Bogen westwärts gefahren.

Gårdeman kannte den Kollegen auf der Treppe nicht. Es war ein junger Mann, der es mit den Formalitäten noch sehr genau nahm.

»Stopp!«, befahl er mit tiefer Stimme und führte mit einer abschreckenden Bewegung seine Hand an sein Holster. »Stehen bleiben!«

Gårdeman reckte abwehrend beide Hände in die Luft.

»Schon in Ordnung«, versicherte er leicht außer Atem nach der schnellen Fahrt. »Ich bin Ulf Gårdeman von den Kollegen aus Helsingborg – ich habe den Alarm gegeben.«

»Sie tragen ja nicht mal einen Helm, wie kann ich da wissen, dass Sie auch derjenige sind, für den Sie sich ausgeben?«

»Aber hallo – fragen Sie ...«

»Können Sie sich ausweisen?«, unterbrach ihn das Muskelpaket.

»Nein, ich habe mir aus Zeitmangel auch keine Strümpfe angezogen«, gab er säuerlich zurück und merkte, dass seine Zehen bei dem rasenden Tempo eiskalt geworden waren.

Eine andere Person drängte sich plötzlich an dem Burschen vorbei, der alles so genau nahm. Jemand, den Gårdeman bedeutend besser kannte, denn er hatte stets ihre Art bewundert, die langen blonden Locken unter der Uniformmütze zu bändigen.

Marie Ehlén – eine fast ebenso breitschultrige, aber nicht ganz so formelle Beamtin von den Kollegen aus Kristianstad – war nicht leicht zu übersehen.

»Das ist schon okay, Kenneth«, versicherte sie und nickte Gårdeman einen kurzen Gruß zu. »Er ist es, das kann ich bezeugen.«

Ihr Kollege von der Bereitschaft blickte skeptisch von Gårdeman zu der gigantischen bronzefarbenen Honda in der Auffahrt und schüttelte fast unmerklich den Kopf. Das war kaum ein angemessenes Fahrzeug für einen Ordnungshüter… oder? Wenn etwas infrage kam, dann nur BMW, fand er. Wenn das Korps jetzt sogar anfing, Motorräder aus Japan anzuschaffen, könnte man auch gleich mit Stäbchen zu Mittag essen. Jedenfalls im Hinblick auf die Effektivität.

Gårdeman ließ das kalt. Er dachte mit einer halben Hirnzelle, dass es ausgesprochen nett war, Marie wieder zu sehen. Aber der Rest seines Denkapparats fokussierte etwas ganz anderes.

»Wo ist die Frau?«, fragte er ohne Umschweife. »Ist ihr etwas zugestoßen?«

Marie Ehlén seufzte tief. Gårdeman rutschte das Herz in die Hose, und es fühlte sich plötzlich genauso eiskalt an wie seine Zehen.

»Tja, was glauben Sie selbst?«, stellte sie die Gegenfrage.

»Himmel«, stöhnte er und fuhr sich über die Augen. »Dann hat er sie also erwischt.«

»Na ja, wer weiß.«

Marie Ehlén war für ihre Kaltblütigkeit in Situationen wie diesen bekannt, allerdings ging sie nun etwas zu weit, fand er. Zuletzt waren sie sich bei einem Kongress der Polizei begegnet und hatten eine Menge Spaß an einem feuchtfröhlichen Abend zusammen gehabt. Doch jetzt erkannte er die spritzige Frau, mit der er in den frühen Morgenstunden Gin Tonic getrunken hatte, kaum wieder.

»Wo ist sie denn jetzt?«, erkundigte er sich ungeduldig. »Liegt sie im Schlafzimmer oder in der Küche?«

»Keine Ahnung – jedenfalls wissen wir bisher nichts.«

»Wie meinst du das?«

»Sie ist schlicht nicht hier.«

»Blödsinn, natürlich ist sie hier!«

»Es ist keine Menschenseele im Haus«, versicherte Marie müde. »Und es deutet auch nichts auf einen Einbruch hin. Wir haben mit einem Dietrich aufgemacht, denn es handelte sich schließlich um einen Notruf.«

Gårdeman war baff, doch dann fielen ihm die Anweisungen, die er der alten Dame gegeben hatte, wieder ein.

»Ach, ich weiß, sie muss in einem Garderobenschrank oder so etwas sein«, meinte er erleichtert und drängte sich an den beiden Beamten vorbei ins Haus. »Ich habe ihr befohlen, sich zu verstecken und nicht eher herauszukommen, bis wir hier eintreffen.«

»Bitte schön, dann such doch«, entgegnete Marie und baute sich mit verschränkten Armen erwartungsvoll neben dem Stützpfeiler der Veranda auf. Sie stand immer noch so da, als Gårdeman wieder zurückkehrte, und lächelte spöttisch.

»Was gefunden?«

Gårdeman schüttelte perplex den Kopf. Er hatte alle Schranktüren geöffnet, hinter jedes Möbelstück geschaut und sogar unter dem Bett nachgesehen. Doch nirgends eine Anna Svensson. Das Bett war aufgeschlagen und deutete darauf hin, dass sie darin geschlafen hatte, genau wie sie gesagt hatte.

Aber wo war sie jetzt?

»Das ist wirklich äußerst seltsam«, bemerkte er ungläubig. »Er kann sie niemals sowohl gefunden als auch mit ihr verschwunden sein in der kurzen Zeit, die ihr gebraucht habt, um herzukommen.«

»Er? Welcher er?«

»Der Einbrecher, natürlich.«

»Wenn denn einer hier war, ja.«

»Was soll das heißen? Das ist ja wohl klar, sonst ruft man doch nicht mitten in der Nacht an und bittet um Hilfe.«

»Es deutet wirklich nicht viel darauf hin, dass hier heute Abend überhaupt irgendetwas passiert ist. Als wir kamen, war es dunkel im Haus, und wir haben keine Anzeichen von Gewaltanwendung gefunden. Bist du sicher, dass die Tante nicht verreist ist? Sie ist vielleicht für ein paar Tage zu Verwandten gefahren, um nach dem Brand wieder zur Ruhe zu kommen.«

»Und das Telefongespräch?«, beharrte er. »Wie erklärst du dir das?«

Starrköpfiges Stück, hätte er gern hinzufügen wollen, doch er traute sich nicht recht.

Kenneth mit den breiten Schultern stand ein Stück weiter entfernt und funkte gerade das Präsidium an. Gårdeman verstand zwar nicht, was gesprochen wurde, aber am Tonfall merkte er, dass dies ein völlig überflüssiger Einsatz war.

»Keinen Schimmer, aber dieses Mal hast du wohl eine Niete gezogen, Gårdeman«, stellte Marie fest, schnippte etwas Staub von ihrer Uniformjacke und machte sich für die Heimfahrt nach Kristianstad bereit. »Hier gibt es nichts zu holen, da hat dich einfach jemand an der Nase herumgeführt.«

Er dachte über diese Möglichkeit nach und kam zu dem Schluss, dass der Verdacht nicht ganz unberechtigt war. Joansson von der Zentrale hatte nämlich für eine Zeit lang in dieser Hinsicht Ruhe gegeben, und nicht nur Gårdeman hatte sich gefragt, wann er die Einheit mit seinen infantilen Späßen wieder belästigen würde. Aber Kollegen mitten in der Nacht auf die wilde Jagd zu schicken, war dann doch etwas weit hergeholt – und wie hätte er die rührende alte Dame für so etwas einnehmen können?

Mit eiskalten Füßen und in Lederjacke stand er nun da und wusste nicht weiter. Fast hätte er selbst auch zu zweifeln begonnen, als es unvermittelt in seiner Innentasche rumorte.

Herrje, das Handy!

»Warte noch…«, rief er, und Marie blieb überrascht auf der untersten Stufe der Verandatreppe stehen.

Was, dachte sie mit einer ärgerlichen Falte zwischen den Augenbrauen, hatte er denn jetzt, der Ritter älterer Damen?

Umständlich holte er das Telefon heraus, das noch immer die Verbindung hielt. Die direkte Verbindung mit Anna Svensson.

»Hallo, Frau Svensson – hören Sie mich?«, fragte er gedämpft.

Am anderen Ende war es still. Fast totenstill, nur ein höchst beunruhigendes schwaches Rauschen.

Ach ja, er hatte sie dringlichst darauf hingewiesen, nur dann zu antworten, wenn sie sicher wusste, dass er am Apparat war.

»Hier spricht Ulf Gårdeman, Frau Svensson – antworten Sie, wenn Sie mich hören.«

In der Leitung war ein leicht pathetisches Schniefen zu hören.

»J… ja?«

»Sind Sie in Ordnung?«

»Sind … sind Sie das wirklich?«

Gårdeman warf Marie und Kenneth einen triumphierenden Blick zu. Hier war die in Not Geratene, jetzt war der Skeptizismus besiegt – die Frage war nur, wo.

»Ja, ich bin's. Aber wo sind Sie? Wir können Sie nicht finden.«

»Ich bin hier unten.«

»Wo, hier unten?«

Die kleine, einfache Hütte hatte weder einen ersten Stock noch einen Keller. Sie stand auf einem ganz gewöhnlichen Grund, Schwellen auf Beton. Das Gespräch schien eine merkwürdige Wendung zu nehmen.

»Unter dem Teppich«, behauptete die Alte energisch.

Gårdeman hielt sich mit einer erschöpften Geste die Hand vor die Augen. Das klang gar nicht gut. Hatte sie durch den Schock über den Brand einen akuten Anfall von Altersdemenz erlitten?

»Unter welchem Teppich?«, sah er sich zu fragen gezwungen.

»Der in der Küche natürlich!«

Jetzt war die Alte in der Tat nicht mehr bei Trost. In der Küche lag ein alter, gestreifter Flickenteppich, dünn und ausgefranst. Wie er für gewöhnlich in kleinen Sommerhäusern wie diesem lag. Kaum einer, unter dem man sich verstecken konnte.

»Sie müssen mir schon helfen«, flehte sie kläglich, »sonst komme ich nicht raus.«

Gårdeman war schon wieder auf dem Weg in die Hütte, durchschritt das unmoderne, kleine Wohnzimmer und gelangte in die Küche. Sie war wirklich klein, und der Teppich lag mitten im Zimmer. Er war verrutscht und warf in der Mitte Falten.

»Ich bin jetzt in der Küche, aber bitte…«

»Nehmen Sie doch den Teppich weg«, instruierte sie auf einmal bedeutend herrischer. »Schieben Sie ihn einfach zur Seite, das macht nichts.«

Er kam sich komisch vor, besonders weil er hörte, dass Marie direkt hinter ihm war, doch er tat, wie ihm geheißen.

Eine kleine Luke, knapp einen Quadratmeter groß, kam unter dem Teppich zum Vorschein. Ihre Kanten waren in Metall eingefasst, und sie hatte einen eingelassenen Griff aus Messing.

»Ein Keller«, entfuhr es ihm, und er bückte sich nach dem Griff.

»So was hat man schon lange nicht mehr gesehen«, kommentierte Marie entschuldigend.

Ihm gefiel ihr neuer Ton – sie schämte sich offenbar. Hatte überall gesucht, oder was? Ihr und diesem Kenneth da draußen war das hier entgangen, und er beabsichtigte, dafür zu sorgen, dass sie das auch nicht so schnell vergaß.

Mit einem Ruck öffnete er die Luke.

Anna Svensson saß auf der kleinen Treppe mit einem Wollschal um die schmalen Schultern und blickte aus dankbaren Augen zu ihnen nach oben. Um sie herum standen Vorratsdosen und Krüge auf schmalen Regalbrettern, die in die Wand des kleinen Vorratskellers geschraubt waren.

»Hier, nehmen Sie meine Hand«, forderte Gårdeman sie auf, beugte sich hinunter und hob die zierliche Dame regelrecht herauf in Sicherheit.

Kriminalkommissar Knut Sahlman von der Helsingborger Polizei hatte keine Ahnung von dem, was in der Sommerhaussiedlung geschah. Und selbst wenn er etwas gewusst hätte, hätte es ihn nicht weiter gekümmert.

Nicht weil er so kaltschnäuzig und unbeteiligt war, wie seine snobistische Garderobe vielleicht vermuten ließ, oder ebenso kalt und analytisch, wie der Jargon es gern vermittelte.

Das war alles nur Fassade. Eine recht misslungene Art, eine bisweilen zu große berufliche Motivation zu verbergen, und eigentlich genauso unpassend wie sein früherer Hang, seine pathetische Einsamkeit in Alkohol zu ertränken.

Jetzt scherte er sich schlichtweg keinen Deut. Gegenwärtig machte er Urlaub in London.

Und über Einsamkeit konnte er sich auch nicht beklagen.

Er teilte im zweiten Stock in einer finsteren und mystischen Gasse von London City mit der Museumsangestellten Linda Persson ein Hotelzimmer.

Die erste Postkarte von Sahlman kam am Tag nach dem Brand im Präsidium an. Sie kündete vom Einkaufsrausch und von erotischen Abenteuern. Genau das, was man erwartete, lebte man eine Woche vollkommen von der Wirklichkeit abgekoppelt.

Sahlman war anscheinend, kurz gesagt, sehr glücklich. Und es war ein gutes Zeichen, dass sogar der hoffnungsloseste Junggeselle mit völlig unerwarteten Wendungen im Leben konfrontiert werden konnte.

Doch hinter der zufriedenen Fassade in London lauerte ein großes Aber.

Nämlich das Hotelzimmer. Das glückliche Paar hatte sich, nichts Böses ahnend, im zentral gelegenen Piccadilly Hotel eingemietet. Eine gediegene Herberge, die Knut »Sherlock« Sahlman ausgezeichnet zu Gesicht stand. Wie ein Tortenstück, mit der Spitze direkt auf Piccadilly Circus zeigend, ragte dieser merkwürdige Gebäudekomplex keilförmig zwischen eleganten Einkaufsstraßen empor. Der Steinpalast war, was seine Struktur anbelangte, irgendwann Ende des neunzehnten Jahrhunderts entstanden, und die Patina war den Wänden deutlich anzumerken.

Die Zimmer waren klein, dunkel und spannend unmodern. Keine neuen, frischen Textilien oder elektronische Extraausrüstung, nur ein kleiner Frühstücksfernseher und ein betagtes Bakelittelefon störten den Eindruck, dass die Zeit stehen geblieben war, seit das Haus vor rund einem Jahrhundert erbaut worden war.

Die Gasse atmete noch immer schmutzigen Kohlenstaub, und die lauten, knirschenden Geräusche, die die Fassade bis in den ebenso grauen Himmel hinaufkletterten, konnten genauso gut von den Pferdedroschken aus dem neunzehnten Jahrhundert stammen.

Knut Sahlman stand lange am Fenster und sog die Atmosphäre ein. Ihm kam es vor, als blicke er in die Baker Street hinab und warte selbst auf eine spezielle Droschke. Sie würde ihn zu einer bestimmten Adresse und einer interessanten Verabredung mit keinem Geringeren als dem guten alten Kollegen Sherlock Holmes fahren.

Für ihn war dieser Gedanke ebenso suggestiv wie ein aufregendes Stück Zeitreise.

Für Linda Persson hingegen waren die mangelnde Modernität und der fehlende Komfort eine einzige große Enttäuschung.

Nicht einmal die Nähe zu den Theatern und Geschäftsstraßen mit ihrem fantastischen Angebot an Kultur, Waren und Modetrends konnte das unzeitgemäße Innere des Hotels aufwiegen. Die Rezeption war dunkel und unordentlich, die Fahrstühle alt und unzuverlässig, die Flure von anstrengender Länge.

Und es gab nicht einmal eine Dusche im Zimmer!

Wenn man sich gründlicher waschen wollte, als das Waschbecken es ermöglichte, musste man mithilfe des Bakelithörers eine waschechte britische Hotelmamsell anrufen, die ein Bad in den dafür vorgesehenen Räumlichkeiten den Korridor hinunter vorbereitete. Sie hatte dafür zu sorgen, dass die Wanne nach jedem Bad geputzt wurde, legte frische Handtücher bereit und ließ das Warmwasser einlaufen – als würde Lord Nelson höchstpersönlich baden!

Dieser Gedanke war völlig absurd! Wenn sie nur vorher gewusst hätte, wie es hier zuging.

Was sollte man eigentlich … hinterher tun?

Nach der Mamsell läuten und erklären, dass man wieder Liebe gemacht hatte und doch noch eine kleine Erfrischung brauchte, obwohl man erst vor einer guten Stunde gebadet hatte? Oder sollte man das Ganze so privat handhaben, wie man es eigentlich wünschte, und sich mit Kleenex behelfen?

Nein, Linda gefiel das gar nicht. Außerdem zog es unbehaglich kalt vom Fenster, wo Knut stand und von dem Glanz vergangener Tage träumte. Sie wusste sehr gut, woran er dachte. Ihr selbst wäre ein Treffen mit Doktor Watson lieber gewesen, denn sie merkte, dass die nasskalte Luft ihr eine gründliche Erkältung einbringen würde.

Das Einzige, was dieses Elend kompensieren konnte, war die Idee, ihn zu einem Besuch der Tate Gallery zu überreden, um sich so viel Kunst einzuverleiben, wie der Geist aufnehmen konnte.

»Was hältst du davon, die Bezirke anzusehen, wo Jack the Ripper …«, begann er, wurde jedoch rasch unterbrochen.

»Was hältst du davon, einen Renoir zu genießen?«

»Gern, ich glaube, ich habe noch nie einen getrunken.«

Sie musterte ihn missgelaunt, doch er drehte sich zu ihr um und grinste ironisch. Trotz allem kannte er sich besser im kulturellen Leben aus als die meisten. Nur gerade jetzt hatten andere Dinge Priorität.

Zufällig war er an eine unglaublich interessante Videokassette gekommen. Produziert von dem Journalisten und Krimikenner Bertil Falk, ein ausgezeichneter Beitrag über den Massenmörder Jack the Ripper. Der Film hatte unmittelbar seine Sherlock-Holmes-Fantasien angeregt, sodass er schon den Rücken des fliehenden Menschenmonsters unten in der Gasse zu sehen glaubte.

Folglich war der Wunsch, Renoir, Rembrandt und van Gogh anzusehen, nicht der dringendste. Den Spuren der Kriminalität um die Jahrhundertwende zu folgen, fand er weitaus verlockender. Doch seine Dame sah das offenbar anders.

»Wir haben doch gestern Nachmittag die ganze Zeit die Baker Street angeschaut«, meinte sie und unternahm einen mühsamen Versuch, die Haken ihres BHs hinter dem Rücken zu schließen.

Das war nicht so einfach, da ihre halblangen Haare im Weg waren. Sie seufzte ärgerlich.

Er richtete seinen Späherblick sofort ins Zimmer

Sah ihre wogenden Brüste von mit Spitze verzierten Körbchen umschlossen und fand es viel zu früh, sie nach dem entspannenden Bad dort unterzubringen. Er sehnte sich plötzlich am allermeisten danach, ihre Schwere in seinen willigen Händen zu spüren, bevor der Büstenhalter diese Aufgabe erfüllte.

»Lass mich dir helfen«, sagte er und glitt flink hinter sie.

»Mm«, erwiderte sie ahnungslos, hob die Arme und hielt bereitwillig ihr Haar hoch.

Aber Sahlman half auf seine eigene Art. Er drückte seine Lippen auf ihren warmen, flaumigen Nacken und hakte schelmisch die Öse wieder auf, die sie bereits verschlossen hatte.

Der Spitzen-BH rutschte zu Boden, und Sahlman umschloss mit erregten Händen ihre Brüste.

»Also Knut«, kicherte Linda leicht verlegen, »wir können doch nicht schon wieder… wir haben doch gerade gebadet.«

»Dann müssen wir eben wieder die Mamsell anrufen«, lachte er und fuhr lustvoll mit der Zunge ihren Hals entlang.

Schauder des Wohlbehagens durchzuckten ihren Körper, und er fühlte, wie ihre Brustwarzen unter seinen zärtlichen Fingern steif wurden.

»Sie wird richtig neidisch, glaub mir.«

»Aber das Museum…«

»Die Kunst kann warten«, stellte er resolut fest und schmiegte sich an sie, als sie auf das große, weiche Doppelbett sanken und erneut die Laken zerwühlten.

Kein Mobiltelefon klingelte und störte – das hatte Sahlman klugerweise zu Hause gelassen.

3

Der gesamte DNA-Bereich befindet sich in einer dermaßen rasanten Entwicklung, dass man sich kaum die Zukunft vorstellen kann. Schon heute haben wir das Problem, dass es so viele verschiedene Möglichkeiten gibt, DNA sicherzustellen, dass unser Labor nur eine begrenzte Anzahl Untersuchungen pro Auftrag zur Verfügung hat.

Knut Sahlman hatte, kurz gesagt, keine Ahnung von Gårdemans Dilemma in Skåne. Und das Schlimmste für Gårdeman war, zu dem niederschmetternden Resultat, zu dem die Techniker bei der schnellen Untersuchung von Anna Svenssons Hütte gelangt waren, Stellung zu nehmen.

Es gab nämlich nichts, was darauf hindeutete, dass die Alte, die nun zur Beobachtung ins Krankenhaus eingeliefert worden war, jemanden zu Besuch gehabt hatte.

»Ja, du«, sagte Robert Bellman, der an jenem Tag Schichtdienst hatte, »sicher ist es möglich, dass ihre Geschichte stimmt. Aber im Hinblick auf die Umstände – ihr Alter, der Schock nach dem Brand und die Tatsache, dass wir nichts finden können, was definitiv auf einen versuchten Einbruch hindeutet – ist das doch eher unwahrscheinlich.«

»Habt ihr denn überhaupt keine Fingerabdrücke gefunden?«

»Nur solche, deren Herkunft eine ganz natürliche Ursache

haben, nämlich Anna Svenssons eigene und die ihrer Nachbarin, die zum Kaffee gekommen ist.«

»Und DNA? Da muss es doch was geben?«

»Sie hatte ja keinen direkten Kontakt mit dem angeblichen Eindringling, daher ist das nicht so einfach.«

»Aber irgendwas muss es doch geben!«, beharrte Gårdeman.

»Zweifellos können wir so viele DNA-Tests machen wie irgend möglich, aber wenn wir überhaupt nicht wissen, wonach wir suchen, dann können wir auch keine vernünftige Auswahl der Analysequote vornehmen«, erläuterte Bellman freundlich, aber bestimmt.

Fachgeschwätz und Hokuspokus, dachte Gårdeman und schwieg. Er wusste, dass er indigniert war. Aufgebracht über die Angst der Alten und ihr unheimliches Erlebnis, was immer das gewesen sein mochte. Irritiert darüber, dass er nicht früher vor Ort eingetroffen war, um ausschlaggebender eingreifen zu können. Aber er wusste auch, dass sein Ärger oft in eine vernünftige Analyse mündete. Und er wollte nicht mit dem Techniker auf Kriegsfuß stehen, nur wegen eines unbehaglichen Gefühls der Hilflosigkeit in der Magengegend.

»Was wir allerdings gefunden haben, ist ein Schuhabdruck«, fügte Bellman überraschend gedämpft hinzu.

Als ob das niemand hören sollte. Aber Gårdeman spitzte die Ohren, und die Worte des Technikers ließen in ihm wieder ein Fünkchen Hoffnung keimen.

»Draußen?«

»Ja, in den Beeten rund ums Haus und so weiter. Eigentlich gibt es hier jede Menge Spuren. Hier draußen besuchen sich die Leute gegenseitig und sind sozialer als in der Stadt. Oder man sieht das nur besser in der lehmigen Erde.«

»Ja?«

Gårdeman war sich sicher, dass Bellman etwas Wichtiges zu berichten wusste, wenn er ihn ausreden ließ.

»Aber wir hatten etwas Glück. Wir hatten sofort einen Volltreffer, wenn du verstehst, was ich meine.«

Gårdeman wusste nur zu gut, was Bellman meinte, denn Joakim war unschlagbar im Entdecken solcher Details. Ganz unerwartet auf den für die Ermittlung entscheidenden Fortschritt zu stoßen, nach dem niemand gesucht hatte, der jedoch die Richtung der nachfolgenden Arbeit vorgab wie ein großer, blinkender Neonpfeil – hier geht's lang, hier kommt ihr zum Ziel, Burschen!

Aber jetzt fragte er sich ungeduldig, auf welche Weise dieser »Volltreffer« das Mysterium um Anna Svenssons seltsamen Alarm aufdecken konnte.

»Das war ein ganz besonderer Abdruck«, fuhr Bellman fort, ohne die schlechte Laune des Kollegen zu bemerken. »Zum einen die Schuhgröße. Achtundvierzig ist auf jeden Fall selten. Und dann haben wir noch diese besondere Abnutzung am Hacken, auf die Anderberg schon hingewiesen hat, so wie ein Keil. Der kann dadurch entstanden sein, dass sich ein spitzer Stein – zum Beispiel so einer, von dem es hier jede Menge gibt – festgetreten und sich in die Gummisohle gebohrt hat. Das stimmt genau mit einem anderen Abdruck überein, den wir gerade im Labor haben.«

Die Hoffnung strömte unmittelbar bis in Gårdemans eiskalte Zehen hinunter. Er wusste genau, was Bellman meinte. Es konnte sich nur um den einen Abdruck handeln, der in den letzten Tagen mit rotem Code analysiert worden war.

»Vagnman«, sagte er tonlos und ersparte Bellman die Mühe.

»Genau der.«

»Aber das ist doch …«

»… schlicht nicht möglich, nein. Tote pflegen nicht bei alten, einsamen Damen mitten in der Nacht einzubrechen – es sei denn, das passiert in der Fantasie.«

Also waren sie wieder dort angelangt. Bei der plausibelsten Erklärung dessen, was nachts geschehen war. Nämlich dass die alte einen Albtraum gehabt hatte, von Panik erfasst wurde und nicht mehr zwischen Traum und Wirklichkeit unterscheiden konnte.

Und dennoch …

Etwas in ihrer Stimme, in ihrer trotz allem sehr rationalen Handlungsweise sprach allerdings für etwas völlig anderes. Schließlich war sie geistesgegenwärtig genug gewesen, um sich durch die Telefonnummern zu arbeiten, bis sie bei Gårdeman gelandet war. Und sie hatte nicht in ihrem Haus herumgejammert, sondern genau das getan, was ihr gesagt worden war, und sich gut versteckt. Da stimmte die Theorie nicht mit der Praxis überein, doch wie beunruhigend Gårdeman das auch fand, er kam nicht weiter.

»Okay«, meinte er düster, »danke, Robert.«

Der Kriminaltechniker Robert Bellman hob die Hand zum Gruß, kombiniert mit der eingespielten Bewegung, die den prall gefüllten Analysekoffer schloss. Er hatte getan, was er konnte, und würde wieder nach Hause ins Bett zurückkehren.

Ulf Gårdeman ging noch eine letzte Runde durch das Haus. Und musste sich eingestehen, dass es nichts gab, das auf Einbruch oder versuchten Einbruch hindeutete. Mit Ausnahme des Teppichs und der Bettdecke war nichts hier drinnen in Unordnung gebracht worden. Und die Details hatte Anna selbst verursacht.

»Doch, Augenblick mal«, murmelte er. »Sie hat doch behauptet, dass jemand etwas im Bad umgestoßen hat!«

Wo zum Teufel war das Badezimmer?

Er kehrte in die Diele zurück, entdeckte jedoch keine Badezimmertür. Also sah er noch mal in der Küche nach und stellte fest, dass die Tür ganz hinten ein Drehschloss mit Farbanzeige hatte. Wie unpraktisch das auch sein mochte: Man hatte das Badezimmer hinter die Küche gebaut. Hier oben im Wald kümmerte man sich offenbar nicht sonderlich um die normalen Baunormen. Hier wurde alles nach Bedarf repariert – und damit ständig.

Er tastete am Türrahmen entlang und knipste das Licht an.

Das Badezimmer war ebenso unzeitgemäß wie seine Planung. Es war länglich und eng, hinten, an der Breitseite, befand sich die Toilette. Das Fenster war relativ groß, aus normalem Glas, mit einer Tüllgardine an einem Stahlseil davor. Es war leicht gekippt und mit einer moderneren Plastikschiene fixiert. Das Waschbecken aus gediegenem Fünfzigerjahreporzellan befand sich gegenüber vom Fenster. Eine kleine, schmale Sitzbadewanne befand sich ganz rechts, direkt neben der Tür. Über dem Kopfende war ein Regal in die Wand geschraubt, mit Dosen und Flaschen und allem Möglichen, was man so brauchte.

Gårdeman sah ein paar Glassplitter am Boden vor der Toilette funkeln.

»…er hat gerade die Dose mit Watte auf dem Badezimmerregal umgestoßen«, hatte die Alte gesagt. Und hier lagen die Scherben unübersehbar.

Gårdeman stürzte nach draußen und sah gerade noch Robert Bellman, der in sein Auto einsteigen wollte.

»He, warte – Robban!«, rief er.

»Ja, was?«, erwiderte der Techniker, offensichtlich müde.

»Und die Scherben im Bad, wie erklärt ihr euch die?«

»Ja, wir haben auch da gepinselt und abgestaubt, aber das meiste deutet darauf hin, dass sie selbst die Dose umgeworfen hat. Das kann ja auch irgendwann gewesen sein. Wir haben das so gelassen, wie es war, falls du da noch etwas finden würdest. Aber ich habe da starke Zweifel.«

»War das Fenster gekippt, als ihr gekommen seid?«

»Ja, aber es ist nicht mutwillig geöffnet worden oder etwas in der Art. Wir haben das auch überprüft, konnten aber nur einen ganz schwachen Ratscher auf dem Fensterbrett vermerken. Der kann auch von einem kleinen Stein stammen, der beim Zumachen eingeklemmt wurde. Kaum von einem Einbruchsversuch.«

Gårdeman begann ebenfalls zu zweifeln, um die Wahrheit zu sagen.

Marie Ehlén und ihr breitschultriger Kollege packten auch für heute zusammen. Gårdeman schlenderte zu ihrem Streifenwagen und hisste die Friedensfahne.

»Danke für diesen schnellen und routinierten Einsatz«, sagte er.

»Schon gut«, antwortete Marie und rückte die Mütze auf ihrer kessen Haarpracht zurecht. »Das war doch ein Notruf, und wir waren schließlich im Dienst.«

»Vielleicht war dein Dienst eigentlich gerade zu Ende?«

»Nein, keine Bange. Wir haben bis um sechs Schicht.«

Ja, Sex – auf diesem Kongress hatte sich zwischen ihm und Marie nichts ergeben, und das war vielleicht auch gut so. Aber als sie nach mehreren Drinks früh am Morgen über den Polizeiberuf, das Privatleben und alles Mögliche philosophierten, kam es ihm so vor, als hätten sie einen besonderen Draht zueinander gefunden.

Er konnte sich nur nicht mehr erinnern, wie das Ganze ausgegangen war. Soviel er wusste, war er im Sofa eingeschlafen und am Vormittag auf wundersame Weise in seinem Zimmer aufgewacht.

»Ach so, ich dachte, du musstest Überstunden machen«, hakte er nach, »und bist vielleicht deshalb so sauer gewesen.«

»Nein, deswegen doch nicht«, entgegnete sie und rückte den Gürtel zurecht, der leicht verrutscht war. Die Dienstwaffe ruhte wieder sicher in ihrem Holster auf den Lendenmuskeln.

»Wieso dann?«

Anscheinend gab es nicht nur ein Rätsel, das heute Abend einer Lösung bedurfte.

»Weil du mir immer noch einen Gin Tonic schuldest, du elender Festverderber.«

Mit leerem Blick starrte er dem Auto nach, das wieder zu seiner Dienststelle in Kristianstad fuhr.

Gin Tonic!

Herrje – darum war es also gegangen!

Dieser Kongress lag Jahre zurück, und auch wenn er seine ritterliche Pflicht versäumt hatte, die Rechnung an der Bar zu zahlen, war das eine Panne, die inzwischen doch verjährt sein sollte.

Aus den Frauen wird man nie richtig klug, dachte er und zog den Reißverschluss seiner Jacke zu.

Es war halb drei Uhr früh, und das restliche Team beschloss ebenfalls, die Sachen zusammenzupacken und Richtung Stadt aufzubrechen. Gårdeman fuhr nun bedeutend langsamer denselben Weg zurück, den er vor wenigen Stunden angerast gekommen war. Die Kühle der Nacht durchströmte ihn erneut, und noch bevor er die Abfahrt Richtung E6 passiert hatte, waren seine Zehen wieder durchgefroren. Andere Motorradfreaks waren vorbeigesaust und hatten ihm empört zu verstehen gegeben, dass er keinen Helm trug – als ob er das nicht wusste! Außerdem auch eine Geste, die so ausgelegt werden konnte, er sei nicht mehr ganz dicht. Aber das kam im Grunde auf dasselbe raus.

Ungewöhnlicherweise kümmerte ihn das wenig, denn in seinem Kopf kreisten andere Gedanken.

Wie hatte das eigentlich so weit kommen können?

Hatte er sich wirklich so gründlich geirrt, was den mentalen Zustand der alten Frau Svensson betraf? Sie hatte am Telefon immerhin äußerst überzeugend geklungen.

Er beschloss, sie am folgenden Tag im Krankenhaus zu besuchen. Doch zunächst brauchte er ein paar Stunden Schlaf.

Er fragte sich auch, ob Lena wach war und ob sie gewillt sein mochte, einem Referat über seine verworrenen Gedanken zuzuhören.

Es war ihnen zwar nicht anzusehen, aber dennoch befanden sich genügend Leute im Lokal, die Bescheid wussten. Viele der Gäste hatten völlig richtig erkannt, dass die lärmende Gruppe, die am folgenden Abend an dem extra gedeckten, großen Tisch saß, alles andere war als ein paar in die Jahre gekommene Fußballhooligans.

Vielmehr war es genau umgekehrt. Die Mannschaft, die die Speisekarte auf der Suche nach etwas, das ihre Mägen erfreuen würde, studierte, bestand aus Polizeibeamten.

Natürlich nicht in Uniform oder gar im Dienst, aber nichtsdestoweniger unbestechliche Hüter des Gesetzes. Diesen Beruf legte man eigentlich nie ab. Besonders nicht in der Innenstadt, wo es genügend Anlässe gab, ein Auge auf seine Pappenheimer zu haben.

Unbestechlichkeit war allerdings so eine Sache.

Der Aperitif war bereits bestellt, und man ließ ihn sich schmecken. Ulf Gårdeman hatte seine gesamte Aufmerksamkeit auf Birgitta Svenningsson gerichtet. Sie hatte zur Ehre des Abends die Uniform gegen ein glitzernd schwarzes Lamékleid und hochhackige Pumps getauscht. Eine Garderobe, die an sich aufgrund ihrer strengen Sparsamkeit auch als eine Art Uniform angesehen werden konnte, allerdings eine bedeutend reizvollere und einladendere.

»Den hier musst du einfach probieren«, sagte er und reichte ihr seinen Wodka-Lime-Drink. »Das ist reines Dynamit.«

»Aha, du nimmst das anstatt Herztropfen ein, glaube ich«, gab sie scherzend zurück.

»Ha! Hier wird kein Herzmittel gebraucht, Mädel. Hier siehst du einen Kerl, der fast alles stemmt. Inklusive des Essens in dieser Kneipe.«

Am Schluss senkte er die Stimme, da der Inhaber mit einem Tablett voller Gläser vorbeigerauscht kam. Gårdemans Bemerkung war eigentlich ein Scherz gewesen, denn das Essen bei Harrys zählte gemäß den althergebrachten Normen zu dem besten der Stadt.

Svenningsson ließ sich willig verführen.

Nahm den ihr angebotenen Drink mit sicherer, sensuell schmaler Hand. Kein enger Uniformpullover bis zu den Handgelenken. Sondern eine Luxushülle, die kühn einen goldenen Haarflaum auf dem Unterarm entblößte. Nie ist man zufrieden, dachte Gårdeman. Im Präsidium wünschte man sich bis zum Umfallen, der schwarze Pulloverärmel würde ein Stück nach oben rutschen, damit man einen winzigen Blick auf den mit der Hand verbundenen Körperteil erhaschen konnte. Und jetzt wollte er noch mehr sehen.

Sie kostete ein Schlückchen von dem eiskalten Drink, beurteilte nachdenklich den Geschmack und nickte anerkennend.

»Gar nicht schlecht.«

»Habt ihr euch entschieden dahinten?«, störte Joansson mit seiner immer gleichen, kommandierenden Art. »Was wollt ihr?«

»Wie?«

Gårdeman nahm nur widerwillig die Existenz des Kollegen wahr.

»Oder wollt ihr nur flüssige Nahrung zu euch nehmen?«

»Nein, Herrgott. Natürlich essen wir etwas. Was möchtest du, Birgitta?«

»Gibt es auch etwas Kleines?«

»Was denn – gebratenes Schnabelpüree?«, wollte Joansson wissen, leicht irritiert ob dieses plötzlichen Zögerns. »Na los, das ist hier nicht die richtige Gelegenheit, um an Diät zu denken.«

»Nein, ich dachte auch eher an den Appetit. Der liegt einiges unter zum Beispiel deinem. Aber das ist auch das Einzige, was drunterliegt, musst du wissen!«

Sogar Polizeichef Harry Runsten schmunzelte über das harmlose Gekabbel am anderen Tischende. Aber er mischte sich nicht ein. Allein die Tatsache, dass er mit seiner Anwesenheit zu dieser Kneipenrunde beitrug, musste genügen. Außerdem war er vollauf damit beschäftigt, die Ursache für die Feierlichkeit des Tages zu unterhalten. Das Geburtstagskind höchstpersönlich – die stellvertretende Polizeichefin Christel Bremer.

Sie feierte ihren achtundvierzigsten Geburtstag. Endlich einmal nicht mit irgendwelchen heiklen Auswertungen oder langweiligen Geschäftskalkulationen. Dieses Jahr, dem ersten, in dem sie offiziell »eine von ihnen« und nicht nur eine »vorübergehende Notlösung« bei der Helsingborger Polizei war, feierte sie zum ersten Mal, seit sie denken konnte, mit jemandem zusammen.

Dass so viele aus der Einheit gekommen waren, dass das Lokal zu einem guten Teil gefüllt war, war nicht nur schön, sondern geradezu rührend.

Als sie vor bald eineinhalb Jahren mit ihren brüsken Methoden und übertriebenem Eifer ins Präsidium gestürmt war, hatte kaum jemand ein gutes Haar an ihr gelassen. Am allerwenigsten der Polizeichef selbst. Er hatte zu dieser Zeit auf der Intensivstation für Herzpatienten gelegen und einsehen müssen, dass sogar ganze Kerle wie er sich bisweilen auch einmal den Grenzen des Lebens beugen mussten. Der massive Herzinfarkt, den er erlitten hatte, war definitiv eine dieser nicht verhandelbaren Grenzlinien gewesen.

Er war jedoch nicht bereit gewesen, das zu akzeptieren.

Wer hätte das in seiner Situation auch schon getan?

Zwischen frisch gestärkten Laken liegen, Tabletten schlucken und sich nach der kleinsten Ermahnung der Krankenschwester richten – wenn man wusste, dass die Polizeileitung einen vollbusigen Quisling in Strumpfhosen geschickt hatte, um so lange das Schiff zu steuern. Nein, man hatte nicht einfach dem netten Kollegen Lasse Flinkman die Verantwortung übertragen, sondern einem der gefürchtetsten Raubtiere weltweit: einer Frau auf der Karriereleiter.

Sie war diejenige, die in seinem Lebenswerk, seinem Augenstern und seinem ganzen Stolz – dem Polizeipräsidium Helsingborg – nach Belieben schalten und walten würde.

Obwohl das Krankenhaus nur einen Steinwurf vom Präsidium entfernt war, hätte Runsten genauso gut auf dem Mond liegen können, denn in seiner Fantasie hatte er nicht die geringste Macht darüber besessen, was in der imposanten Polizeifestung passierte, die aus dem strategisch günstigen Eckgrundstück an der südlichen Ausfallstraße stadtauswärts aufragte – fünf mächtige Stockwerke aus braunrotem Backstein, die über die Stadt und ihre Einwohner wachten. In Runstens Wahrnehmung hatte sich das gesamte Polizeipräsidium in der Hand des Feindes befunden, und der hatte Christel Bremer geheißen.

Das tat es auch immer noch, doch nun war Christel Bremer alles andere als eine Feindin.

Rasch hatte sie sich überall dort als kompetent erwiesen, wo er vielleicht etwas hinterherhinkte. Die kryptischen Möglichkeiten dank der neuen Computertechnik und die jüngste Entwicklung in der Kriminaltechnik. Außerdem hatte die erste, schwierige und kontroverse Begegnung mit den starrköpfigen Beamten aus Skåne in einer tiefen Einsicht resultiert.

Nämlich der, dass sich alles zu seiner Zeit klärte und dass die alten Hasen nach ihrer eigenen Nase ermittelten.

Gemeinsam hatten sie ein beinahe unschlagbares Team gebildet, und es hatte ihn viel Arbeit gekostet, die Regierung dazu zu bringen, für einen Stellvertreterposten, speziell auf sie zugeschnitten, zusätzliche Geldmittel freizustellen.

Und Christel war, ebenso wie die attraktive Birgitta am anderen Tischende, heute Abend nicht ganz die Alte.

Sie hatte ihr langes Haar von den Haarspangen befreit und trug ein enges Jerseykleid in einem raffinierten Lilaton. Eines mit einem richtig großzügigen Ausschnitt. Und zu seiner Verwunderung stellte er fest, dass sie – was die strenge Berufskleidung, die sie normalerweise trug, nicht preisgab – über »plenty of cleavage« verfügte, wie das in gewagten Filmen hieß, um damit Staat zu machen.

Die Hexe mit dem Stahlbesen hatte sich verpuppt und war als vollendete Königin der Ordnungsmacht geschlüpft.

Nun hob er sein Glas, um ihr zum Geburtstag zu gratulieren.

»Auf dich, Christel!«, sagte er und begegnete ihrem Blick über das Weinglas hinweg, während sie tranken. »Und viel Glück.«

Sie lächelte und trank den vollmundigen Cabernet in langsamen, genussvollen Schlucken.

»Danke, Harry«, entgegnete sie und stellte ihr Glas behutsam auf das weiße Leinentischtuch, »das ist wirklich eine sehr schöne Überraschung.«

Jeder hatte etwas auf ein gemeinsames Konto eingezahlt, das Christels Wünsche des heutigen Abends beglich. Darüber hinaus zahlte jeder seine eigene Rechnung. Es war besser, hatte man überlegt, sie ins Restaurant einzuladen, als eine Kristallglasschale zu kaufen, von der sie doch nichts hatte. Außerdem waren ihre Regale zu Hause vermutlich voll davon. Doch das wusste niemand so genau, denn Christels Privatleben war aus irgendeinem merkwürdigen Grund relativ anonym geblieben.

Sie hatte keine Familie, sondern war mit ihrem Job verheiratet. Genau wie Joakim es gewesen war, bis er von Amors Pfeilen getroffen wurde, als er Catharina zum ersten Mal begegnet war. Als sie verfroren und müde auf einem Betonpoller vor der Tankstelle in Berga gesessen und der Pächter tot neben dem gekühlten Bier gelegen hatte.

Seitdem hatte Hill sich und seine Gewohnheiten gründlich geändert. Den Kollegen gegenüber war er irgendwie einsichtiger geworden, und er betrachtete die Kriminalität mit einem geschärfteren Blick. Als sei es jetzt lebenswichtig, die beunruhigende Eskalation der Verbrechen einzudämmen. Es gab kein Wenn und Aber mehr, keine fließenden Grenzen.

Die Einheit hatte diese Veränderung bereits bemerkt. Der fast etwas naive Wille zur Verhandlung, der früher Hills besonderes Merkmal war, war auf einmal verschwunden. Spätestens seit sein Tod der Auftrag eines Profikillers gewesen war. Das hatte unauslöschliche Spuren hinterlassen.

So entwickelte sich das wohl, wenn man eine Familie gründete und Kinder bekam, nahm der Polizeichef an. Da schien sich erst wirklich zu zeigen, welche Dinge wichtig waren.

Doch er selbst wusste darüber nichts, denn er hatte keine Familie.

Und in seinem leichten Weinrausch dachte er, wie schade es doch war, dass Christel niemanden hatte, bei dem sie sich an einem Abend wie diesem wärmen konnte.

Susanna Aveheds herrlich ansteckende Lache erscholl plötzlich in dem Lokal. Sie lachte so sehr, dass sie beinahe zu ersticken drohte, über etwas, das Robert Bellman gerade erzählt hatte, und alle wollten natürlich ebenfalls wissen, was so lustig gewesen war.

»Erzähl«, befahl Joansson, der es gewohnt war, einen Kommandoton anzuschlagen. »Worüber amüsiert ihr euch denn so?«

»Ach, ich habe heute nur ein paar Schlagzeilen gelesen, die zusammen genommen eine Nachricht ergaben, die sicher gar nicht beabsichtigt war«, erklärte Robert kichernd.

Er hatte bereits sein erstes großes Starkbier getrunken und sah sich nach der Bedienung für die nächste Bestellung um.

»Shoot«, ermunterte Gårdeman, aber nur bildlich.

»Ja, in einem Boulevardblatt – ich weiß nicht mehr, in welchem – stand, dass die Sängerin Carola von ihrem wilden Nachtleben mit all den jungen wilden Männern, die sie kennt, berichtet. Okay?«

Alle nickten und lauschten gespannt.

»Aber in der Beilage derselben Zeitung sagt sie: ›Man wird dumm von‹ – und jetzt passt auf! – ›zu viel Sex!‹«

Er und Susanna krümmten sich gleichzeitig vor Lachen, dass sie mit den Köpfen laut hörbar zusammenstießen. Hill grinste breit, Gårdeman gönnte sich ein herzhaftes Auflachen. Inzwischen konnte er das, ohne noch etwas von seiner Schussverletzung im Solarplexus zu spüren.

Birgitta war nur begrenzt amüsiert.

»Was?«, fragte Gårdeman seine hübsche Kollegin. »Ist das nicht komisch?«

»Doch«, antwortete sie, »aber das Risiko, dass das arme Mädel vollkommen falsch zitiert wurde, ist ja ziemlich groß, und nur nach den Schlagzeilen zu gehen, ist nicht ganz fair.«

»Nein, da hast du sicher Recht – aber das ist leider bei weitem nicht alles, was unfair ist im Leben.«

Und damit war er plötzlich wieder bei dem nagenden Verdacht, dass sie womöglich im Zusammenhang mit Anna Svensson etwas übersehen hatten. Dass sie möglicherweise die gleichen voreiligen Schlüsse über Anna gezogen hatten, weil sie alt war, wie über Carola, weil sie Schlagersängerin und damit ein leichtes Opfer für üble Scherze war.

»Du …«, begann er und beugte sich zu Birgitta vor.

»Ja, hallo dahinten!«, brüllte Joansson und erschreckte einen deutschen Touristen am Nebentisch beinahe zu Tode. »Habt ihr euch entschieden?«

»Ein Filet mignon black and white und einen Skagen-Toast«, rief Gårdeman ins Blaue, offensichtlich irritiert ob der Unterbrechung, und wandte sich unmittelbar wieder seiner Tischdame zu.

Birgitta Svenningsson warf ihm einen verwunderten Blick zu, fand seine Irritation jedoch bedeutend lustiger als Carolas Sexgewohnheiten und musste schmunzeln. Der Skagen-Toast war in Ordnung, was sie betraf.

»Du …«, fuhr er dort fort, wo er unterbrochen worden war.

Denn Lena hatte tief wie Dornröschen geschlafen, als er im Morgengrauen endlich ins Bett gekrochen war. Frierend und frustriert, war er unter die Decke geschlüpft und hatte überlegt, ob er es nicht doch mit einem leichten Kuss auf die Wange der Prinzessin versuchen sollte. Aber nein – das wäre nicht recht. Sie musste auch früh aufstehen und in ein paar Stunden zur Arbeit. Doch jetzt meldete sich das aufgeschobene Bedürfnis wieder. Die Notwendigkeit, die unausgesprochenen Fragen zu diskutieren.

»… was denkst du eigentlich über Anna Svensson und das, was passiert ist …«

Das Telefon klingelte enervierend, aber Lise Vagnman nahm sich in aller Ruhe die Zeit, ihre wirren Gedanken zu ordnen, bevor sie abnahm. Erst nach dem achten Signal meldete sie sich.

Nachts hatte sie sehr unruhig geschlafen, und der Tag war ein einziger Albtraum gewesen – im Wachzustand. Carl hatte in die Galerie fahren müssen, und sie war durch die großen, leeren Zimmer gewandert und hatte gedacht, die Geister würden sie heimsuchen. Sie hatte zu malen versucht, aber das hatte überhaupt nicht funktioniert.

Jetzt war sie so nervös, dass die Nerven unter der Haut regelrecht zuckten. Wie sollte sie da mit jemandem sprechen, wer auch immer das sein mochte?

War es dieser Kommissar Hill, galt es, auf der Hut zu sein und jedes Wort auf die Goldwaage zu legen.

»Ja, hallo?«, sagte sie, als ob sie in der gegenwärtigen Lage nicht einmal ihren eigenen Namen preisgeben wollte.

»Hallo? Bin ich da bei Lise Vagnman?«

»Wer ist denn da?«

Das Gespräch hatte den absurden Anflug eines Bluffpokers bekommen, aber Lise hörte, dass auf keinen Fall Joakim Hill am Apparat war. Es sei denn, er hatte eine Kollegin vorgeschickt, um sie hinters Licht zu führen.

»Mein Name ist Lotta Jönsson, von der *Kvällsposten*.«

Die *Kvällsposten*! Hatte die Polizei die Geschichte mit Per schon öffentlich gemacht? Oder ging es um etwas anderes? Es wäre immerhin möglich, denn durch Lises eigene künstlerische Arbeit schrieben die Journalisten bisweilen eine kurze Reportage. Es war zumindest besser, erst einmal abzuwarten, um was es sich überhaupt handelte, bevor man auflegte.

»Jaha«, entgegnete Lise leicht defensiv. »Worum geht es denn?«

»Es geht um einen Brand mit Todesfolge oben in Söderåsen neulich abends. Ich würde Ihnen gern ein paar Fragen dazu stellen.«

Verflixt nochmal! Vor der Presse blieb auch nichts mehr verborgen!

»Wieso das?«

»Na ja, war es nicht so, dass Ihr Mann Per Vagnman dabei verbrannt ist?«

»Per ist seit vier Jahren tot.«

»Ja, ich weiß – und gerade deshalb ist es doch recht seltsam, dass die Polizei nun glaubt, dass trotzdem er es war, der dort oben in der Sommerhaussiedlung verbrannt ist. Möchten Sie sich mit mir unterhalten, oder meinen Sie, dass ich auf eigene Faust etwas zusammenschreiben kann?«

Lise hatte nur selten erlebt, dass eine so höfliche Frage solch eine klare Drohung beinhaltete. Reden Sie mit mir, sonst schreibe ich etwas, das Himmel und Erde in Aufruhr versetzen wird. Dichtung oder Wahrheit spielte da keine große Rolle. Nur die Schlagzeilen zählten. Schlagzeilen, die in diesem Fall viel unerwünschte Aufmerksamkeit auf Lise Vagnman selbst lenken konnten, sowohl als Privatperson als auch als Künstlerin.

Aber sie zögerte so lange wie möglich.

»Okay«, gab sie schließlich nach, »worüber wollen Sie sprechen?«

»Und was ist daraus geworden – den Weg sichern und beschützen? Kannst du mir das mal sagen? Das ist futsch, gone, kaputtski. Wir schaffen es nicht einmal mehr, in diesen Bahnen überhaupt zu denken«, beklagte Gårdeman sich bei Svenningsson, obwohl er eigentlich sehen sollte, dass er nach Hause kam.

Es war spät, und die restliche Mannschaft war schon aufgebrochen, zum Großteil vorbildlich nach Hause ins eigene Bett. Harry Runsten hatte das Geburtstagskind korrekt in die laue Spätsommernacht begleitet, und sie waren gesehen worden, wie sie zusammen Richtung Präsidium spazierten. Joakim Hill und Anderberg hatten den gleichen unausgesprochenen Gedanken. Sie hatten sich stumm angesehen und jovial gegrinst, bevor jeder seiner Wege gegangen war. Vielleicht entwickelte sich hier nicht nur eine berufliche Zusammenarbeit zwischen dem großen und dem kleinen Chef …

Aber Gårdeman und Svenningsson waren noch eine Weile im Harrys geblieben mit einem Bonusbier und sanken dabei immer tiefer. Tiefer in das Er- und Abwägen der grundlegenden Bedingungen und Bewertungen, die stets das Prinzip einer guten Polizeiarbeit ausmachten.

»Aber wie ich das sehe, liegt es sowieso in erster Linie bei dem einzelnen Beamten, diese Bewertung vorzunehmen, oder nicht?«

»Wenn die Mittel fehlen, muss man dem Schlimmsten erste Priorität einräumen, denn das stellt auch die größte Gefahr für das Gesellschaftssystem dar.«

»Aber das kann auch in dem schwächsten Glied verankert liegen, nicht wahr? Es spricht nichts dagegen, dass es ebenso gefährlich sein kann, die Interessen des gemeinen Mannes zugunsten des organisierten Verbrechens zu ignorieren. Es kann genauso gefährlich sein, die breite Masse auf lange Sicht zu vernachlässigen.«

Svenningsson winkte einer Bedienung, die zwischen den Tischen hin und her eilte. Sie dachte an Nachschub, wusste aber, dass es für heute Abend eigentlich genug war, und änderte ihre Meinung. Morgen wartete ein Arbeitstag, dachte sie und blickte einsichtig auf die Uhr.

»Nein, du, ich glaube, es ist Zeit zum Gehen«, sagte sie.

»Ja, da hast du wohl Recht. Wir können noch ein Stück gemeinsam gehen.«

Birgitta Svenningsson war wirklich niemand, den man bis zur Tür begleiten brauchte, das wusste Gårdeman nur zu gut. Sie zögerte nicht einmal, Auge in Auge mit einem Berufskiller zu stehen und kaltschnäuzig ein Ultimatum zu stellen.

Der Mann, der sie damals nicht ernst genommen hatte, musste teuer dafür bezahlen. Er hatte das Feuer auf Gårdeman eröffnet und eine schwere Schussverletzung am Arm kassiert. Ferner ausreichend Zeit im Gefängnis.

Ulf Gårdeman lächelte bei dem Gedanken an jenen Abend, als sie Joakim Hill gemeinsam aus den Klauen eines Profikillers gerettet hatten. Aber das war nur eine Erinnerung.

Seitdem war für alle Helsingborger Polizeibeamten viel Wasser den Fluss hinabgeflossen, und für ihn selbst war nun die Frage nach dem Recht des Einzelnen auf polizeilichen Schutz von allerhöchster Priorität. Besonders seit er Anna

Svenssons hilflose Situation erlebt hatte. Deshalb wollten ihn seine Gedanken nicht loslassen und gaben keine Ruhe, in der Hoffnung auf eine klärende Antwort.

»Jetzt geht es vielmehr darum«, fuhr er fort, während er kritisch einen jungen Autofahrer beäugte, der die Järnvägsgatan Street-Racing-tauglich erachtete, »ob wir überhaupt die Scherben nach dem Fait accompli zusammenkehren können.«

»Ich persönlich weigere mich, in solch negativen Bahnen überhaupt zu denken. Zu viel hängt daran, dass wir als Polizisten den Glauben an das, was wir tun, bewahren.«

Er fand sie herrlich. Es gab offenbar nichts, was sie aufhalten konnte, hatte sie sich einmal entschieden. Und sie hatte auch keine Hemmungen, einem älteren und bedeutend erfahreneren Kollegen zwar nicht zu erläutern, wo, aber wie das Klavier stand.

Plötzlich wurde ihm klar, dass dieser ältere Kollege er selbst war.

Doch es kam ihm gar nicht so vor, als sie Seite an Seite Richtung Södercity schlenderten. Stattdessen strotzte er vor neuer Energie, die er draußen im Wald zusammen mit seiner Zehenwärme gänzlich verloren hatte.

Sie wohnten gar nicht so weit voneinander entfernt, aber merkwürdigerweise begegneten sie sich nie in der Stadt. Das war wohl so, wie es war. Das Leben steckte voller Rätsel.

Und auf einmal begriff er, dass sie vollkommen Recht hatte. Frage nicht, was der Einzelne für dich tun kann, sondern was du für den Einzelnen tun kannst. Es war nicht Anna Svenssons Aufgabe, etwas zu beweisen, um Recht zu bekommen. Es lag an ihm zu verstehen, was sie von einem Polizeiinspektor brauchte.

Plötzlich war ihm viel wohler. Er wusste, was er zu tun hatte, und die unnötigen Grübeleien schrumpften unmittelbar auf null.

Sie hatten Birgittas Haus erreicht, und er sah, dass in ihrer Wohnung Licht brannte. Doch das sollte sicher nur eventuelle Einbrecher abschrecken, vermutete er. Denn soweit er wusste, lebte sie allein, so seltsam das auch bei einem Mädel wie ihr sein mochte.

Er wusste schlicht nicht, was ihn übermannte.

Im Nachhinein bereute er es vielleicht – aber nur vielleicht.

Wie auch immer: Bevor weder sie noch er reagieren konnte, hatte er ihr einen leichten Kuss auf die Wange gedrückt.

»Gut' Nacht«, sagte er und war auch schon mit raschen, zielstrebigen Schritten Richtung Bjäregatan unterwegs.

»Hej«, erwiderte sie zögernd und blieb überrascht eine Sekunde lang stehen.

Hatte er sie wirklich auf die Wange geküsst, oder hatte sie sich das nur eingebildet? Es war so unglaublich schnell gegangen, aber vor allem … es war ihr so natürlich vorgekommen, dass sie kaum reagiert hatte.

Gårdemans Herz schlug wie ein Presslufthammer in seiner Brust. Was war nur in ihn gefahren? Er hatte nicht die geringste Ahnung. Es war wie ein unausweichlicher Reflex gewesen. Er hatte nicht einmal gedacht, er könnte sie vielleicht küssen – es war einfach selbstverständlich gewesen.

Doch im Nachhinein wünschte er verzweifelt, es wäre nie passiert. Es war nichts, was er auf irgendeine Weise gewollt oder geplant hatte … oder?

Er eilte in Rekordzeit den Hügel hinauf und bat inständig, sie würde nichts anderes als normale, zu nichts verpflichtende Freundlichkeit darin sehen. Von der Art, wie Kollegen verschiedenen Geschlechts sie unter gewissen Umständen austauschen konnten.

Doch als er den Türcode eintippte, merkte er selbst, wie falsch diese Deutung klang.

Dieser Kuss hatte nicht viel mit kollegialer Zuneigung zu tun.

Er bedeutete eine kecke, folgenschwere Frage, von der er hoffte, sie würde sie nie begreifen.

Allmählich konnte er sogar einschlafen, trotz aller Fragen, die wie die Dampflok in Hills Garderobenschrank in seinem Kopf kreisten. Doch plötzlich fiel auch sie aus ihrer Bahn, stürzte in einen bodenlosen Abgrund und ließ ihn tief schlafen, bis sieben Uhr.

»Guten Morgen«, sagte Lena, die eine halbe Stunde früher aufgestanden war und schon geduscht hatte. »Ich fand, du konntest ruhig noch liegen bleiben. War es nett gestern Abend?«

»Was? Doch, es war sogar richtig gemütlich.«

Als Gårdeman später am selben Morgen den Beobachtungsbereich der Ambulanz betrat, packte Anna Svensson gerade ihren Kulturbeutel. Sicherheitshalber hatte sie zwei Nächte dort verbracht. Bei alten Menschen wusste man nie so genau, wie sich die Wirkungen von einem traumatischen Erlebnis äußerten.

Oft kam es vor, dass sie viel später physische Probleme von einem psychisch belastenden Erlebnis davontrugen. Es war beispielsweise nicht selten, dass sie einen Tag später mit einem Herzinfarkt zusammenbrachen.

Gårdeman hatte den gestrigen Tag genutzt, um zumindest etwas Brauchbares bei den Proben zu finden, die an ihrem Haus genommen worden waren, doch es war nichts dabei herausgekommen.

Anna Svensson packte ihre Sachen, obwohl sie nicht vor dem Mittagessen entlassen werden würde. Die Strickjacke, der Morgenrock und das saubere Kleid, das mitzunehmen sie sich nicht hatte ausreden lassen – als ob man so ordentlich wie möglich aussehen musste, wenn man eine Nacht oder zwei im Krankenhaus lag –, waren bereits, sorgsam gefaltet, in die geräumige Tasche gewandert.

Sie hörte ihn offenbar nicht kommen, und er legte vorsichtig seine Hand auf ihre Schulter.

»Guten Tag, Frau Svensson«, sagte er freundlich. »Wie geht es Ihnen heute?«

»Ah, ist das nicht der Konstabler? Wie nett! Ja, danke, ich fühle mich schon besser. Sie haben mir ein paar Tabletten gegeben, mit denen man einschlafen kann, sodass ich nachts wunderbar geschlafen habe. Aber jetzt will ich mich mal wieder nach Hause bewegen. Hier gibt es kranke Menschen, die die Betten brauchen, haben sie gesagt.«

Er war sich nicht ganz sicher, wie sie das meinte. Hatte sie Angst davor, nach Hause zu fahren, oder …? Doch dann bemerkte er ihren schelmischen Blick. Dieses: »Ich komme schon zurecht, das werdet ihr ja sehen«, das er vorgestern Abend auch gesehen hatte, als er ihr aus dem Vorratskeller hochgeholfen hatte.

Das andere Bett im Zimmer war leer, würde aber im Laufe des Tages sicher wieder belegt werden.

»Hatten Sie auch ein eigenes Zimmer?«, fragte er höflich plaudernd.

»Oh nein, hier war jemand, der so schreckliche, schreckliche Schmerzen hatte heute Nacht. Aber sie wurde recht bald in eine andere Station verlegt. Und wissen Sie was?«, wisperte sie und beugte sich vertraulich zu Gårdeman hinüber – schließlich hatte er sie gerettet und war auf diese Weise gleichsam ihr Vertrauter, ihr einziger Verbündeter geworden. »Ich fand das sogar sehr schön. Bin ich jetzt zu abscheulich?«

Er lachte über ihr ehrliches Geständnis.

»Nein, das finde ich wirklich nicht. Das ist doch völlig verständlich. Ich hätte genauso empfunden. Man ist sich doch selbst der Nächste.«

Sie blickte ihn aus funkelnden Knopfaugen an, nickte zufrieden und faltete ihre weiten, baumwollenen Liebestöter zusammen und legte sie sorgfältig auf das Kleid.

Dass das Nachbarbett leer stand, passte Gårdeman ausgezeichnet, denn er wollte einige Dinge mit Anna unter vier Augen besprechen. Er erhob sich und schloss die Tür.

»Ist das in Ordnung, wenn wir etwas über das, was vorgestern passiert ist, sprechen, Frau Svensson?«

»Natürlich«, entgegnete sie, schloss jedoch hastig ihre Tasche, als ihr plötzlich bewusst wurde, dass ein Mann kompletten Einblick in ihre Unterwäsche genoss. Dann setzte sie sich auf die Bettkante. »Was möchten Sie wissen?«

»Die Techniker haben mehrere Proben genommen, aber leider war nichts dabei, was uns einen direkten Beweis geliefert hat.«

»Und was ist mit der Dose?«, fragte die Alte, und eine kritische Falte grub sich zwischen ihre Augenbrauen. »Die, die er von dem Badezimmerregal geworfen hat?«

»Auf dem Boden lagen Glassplitter, ja – aber die stammten nicht von irgendetwas, das vom Badezimmerregal gefallen war. Eher ist etwas vom Waschbecken gefallen. Sind Sie sicher, dass nicht schon vorher etwas heruntergefallen ist?«

»Badezimmerregal?«, sagte Anna plötzlich. »Habe ich Badezimmerregal gesagt? Ich meine natürlich das Fensterbrett über der Badewanne. Das ist zwar nicht ganz richtig, aber das nenne ich auch Badezimmerregal.«

Er blickte die alte Dame entwaffnend an. War es tatsächlich so, oder dachte sie sich das nur aus, damit sein Interesse nicht nachließ? Er wurde auf einmal unsicher.

»So ist das auch mit dem Keller«, erklärte sie.

»Dem Keller?«

»Ja, das ist der Lagerraum draußen auf dem Hof, wissen Sie. Eigentlich ist das eine Garage, aber ich habe immer schon Keller dazu gesagt.«

Er schmunzelte. Nun stimmte die Psychologie wieder. Das war ein derart konsequentes Durcheinander, dass es definitiv in den Rahmen für normales menschliches Verhalten passte.

»Okay«, erwiderte er und blätterte in seinen Notizen. »Wenn wir annehmen, dass die Dose auf dem Fensterbrett stand, muss sie also von dort hinuntergefallen sein.«

»Genau«, nickte sie eifrig. »Er muss sie umgestoßen haben, als er einzusteigen versuchte.«

»Es ist nur so, dass das Fenster von innen fixiert war.«

»Wie, von innen?«

»Es war auf dem ersten Haken eingehängt.«

»Das ist ja immer so.«

»Immer?«

»Ja, wie soll man sonst nachts lüften? Ich habe kein besonders gutes Ventilationssystem in diesem kleinen Haus, also öffne ich das Badezimmerfenster und lasse die Tür leicht angelehnt.«

»Können Sie dabei denn nicht auch selbst die Dose zu Boden geworfen haben?«

»Ich selbst? Daran würde ich mich doch erinnern…«

Doch noch während sie das sagte, stockte sie, als sei es plötzlich nicht mehr so selbstverständlich, dass sie sich an alles erinnerte, was passiert war.

»Nachts am Telefon haben Sie gesagt, dass Sie das Geräusch gehört haben, als die Dose herunterfiel«, versuchte er zu helfen.

»Doch, doch, das habe ich wohl auch.«

Wohl.

Das war ein sehr gefährliches Wort, das niemand, der ein Verhör führte, hören wollte. Jeder Staatsanwalt würde sich unerbittlich darauf stürzen und dieses Wort als Aufhänger nehmen, um die Zeugenaussage zu vernichten. Glaubwürdigkeit verlangte mehr. Die Klägerseite machte mit Sicherheit nicht von ihren gesamten Ressourcen Gebrauch, wenn die ganze Infrastruktur des Falles aufgrund dieses kleinen, zweifelhaften Wortes »wohl« einzustürzen drohte.

»Ich muss Sie etwas fragen. Ich weiß, dass Sie das nicht besonders fair finden könnten – aber sind Sie ganz sicher, dass Sie nicht geschlafen und das Ganze geträumt haben? Und dass die Dose schon vorher heruntergefallen ist?«

Er fürchtete, ihr zu nahe getreten zu sein und dass sie vielleicht sogar zu weinen anfangen würde. Aber offensichtlich kannte er Anna Svensson schlecht. Sie begann zu lachen. Nicht laut oder schrill, sondern sie kicherte eher in sich hinein. Ihr Magen hüpfte im Takt auf und ab, je mehr sie lachte, und ihr Lachen stieg bis in ihre Augen hinauf. Sie trocknete sich eine Lachträne von ihrer runzligen Wange.

»Oje«, gluckste sie belustigt, »ihr jungen Leute seid doch zu spaßig! Ihr denkt, sobald das Haar ergraut, tanzen die Staubmäuse in den Hirnwindungen bei uns Alten Tango.«

»Nein, Frau Svensson. Es war wirklich nicht…«

»Jetzt tun Sie nicht so, als ob. Sie haben das schon so gemeint«, gab sie ruhig zurück, beugte sich vor und tätschelte beruhigend seinen Arm. »Aber das macht wirklich nichts, denn Sie müssen wissen, dass nicht zum ersten Mal jemand meinen mentalen Zustand angezweifelt hat, und das wird auch nicht das letzte Mal gewesen sein.«

Er besah sich schweigend seine Hände und schämte sich, weil sie ihn klar durchschaut hatte.

»Ich bin nämlich ein äußerst starrsinniges Frauenzimmer, müssen Sie wissen. Und es gibt nicht viel, das die Menschen so gründlich erschreckt wie jemand, der weiß, was er will, und bereit ist, sich dafür einzusetzen. Da muss man sich daran gewöhnen, verrückte alte Schachtel genannt zu werden, glauben Sie mir«, gluckerte sie.

Unvermittelt flog die Tür auf, und eine Krankenschwester schob einen rostfreien Wagen herein. Keinen mit Spritzen, Kanülen oder Blutdruckmessern, sondern mit Thermoskannen voll Kaffee und einem großen Brotkorb mit Keksen.

»Möchte Frau Svensson eine Tasse Kaffee?«, erkundigte sie sich und äugte misstrauisch zu Gårdeman herüber. In der Krankenakte hatte gestanden, dass Anna Svensson keine Verwandten hatte. Wer war dann dieser Kerl? Jemand mit dem Hintergedanken, der Alten Geld abzuluchsen?

Als ahnte Anna die unlauteren Gedanken der Schwester, stellte sie Gårdeman vor.

»Das ist der Polizist, der mir geholfen hat, als bei mir kürzlich eingebrochen wurde«, sagte sie, nicht ohne ein gehöriges Maß Stolz in der Stimme.

Gårdeman war nicht mehr einfach irgendein Polizeibeamter, sondern durch den Lauf der Dinge ihr ganz persönlicher Polizist geworden. Der, der auf seinem goldgelben Flitzer gekommen war, um sie mitten in der Nacht zu retten.

»Ach so, ja dann«, sagte die Schwester erleichtert, schenkte Gårdeman ein schwaches Lächeln, aber keinen Kaffee. Der war strengstens reserviert für jene, die hier eingeliefert worden waren, und nicht einmal die Hüter des Gesetzes hatten Anspruch auf eine kostenlose Tasse. »Jetzt dauert es aber noch bis nach dem Mittagessen, bis der Doktor mit den Papieren für die Entlassung kommt. Also muss Frau Svensson noch eine Weile warten.«

»Das macht gar nichts«, versicherte Anna. »Ich habe es nicht eilig.«

Die Krankenschwester lächelte, bevor sie mit dem Kaffeewagen wieder verschwand und die Tür hinter sich schloss. Gårdeman wusste nicht so recht, ob das Lächeln echt war oder zu der neuen, persönlichen »policy« des Krankenhauses gehörte. Mindestens ein Winkel von zwanzig Grad aufwärts wurde bei Patienten und Angehörigen empfohlen. Er fühlte sich fast wie ein Verwandter von Anna. Zumindest hatte er ebenso viel wie ein solcher mit ihr zu besprechen – mindestens.

»Und dann sind da noch die Fußspuren«, fuhr er fort, sowie sich die Tür mit einem leisen Zischlaut geschlossen hatte.

»Dann haben Sie tatsächlich Fußspuren gefunden!«, rief Anna freudestrahlend aus und zog die Strickjacke enger, obwohl es mehr als warm in dem Krankenzimmer war. »Ich hab's ja gewusst.«

»Ja, das haben wir, doch das Testergebnis war nicht so positiv, wie wir es uns gewünscht haben.«

»Können Sie nicht sagen, zu wem sie gehören?«

»Doch, genau das haben wir herausgefunden«, seufzte er. »Sie gehören zweifelsohne diesem Mann, dem Künstler, Sie wissen schon, dem, der Anfang der Woche verbrannt ist.«

»Aber das ist doch nicht möglich!«

»Da gibt es leider nicht den geringsten Zweifel.«

Anna schwieg.

»Ist er manchmal zu Ihrer Hütte rübergekommen?«

»Nein.«

»Nie?«

»Doch, ein Mal vielleicht.«

Vielleicht. Das Wort war nicht viel besser als »wohl«. Teils aus der rein gerichtstechnischen Perspektive, aber auch von seiner persönlichen Absicht aus betrachtet, auf gerechte Art und Weise die Verlässlichkeit ihrer Aussage zu beurteilen.

Es wurde immer schwieriger, die höchst unbehagliche Schlussfolgerung zu umgehen. Nämlich die, dass es eventuell nicht möglich war, der rührenden alten Dame hundertprozentig zu glauben.

»Und wann war das, können Sie sich daran erinnern?«

»Doch, das weiß ich noch – das war vor ungefähr einer Woche.«

»Was geschah dann, was wollte er?«

»Ich habe keinen Schimmer, was der Spaßvogel wollte«, antwortete sie abweisend, fügte jedoch erklärend hinzu: »Ich habe ihm nicht aufgemacht. Seit er hergezogen ist, schließe ich immer sorgfältig ab. Auch wenn ich zu Hause bin. Früher war das nicht so, da hat niemand abgesperrt, außer vielleicht nachts…«

»Erzählen Sie mir exakt, was passiert ist«, unterbrach er sie freundlich, aber bestimmt. »Jedes Detail, an das Sie sich erinnern können.«

Sie blickte eine Weile an die kahle Decke und ließ die Geschehnisse vor ihrem inneren Auge Revue passieren.

»Ich wusste schon eine Zeit lang, dass er furchtbar schlechte Laune hatte da drüben, also habe ich wohl besonders aufgepasst, denke ich. Deshalb habe ich ihn schon die Treppe hinabtorkeln sehen, als er zu mir kommen und klopfen wollte. Ich habe mich hinter dem Sessel in dem großen Zimmer versteckt und tat, als sei ich nicht zu Hause.«

»War er an der Eingangstür?«

»Ja, genau. Aber dann ist er ums Haus herum und hat sage und schreibe durch jedes einzelne Fenster hereingeschaut.«

»Dabei sind dann wahrscheinlich die Fußspuren entstanden.«

Sie blieb ihm die Antwort schuldig.

Zum ersten Mal sah er eine Traurigkeit in ihrem Blick. In ihrem dunklen Knopfaugenblick las er die schmerzliche Erkenntnis. Die, dass sie begriff, dass offenbar nicht einmal er ihr noch glaubte.

Er streckte sich unwirsch, erhob sich und sah auf die Uhr.

»Jetzt muss ich leider wieder ins Präsidium zurück«, stellte er fest. »Wie kommen Sie denn nach Hause – mit dem Taxi?«

»Taxi! Der Staatsminister kann es sich ja leisten, Flugzeug und Hubschrauber zu chartern, aber das gemeine Volk darf stets an die Kosten denken. Für meinen Teil kommt nur der Bus infrage.«

»Okay, seien Sie vorsichtig und schonen Sie sich.«

Plötzlich wurde ihm klar, dass sie ihn an seine alte Mutter Astrid erinnerte, die in einem Seniorenheim in der Stadt wohnte. Und so schwer es ihm fiel, seiner Mutter den Rücken zu kehren und sie dort zurückzulassen, so schwer fiel es ihm auch, sich von Anna Svensson ohne einen Funken Hoffnung zu verabschieden.

»Machen Sie sich keine Sorgen«, ergänzte er, als er schon in der Tür stand. »Wir arbeiten weiterhin an dem Fall, und wenn sich etwas Neues ergibt, melde ich mich. Ist das in Ordnung?«

Sie nickte mutlos, und er dachte auf einmal, dass sie dünn und gebrechlich wirkte, wie sie da auf dem großen Krankenhausbett saß. Er beeilte sich, zum Abschied zu winken, und hastete Richtung Ausgang den Gang hinunter.

Er hatte insgeheim ein schlechtes Gewissen und fragte sich, ob sie ihn durchschaut hatte.

Dass er alles nur so dahergesagt hatte, um sie ein bisschen aufzumuntern.

Und dass in Wirklichkeit die ganzen Vorkommnisse neulich abends um Anna Svensson in der Sommerhaussiedlung herum bestenfalls auf dem Stapel mit allen noch brennend zu erledigenden Ermittlungen landen würden.

Joakim Hill drehte und wendete seine Unterlagen auf dem Schreibtisch. Es war einfach noch zu früh am Morgen. Es war nicht einmal sechs, aber in gewissen Situationen war es besser, in aller Herrgottsfrühe zur Tat zu schreiten, statt am Vormittag nicht mehr zu dem zu kommen, was eigentlich zu erledigen war.

Die offiziellen Ergebnisse des SKL waren vollkommen eindeutig. Und sie stimmten zum Glück mit den Richtlinien überein, die vor wenigen Tagen in Linköping vereinbart worden waren.

Auch wenn der Fall ein ganz anderer war als der Brand mit Todesfolge, der ebenfalls Aufmerksamkeit, Ermittlungen und eine plausible Lösung verlangte, musste etwas unternommen werden.

Es war höchste Zeit, den Bruder sowie seine Verlobte von dem »Selbstmordopfer« in Kenntnis zu setzen. Eine kleine Rekonstruktion an dem Ort, wo dem jungen Mann das Hirn weggeblasen worden war, war nicht fehl am Platz. Und derjenige, der noch schlaftrunken ist, ist bedeutend weniger geneigt, rasch eine schlaue Lügengeschichte um die unbestreitbaren Fakten herum zu erfinden.

Damit rechnete zumindest Hill, stopfte die Unterlagen in die Tasche und wollte gerade bei Larsson durchrufen, als es an der Tür klopfte. Nicht, weil das nötig war – Hills Tür stand weit offen –, sondern hauptsächlich, weil es die Höflichkeit gebot, dass man das persönliche Revier respektierte.

»Morgen«, grüßte Kennet Abrahamsson, Autostreifenpolizist mit umfassender Erfahrung in Festnahmen, bei denen alles Mögliche passieren konnte. »Zeit zu fahren?«

»Jaja, ich will bloß sehen, ob Larsson schon so weit ist.«

»Larsson habe ich vor einer Weile am Eingang gesehen. Er wollte nur noch etwas aus seinem Büro holen, dann wartet er unten in der Garage auf uns.«

»Gut«, entgegnete Hill und schlüpfte in seine Jacke.

Heute Morgen war es ungewöhnlich kühl gewesen. Ein unangenehmer Hinweis, dass der September nahte und die lang ersehnten Sommermonate viel schneller zu Ende gegangen waren, als man Anfang Juni hatte ahnen können. Komisch eigentlich, dachte er, dass man sich das nie merkte. Er war immerhin schon einiges über vierzig, und trotzdem waren die Jahreszeitenwechsel jedes Mal eine Überraschung. Er begann ernsthaft zu glauben, dass diese Lernschwierigkeit Teil des menschlichen Systems war, damit man sich nicht unnötig darüber Sorgen machte, dass die Zeit mit dieser erhöhten Geschwindigkeit verstrich. Es bestand das Risiko, dass einen diese Einsicht vollkommen paralysieren würde.

»Wer außer dir kommt noch mit?«, fragte er und verscheuchte die trüben Gedanken, während er die SIG Sauer im Holster kontrollierte. Er wusste, dass er gestern Abend eigentlich eine Runde Waffenpflege hätte einlegen müssen, aber er war einfach zu erledigt gewesen. Dann musste es eben heute Abend sein, bevor er nach Hause ging.

Heim zu Catharina und dem kleinen Spatz, der viel zu schnell größer wurde …

Was man allerdings nicht tun sollte, wenn man im Begriff stand, einen Mörder zu überführen, war, mit den Gedanken abzuschweifen. Besonders nicht bei Mördern, die sich auf der sicheren Seite wähnten. Da war rasiermesserscharfe Konzentration angesagt. Etwas anderes würde verheerende Folgen haben können.

»Maria G., Svantesson und Petrén«, gab Kennet Abrahamsson zurück und zog die Mütze in die Stirn. Nicht weil sie wirklichen Schutz bot, wenn die Sache aus dem Ruder lief, aber sie signalisierte jedenfalls offen die Macht, die sein Berufsstand innehatte.

»Ausgezeichnet«, sagte Hill und meinte das auch.

Die Kollegen aus Malmö zur Verstärkung anzufordern, war nicht in Erwägung gezogen worden. Die Persönlichkeitstypen waren in diesem Fall nicht von der unberechenbaren Sorte. Trotz des Verbrechens, dessen sie verdächtigt wurden, gab es keine direkte Veranlassung, ernsthaften Widerstand zu erwarten. Nicht bei dem halben Dutzend Polizeibeamter, das nun startklar war.

Es war ein eingespieltes Team, mit dem Hill oft zusammengearbeitet hatte. Und auch wenn in seinem Innern eine kleine, piepsige Stimme jammerte: »Ich würde gern meinen

Kumpel Gårdeman dabeihaben«, spürte er, dass er gut aufgehoben war.

Im Seitengang der Garage war es dunkel. Der Streifenwagen, ein Volvo V 70 Kombi, stand schon an der kleinen Steigung, die zum Tor hinaufführte. Man wartete noch auf Abrahamsson. Larsson stand bereits neben Hills Dienstwagen.

Er nahm neben Hill auf dem Beifahrersitz Platz und schnallte sich an, während Hill ausparkte, wendete und zum Streifenwagen aufschloss.

Das Tor öffnete sich automatisch, sie gaben Gas, bogen links auf die Straßenkuppe und hatten kein Problem mit dem Verkehr auf der Kreuzung Carl Krooksgatan und Holländaregatan. Der morgendliche Berufsverkehr hatte noch nicht begonnen, und sie kamen ungehindert bis zur Södra Stenbocksgatan durch.

»Hast du die Analyse noch anschauen können?«, fragte Hill mehr aus Gewohnheit als wachem Bewusstsein.

»Ja, heute Morgen kurz«, antwortete Larsson, ohne ein Gähnen unterdrücken zu können.

»Okay«, fuhr Hill fort und folgte der Streife in die rechte Spur Richtung Fredriksdal. »Dann weißt du, dass es darauf ankommt, ihnen nicht den kleinsten Hinweis zu geben, sondern dass sie sich selbst verraten.«

»Ja, das ist in diesem Fall wohl die einzige Möglichkeit. Es gibt schließlich nichts, was gegen ihre Geschichte spricht – abgesehen von dem Blut.«

»Nein, genau. Das Blut – und die ganzen anderen verzwickten Umstände.«

Larsson nickte und achtete auf die Ampel am Lagervägen. Sie stand auf Rot, und Hill stoppte, während die Streife über die Kreuzung glitt und hinter der scharfen Kurve verschwand. Aber das war kein Grund zur Beunruhigung. Sie wussten genau, wo sie hinmussten.

Hill und Larsson schwiegen und sahen die ersten klarwarmen Sonnenstrahlen am östlichen Horizont blenden. Aber sie dachten dennoch an ein und dasselbe. Vor ihrem inneren Auge sahen sie den jungen Mann, der vor wenigen Wochen auf seinem Küchenfußboden gelegen hatte, das halbe Hirn über die Spüle verspritzt.

Sowohl der Bruder als auch die Verlobte hatten sich in der Wohnung aufgehalten. Sie waren es auch, die kurz nach halb zwei Uhr nachts die Polizei alarmiert hatten, nachdem sich der Unfall ereignet hatte. Oder der Selbstmord, wie die bisherige Bezeichnung lautete. Obwohl Joakim Hill die ganze Zeit über vermutete, dass sich bedeutend mehr dahinter verbarg, als was aufs Erste dabei herausgekommen war.

Natürlich hatte man sowohl die Hände des Bruders sowie der Verlobten auf Schmauchspuren untersucht. Bei ihm sogar mit Erfolg, doch er hatte eine absolut plausible Erklärung dafür. Er hatte die Küche just in dem Moment betreten, als der Bursche mit dem Revolver im Mund schussbereit dasaß. Er war auf seinen Bruder zugestürzt, um ihn daran zu hindern, war jedoch einen Sekundenbruchteil zu spät und bekam den Revolver erst zu fassen, als der Bruder gerade abdrückte. Daher stammten die Pulverspuren an seiner Hand. Die Verlobte hatte bestätigt, dass es genau so gewesen war.

Sie war im Schlafzimmer gewesen. War fast schon eingeschlafen, wurde aber dadurch wieder wach, dass der Bruder des Verlobten die Badezimmertür zugeschlagen hatte. Wusste sie sicher, dass die Tür so geknallt hatte und nicht der Schuss, der sich gelöst hatte? Das war die unausweichliche Folgefrage gewesen. Konnte man die Zeitangabe für den tödlichen Schuss widerlegen, hatte man einen schwachen Punkt erwischt.

Doch sie dementierte vehement, dass dies der Fall gewesen war, und fügte hinzu, dass sie anschließend in die Küche gegangen war, wo der Verlobte schon im Begriff stand, den zum Selbstmord führenden Schuss zu lösen.

Der Bruder hatte folgerichtig ebenfalls Blut und Hirnmasse abbekommen, doch das fiel unter dieselbe Erklärung. Er hatte sein Äußerstes getan, um den Selbstmord zu verhindern, und sich demnach in nächster Nähe befunden.

»Ziemlich seltsam«, meinte Hill nachdenklich und überquerte langsam die Kreuzung, nachdem die Ampel auf Grün gesprungen war. »Wir hatten doch noch einen, der sich auch so erschossen hat, letzten Winter, sogar hier ganz in der Nähe. In beiden Fällen war eine Magnum 357 im Spiel gewesen. Solche Schüsse sitzen einwandfrei, quasi für ewig. Aber da hatten wir nie diesen schleichenden Verdacht, den wir jetzt haben. Nicht eine Sekunde. Fragt sich, wodurch wir uns hier die ganze Zeit an der Nase herumführen lassen.«

Er hielt am Gehsteig vor einem der großen Mietshäuser in Fredriksdal, direkt hinter dem Streifenwagen. Abrahamsson und seine Kollegen waren bereits ausgestiegen, standen neben dem Auto und unterhielten sich, während sie instinktiv prüften, ob ihre Ausrüstung da saß, wo sie hingehörte. Der neue, zusammenklappbare Schlagstock nahm nicht viel Platz weg, konnte aber von unschätzbarem Nutzen sein.

»Kann diese Charlotte gewesen sein«, sagte Larsson und stieg aus Hills zivilem V 70.

»Genau das glaube ich auch.«

Joakim Hill bemühte sich, die Autotür nicht zuzuschlagen. Der Berufsverkehr war inzwischen in Gang gekommen, und die Leute ließen lärmend die Türen in den Treppenhäusern zufallen. Die ersten Busse schienen frühmorgens lauter anzufahren als während des restlichen Tages – und dann die vielen Hunde, die es als ihre Aufgabe ansahen, jeden Neuankömmling anzukläffen. Hill wusste nicht recht, ob sie angebellt wurden, weil sie in der Gegend unbekannt waren oder weil sie falsch geparkt hatten, denn das hatten sie. Auf dem Fußweg zu halten war nur für kurze Zeit gestattet, etwa um jemanden abzuholen oder abzusetzen. Für längere Parkdauer wurde auf den Besucherparkplatz fünfzig Meter entfernt hingewiesen. Aber Hill hoffte, dass es nicht allzu lange dauern würde. Und dass sie mit Fahrgästen im Schlepptau zurückkehrten, die es sicher begrüßen würden, wenn der Weg zwischen Treppenaufgang und Streifenwagen möglichst kurz war.

Er nickte den anderen zu, worauf sie rasch das nächstgelegene Treppenhaus betraten.

Der Fahrstuhl war besetzt. Eine Mutter war auf dem Weg in den Kindergarten mit ihren drei Kindern, eines war ungefähr drei und das Zwillingspaar ungefähr eineinhalb Jahre alt.

Hill hielt ihnen die Tür auf, lächelte der Mutter ermunternd zu und fragte sich im Stillen, wo der Vater sein mochte. Vermutlich war er bereits an seinem Arbeitsplatz eingetroffen, oder er existierte überhaupt nicht. Das wurde immer gewöhnlicher.

Nun war der Lift frei, und die Aufgabe lag immer noch vor ihnen.

Es war eng mit den voluminösen Overalls und allem Drum und Dran, aber es war äußerst wichtig, dass sie gesammelt oben ankamen. Dieses Überraschungsmoment war viel wert.

Der Fahrstuhl hielt weich im dritten Stock, und Abrahamsson, der direkt an der Tür stand, stieg aus und hielt sie für die anderen auf.

Es war ein völlig normales Treppenhaus in einem Hochhaus. Die kahlen Wände waren in einer hellgrünen Farbnuance gestrichen, in Brusthöhe von einer abstrakt gemusterten Borte unterbrochen, die die Grenze für die passende, dunklere Farbe bis zum Boden darstellte. Es standen drei Wohnungstüren zur Auswahl, doch keiner von ihnen zweifelte: Sowohl Hill und Larsson als auch Abrahamsson waren bereits hier gewesen.

An jenem Abend, als Peter Olsson laut Angaben sich das Gehirn aus dem Kopf gepustet hatte.

Niemand versuchte, dem Spion in der Wohnungstür mit der Aufschrift »P. Olsson & S. Wingö« auszuweichen. Es handelte sich nicht um eine Stürmung, sondern eher um eine Eindringungsaktion der psychologischen Art.

Hill läutete und wartete. Nichts rührte sich, also hielt er erneut den Klingelknopf gedrückt, diesmal länger. Schließlich schien sich jemand mit schlurfenden Schritten zu nähern. Die Schritte verstummten direkt vor der Tür, und sie wussten, dass sie beobachtet wurden. Jemand musterte sie sicherlich aus schlaftrunkenen Augen durch den Spion. Jetzt hing alles davon ab, wie die Person so früh am Morgen auf eine Traube Polizisten vor der Tür reagierte.

Zu seiner großen Erleichterung hörte Hill, wie das Schloss aufschnappte.

Also wollte hier niemand durchdrehen.

»Ja?«

Sara Wingö schaute sie aus schläfrigen Augen unter unordentlichen, strähnigen Ponyfransen an. Das war genau richtig. Das Paar war gestern Abend offenbar nicht so zeitig ins Bett gekommen, wie es eigentlich sollte, jedenfalls hatten die beiden erst spät geschlafen. Das war nicht zu übersehen, und Joakim Hill und seinen Kollegen passte das ganz ausgezeichnet. War man nicht ordentlich ausgeschlafen, standen die Chancen, klar zu denken, weitaus schlechter, wenn man Besuch von der schnüffelnden Polente bekam. Die außerdem neue Informationen hatte. Potenziell sehr gefährliche Fakten. Es bedurfte in der Tat nicht besonders viel, um die für Widerworte anfällige Landmine, die die Polizisten im Gepäck hatten, zu aktivieren.

»Wir würden gern noch ein paar Fragen im Zusammenhang mit Peter Olssons Selbstmord stellen«, sagte Hill so neutral er konnte.

»So früh – sind Sie nicht ganz bei Trost?«

Sara war knapp über zwanzig und trug, soweit sie sehen konnten, nichts als einen roten Seidenkimono.

Sie war schlank und hatte eine wunderbar volle Brust, bei der man sich instinktiv fragte, ob sie echt war. Das war sie. Schon in den frühen Jugendjahren hatte der Busen ihr einen großen Bekanntheitsgrad bei den Jungen der Schule beschert – und damit auch einen bedauerlich wilden Lebensstil. Sie und ihr begehrter Ausschnitt hatten bereits mit sechzehn Jahren das Elternhaus verlassen.

Sara hatte ein klassisch hübsches Gesicht, allerdings mit bezeichnend harten Zügen. Als hätte sie bereits bedeutend mehr gesehen, als eine Zwanzigjährige sollte, und mehr erlebt als andere vielleicht während ihres gesamten Lebens. Oder bildete Hill sich das nur ein, weil es mit seinen übrigen Vermutungen übereinstimmte?

»Tut uns Leid, wenn wir ungelegen kommen«, sagte er, »aber dieser Fall ist nicht der einzige, an dem wir arbeiten, also ist die Zeit …«

»Das darf doch nicht möglich sein«, fauchte Sara wütend und schlang demonstrativ den Morgenmantel enger um ihren schlanken Jungmädchenkörper. »Kommen Sie später wieder, hören Sie!«

Der Umschlag tauchte ebenso plötzlich und triumphierend auf wie die Verse in der Fernsehratesendung von Örjan dem Schüchternen.

»Hier haben wir eine Vorladung von der Staatsanwaltschaft, die uns zwingt, darauf zu bestehen«, sagte Hill und reichte ihr das Kuvert vom Staatsanwalt.

Sie überflog ungläubig seinen Inhalt, stolperte gelegentlich mit ihrem Blick über etwas Kryptisches in der verzwickten Amtssprache, begriff jedoch genügend, um einzusehen, dass es sich um Unannehmlichkeiten handelte.

Außerdem wurde plötzlich die Tür der Nachbarwohnung

sperrangelweit geöffnet. Frau Hellgren stand in ihrem alten grünen Veloursmorgenrock auf der Schwelle und beglotzte ungeniert die »daily soap«, die direkt vor ihrer eigenen Tür ablief. Sie hatte eine zufriedene Besserwissermiene aufgesetzt, die besagte, dass sie darauf schon lange gewartet hatte. Dass es aus ihrer Sicht nur eine Frage der Zeit gewesen war, bis die unmoralischen jungen Leute von nebenan vom langen Arm des Gesetzes geholt werden würden.

Sara machte eine obszöne Geste in Richtung der neugierigen Frau Hellgren, schnaubte herablassend, aber ließ die Repräsentanten der Ordnungsmacht schließlich eintreten. Besser so, als sich für die alte Schachtel von gegenüber zur Schau zu stellen.

Hill behielt seine Schuhe an. Draußen war es trocken und sonnig, und sie waren überhaupt nicht schmutzig. Es wurde sehr eng in dem kleinen Flur, als alle die Wohnung betraten, sodass Hill einfach weiterging und direkt auf die Küche zusteuerte, wo alles stattgefunden hatte.

Jetzt zeugte nicht mehr sehr viel von dem tragischen Vorfall, der sie vor über drei Wochen hierher gerufen hatte.

Alles war geputzt und aufgeräumt. Die Blutspritzer waren fast verschwunden. Schwache bräunliche Flecken konnte man auf der weißen Wand oberhalb der Spüle und auf den Schubladen noch erahnen. Sie fielen allerdings nur dann auf, wenn man wusste, woher sie stammten. Das Loch, wo die Kugel den Schrank durchdrungen hatte, nachdem sie Peters Kopf zerschossen hatte, war verspachtelt, abgeschmirgelt und mit einer Farbe übermalt worden, die den gleichen Farbton wie die Schranktür hatte, jedoch viel glänzender war.

Doch Hill sah alles wie an besagtem Abend vor sich. Der Abend, als das Blut leicht getrocknet, aber noch frisch an der Wand klebte. Als die Spritzer an der Unterseite des Küchenschranks noch ihre charakteristisch lackglänzende rotbraune

Nuance hatten. Das war etwas ganz anderes gewesen als die Flecke von seiner zerschossenen Pizza.

Der Fußboden war völlig verschmiert gewesen von der Flüssigkeit, die aus der Wunde am Hinterkopf ausgetreten war, doch jetzt war der Boden sauber geschrubbt und der Flickenteppich neu.

Aber die Techniker hatten genügend Bildmaterial, das den Tatort so zeigte, wie er am 28. Juli dieses Jahres ausgesehen hatte.

Und Joakim Hill hatte so lange diese Aufnahmen betrachtet, bis seine Augen juckten, weil er instinktiv spürte, dass da etwas nicht stimmte.

Deshalb sah er auch jetzt Peters leblosen Körper, auf dem Rücken liegend, den Kopf etwas seltsam an die Tür vom Gefrierschrank gelehnt. Der Schuss aus der Magnum hatte ihn mit Schwung nach hinten geschleudert, sodass sein Kopf hart gegen den Gefrierschrank geprallt war. Wäre er nicht schon tot gewesen, hätte er sich mit Sicherheit das Genick gebrochen.

Komisch vorgekommen war Hill die Stellung der Beine. Sie waren irgendwie unter dem Toten angewinkelt. Besonders das rechte hatte einen paradox schrägen Winkel.

Das stimmte nicht mit Saras und Mikaels Version des Geschehens vor wenigen, merkwürdig kurzen Wochen überein.

Etwas fiel scheppernd im Nebenzimmer zu Boden. Hill wurde aus seinen Überlegungen gerissen und lief in den Flur. Die Tür zum Schlafzimmer wurde mit solcher Wucht aufgerissen, dass die Klinke eine tiefe Kerbe in der frisch tapezierten Wand hinterließ.

»Was ist denn hier los?«, brüllte Peters Bruder Mikael und knotete gereizt den Gürtel seines zerschlissenen Bademantels um die Taille.

»Die sind einfach reingeplatzt«, rief Sara gekränkt. »Ich konnte sie nicht bremsen!«

»Verdammt nochmal…«, fluchte Mikael und ballte schon die Fäuste.

»Wir haben hier ein Schreiben von der Staatsanwaltschaft vorliegen«, unterbrach Hill und bemerkte zufrieden die offensichtlich intime Situation, die zwischen Sara und ihrem früheren Schwager herrschte, »das besagt, dass eine formelle Rekonstruktion der Umstände bezüglich Peters fahrlässig abgegebenem Schuss erforderlich ist.«

»Fahrlässiger Schuss!«, zischte Mikael. »Das war kein verdammter fahrlässiger Schuss. Das war ein bewusst und sorgfältig geplanter Selbstmord.«

»Wie dem auch sei, das muss jedenfalls rasch geschehen, damit der Fall abgeschlossen werden kann.«

»Abgeschlossen« war das Schlüsselwort.

Es hatte genau den gewünschten Effekt auf das Paar.

Sowohl Mikael als auch Sara fassten das als Versprechen auf, dass sie damit zum letzten Mal etwas vom Rechtswesen in diesem Zusammenhang hören würden. Deshalb tauschten sie einen schnellen, wissenden Blick und nickten.

Wenn das alles war, um sich die Bullen vom Hals zu schaffen, dann waren sie dabei.

»Okay«, seufzte Mikael. »Sagen Sie einfach, was Sie wissen wollen.«

In dieser Situation erwartete wirklich niemand eine emphatische Vorstellung dessen, was sich in der kleinen Wohnung in Fredriksdal vor rund drei Wochen zugetragen hatte. Aber da man die Darsteller der Hauptrollen ohnehin gerade zur Hand hatte, war es das Beste, sofort loszulegen.

»Wir können gleich in der Küche anfangen«, schlug Hill trocken vor. »Ungefähr als Sara hereinkam und begriff, was Peter gerade tun wollte.«

Peter hatte sich mit einem Magnum-Revolver erschossen. Eine Waffe, die jemals vorher gesehen zu haben sowohl Sara als auch Mikael abstritten. Und die außerdem nur Peters Fingerabdrücke aufwies. Diese Tatsache wurde zunächst außer Acht gelassen.

Es war eng in der schmalen Küche. Die uniformierten Beamten standen im Flur, verfolgten die Vorstellung jedoch aufmerksam, die gerade einen Akt zwischen Gefrierschrank und Spüle zeigte.

»Larsson«, ordnete Hill an, »kannst du Peters Rolle übernehmen?«

»Klar.«

Larsson hatte den Verlauf des Geschehens mindestens genauso detailliert studiert wie Hill und zweifelte nicht daran, vollkommen sachkundig zu agieren. Doch deswegen gefiel ihm die Situation auch nicht besser. Es war jedes Mal gleich gruselig und unbehaglich, das Mordopfer darzustellen. Als könnte sich allein durch diese Rolle eine Art Fluch an ihn heften. Er wusste, dass das nur Aberglaube war, aber das unangenehme Gefühl wurde er trotzdem nicht los.

Nichtsdestotrotz stellte er sich direkt neben die Spüle an die Arbeitsplatte in Marmoroptik vor der Speisekammer.

Er tat, als hielte er eine Schusswaffe in der Hand.

Er richtete sie auf seinen Mund.

Es war wohl ausreichend, so zu tun, als ob.

»Haben Sie genau das gesehen, als Sie aus dem Schlafzimmer gekommen sind?«, fragte Hill und dachte unvermittelt, dass er diese Frage schon tausendmal gestellt hatte.

»Ja«, stöhnte Sara genervt und schnitt eine gelangweilte Grimasse, »wenn man davon absieht, dass er nicht im Mindesten so aussieht wie Peter.«

»Das lassen wir außer Acht. Was geschah dann?«

»Was geschah – ich habe wohl was gerufen, nehme ich an.«

»Versuchen Sie, sich genauer zu erinnern.«

»Ich glaube, ich schrie: ›Peter, tu das nicht!‹, oder so etwas.«

»Haben Sie sich gar nicht erschrocken?«

»Wie, erschrocken?«

»Na ja, darüber, dass Ihr Verlobter in der Küche stand und sich das Leben nehmen wollte?«

Sara warf Mikael einen raschen Blick zu. Doch er bot ihr nicht die geringste Hilfe, sondern beäugte stattdessen stur seine viel zu langen Nägel an den großen Zehen.

»Er … er war in letzter Zeit etwas komisch.«

»Wie, komisch?«

»Na ja, niedergeschlagen irgendwie.«

»Hatte er dafür einen besonderen Grund?«

Sie hob die Schultern und schwieg.

»Haben Sie an dem Abend gestritten?«

»Ach«, grunzte sie und deutete mit einem Klaps an ihre Schläfe an, dass er ein Idiot war, »darüber haben wir doch schon geredet!«

»Bitte beantworten Sie die Frage«, forderte Joakim Hill sie leise, aber resolut auf.

Larsson stand noch immer mitten in der Küche und hielt die imaginäre Waffe auf seinen offenen Mund gerichtet.

»Nein, das haben wir nicht.«

»Gut. Was tat Peter, als Sie geschrien haben?«

»Nichts, er stand einfach nur da und starrte mich an.«

»Was passierte dann?«

»Mikael hat mich rufen gehört und kam angestürmt.«

»Wo war Mikael?«

»Er war im Bad und hat sich die Zähne geputzt.«

»Wie spät war es da?«

»Ungefähr halb zwei, wie ich schon gesagt habe.«

Ja, das stimmte allerdings. Tatsache war, dass Saras und Mikaels Zeugenaussagen viel zu gut übereinstimmten. Die sachlichen und zeitlichen Angaben divergierten nicht im Geringsten. Alles war vollkommen logisch. Sogar die Tatsache, dass Mikael sich um ein Uhr zweiunddreißig mit der Zahnbürste in Aktion im Bad aufgehalten hatte. Vor zirka sieben Wochen hatte Mikael seine Wohnung in Ängelholm räumen müssen. Peter und Sara hatten ihm angeboten, bei ihnen zu wohnen, bis er etwas anderes gefunden hatte. Er hatte im Wohnzimmer auf dem Sofa geschlafen.

»Weiter.«

»Mikael kam, sah Peter und stürzte auf ihn zu, um ihm den Revolver aus der Hand zu nehmen.«

»Zeigen!«, befahl Hill, an Mikael gewandt.

»Wie?«

Mikael tat, als sei er noch schläfrig, und riss widerwillig seinen Blick von den nackten Zehen los.

»Ich will, dass Sie so exakt wie möglich demonstrieren, wie das vonstatten ging, als Sie versuchten, Peter daran zu hindern abzudrücken.«

»Ja, verflucht… das war doch nur…«

»Es wäre nett, wenn Sie sich auch an der Rekonstruktion beteiligen würden«, insistierte Hill.

Mikael zischte etwas Unverständliches, holte tief Luft und fixierte Larsson wie eine hungrige Schlange, die auf eine Wüstenmaus starrt.

»Einen Moment nur«, unterbrach Hill, »stimmen die anderen Details? Stand er genau hier, mit annähernd der gleichen Körperhaltung?«

»Annähernd« war auch so ein Wort, für das man sich nichts kaufen konnte.

»Was? Ja, ja… das stimmt so.«

»Okay, gut. Dann fangen Sie bitte an.«

»Soll ich auch erzählen?«

»Erzählen?«

»Ja, erklären, was ich dachte und gemacht habe und so?«

»Das wäre nicht schlecht.«

Mikael streckte und sammelte sich.

»Ich bin sofort aus dem Bad raus, als ich Sara schreien gehört habe«, erläuterte er, »und als ich in die Küche gekommen bin, hielt Peter sich die Revolvermündung in den Mund.«

»So wie Larsson jetzt?«

»Genau, kurz davor abzudrücken.«

»Wo exakt hat sich Sara aufgehalten?«

»Sie stand genau hier, vor der Tür. Sie war wie gelähmt. Ich glaube, ich habe sie zur Seite geschubst.«

»Okay, was haben Sie dann gemacht?«

»Ich habe versucht, ihn aufzuhalten.«

»Können Sie uns das zeigen?«

Mikael blickte flehend zu Hill herüber, jedoch ohne die geringste Sympathiebekundung festzustellen. Wie unangenehm das auch werden mochte, es gab da das Schreiben von der Staatsanwaltschaft, sodass er wohl oder übel folgen musste.

Mikael nahm Anlauf Richtung Flickenteppich und flog mit ausgestrecktem Arm direkt auf Larsson zu, der unverändert dastand und so tat, als beiße er auf Metall. Zwei Schritte vor seinem Ziel blieb er plötzlich abrupt stehen.

»Aber ich habe es nicht mehr geschafft«, gestand er. »Als ich genau hier war, hat er abgedrückt.«

»Sie haben ihn also nicht mehr erreicht?«, fragte Hill.

»Nein, ich war nicht schnell genug…«

»Sie haben ihn nicht mal mehr mit der Hand gestreift?«

»Nein.«

»Sie haben ihn überhaupt nicht berührt?«

»Kein bisschen. Er hat geschossen, bevor ich bei ihm war.«

»Und da stand er also genau so da wie Larsson jetzt?«

Mikael besah sich zur Sicherheit noch einmal Kriminaltechniker Larsson, als ob es gelte, nicht in eine eventuelle Falle zu tappen. Aber ihm fiel nichts auf, das mit der Ausgangsversion nicht stimmte, also nickte er.

»Und was geschah dann?«, beharrte Hill.

»Wie, was dann geschah? Was glauben Sie denn?«

»Beruhige dich, Mikael«, fiel Sara eilig ein, »das ist doch nur Routine.«

»Genau«, bestätigte Hill, »nur Routine.«

»Okay«, lenkte Mikael ein.

Er schöpfte Atem und beendete seine Vorstellung.

»Peter hat abgedrückt, der Schuss hatte eine solche Wucht, dass er rückwärts geflogen ist und sich den Kopf da drüben am Gefrierschrank angeschlagen hat.«

»In Ordnung«, sagte Hill. »Vielen Dank. Nur noch eine letzte Frage. Ist er gerade nach hinten gefallen?«

»Klar ist er nach hinten gefallen«, unterbrach Sara irritiert und zog ihren Kimono wieder enger. »Sind Sie jetzt fertig?«

»Fertig? Nein, im Gegenteil, ich denke, wir haben eben erst angefangen«, entgegnete Hill tonlos. »Nach den konkreten Antworten, die wir heute hier erhalten haben, und in Bezug auf die Analyse des SKL von früheren Proben berechtigt uns der Staatsanwalt, die Wohnung erneut zu durchsuchen.«

»Was?«

Sara machte ihrem Protest lautstark Luft, Mikael schwieg. Er war auffallend blass geworden und sah mit einem Mal unwohl aus.

»Bitte bleiben Sie in der Küche«, ordnete Hill an und deutete Maria Gustafsson und Sune Svantesson, ein Auge auf die Mieter zu haben, während er und die anderen mit der Wohnungsdurchsuchung begannen, auf die sie so lange gehofft hatten.

Anna Svensson hatte in ihrer ersten Nacht zu Hause nicht ganz so gut wie im Krankenhaus geschlafen.

Vielleicht verfolgten die Bilder des Geschehens von letzter Nacht sie bis in den Halbschlaf hinein und beunruhigten sie.

Als sie nach der Busfahrt wieder zu Hause war, hatte sie

zuerst die Glassplitter im Badezimmer zusammengekehrt. Die durften nicht einfach so liegen bleiben, man konnte sich schließlich an den spitzen Scherben verletzen. Beim Anblick der Scherben beschlich sie ein zweifelnder Gedanke. Hatte vielleicht doch sie selbst die Dose zu Boden gerissen?

Aber nein, so durcheinander war sie nun wirklich noch nicht.

Sie kam der Sache einfach nicht auf den Grund und beschloss, stattdessen alles zu vergessen.

Was immer letzte Nacht passiert war, es war nun vorbei, und das Beste, was sie tun konnte, war, wieder zur Tagesordnung überzugehen.

Sie hatte ferngesehen, sich etwas gekocht und während der Nachrichten gegessen. Danach hatte sie sich schon bettreif gefühlt, obwohl draußen noch ein herrliches Abendrot glühte.

Doch gerade als sie ihr Haupt auf das Kissen gebettet hatte und einschlafen wollte, kam sie wieder ins Grübeln.

Die unzähligen verwirrenden Gedanken und Gefühle, die ihr nicht aus dem Kopf gingen. Das konnte man sich doch nicht nur einbilden – zu hören, dass jemand einzubrechen versuchte!

Erst am Morgen war Anna endlich in einen unruhigen Schlaf gefallen und hatte geträumt. Nicht von jenem Vorfall, sondern von Dingen, die eigenartig lange zurücklagen und bis in ihre Kindheit reichten. Geschwister, mit denen sie sich gekabbelt hatte, Mama und Papa, die auf Reisen waren, und Oma Hedda im Rübenacker. All diese Träume schreckten sie mit einem Ruck auf.

Sie war nass geschwitzt und fröstelte.

Die Laken fühlten sich unangenehm an auf der Haut, und sie hatte einen trockenen Mund.

Sie setzte sich auf die Bettkante, trank ein Glas Wasser und sah auf den Wecker. Er zeigte ein paar Minuten nach sechs. Er hatte stechend grüne Leuchtziffern und -zeiger, doch die waren jetzt nicht nötig, denn es wurde schon wieder hell draußen. Die Vögel waren recht still, sie zwitscherten nur im ersten Morgengrauen ihr Konzert in den Baumkronen. Danach beruhigten sie sich und sangen erst später wieder.

Normalerweise war kein Laut zu hören, es war merkwürdig still und ruhig draußen im Wald um diese Zeit. Anna wäre auch sonst so früh aufgestanden und hätte sich einen Kaffee gekocht, aber jetzt fühlte sie sich so endlos erschöpft, dass sie nur müde den Kopf auf das Kissen zurücksinken ließ.

Sie kehrte sofort wieder in die seltsame Traumwelt zurück. Ihr Bruder Kalle hatte bei Faktor Sjölin Äpfel gemopst, und Mama hatte ihn zur Strafe vor die Tür gesetzt. Nun stand er in seinen kurzen Hosen draußen auf der Treppe, schrie und klopfte und wollte rein …

Aber das Geräusch, das Anna hörte, kam nicht aus dem Traum.

Etwas von draußen hatte sie geweckt.

Ein unbekanntes, schurrendes Geräusch.

Plötzlich begann Annas Herz zu rasen, sie schlug die Zudecke zurück und setzte sich kerzengerade im Bett auf.

Instinktiv reckte sie sich nach dem Telefon und der Visitenkarte der Polizei, die noch unter der Ladestation steckte. Ohne nachzudenken, wählte sie Gårdemans Nummer.

»Sie haben die Nebenstelle 3320 erreicht …«, ertönte die irritierend monotone Stimme erneut, »… der Teilnehmer ist zurzeit nicht erreichbar. Bitte hinterlassen Sie eine Nachricht.«

Anna schnaubte verzweifelt, dann hörte sie plötzlich die Krähen aufgebracht krächzen. Sie schrien aus der großen Eiche hinter der Garage und schienen Anna zu warnen.

Oder war Enbergs Katzenvieh wieder unterwegs und jagte?

Dann konnte sie von Glück sagen, dass sie ihren Konstabler nicht erreicht hatte. Das hätte in der Tat lächerlich gewirkt, wenn sie die Polizei alarmiert hätte, nur weil der Kater draußen Vögel jagte.

Konnte er die armen, kleinen Vögel nicht in Ruhe lassen? Als bekäme er zu Hause nichts zu fressen, der Stromer. Doch Anna wusste, dass er nicht leer ausging. Das beste Whiskas mit Huhn und Kaninchen in saftigen Soßen stand auf dem Speiseplan. Stella Enberg kaufte für gewöhnlich unten im Konsum-Markt massenweise von den Dosen. Was hatte der Kater dann hier zu suchen?

Dann durchdrang ein ganz anderes Geräusch die Kakofonie der aufgeregten Vogelrufe.

Ein Scharren.

Etwas ratschte und kratzte drüben bei der Diele.

Sie erhob sich, um besser hören zu können.

Ja, da war etwas an der Eingangstür, das scharrte.

Jetzt wurde Anna richtig wütend.

Dass die Leute nicht auf ihre Haustiere Acht gaben und man sich mit scharfen Krallen herumschlagen musste, die Kratzer in der Fassade hinterließen. Gelegentlich hatte sie zwar Hunden und Katzen einen Leckerbissen hingestellt, aber damit war Schluss, wenn die Viecher zu jeder Unzeit hier herumrannten und störten.

Enbergs Kater war dazu noch so groß und kräftig – es hörte sich an, als wollte er die komplette Haustür einschlagen!

Aber sie wusste eine gute Methode, die Katzen vom Haus fern hielt.

Sie schlüpfte in ihre Pantoffeln, griff nach dem halb vollen Wasserglas und schlich im Nachthemd durch den Flur zur Tür.

Sie würde weiß Gott dieses Katerstück zu Tode erschrecken, dass es sich erst nach Wochen hier wieder blicken lassen würde!

Es gab nichts, was Katzen so viel Respekt einflößte wie ein Schuss kaltes Wasser über den Rücken.

Es raschelte noch immer da draußen.

Anna hielt das Glas in ihrer linken Hand, bereit, es jeden Moment auszugießen.

Mit der anderen Hand drehte sie lautlos den Schlüssel im Schloss herum.

Dass diese Biester so einen Lärm veranstalten konnten, dachte sie und riss hastig die Tür auf…

Es war immer mit einem unangenehmen Gefühl verknüpft, in die Privatsphäre eines anderen einzudringen. Während einige Beamten es als besonders unbehaglich empfanden, das Schlafzimmer zu durchsuchen, fanden andere es viel schlimmer, sich das Badezimmer vornehmen zu müssen. Fragte sich, welches Zimmer als das intimste angesehen wurde.

Hill gefiel nichts von beidem, aber da es nun darum ging, einen Fingerzeig in Richtung Wahrheit im Fall Peter Olsson zu finden, blieb ihm keine Wahl. Es war offensichtlich, dass Sara und Mikael logen.

Allerdings fehlte ein entscheidender Beweis, der sie der Lüge überführte.

Kennet Abrahamsson zog sich ein Paar dünne Latexhandschuhe an und begann ohne viel Federlesens im Schlafzimmer. Er schüttelte die Betten aus, drehte die Matratze um und schaute unter das Bett. Schubladen und Nachttische wurden bis in den kleinsten Winkel untersucht, bevor er zielstrebig den begehbaren Kleiderschrank betrat.

Anders Petrén filzte systematisch sämtliche Ecken und Nischen im Flur und im Wohnzimmer, während Hill sich dem besagten Bad zuwandte.

Hier roch es nach ihm und nach ihr. Mikael benutzte ein Rasierwasser und Spezialshampoo, das betäubend männlich nach Moschus duftete, während Sara Date-Deo in verschiedenen Ausführungen und Haarmousse en masse besaß.

Zwei Zahnpastatuben standen in einem Plastikbecher. Aber nur eine Zahnbürste. Und das war nicht nur irgend eine Zahnbürste. Sie war ein starkes Indiz für das, was man bereits vermutete. Nämlich dass Sara und Mikael fast unmittelbar nach dem Unglück offenbar intim geworden waren. Andernfalls teilte man sich wohl kaum eine Zahnbürste.

Hill konnte nicht umhin, sich zu wundern. Fragte sich, ob es hier überhaupt noch etwas gab, das Peter gehört hatte. Einen Duft, den Mikael nicht einfach annektiert hatte, als offensichtlich war, dass der rechtmäßige Besitzer nie wieder ein Anspruchsrecht darauf haben würde.

Doch er verscheuchte den Gedanken und wandte sich seiner eigentlichen Aufgabe zu. Nämlich minuziös jeden Winkel zu durchsuchen, der den Beweis liefern konnte, nach dem so fieberhaft gesucht wurde.

Raus mit allen Dosen, Cremes und Bürsten. Weg mit Papiertaschentüchern, Tampons und Pflasterstreifen. Fort mit allem Belanglosen, bis man das Gesuchte gefunden hatte.

Sogar die Front der Badewanne musste entfernt werden. Hill stemmte und zog, ebenso unbeherrscht, wie wenn er bei sich zu Hause den Abfluss im Bad reinigen musste. Hinter jedem Wahnsinn verbarg sich ein System, lautete eisern seine Devise, aber es war verflucht schwer, das zu entdecken, wenn man es am dringendsten brauchte.

Zu Hause wurde die Metallplatte entfernt, indem man zwei Plastikklemmen an der Oberkante löste und den Rest einfach herausnahm. Dieser Mechanismus war anscheinend ein anderer. Joakim Hill kniete sich vor die Badewanne und versuchte, hinter die Verkleidung zu lugen. Es war völlig finster, und er konnte beim besten Willen kein halbwegs passendes Öffnungssystem entdecken.

»Petrén!«, rief er. »Hast du eine Taschenlampe?«

»Warte, Augenblick, doch…«

Petréns Schritte näherten sich vom Flur.

»…hier!«, sagte er und reichte Hill eine handliche Stablampe mit unglaublich starker Leuchtkraft.

»Danke«, entgegnete Hill. »Ich will versuchen, diesen Mist hier aufzukriegen. Wie soll das einer begreifen…«

»Hast du geguckt, ob es an der Innenseite eine Art Riegel gibt, in den Ecken oder so«, schlug Petrén vor.

»Ich schaue gleich nach, aber ich brauche ein bisschen Licht, um zu sehen, wo ich da überhaupt rumstochere.«

Petrén murmelte etwas Unverständliches und ging wieder ins Wohnzimmer zurück, um die Kissen des Ledersofas aufzumachen. Solche Stellen bargen unzählige Varianten, um alles Mögliche zu verstecken.

Hill wünschte einen Augenblick, sein Kollege wäre nicht so hilfsbereit mit der Lampe gewesen, denn was unter der Badewanne zum Vorschein kam, war kein schöner Anblick.

Offenbar waren nicht alle Mieter darum bemüht, ihre Wohnung zu pflegen und instand zu halten. Nicht bei einem Mietverhältnis. Vielleicht dachte man, dass irgendein Hausmeister kommen und den Dreck wegputzen würde, wenn man auszog?

Überall war schwarzer Schlick. Eine Mischung aus nicht abgeflossenem Wasser, menschlichen Stoffwechselprodukten und schwarzem Schimmel, der zu einer gelatineartigen Substanz wurde und unweigerlich an *Alien* erinnerte. An manchen Stellen war er zwar eingetrocknet, an anderen jedoch noch feucht und glitschig. Allem Anschein nach war gestern Abend spät oder früh am Morgen gebadet oder geduscht worden.

Haare und Seifenreste verstopften den Raster des Abflusses.

Hill seufzte und war dankbar, dass er den Inhalt des verwinkelten Rohrsystems nicht zu näheren Analysezwecken untersuchen musste.

Nicht dieses Mal, denn er wollte etwas finden, das nicht an einer Stelle versteckt worden war, wo Wasser durchlaufen konnte.

Dafür musste diese verdammte Verkleidung entfernt werden. Aber wie? Vielleicht hatte Petrén ja Recht.

Er legte die Taschenlampe aus der Hand und tastete mit den Fingern an der emaillierten Blechkante entlang, bis er auf einen Widerstand stieß. Sein Zeigefinger berührte einen Riegel, der wie eine Feder zwischen Boden und Unterkante der Front saß, um die Emailleplatte zu fixieren. Er suchte nach einer entsprechenden Halterung auf der anderen Seite und fand sie. Um zu sehen, wie der Mechanismus funktionierte, musste er sich wieder mit der Taschenlampe hinknien.

Eigentlich sollte man diese extreme Beanspruchung der Berufskleidung von der Steuer absetzen können.

Augenscheinlich war hier ein Schraubmechanismus angebracht worden, und er drehte die hart angezogenen Plastikschrauben ab.

Mit einem matten Knirschen löste sich die Verkleidung. Sie hätte ihm die Finger geklemmt, wenn er sie nicht mit einem raschen Handgriff zur Seite geschoben hätte. Jetzt konnte er sich mit den Latexhandschuhen unter die Kante der Badewanne vortasten.

Erst an der hinteren Schmalseite entdeckte er etwas. Ein unförmiges Paket, gründlich in Plastikfolie eingewickelt, war mit stabilem Klebeband unter der Kante befestigt.

Er ließ es dort.

Lokalisieren, dokumentieren und identifizieren. Das war die korrekte Vorgehensweise.

»Larsson!«, rief er und konnte eine gewisse Freude nicht verbergen. »Hier, im Badezimmer!«

In der Küche wechselten Sara und Mikael einen verbitterten und enttäuschten Blick. Doch da Maria G. und Svantesson gleichzeitig ihre Dienstwaffen entsicherten, beließen sie es dabei.

Larsson fotografierte den Fund im Bad sorgfältig, bevor die Prozedur weitergehen konnte.

Hill löste vorsichtig das Paket und entfernte die dreifach umwickelte Plastikfolie. Nicht weil er im Voraus den Inhalt erraten hatte, sondern vielmehr der Form halber.

Der recht seltene Revolver aus Osteuropa der Marke Nagant war vollkommen trocken. Allerdings in äußerst schlechtem Zustand. Vermutlich war sehr lange nicht damit geschossen worden. Aber das war auch nicht weiter von Bedeutung. Interessant war allein schon, dass er jetzt vor ihnen lag.

Und dass man mit größter Wahrscheinlichkeit entweder Saras oder Mikaels Fingerabdrücke darauf finden würde. Oder sogar die von beiden.

Es war Zeit, um auf Konfrontation zu gehen.

»Also«, stellte er fest, als er mit dem Paket in der Hand in die Küche zurückkehrte, »wir haben gewisse Funde gemacht, die neue Untersuchungen erforderlich machen.«

Keiner der jungen Leute sagte etwas, Mikael stand der Schweiß auf der Stirn, und ein Tropfen lief seine Wange hinab. Es war alles andere als warm in der Wohnung.

»Möchten Sie vielleicht gleich etwas Ergänzendes dazu sagen?«

»Ich hab schon kapiert, was Sie uns unterstellen!«, schrie Sara plötzlich, und ein boshafter Zug um ihren Mund entstellte ihre Schönheit. »Sie meinen, wir waren das! Aber das können Sie gleich vergessen, weil wir nicht das geringste Motiv gehabt hätten. Oder?«

»Es könnte eventuell eins geben.«

»Sie lügen! Sie haben doch überhaupt nichts in der Hand!«

»Nein«, gab Hill zu, »ich nicht …«

»Also!«, fauchte Sara erbost. »Dann können Sie Ihre Siebensachen und Ihre Bullen zusammenpacken und verschwinden!«

»… aber Charlotte vielleicht.«

Charlotte? Sara starrte ihn ungläubig an.

»Was zum Henker wollen Sie damit sagen? Was hat Charlotte damit zu tun?«

»Sie sind doch beste Freundinnen, etwa nicht?«

»Was geht Sie das an?«

»Ich habe mich sehr interessant mit Charlotte unterhalten.«

Unvermittelt war Saras zornrote Gesichtsfarbe Ophelias theatralischer Blässe gewichen.

»Und?«

»Sie war besorgt.«

Sara schwieg und atmete kaum.

»Sie war sehr beunruhigt über die Sache mit Ihnen und Peter – und Mikael.«

»Dummes Zeug!«, krächzte Sara mit ihren restlichen Stimmressourcen, die sie noch aufbringen konnte. »Sie wusste sehr wohl, dass Mikael hier nur so lange wohnt, bis er eine eigene Wohnung gefunden hat. Er ist immerhin Peters Bruder. Was hätten wir denn machen sollen? Ihn auf der Straße stehen lassen?«

»Charlotte hat das aber ganz anders gesehen.«

»Was hat die denn schon für eine Ahnung?«

»Erinnern Sie sich noch an das Krebsessen vor ungefähr einer Woche?«

Sie schüttelte wahrheitsgemäß den Kopf. Es war nicht besonders viel, woran sie sich erinnerte, außer dass es reichlich Schwarzgebranntes zum Anstoßen gab.

»Sie weiß noch, was Sie ihr an dem Abend in betrunkenem Zustand alles erzählt haben. Und außerdem erinnert sie sich …«

Sara Wingö und Mikael Olsson hatten nicht lange geschwiegen, nachdem sie auf der Polizeiwache eingetroffen waren.

Natürlich war ihnen rechtlicher Beistand angeboten worden, doch sie hatten es vorgezogen, freiwillig und so bald wie möglich zu singen. Sara hatte alles auf Mikael geschoben und er alles auf sie. Nur um bis zur Gerichtsverhandlung so viele Vorteile wie möglich für sich herauszuschinden.

Aber das Ergebnis war gleich geblieben, und als man die Versionen zusammenstellte, war die Geschichte so schmutzig wie die reine Hölle.

Sie hatten ein gefährliches Spiel gespielt, und bevor sie begriffen, wohin das Ganze führte, war es schon grausamste Wirklichkeit geworden.

Sie waren wie Bonnie und Clyde, allerdings ein Jahrhundert zu spät.

Sie kannten kein Gebot, kein Mitleid und keine Gnade.

Nichts – außer ihrer Leidenschaft.

Mikael hatte bei seinem Bruder und dessen Freundin wohnen können, während er sich um eine neue Bleibe kümmerte. Aber keiner von ihnen hatte mit dem Sara-Effekt gerechnet. Oder, besser gesagt, mit Sara, die in dem engen Seidenkimono, in BH und Slip oder bisweilen mit überhaupt nichts bekleidet in der Wohnung herumspazierte.

Sie hatte wohl geformte schlanke Beine, genau richtig breite Hüften und, wie gesagt, herrliche Brüste.

Mikael hatte nie speziell über das Mädel seines Bruders nachgedacht. Nicht, bis er nun plötzlich täglich ihrem sensuellen Gebaren ausgesetzt war.

Und Nacht für Nacht.

Er hatte auf dem Sofa gelegen und sie im Schlafzimmer gehört.

Mit dem aufreizenden Stöhnen in den Ohren hatte er beschlossen, schon am nächsten Tag wieder aufzubrechen.

Koste es, was es wolle, Hauptsache, er konnte dem entkommen. Sogar die Straße war besser als dieser unfreiwillige Einblick in Peters und Saras Sexleben.

Er hatte das Kissen auf die Ohren gepresst und schließlich einschlafen können.

Als er am nächsten Morgen halb wach dalag, stand sein Beschluss noch immer fest.

Bis er gemerkt hatte, dass sich jemand neben ihn auf das Sofa setzte.

»Peter schläft«, sagte sie gedämpft.

»Hmm.«

»Ich weiß«, fuhr sie leise fort.

»Weißt was?«

»Dass du mich willst.«

Er hatte sich kerzengerade aufgesetzt und in der Ecke zusammengekauert, als wäre sie ein gefährliches Tier. Das hatte sie nicht im Geringsten abgeschreckt. Es hatte ihr bestätigt, dass sie ihn genau da hatte, wo sie ihn haben wollte.

»Ich will dich«, erklärte sie direkt und blickte ihm in die Augen, ohne mit der Wimper zu zucken.

Und auf einmal, ohne dass er selbst es weder erklären konnte noch wollte, hatte er seinen Entschluss geändert.

Er hatte seine Hand ausgestreckt und in den Kimonoausschnitt gleiten lassen. Die Brust, die er in seiner Hand gespürt hatte, war genauso wunderbar gewesen, wie er sie sich vorgestellt hatte, als er ihnen im Bett zugehört hatte. Weich und rund, aber trotzdem aufregend fest. Mit der anderen Hand hatte er den Gürtel gelöst. Sie war willig aus dem glatten Stoff geschlüpft, unter die Decke gekrochen und hatte sich auf ihn gelegt. Er hatte alles von dem gekostet, was sein Bruder nachts erlebte.

Bevor Peter aufgewacht und in die Küche gewankt war, um Kaffee aufzusetzen, war es schon vorbei, und Sara hatte geräuschvoll im Bad geduscht.

Mikael verlor seinem Bruder gegenüber kein Wort darüber.

Doch von dem Moment an war er vollkommen besessen von dem Verlangen nach Sara.

Und sie war besessen von ihm.

Sowie Peter die Wohnung verlassen hatte, fanden sie zueinander. Musste er nur kurz hinunter zum Auto, reichte die Zeit, um sich zu fühlen, zu entdecken und um die Düfte des anderen zu riechen. Hatte er etwas zu erledigen, das länger dauerte, kamen sie ausgezeichnet ein paar Stunden ohne ihn aus.

Keiner von ihnen wusste genau, wann der Gedanke, dass er sterben musste, Gestalt angenommen hatte. Doch er verankerte sich ebenso schnell in ihrem Bewusstsein wie die unstillbare Lust.

Als es Abend wurde, hatten sie bereits alles bis ins kleinste Detail geplant.

Sara hatte Gras besorgt, denn sie wusste, dass Peter das mochte.

Sie hatte auch ein paar vollkommen unschuldige Zigaretten gedreht, die genauso aussahen wie die Tüte, die jedoch bei Mikael und ihr keine Wirkung zeigen würden. Mikael hatte die Waffe beschafft. Er hatte Bekannte, die Bekannte hatten, die…

Sie hatten den Magnum-Revolver gleich nach der ersten Tüte auf den Tisch gelegt, und Peter hatte in seinem benebelten Rausch dümmlich gegrinst.

»Wa… was ist das denn?«, hatte er mit einem eigenartigen Lachen gefragt.

»Das ist ein Revolver, Peter«, hatte Sara mit eiskaltem Blick geantwortet.

»Und…?«, gluckste er.

»Und wir spielen jetzt ein Spiel.«

»Shoot, Baby!«, hatte er gegrölt.

»Genau. Traust du dich?«

»Was denn trauen?«

Sein Tonfall war nüchterner geworden, aber sein Blick war genauso unvernünftig verschwommen wie vorher.

»Traust du dich, russisches Roulette zu spielen?«

»Russi… wieso?«

»Um zu beweisen, dass du mich liebst.«

»Herrje!«

»Mikael wagt es.«

»Was soll das überhaupt?«

»Mikael hat keine Angst, um mich zu spielen. Zeig's ihm, Mikael.«

Mikael holte den Revolver aus dem Osten hervor und legte ihn neben den anderen.

»Und?«, wollte sie wissen.

»Okay, Baby! Klar traue ich mich… aber was meinst du damit, dass Mikael sich traut?«

»Machst du's oder nicht?«

»Klar, wie geht das?«

»In jeder Waffe ist ein Schuss«, erklärte Mikael seltsam gehetzt. »Der Rest ist leer. Du fängst an.«

»Ha, du glaubst wohl nicht, dass ich's tu. Aber ich zeig's euch!«

Er hatte die Magnum genommen, war aufgestanden und hatte sich die Mündung an die Schläfe gehalten.

»Nein, so doch nicht«, hatte Sara irritiert gesagt. »Man steckt sich die Mündung in den Mund, du Idiot!«

Mikael hatte schweigend am Tisch gesessen.

Er selbst hatte das Magazin der Magnum mit den Patronen komplett gefüllt.

Peter versuchte benebelt, Saras Vorschlag umzusetzen, aber als er den kalten Stahl an den Lippen fühlte, schien er plötzlich zu begreifen, was er hier eigentlich trieb.

»Nein, verdammt…«, rief er und nahm den Lauf aus dem Mund, »…was soll denn dieser Mist?«

Mikael hatte blitzschnell nach dem Oststaatenrevolver gegriffen.

Er dachte nicht daran, sich diese wunderbare Gelegenheit entgehen zu lassen.

Beinahe, beinahe hätte Sara ihm gehört!

Jetzt durfte nichts mehr schief gehen.

»Auf die Knie«, brüllte er und zielte direkt auf das Gesicht seines Bruders. »Runter!«

Peter war erschrocken in die Knie gegangen. Nach der Tüte hatte sich in seinem Kopf vermutlich alles gedreht, und der verrückte Ausfall seines Bruders hatte ihn verwirrt.

»Tu, was sie sagt, verdammt! Du zuerst und ich danach.«

»Ich will nicht … was …?«

»Mach das – sonst schieße ich gleich!«

Das war irgendwie verkehrt. Peter merkte das, obwohl das Gras in einem wogenden, seegangartigen Rhythmus die Proportionen verzerrte und wieder entzerrte. Aber es war nicht seine Wahrnehmung der Wirklichkeit, die sich verändert hatte, sondern die Wirklichkeit selbst. Sara, die ruhig die Arme über ihren wundervollen Brüsten verschränkt hatte und ganz offensichtlich erwartete, dass er etwas völlig Idiotisches tat, nur um seine Liebe zu beweisen.

Und dann Mikael – der in irgendeiner Form ein besonderes Interesse an dem Ganzen hatte. Das war krank – vollkommen krank!

»Du weißt ja nicht mal, was du tust, Bruder!«

»Ich weiß verflucht genau, was ich tue. Du bist derjenige, der nichts kapiert. Kapiert, dass das Leben ein bisschen Würze braucht, damit es lebenswert ist. Wenn man was wagt. Und wenn man Kugeln dafür hat, besser gesagt!«

Er grinste abschätzig, und Peter wurde tief im Innern unsagbar wütend. Wurde der kleine Bruder hier etwa frech? Noch dazu in seiner Wohnung – das war das Letzte!

»Äh, du bist ja noch nicht mal trocken hinter den Ohren,

Kleiner!«, zischte er und versuchte, die Waffe wieder auf den Küchentisch zu legen.

Die Mündung der Nagant wurde fest auf seine Stirn gedrückt, und ihm wurde zum ersten Mal klar, dass ihm entgangen war, wie erwachsen Mikael geworden war.

»Die Chancen stehen fünf zu eins, dass du davonkommst, wenn du abdrückst, du feiges Stück«, hörte er seinen Bruder mit gefühlskalter Stimme erklären. »Aber die Chance ist gleich null, wenn du mich zwingst zu schießen, denn meine ist voll. Klar?«

Peter schluckte trocken und wog die Waffe in seiner Hand.

Eine Patrone?

Meinte er gar zu spüren, dass das Gewicht ein wenig nach unten zog?

Er vermutete, wollte glauben, dass es wirklich so war. Denn er wollte seinem Hänfling von Bruder, dem er früher sogar die Windeln gewechselt hatte, zeigen, dass er sehr wohl das Zeug dazu hatte.

Der Schuss hatte kein Echo gegeben.

Die Kunststoffeinrichtung in der kleinen Küche und die weichen Holzwände hatten den Widerhall willig absorbiert.

Aber es hatte ohrenbetäubend gedonnert, als der Schuss sich gelöst, die Kugel geradewegs Peters Schädel durchdrungen und sich in die Küchenwand neben dem Gefrierschrank gebohrt hatte.

Sie hatten gejubelt.

Getanzt, sich umarmt und geküsst.

Jetzt konnten sie sich völlig frei lieben.

Keiner außer Peter hatte die Waffe angefasst.

Mikael hatte zwar so dicht daneben gestanden, dass er Spritzer abbekommen hatte, aber das konnte problemlos damit erklärt werden, dass er sein Äußerstes getan hatte, um seinen Bruder zurückzuhalten.

Das war der perfekte Selbstmord.

Wenn die verflixten Blutspritzer nicht eine Fallrichtung verraten hätten, die mit der restlichen Geschichte nicht übereinstimmte.

Und wenn der Alkohol in Sara nicht das dringende Bedürfnis geweckt hätte, ihrer besten Freundin Charlotte gegenüber damit anzugeben, dass sie zwei Brüder auf einen Streich herumgekriegt hatte.

Aber sie und Mikael hatten nun ihre jeweils eigene Version von dem Vorfall parat. Varianten, die den anderen beschuldigten und keinerlei Reue für das Geschehene beinhalteten.

Bonnie und Clyde im einundzwanzigsten Jahrhundert.

Kein einziges Mal hatten sie es in Erwägung gezogen, Peter offen zu gestehen, wie die Dinge lagen.

Und ihm eine reelle Chance zu geben, selbst über sein Schicksal zu bestimmen.

Für sie hatte es nur einen Ausweg gegeben.

Kaltblütiger Mord.

Sara war, wie gesagt, knapp über zwanzig, aber ihr Leben war dennoch am Ende angelangt. Keine Aussichten, die lockten, keine Träume, die anspornten, und keine neuen Türen, die sich öffneten. Hill hatte das allzu oft erlebt.

Als die Verhöre beendet und die Aussagen mit dem wahrscheinlichsten Hergang der Tat abgeglichen worden waren, fühlte Hill sich merkwürdig traurig. Oder vielmehr melancholisch bei dem Gedanken, wie wenig manche Individuen diese erstaunliche Gabe, genannt Leben, zu schätzen wussten.

Als die Kollegen den Konferenzraum verließen, leistete Larsson ihm auf dem Weg zu seinem Büro Gesellschaft.

»Das war der einfachere«, stellte Hill halb im Scherz, halb im bitteren Ernst fest, als er den ansehnlichen Papierstapel auf seinem Schreibtisch musterte.

Er verscheuchte das Ohnmachtsgefühl, als würde er Fussel von der Jacke schnipsen.

»Jetzt kommen wir zu dem wirklich vertrackten«, erklärte er und tauschte den Aktenstapel über den Fall Peter Olsson gegen die umfangreichen Unterlagen mit der Aufschrift »Per Vagnman«.

4

Als ich über meinen Scanner hörte, dass der Notarzt gerufen wurde, schwante mir nichts Gutes. Und tatsächlich mussten wir gesammelt losfahren. Die Entwicklung von letzter Nacht entscheidet, wer von uns nach Lund geht und wer in Söderåsen weitermacht, und anderes mehr!

Ulf Gårdeman hatte mit der Verkehrskontrolle den ganzen Tag über alle Hände voll zu tun. An der E 4 in nördlicher sowie an der E6 in südlicher Richtung waren über die fest eingeplanten Verkehrs- und Fahrtenkontrollen hinaus zahlreiche Stichproben vorgenommen worden.

Die Einsätze der Verkehrspolizei an diesem Spätsommertag – an dem ohnehin viele darüber verärgert waren, auf den Straßen unterwegs sein zu müssen, wenn man eigentlich noch am Strand liegen und faulenzen konnte – waren nicht sehr willkommen.

»Was denn – was soll daran falsch gewesen sein?«, fragte beispielsweise ein Saab-Turbo-Besitzer, der mit hoher Geschwindigkeit an den anderen vorbeigebraust war. Dreist hatte er sie zu unkontrollierten Ausweichmanövern gezwungen und wütend den Finger im Rückspiegel gezeigt.

Der Lappen wurde natürlich sofort eingezogen. Sonnenklarer Fall, und wenn er sich trotzdem beschweren wollte, konnte er das auf der Wache tun oder vor Gericht.

Es kam immer öfter zu Wortwechseln über die Art, wie die Kontrollen durchgeführt wurden, und die daraus resultierenden Verspätungen. Oder den provozierten Verkehrsteilnehmern gefiel, wie es oft hieß, die selbstzufriedene Visage des einwinkenden Beamten nicht.

Weswegen sollte man als Verkehrspolizist überhaupt selbstzufrieden sein, fragte Gårdeman sich. Wenn man täglich rund zwanzig Kontrollen durchführte, steckten nie persönliche Motive dahinter. Es gehörte schlicht zum Aufgabenbereich dazu und war in keiner Weise prestigeträchtig.

Also musste man einfach nur die Ruhe bewahren.

Die andere Wange hinhalten und so weiter.

»... das füg auch keinem andern zu.« Ein guter Vorsatz in der Theorie zwar, allerdings etwas schwieriger, ihn auch in der Praxis zu befolgen.

Aber im Großen und Ganzen hatte alles recht reibungslos funktioniert.

Nicht zuletzt, weil er einen sättigenden Lunch bei McDonald's im Statoil/ICA-Express in Ättekulla um kurz nach eins eingenommen hatte. Zuerst hatte er an die schnelle Variante McDrive gedacht, aber schließlich entschieden, dass es besser für den Blutdruck war, sich in aller Ruhe eine Weile hinzusetzen.

Die zusätzliche Energie brachte ihn reibungslos durch die Nachmittagsschicht. Doch als er um kurz nach vier auf seinem BMW-Motorrad in den Hof des Präsidiums einbog, schwitzte er dennoch. Wie herrlich, vor der Heimfahrt aus den Klamotten zu kommen und sich unter die Dusche zu stellen.

Gerade als er auf die Garage zufuhr, öffnete sich das Tor von innen. Er lenkte zur Seite und erkannte Hills Wagen.

»Grüß dich, Ulf«, sagte Joakim, während er die Fensterscheibe herunterließ. »Wie geht's?«

»Prima, ich fahr gleich nach Hause. Und du?«

»Wollte noch einen Abstecher zu Lise Vagnman machen und mich erkundigen, ob sie ein aktuelles Foto von ihrem Mann auftreiben konnte. Wäre gut, wenn sie uns ein Bild geben würde, aber sie sagt, sie hätte keins. Hab den ganzen Nachmittag über versucht, sie anzurufen, aber es war immer besetzt.«

»Seid ihr draußen am Tatort komplett fertig?«

»Nein, morgen möchte ich eigentlich noch mal raus mit Anderberg zwecks ergänzender Untersuchungen. Heute hatten wir mehr als genug mit dem Fall in Fredriksdal um die Ohren – wirklich unschöne Geschichte.«

»Haben sie angebissen?«

»Nicht nur das. Wir haben vollständige Geständnisse und einen Romeo und eine Julia, die sich am liebsten gegenseitig hängen würden, um ihre eigene Haut zu retten. Was ist eigentlich mit diesen Menschen los?«

Gårdeman suchte vergeblich nach einer passenden Antwort.

»Okay«, meinte er und wendete, indem er den Fuß über den Boden gleiten ließ. Das war eigentlich nicht gern gesehen und fiel unter unnötigen Verschleiß der Berufskleidung, weil das im Nu die Sohle abnutzte – aber es war praktisch. »Mach's gut, wir sehen uns morgen.«

Hills Antwort hörte er nicht mehr, doch er sah seine grüßende Hand im Rückspiegel, bevor er in die Garage hinunterfuhr und sich das Tor automatisch hinter ihm schloss.

In der Garage war nicht viel Betrieb.

Jemand stand hinten auf der Platte und spritzte einen Streifenwagen ab, die Busse der Techniker standen ordentlich auf ihren Plätzen geparkt. Heute hatte es also keinen Alarm wegen eines Mordfalls gegeben. Göransson und Helmér kamen, hitzig einen Fall diskutierend, aus dem Treppenhaus. Gårdeman grüßte und bog weich auf die Parkfläche für Motorräder.

Endlich konnte er den Helm abnehmen und wieder Luft in seinen Haaren spüren. Nicht dass er so viele hatte, die er mit Sauerstoff versorgen konnte, es war eher das angenehme Gefühl, dass der Druck vom Helm nachließ und sich der Feierabend einstellte. Aber er konnte sich wirklich nicht beklagen. Nein, Ulf Gårdeman war ganz zufrieden mit seiner Doppelrolle als Verkehrspolizist und Polizeiinspektor. Das machte seine Tätigkeit abwechslungsreich und ermöglichte ihm eine Freiheit, die er sehr genoss.

Er öffnete den Reißverschluss seiner Jacke und stellte fest, dass er wirklich stark in seiner Uniform schwitzte. Er ging in den Umkleideraum, um sich eine erfrischende Dusche zu gönnen. Er war allein. Die übrigen Motorradkollegen waren direkt heim nach Ängelholm gefahren, aber er vermutete, dass sie ebenfalls bald duschen wollten.

Anschließend brachte er noch ein paar Aufzeichnungen in sein Büro.

Als er die Tür öffnete, schlug ihm die angestaute Hitze wie eine Druckwelle entgegen. Den ganzen Tag über waren die Fenster geschlossen, und die Sonne hatte nachmittags den Raum aufgeheizt. Gårdeman ließ kühle Luft vom Gang herein, um die Wärme zu mildern.

Es wurde rasch angenehmer, und er stopfte schnell seine Unterlagen in die Schreibtischschublade. Aus reiner Routine warf er einen Blick auf die eingegangenen Telefongespräche des heutigen Tages. Die meisten, die ihn heute nicht erreicht hatten, würden es sicher morgen wieder probieren, denn es hatte niemand eine dringende Nachricht über die Zentrale oder auf dem Anrufbeantworter hinterlassen.

Er blätterte gedankenlos alle 042-Nummern auf seinem Display durch, die meisten konnte er zuordnen. Aus Sofieberg hatte jemand angerufen, und er nahm an, dass es sich um den Luftfilter handelte, den er bestellt hatte. Er beschloss, später zurückzurufen. Sonst gab es nichts Besonderes. Ein paar Anrufe aus Stockholm, die wahrscheinlich von seinen Kollegen stammten. Ein Vortrag zum Thema »Motorradrocker – Theorie, Taktik und Zielorientierung« war im Gespräch gewesen, und dafür war er der perfekte Kandidat. Dann käme vielleicht bald eine Fahrt nach Stockholm zustande.

Als er die Nummern durchgeblättert hatte, sprang die Anzeige an den Anfang zurück, und er zuckte zusammen.

Was – 0435?

War das nicht die Nummer von Klippan und hatte Söderåsen nicht dieselbe Vorwahl?

Noch bevor er das überprüfte, wusste er, dass Anna Svensson angerufen hatte.

Der Anruf war um sechs Uhr zwölf eingegangen.

Er wusste zwar, dass die alte Dame in aller Herrgottsfrühe aufstand, aber warum hatte sie ihn angerufen? Noch dazu um diese Zeit? Er blätterte erneut durch die registrierten Nummern, aber Annas Telefonanschluss war kein zweites Mal gespeichert.

Er hob den Hörer und wählte ihre Nummer. Seine Uhr zeigte 16:37. Das Freizeichen hallte unbeantwortet in sein Ohr. Keine Antwort – niemand zu Hause? Das war schwer zu sagen, sie konnte auch bei einem Nachbarn sein. Sicherheitshalber schrieb er die Nummer ab und legte sie in sein Portemonnaie, bevor er geduscht und erfrischt zu Fuß nach Hause ging.

Zum ersten Mal dachte er heute an Birgitta, als er die Straße erreichte, in der ihre Wohnung lag.

Nein, das war nicht wirklich wahr.

Nicht das mit ihrer Wohnung, sondern dass er heute zum ersten Mal an sie dachte. Unterbewusst hatte er heute jede Frau, der er begegnete, mit Birgitta verglichen. Das wurde ihm erst jetzt richtig bewusst, und da er ohnehin gerade einem akuten Anfall von Selbsterkenntnis erlag, konnte er sich ebenso gut eingestehen, dass er sich bisweilen sogar gefragt hatte, ob sie an ihn dachte.

Er sah zu ihrem Fenster hoch und führte unbewusst die Hand zum Mund. Der Kuss! Er spürte immer noch ihre zarte Wange auf seinen Lippen.

Er wollte wieder umkehren und nach Hause gehen, als ihn ein starker Reflex von der Balkontür im ersten Stock blendete. Sie wurde weit geöffnet. Birgitta trat in einem engen, gelben Pullover mit V-Ausschnitt auf den Balkon und hakte die Tür ein. Etwas träge streckte sie sich und ließ ihren Blick über die Straße schweifen.

Er hatte nicht die geringste Chance, übersehen zu werden.

Sie entdeckte ihn sofort, winkte, und es gab für ihn kein Zurück mehr.

Joakim Hill starrte sprachlos auf die Schlagzeile der *Kvällsposten* am Kiosk, als er bei Rot halten musste. Unter der groß aufgemachten Rubrik entdeckte er das Foto, nach dem er den ganzen Tag lang gesucht hatte. Das Bild von einem blinzelnden Per Vagnman, aufgenommen vor zehn bis fünfzehn Jahren.

Die albtraumähnliche Überschrift, die er bei seiner Begegnung mit Lotta Jönsson befürchtet hatte, war wirklich geworden. Unter dem Bild stand in fetten Lettern gedruckt: *Fälschlich für tot erklärter Mann ermordet. Irrtum der Polizei, Schock für die Witwe.*

Auch das noch – das würde dem Ruf ihrer Einheit gründlich schaden, und er konnte sicher sein, das gleich morgen Früh vom Polizeichef unter die Nase gerieben zu bekommen! Er fuhr auf den nächsten Parkplatz und kaufte sich eine Zeitung.

Es wunderte ihn nicht weiter, dass der Artikel mit »lotta.jonsson@kvp.se« signiert war. Das war vorauszusehen, als er sie mit einem trockenen »kein Kommentar« in dem dichten Rauch im Wald stehen gelassen hatte.

Dass Lise Vagnman nicht die geringste Lust gehabt hatte, mit der Polizei zu reden, hatte sie scheinbar, ohne ein Blatt vor den Mund zu nehmen, dieser kleinen, giftigen Journalistin der *Kvällsposten* offenbart. Die Hintergründe des tragischen Vorfalls vor vier Jahren, ihre verzweifelte Trauer und der schwere Weg, sie zu überwinden, und ihre Enttäuschung über das ungeschickte Verhalten der Polizei.

Hill schüttelte betrübt den Kopf, fuhr aufgebracht vom Parkplatz Richtung Vallåkra und trat das Gaspedal durch. Villa Mohnglück lag genauso ruhig und verlassen da wie neulich abends, und er war erleichtert, dass ihn kein Journalistenpulk in Empfang nahm.

Polizei schikaniert bekannte Künstlerwitwe würde in dem Fall die morgige Schlagzeile lauten.

Nach mehrmaligem Läuten öffnete Lise.

Vielleicht hatte sie eingesehen, dass er nicht lockerlassen würde, da ihr Auto auf dem Hof stand und verriet, dass sie zu Hause war.

Sie trug einen dunkelgrünen Kittel, hatte die Schweißbrille in die Stirn geschoben und trocknete sich umständlich die Hände an einem ausgefransten Lappen.

»Guten Abend«, grüßte sie förmlich. »Womit kann ich Ihnen helfen?«

»Tja, eigentlich wollte ich noch mal um ein Foto von Per bitten. Aber dann habe ich gesehen, dass die Presse eins hat. Ist das ein Archivbild oder eine private Aufnahme?«

Sie trat einen Schritt in die Diele zurück und bedeutete ihm wortlos einzutreten. Besser so, als draußen zu stehen und zu diskutieren. Wie die Dinge lagen, wusste man nicht, wer das Gespräch beobachtete.

»Ich weiß leider nicht ganz, wovon Sie reden«, erklärte sie. »Ich habe heute noch keine Zeitung gelesen.«

»Hier«, erwiderte er und hielt die *Kvällsposten* hoch, »ganz groß aufgemacht.«

Sie suchte nach der Lesebrille auf der Stirn, bemerkte, dass die Schweißbrille diesen Platz eingenommen hatte, und wühlte in der Tasche. Die Brille auf der Nase, überflog sie gierig Überschrift und Text. Etwas wie Zufriedenheit schien sich in ihren Blick zu schleichen, doch sie beherrschte sich und reichte Hill die Zeitung zurück.

»Sie wissen ja, wie Journalisten sind.«

»Ja, natürlich weiß ich das. Aber dieses Foto, woher kommt das?«

»Na ja … das ist wohl eine alte Aufnahme, die hier irgendwo herumlag, nehme ich an.«

»Okay«, gab Hill zurück und war sauer, dass sie das Bild nicht für ihn, wohl aber für die *Kvällsposten* hatte heraussuchen können. »Es wäre ganz gut, wenn wir ebenfalls Zugang zu dem Original hätten, um Abzüge für die Fahndung herzustellen.«

»Ja, das kann ich sicherlich einrichten.«

»Aus dem Interview geht außerdem klar hervor, dass Sie sich von der Polizei schlecht behandelt fühlen. Woran liegt das?«

»Ja, ich habe doch gesagt, dass die Journalisten gern übertreiben. Ich war einfach geschockt, aber eigentlich habe ich gemeint, dass es ein harter Schlag für mich wäre, wenn wieder in all dem Vergangenen herumgestochert werden würde. Jetzt, wo die Wunden endlich heilen.«

»Leider ist es kaum zu vermeiden, den Vorfall erneut aufzurollen, denn verständlicherweise sind wir interessiert daran herauszufinden, was tatsächlich an jenem Abend im Sund passiert ist. Und wieso Per sich nie zu erkennen gegeben hat.«

»Ich habe nicht die geringste Ahnung. Das habe ich bereits gesagt.«

»Was für uns leider keinen Anlass darstellt, nicht weiterzufragen.«

»Tja, Sie verfahren selbstverständlich so, wie Sie es für richtig halten«, zischte sie unhöflich und zog sich auffallend abweisend Richtung Atelier zurück.

Doch Hill ging ihr nach, wie eine lästige Klette, als die er sich ohnehin schon fühlte. Wenn er die Nachteile eines Parias in Kauf nehmen musste, dann wollte er auf die Vorteile auch nicht verzichten. Er versuchte gar nicht erst, sein Interesse für das, was sie da drinnen machte, zu verbergen.

Sie ging an eine Arbeitsbank, die schon recht mitgenommen aussah. Die Fläche war mit Brandflecken und Kerben übersät, und am Rand klebten zahllose Farbkleckse, die sicher einige ihrer Stilphasen repräsentierten.

Auf der Bank lag ein Schweißbrenner. Lise ergriff ihn und setzte demonstrativ die Schweißbrille auf. Mit einem elektrischen Feuerzeug entzündete sie die Flamme, die wie ein Feuer speiender Drache fauchte, bis sie sie auf einen schmalen eisblauen Strahl herunterdrehte.

Dann fuhr sie mit ihrer Arbeit fort, mit der sie offenbar beschäftigt gewesen war, als er geklingelt hatte. Sie schweißte kleine, schräg stehende Rotorblätter sonnenstrahlförmig zusammen, wie bei alten amerikanischen Windmühlen.

»Kann ich ein bisschen zusehen?«, fragte er, hauptsächlich formhalber, denn er hatte in jedem Fall vor, eine Weile zu bleiben.

Sie zuckte mit den Schultern, löste das Objekt aus der Halterung und hielt es blinzelnd gegen das Licht. Offensichtlich nicht ganz mit dem Resultat zufrieden, schraubte sie es wieder fest und korrigierte ein Detail mit exakt ausgerichteter Flamme.

Fast alles wurde rund und harmonisch, aber es blieben zwei kleine Zacken – ungefähr wie Krampen, dachte Hill – auf der Rückseite der kleinen Metallsonne. Er wunderte sich, doch sie gab eine anschauliche Antwort.

Entschlossen drückte sie die kleine Metallarbeit in eine expressionistische Landschaft auf einer Staffelei, die vor dem Fenster stand. Die beiden Zacken bohrten sich durch die Farbe und die grobe Leinwand, und Lise bog sie resolut mit der Zange auf der Rückseite zusammen. Die Metallmühle stand nun in einer Hügellandschaft aus verdünnter Ölfarbe. Der Kontrast war überwältigend. Eine Aufsehen erregende Anomalie, die den Betrachter stutzig machte.

Als Künstlerin hatte sie zweifellos einen unverwechselbaren Stil.

Und als Kriminalbeamter hatte er für diese neue Seite an ihr ein Auge.

Es gab kein einziges Indiz, nicht einmal einen Verdacht. Lise Vagnman hatte vermutlich keine Ahnung von der neuen Existenz ihres Mannes und war tatsächlich mit ihrer Tante an jenem Abend zu Hause gewesen. Stefan Ryd hatte bei Kollegen nachgeforscht und bestätigen können, dass sie den Zoll passiert hatte, wie sie am darauf folgenden Nachmittag ausgesagt hatte. Und Tante Magda hatte leicht verwirrt, aber dennoch glaubwürdig am Telefon versichert, dass sie sich in jener Nacht bei ihrer Nichte aufgehalten hatte.

Aber Lise Vagnman wusste zweifelsohne, wie man mit einem Schweißbrenner umging – ein Feuer speiendes Werkzeug von großer Wirkung.

Eine lebensgefährliche Waffe – in den falschen Händen oder im Zusammenhang mit leicht entzündlichen Malerflüssigkeiten?

Er verscheuchte den bestechenden, aber vollkommen unhaltbaren Gedanken und rühmte stattdessen ihre innovative Technik.

»Das ist ein interessanter Effekt«, sagte er, »gewöhnliche

Bilder mit diesem Metall – oder wie man das genau nennt – zu kombinieren.«

»Applikationen.«

»Applikationen, genau! Das erhöht irgendwie … die Dramatik.«

Er wusste nicht recht, weshalb er hier herumorakelte. Ihre Kunst interessierte ihn nicht besonders. Zu viel analytische Berechnung und zu wenig Intuition, fand er.

Aber die Umgebung, in der er sich aufhielt, empfand er als viel spannender. Hier gab es alles, was zum künstlerischen Schaffen dazugehörte. Staffeleien, zwei große und eine kleine, die man auf eine Tischplatte stellen konnte. Paletten und Malermesser, Pinsel jeder Art. Flache, runde und fächerförmige Pinsel, aus feinstem Marderhaar sowie aus groben Borsten. Flaschen mit Terpentin, Firnis und Leinöl standen auf stabilen Regalbrettern, Lappen mit Farbflecken lagen in Kartons auf der Spüle. Farbtuben, einige fast ganz ausgedrückt, andere kaum benutzt und prall gefüllt, lagen in überfüllten Schubfächern durcheinander. Er las Namen wie »Rowney«, »Winsor & Newton« und »Beckers«, ohne die Unterschiede zu kennen.

Das war eine ihm gänzlich fremde Welt, und gerade deshalb interessierte sie ihn.

»Sie haben eine Menge Farben – benutzen Sie die alle, wenn Sie malen?«

»Welche Farben ich auf meiner Palette habe, richtet sich natürlich danach, an welchem Werk ich gerade arbeite. Aber ist man Künstler, dann ist man von Farben begeistert und kauft gern ein paar mehr, wenn man ohnehin im Geschäft ist«, antwortete sie lapidar.

»Worin unterscheidet sich dieses Weiß von dem hier?«, beharrte er und hielt eine Tube Titanweiß und eine Tube Zinkweiß hoch.

»Die eine ist intensiver kreideweiß, die andere etwas weicher, mit einem leicht erdigen Ton.«

»Ah so, jetzt, wo Sie das sagen, sehe ich es auch!«

Vielleicht redete er drauflos in der Hoffnung, sie würde etwas sagen oder tun, das ihm erklärte, weshalb sie seine Anwesenheit so nervös machte.

»Was Sie nicht sagen«, entgegnete sie missgelaunt.

Er wollte gerade einen Trumpf ausspielen, als das Motorengeräusch eines Autos sie zusammenzucken ließ. Jemand fuhr auf knirschendem Kies die Auffahrt herauf und hielt direkt vor der Tür.

Aber die Klingel blieb still.

Stattdessen wurde ein Schlüssel resolut und routiniert in das Schloss geschoben und umgedreht.

»Lise!«, rief eine Männerstimme. »Wo bist du – im Atelier?«

Hill blickte fragend zu Lise, die jedoch keine Anstalten machte, zu antworten oder ihrem Gast entgegenzugehen. Also handelte es sich um eine Person, die sie sehr gut kannte. Um jemanden, der sie so gut kannte, dass Hill eigentlich keine Antwort auf seine Frage brauchte. Hatte man einen eigenen Schlüssel, fand man sich natürlich auch im Haus zurecht. »Logik, mein lieber Watson – reine Logik!«

Schritte näherten sich, und ein ausgesprochen gepflegter Mann, etwa in Hills Alter, betrat selbstbewusst den Raum, hielt dann aber überrascht inne.

»Hallo, Carl«, sagte Lise ohne das geringste Anzeichen einer vertraulicheren Begrüßung – was Hill darauf schließen ließ, dass sie sich sonst anders begrüßten.

»Das ist Kriminalkommissar Hill«, stellte sie vor. »Und das ist mein Galerist Carl Linell.«

Carl streckte seine manikürte Hand aus, und ein goldener Manschettenknopf wurde sichtbar. Der perfekte Geschäftsmann, der erfolgreiche Verwalter der Werke anderer.

»Selbstverständlich erinnere ich mich an Kommissar Hill«, erklärte er. »Wir sind uns schon mal begegnet.«

»Ja, vor vier Jahren«, antwortete Hill und schüttelte seine Hand.

»Ach ja, wie dumm von mir«, bemerkte Lise geniert.

Alles wirkte makellos, doch Hill ahnte, dass das Schlüsselwort eher »mein« statt »Galerist« war. Und Hill fragte sich, warum. Weshalb spielten sie ihm dieses Spiel vor? Zwischen der Künstlerin und ihrem Galeristen sprühten fast genauso viele bildliche Funken wie zwischen der Schweißbrennerflamme und den Metallstücken. Wieso taten sie so, als ob?

Johan Anderberg hatte im Tagesverlauf mit Linell in seiner Galerie Blå in der Stadt gesprochen. Es hatte sich um eine reine Formsache gehandelt. Da Carl Linell damals auch sehr stark in Per Vagnmans Verschwinden involviert gewesen war, wollte er ihm nun den Stand der Ermittlungen mitteilen.

Carl Linell hatte den Vorfall ausgesprochen gelassen zur Kenntnis genommen, aber nicht damit hinter dem Berg gehalten, dass er bereits informiert war. Er hatte auch erwähnt, dass er am Vorabend bereits mit Lise Vagnman am Telefon über den Fall gesprochen hatte.

Hill dachte, dass diese vier Jahre sowohl Lise als auch Carl sehr verändert hatten, Carl jedoch besonders.

Der Kunsthändler – der damals vorzugsweise in Blue Jeans, dicken Strickpullovern und mit bohemienähnlichen langen Haaren aufgetreten war – hatte seinen Stil komplett geändert. Ein schickes Lederjackett, das Hill auf zirka viertausend Kronen schätzte, passte ausgezeichnet zu den maßgeschneiderten beigen Leinenhosen, die kaum die gleiche Beanspruchung vertrugen wie die Blue Jeans. Das blonde Haar war perfekt gekürzt. Einzig die makellos gepflegten Bartstoppeln – wie die Mode es vorschrieb – waren etwas künstlerorientierter.

Hill fragte sich, wo der Seidenschal und die Kalbslederhandschuhe waren.

Niemand ahnte heute, dass Carl Linell in seiner Vergangenheit ein Krimineller gewesen war. Als Jugendlicher hatte er gestohlene Fernsehapparate weiterverscherbelt, war dann allmählich in die Kunstbranche gerutscht.

Nein, in Carls und Lises Leben war in den letzten Jahren so einiges passiert. Nicht dass Hill ihnen das missgönnte, aber er konnte definitiv nicht umhin, sich zu wundern, wie das eigentlich vonstatten gegangen war.

»Ja, dann ist es wohl das Beste, wenn ich mich wieder auf den Weg mache«, meinte er. »Ich finde schon zur Tür. Aber, wie gesagt, ich würde es sehr begrüßen, wenn Sie mir das Foto von Per zukommen lassen könnten.«

»In Ordnung, ich werde die Journalistin, die hier war, bitten, es direkt an Sie zu schicken.«

Es wurde still, als er das Atelier verließ. Als würden sie die Luft anhalten und warten, bis er die Tür sorgsam hinter sich geschlossen hatte und verschwunden war. Er hätte viel dafür gegeben, eine Maus in irgendeinem Winkel da drinnen zu sein. Eine, die sich verkriechen und ihrem Gespräch lauschen könnte, wenn sie sich sicher und allein fühlten.

»Glaubst du, er hat die Bilder gesehen?«, flüsterte Lise und spähte vorsichtig hinter der Gardine nach Hills Dienstwagen, der gerade am Tor nach links auf die Bundesstraße bog.

»Nein, es schien nicht so, als hätte er überhaupt daran gedacht«, versicherte Carl.

»Wie kannst du da so sicher sein? Vielleicht hat er sie gesehen, ohne sich das anmerken zu lassen?«

»Hätte er sie bemerkt, wäre es psychologisch am sinnvollsten für ihn gewesen, uns direkt damit zu konfrontieren, um unsere Reaktion zu testen. Er hat sie nicht gesehen, glaub mir!«

Lise begnügte sich jedoch nicht mit seinen abwiegelnden Beteuerungen, sondern stürmte zu einem Wandregal, das in vertikale Fächer unterteilt war. Es enthielt Leinwände in Spannrahmen. Gemalte Bilder, die trocknen sollten. Sie nahm mehrere auf einmal heraus und lehnte sie gegen die Wand.

Insgesamt sieben Leinwände suchte sie heraus, während er zusah.

»Was zum Teufel machst du da, Lise?«, fragte er schließlich ungeduldig. »Was tust du da überhaupt?«

»Die sollen weg! Oben auf den Boden oder sonst wohin, aber ich will sie hier nicht mehr haben, wenn er wieder auftaucht und herumschnüffelt. Hilf mir doch, verdammt!«

Sie klemmte sich zwei kleinere Bilder unter den Arm, nahm ein drittes, größeres in die Hand und marschierte trotzig an ihm vorbei in die geräumige Diele. Der Spannrahmen der größeren Leinwand blieb einen Augenblick am Türpfosten hängen, und Linell starrte auf ein frisch gemaltes, sehr gefühlsgeladenes Gewittermotiv.

In krassem Gegensatz zu den gedeckten graublau und grün schimmernden Sturmböen leuchtete Carl die locker nonchalante Signatur »Per Vagnman« karmesinrot entgegen.

Die Signatur, die sie – ebenso wie seinen Stil allgemein – bis zur Vollendung beherrschte und die genauso verfügbar war wie das Geld auf der Bank.

Er begann lauthals zu lachen.

Lise war irritiert. Er hörte, wie sie die Bilder mit einem Knall in der Diele absetzte.

»Was?«, fauchte sie und sah so aus wie das Unwetter auf der Leinwand, als sie im Türrahmen auftauchte. »Was ist daran denn so verdammt lustig?«

»Dass wir von allem nur Vorteile haben!«

»Was denn für Vorteile?«

»Es gibt keine schlechte Publicity – jede Art von Aufmerksamkeit ist gut. Wir können sie auf die beste Weise nutzen.«

»Wie meinst du das?«

»Noch eine Retrospektive. ›Per Vagnman – Back from the dead!‹ Was hältst du davon? Wir verdienen Geld, die Polente wagt nicht länger, sich hier zu zeigen. Denn alles, was um den Namen Vagnman herum geschieht, wird von den Medien umlagert sein.«

Lise musterte ihn misstrauisch. Dann begriff sie und lachte. Zum ersten Mal seit einer Ewigkeit, kam ihr vor.

Ulf Gårdeman hatte keine andere Wahl, als die Straße zu queren und in entgegengesetzter Richtung zu Birgittas Wohnung hinüberzuschlendern. Obwohl irgendwo weit hinten in seinem Hirn »Gefahr« aufblinkte und er wusste, dass er das nicht ignorieren sollte.

»Grüß dich, wie geht's? Hattest du einen guten Tag?«, fragte er stattdessen.

»Ja, doch – willst du nicht auf eine Tasse Kaffee raufkommen?«

Es spielte keine Rolle, wenn er sich etwas verspätete, dachte er. Er hatte zwar versprochen, Hecht mit Radieschen in Sahnesoße zu kochen, aber Lena arbeitete heute sowieso bis sieben Uhr abends.

Und was war schon falsch daran, eine Tasse Kaffee mit einer Kollegin zusammen in der Nachmittagssonne zu trinken? Nicht das Geringste – genau! Weshalb kam es ihm dann so vor, als würde er bei starker Strömung von einer dünnen Eisscholle zur nächsten springen?

Sie erzählte von den neuen Fortbildungskursen über psychologische Traumabehandlung, die ausgeschrieben worden waren, und überlegte, ob das auf lange Sicht etwas brachte. Auf jeden Fall, meinte er. Man konnte sich sogar solche Fortbildungen anrechnen lassen, wenn man später bis zum Inspektor weiterstudieren wollte.

War das Risiko da nicht groß, dass man die üblichen Alltagsaufgaben schleifen ließ?

Sie hatte unendlich viele Fragen und schaute ihn an, als wäre er ein Orakel. Für sie war er das vielleicht auch. Aber er wollte nicht, dass sie ihn in erster Linie so sah.

»Natürlich besteht diese Gefahr, das ist bei allen Abweichungen von der täglichen Routine so. Aber wenn man so denkt, kann man nicht einmal Urlaub nehmen.«

»Ich denke da an das instinktive Gefühl, das man von dem, was da draußen los ist, hat. Du weißt, dieses Wissen drum herum, aufgrund dessen...«

»...man weiß, was wichtig ist?«

»Genau.«

Bei dem Gedanken regte sich etwas in ihm. Was wichtig ist... Was hatte er vergessen, weil ihn der herrliche Kaffeeduft verführt hatte?

Kaffee?

Natürlich, er hatte Anna Svensson vergessen! Sie hatte ihm zuletzt einen Kaffee angeboten, an dem Abend, als das Sommerhaus heruntergebrannt war.

»Du, entschuldige mich kurz«, sagte er plötzlich zu Birgitta und fischte sein Mobiltelefon aus der Tasche. »Mir ist gerade eingefallen, dass ich noch etwas überprüfen muss.«

Birgitta schmunzelte und ging die Kaffeekanne auffüllen.

Als sie zurückkehrte, hatte sich eine tiefe Furche zwischen Gårdemans Augenbrauen gegraben.

»Immer noch nicht zu Hause«, stellte er fest und erzählte, worum es ging. »Hast du Lust mitzufahren, um nachzusehen?«

Er hatte schnell seine Maschine geholt und war in seiner Motorradkluft wieder zurückgekommen. Er sammelte Birgitta ein, die sich vernünftigerweise eine braune Lederhose und eine Jacke, die bis über die Hüften reichte, angezogen hatte. Ebenso selbstverständlich, als würden sie immer zusammen fahren, sprang sie hinten auf. Der Lautsprecher im Helm knackte.

»Du fährst wohl nicht zum ersten Mal Motorrad.«

»Nein, kaum. Ich hatte ein eigenes, als ich jung war – eine BMW R 850 R. Aber das war ganz was anderes. Da musste man wie ein Flitzebogen über dem Tacho hängen, mit den Knien knapp über dem Asphalt.«

Jung? Gårdeman grinste, ohne dass sie das sah. Konnte man noch jünger sein als sie jetzt?

Es war noch immer recht warm, und er genoss die Fahrt. Erst als er auf die Bundesstraße 21 bog, wurde ihm bewusst, dass das eigentlich keine Spazierfahrt war.

Der schmale Kiesweg zum Ferienhausareal hatte mehrere Schlaglöcher. Die Frostschäden wurden hier nicht jedes Jahr behoben, sodass die Reifen bisweilen hart aufschlugen. Es war merkwürdig, wieder zurückzukommen. Erst vor wenigen Nächten war er in Windeseile hier rausgefahren und von dem spöttischen Gehabe der Kollegen aus Kristianstad empfangen worden. Da hatte noch der Brandgeruch vom Nachbargrundstück in der Luft gelegen, jetzt glichen die verkohlten Reste einer traurigen Erinnerung.

Dieses Mal fuhr er langsam und korrekt Anna Svenssons Auffahrt hinauf und klappte den Ständer aus. Sie nahmen ihre Helme ab, Birgittas Haare waren platt gedrückt und leicht elektrisch geladen. Aber sie musste bei ihrer Kurzhaarfrisur nur etwas Luft unter die Haarsträhnen fächeln. Sie blickte sich suchend um, während sie die Jacke aufknöpfte.

»Ist sie denn zu Hause?«

»Keine Ahnung, ehrlich gesagt. Aber ich finde das reichlich seltsam, dass sie mich heute Morgen angerufen hat – früh um sechs.«

Er ging über den Rasen, sprang über eine ihrer Pelargonienrabatten und war an der Tür. Er klingelte und klopfte sicherheitshalber auch. Doch es rührte sich nichts.

Ein Hund begann im Nachbarhaus zu bellen, das halb versteckt auf der Lichtung gegenüber lag.

»Ich gehe rüber und frage, ob die etwas wissen«, schlug Birgitta vor.

Gårdeman ging vor Anna Svenssons Hütte auf und ab und lugte, so gut es ging, durch die Fenster. Aber er sah überhaupt nichts. Alles schien ganz normal.

Nach ein paar Minuten hörte er Birgittas Schritte auf dem Weg.

»Sie haben Anna den ganzen Tag schon nicht gesehen«, erklärte sie, als sie näher kam.

»Äußerst merkwürdig.«

Gårdeman wollte ein zweites Mal läuten, als er entdeckte, dass die Tür offen stand. Das gefiel ihm gar nicht. Er wusste, wie gewissenhaft Anna war, seit Per Vagnman hierher gekommen war. Jetzt war er zwar nicht mehr da, aber in Fleisch und Blut übergegangene Gewohnheiten änderte man nicht so abrupt.

Gårdeman drückte die Klinke herunter und trat in die Diele. Ihm fiel nichts Ungewöhnliches auf. Die Teppiche lagen an Ort und Stelle, die Blumentöpfe standen an ihren Plätzen.

»Anna?«, rief er. »Anna! Hier ist Ulf Gårdeman von der Polizei! Sind Sie zu Hause?«

Es blieb vollkommen still. Er drehte sich um, und Birgitta hob fragend die Schultern. Was sollten sie jetzt tun?

Er beschloss, einen Rundgang zu machen.

In der Küche war alles abgespült und aufgeräumt, aber im Schlafzimmer war das Bett ungemacht, und das war definitiv beunruhigend. Er konnte nur schwer glauben, dass jemand wie Anna das Hause verließ, ohne ihr Bett zu machen.

Blieb noch das Bad, was ihm einen unbehaglichen Schauer über den Rücken jagte. Viele alte Menschen rutschten im Badezimmer aus und blieben mit schmerzhaften Beinbrüchen liegen, bis jemand sie fand.

Aber das Bad war leer.

Die Glasscherben waren sorgsam zusammengekehrt worden. Das Fenster war leicht angelehnt, wie sie gesagt hatte, damit nachts genügend Luft hereinkam. Er befühlte das Handtuch neben dem Waschbecken. Es war knochentrocken. Niemand hatte sich tagsüber die Hände daran abgetrocknet.

Doch wo konnte sie sein?

Svenningsson war in der Diele geblieben, um keine unnötige Unordnung zu machen, Gårdeman selbst warf gedankenverloren einen letzten Blick in die Küche.

Aber nein, hier gab es nichts von Bedeutung. Der alte, ausgefranste Teppich lag ordentlich und gerade. Nicht so wie neulich, als sie sich im Vorratskeller versteckt hatte, denn da war der Teppich aus offensichtlichen Gründen nicht so glatt gewesen. Aber jetzt war er einwandfrei.

Vielleicht machte gerade das ihn stutzig.

Teppichläufer waren das ja selten.

Nur wenn gerade sauber gemacht worden war. Danach dauerte es nie lange, bis so ein formloser Teppich wieder Falten hatte. Wie oft hatte Gårdeman nicht über den Flickenteppich geflucht, den Lena und er auf ihrem verglasten Balkon hatten? Es war gleichgültig, wie oft man ihn gerade zog, er warf sowieso wieder Falten, wenn man ein Ramlösa aus der Mineralwasserkiste holte.

Aber dieses Exemplar lag unglaubwürdig perfekt an seinem Platz.

Er schob ihn mit dem Fuß zur Seite, nahm den Metallgriff der Luke und zog sie auf.

Sie saß dort unten, an die kleine Leiter gelehnt, genau wie in jener Nacht.

Doch diesmal hatte sie keinen wärmenden Wollschal um ihre Schultern geschlungen, sondern trug nur ihr altes, zerschlissenes Nachthemd aus gekämmter Baumwolle. Ihre Augen blickten alles andere als glänzend und dankbar zu ihm auf.

Sie starrten leer die verstaubten Gläser in den Regalen vor ihr an. Er streckte die Hand aus und spürte, dass sie vollkommen ausgekühlt war. Und das hatte nichts mit der Feuchtigkeit hier unten zu tun.

Anna Svensson war vermutlich schon seit längerer Zeit tot.

Alle, die in der Siedlung wohnten, gaben damit an, wie ruhig und schön es war. Aber in letzter Zeit war dort mehr los als über mehrere Wochen im Zentrum von Helsingborg. Die Idylle war auf einen Schlag in das reinste Chicago verwandelt worden, und die Anwohner hatten keine Ahnung, wie all das passieren konnte.

Man wusste nur, dass es zum Alltag gehörte, das Blaulicht der Polizei zwischen den Stämmen aufblitzen und Lichtkegel das Moos auf der Jagd nach Spuren absuchen zu sehen.

Anna Svenssons Leiche war gerade in die Rechtsmedizin nach Lund transportiert worden. Der Gerichtsmediziner hatte den Tod festgestellt und das Attest ausgefüllt, der Rest war ein Fall für einen erfahrenen Obduzenten. Man konnte zwar deutliche Würgemale am Hals sehen, aber es war besser, die Gewissheit abzuwarten. Und die Techniker hatten hier noch alle Hände voll zu tun.

Joakim Hill und Ulf Gårdeman ebenso.

Hill war auf dem Nachhauseweg gewesen, als er über Funk erfuhr, dass der Notarzt nach Söderåsen gerufen worden war. Er hatte sofort Böses geahnt und Catharina angerufen, sie gebeten, nicht mit dem Essen zu warten, und war Richtung Nordosten weitergefahren.

Nun musterte er gelegentlich fragend seinen Kollegen und hoffte, dass sich hinter dieser sturen Wut, der er begegnete, nichts Ernstes verbarg. Ein Rückfall in die traumatische Abschottung, in die Gårdeman nach dem Schusswechsel oben beim Olympia verfallen war, wäre ein tragischer Schlag.

Zwar war sein Kollege momentan damit beschäftigt, Zeugenaussagen der Nachbarn zu notieren, aber er war angespannt und gereizt, was Hill überhaupt nicht gefiel. Als hätte er den Vorfall persönlich genommen und die professionelle Distanz abgelegt. Hill hörte, wie er mit den Anwohnern diskutierte und sie regelrecht zwang, sich an Dinge zu erinnern, die die Ermittlung voranbrachten. Aber das Resultat war offenbar völlig niederschmetternd. Niemandem schien irgendetwas am Haus aufgefallen zu sein.

»Gårdeman«, rief Hill seinen Kollegen zu sich.

»Ja?«, antwortete er, sowie er den Kiesweg in Richtung Hills Auto gequert hatte.

»Was hast du rausgekriegt?«

»Rein gar nichts, ehrlich gesagt. Wie ist das möglich – wie kann man in so einer kleinen Idylle leben und nicht das Geringste bemerken, wenn eine alte Dame umgebracht wird?«

»Ich will noch mal bei Åkermans Sommerhaus vorbeischauen, wo wir ohnehin hier sind. Hast du Lust mitzukommen?«

Hill versuchte, Gårdeman auf andere Gedanken zu bringen, damit er sich etwas beruhigte. Aber als er die niedergebrannte Hütte erwähnte, gab das noch mehr Wasser auf seine Mühlen.

»Unbedingt! Jede Wette, dass es da einen Zusammenhang gibt!«

»Na ja, das wissen wir ja noch nicht genau.«

»Ich weiß es aber – es ist einfach so!«

»Ulf – wie geht es dir eigentlich?«, fragte Hill und blickte seinen Freund unverwandt an.

»Gut! Alles in Ordnung!«, zischte Gårdeman und sah zur Seite. »Wieso sollte nicht alles in Ordnung sein?«

»Du wirkst einfach so… frustriert.«

»Du redest! Warum sollte ich das…?«

»Genau das frage ich mich auch.«

Gårdeman verstummte unvermittelt. Er betrachtete Annas Haus, als würde er nach etwas suchen. Das tat er auch. Er suchte Birgitta. Aber sie war schon längst nach Hause gefahren. Sie war in die Küche gestürmt, als er nach ihr gerufen hatte, hatte die Zentrale alarmiert und ihren Arm tröstend um seine Schultern gelegt, als er neben der Luke kniete und die Alte anstarrte.

Birgitta hatte begriffen. Hatte verstanden, dass das fast einem persönlichen Verlust gleichkam – und dass er sich selbst die Schuld gab. Wenn er heute Morgen nur am Schreibtisch gesessen hätte, um ihren Anruf anzunehmen. Wenn er nur…

»Ich weiß, dass es meine Schuld ist«, sagte er plötzlich zu Hill.

»Wieso um alles in der Welt denn das?«

»Ich hätte das gleich kapieren müssen.«

»Was denn?«

»Dass sie tatsächlich die Wahrheit gesagt hat.«

»Aber daran hattest du doch keinen Zweifel.«

»Doch… doch, das hatte ich sehr wohl. Ich habe geglaubt, dass sich alles nur in ihrer Fantasie abgespielt hat. Ich habe nicht auf ihr Urteilsvermögen vertraut, und jetzt ist sie tot wegen irgendeines Spuks, der hier draußen vor sich geht.«

»Wir wissen noch nicht, ob der Mord mit dem früheren Vorfall zusammenhängt.«

»Doch, natürlich wissen wir das!«, stieß Gårdeman aufgebracht hervor. »Das ist eine Frage der Wahrscheinlichkeit. Es ist einfach nicht normal, dass sich auf so kleinem Raum innerhalb weniger Tage ein Brand sowie ein versuchter Einbruch und anschließend ein Mord ereignen. Da muss es einen Zusammenhang geben.«

»Es sind schon seltsamere Dinge passiert«, meinte Hill.

»Aber nicht in diesem Fall«, beharrte Gårdeman. »Es gibt

definitiv eine Verbindung, und wenn ich ihr geglaubt hätte, hätten wir den Mord vielleicht verhindern können.«

»Okay«, seufzte Hill. »Nehmen wir mal an, du hast Recht. Was kann man aus der Situation rausholen? Sich in Selbstvorwürfen ergehen oder nach Beweisen suchen? Wenn tatsächlich alles miteinander zusammenhängt, wie du glaubst, könnten wir in Åkermans Hütte etwas übersehen haben. Hier… nimm die Taschenlampe, dann drehen wir da oben noch eine Runde, bevor wir für heute zusammenpacken.«

Gårdeman hatte nichts dagegen.

Hill hatte völlig Recht.

Obwohl seine Beine schwer wie Blei waren, war das seine Pflicht. Nicht zuletzt Anna gegenüber. Die Ringelblume, die Vagnman in seinem Wutanfall Anfang der Woche zertreten hatte, hatte sich nicht erholt. Der Pflanzensaft war eingetrocknet, und die Blätter waren zu einer braunen, unförmigen Masse geschrumpft.

Gårdeman ließ den Lichtkegel über die Pflanze gleiten, während er sich die vorgeschriebenen Latexhandschuhe überstreifte. Dann näherten sie sich der Treppe und dem verkohlten Eckpfeiler, der das Verandadach gestützt hatte.

Es war nicht ganz ungefährlich, das Sommerhaus zu betreten. Der Brand hatte den Boden und tragende Balken stark unterhöhlt. Hill und Gårdeman wussten beide, dass sie eigentlich nicht ohne Helm hineingehen sollten. Aber wer sollte sie schon verpetzen – die Elstern in den Tannenspitzen?

Die Kommode im Wohnzimmer hatten die Techniker schon so gründlich wie möglich gefilzt. Die Bettwäsche und alles, was sich von Wichtigkeit im Schrank befunden hatte, war bereits zum Weitertransport zum SKL aufs Präsidium gebracht worden. Aber ob davon interessante Ergebnisse zu erwarten waren, war fraglich.

Auf dem Boden waren mehrere Gläser und verkohlte Pinsel gestanden, aber das Feuer war so vernichtend gewesen, dass sich auch da nichts Interessantes herausfinden ließ.

»Aber eine Sache ist trotzdem komisch«, meinte Gårdeman, als er den Lichtkegel über die Wände schwenkte, »hier schien es keine Bilder gegeben zu haben. Ich meine Bilder, an denen der Kerl gearbeitet hat.«

»Nein, das ist tatsächlich seltsam. Aber wenn er welche oben auf dem Boden stehen hatte, ist alles verbrannt, bevor die Feuerwehr eingetroffen ist. Obwohl ich dir Recht gebe, er hätte zumindest ein paar hier unten stehen haben müssen.«

Hill vergegenwärtigte sich Lises Atelier und fand das plausibel. Sie hatte angefangene Werke, Werke, die trockneten und fertige oder unvollendete Werke in dem speziell dafür konstruierten Regal.

»Und in der Küche war auch nichts?«, fragte Gårdeman.

»Nein, nur schmutziges Geschirr und Töpfe, die seit Monaten keine Bürste mehr gesehen haben.«

»Merkwürdigerweise ist der Bursche nicht an akuter Lebensmittelvergiftung gestorben.«

»Er hat wohl nur Schnaps zum Essen getrunken, da wurde automatisch der Magen desinfiziert.«

»Wo sind die leeren Gläser?«

»Ein Teil in der Speisekammer, aber der Großteil draußen im Vorratsschuppen. Da sah es aus wie Sodom und Gomorrha. Das meiste war einfach achtlos hineingeschmissen worden, und überall lagen Scherben.«

»Gehen wir noch mal nachsehen?«

»Klar.«

Der Schuppen stand wie bei Anna ein Stück vom Haus entfernt, ähnlich wie ein Heuschober, dessen exakter Dachgiebel fast in den Tannenwald hineinragte.

Als Hill die Tür öffnete, knarrte es leicht unheimlich. Das Schloss fehlte. Es gab nicht einmal ein Vorhängeschloss, was für die normalerweise hier herrschende Bedenkenlosigkeit sprach.

Joakim hatte wirklich nicht übertrieben. Drinnen herrschte eine unbeschreibliche Unordnung, und auf den grob gehauenen Bodenbrettern lagen reichlich spitze Scherben verstreut.

Gårdeman richtete den Lichtstrahl auf das Chaos und stellte fest, dass hier sicher nicht viel zu holen war. Alte Werkzeuge und Gegenstände, die anscheinend diesem Åkerman gehörten. Ein Motorrad, das seine besten Tage vermutlich vor dem Zweiten Weltkrieg gesehen hatte, versteckte sich unter einer grünen Persenning an der Hinterwand. Interessant, aber irrelevant für den aktuellen Fall.

Er ließ das Licht ein letztes Mal über die reflektierenden, leeren Flaschen in den Regalen gleiten.

»Calvados, da schau her! Der Mann wusste, was gut ist – jedenfalls irgendwann mal.«

Hill musterte die von Gårdeman beleuchteten Regalfächer.

»Nicht übel«, sagte Gårdeman und pfiff durch die Zähne, als er die Flasche näher betrachtete, die zwischen den Schnäpsen wie ein Juwel zwischen Glasperlen wirkte. »Ein Busnel, Hors d'Age!«

»Ist der gut?«, erkundigte sich Hill, der sehr für schottischen Whisky schwärmte.

»Gut? Das ist das Nonplusultra – wenn man Calvados schätzt. Den hat die Spirituosenhandlung jahrelang nicht gehabt. Wohl etwas zu exklusiv, nehme ich an. Aber ich habe vor langer Zeit mal ein oder zwei Flaschen gekauft. Verdammt gut zu Kaffee und Rhabarberkuchen, das weiß ich noch.«

Hill grinste erleichtert – Gårdeman war wieder der Alte.

»Hier ist so was jedenfalls ungewöhnlich«, sagte Hill und steckte vorsichtig einen Kugelschreiber in den Flaschenhals, stülpte sie gekonnt kopfüber und hielt die Flasche gegen das Licht. »Hast du eine Tüte?«

Gårdeman holte einen der selbstschließenden Beutel für Beweismaterial hervor, und die Flasche wurde sicher verpackt. Im Begriff, das Chaos auf dem Dachboden wieder zu verlassen, leuchtete Gårdeman ein letztes Mal über die Regale.

Wo die Calvadosflasche gestanden hatte, blitzte etwas auf.

»Warte noch, Joakim. Was ist das denn?«

Gårdeman hielt die Taschenlampe noch näher.

»Das sieht ganz nach… Farbe aus!«

»Farbe?«

»Ja – rote Farbe in einer Flasche.«

»Hast du noch eine Tüte?«

Mit größter Vorsicht bugsierte Hill die kleine Flasche in den Beutel, ohne sie zu berühren, verschloss ihn und hielt ihn in den Lichtkegel der Taschenlampe.

»Was um Himmels willen hat die hier zu suchen – als hätte jemand sie versteckt.«

»Das ist die 100 000-Kronen-Frage«, gab Gårdeman dumpf zurück.

Seltsam war nicht etwa, dass sie Farbe bei einem Künstler fanden, sondern dass sie auf diese denkwürdige Weise versteckt worden war. Sie mussten die Flasche Anderberg bringen und ihn bitten, ihren Inhalt zu analysieren.

»Okay, sagen wir, wir haben unseren Teil für heute Abend erledigt«, sagte Hill und wandte sich Richtung Auto. »Kann ich dich mitnehmen?«

Doch Gårdeman hatte seine Maschine für die Heimfahrt, obwohl ihm jede Freude am Fahren vergangen war. So hatte er sich diesen Abend wirklich nicht vorgestellt.

Andererseits war er schließlich Polizist. Man musste das Beste hoffen – aber mit dem Schlimmsten rechnen.

Knut Sahlman konnte beim besten Willen nicht begreifen, was die drei mit einem orangen und einem schwarzen Balken durchgestrichenen gelben Punkte bedeuteten.

Linda schien äußerst fasziniert zu sein.

Stundenlang waren sie in der Tate Gallery gewesen, und er hatte wirklich versucht, der modernen Kunst etwas abzugewinnen.

Was ihm gefiel, waren die Gemälde von Turner, Constable, Blake oder Gainsborough. Im zwanzigsten Jahrhundert war das schon schwieriger. Künstler wie Moore, Dalí und Kandinsky weckten keine große Begeisterung bei ihm.

Er kompensierte sein mangelndes Interesse mit einer gewissen Neugier auf das, was ältere Malerei von jüngerer rein technisch unterschied.

Linda konnte hingegen vollkommen gefesselt vor komplett unbegreiflichen, abstrakten Werken stehen, bei denen man kaum wusste, wo oben und unten war.

Sahlman musste dieses Opfer für sie bringen, damit sie ihm anschließend in den Gassen, in welchen einst Jack the Ripper sein Unwesen getrieben hatte, Gesellschaft leistete. Denn morgen hatten sie keine Zeit mehr dafür. Die Tage waren verronnen, und die Heimreise stand unumgänglich vor der Tür. Aber zunächst musste er die Atmosphäre um die damalige Berner Street herum, eine schmale und finstere Straße im schmutzigsten Arbeiterviertel in East End, in sich aufnehmen.

Sie hatten die U-Bahn bis nach Whitechapel genommen und waren einige Straßenblocks zu Fuß gegangen. Ein feiner, dichter Regen nieselte vom Himmel, von den Engländern »drizzle« genannt, und war in seiner bescheidenen, aber konstanten Gegenwart ebenso durchdringend wie ein ordentlicher Schauer. Sahlman hatte nichts dagegen – das machte alles noch stimmungsvoller.

Die Atmosphäre war ganz anders als in den eleganten

Vierteln, die sie auf den Spuren von Sherlock Holmes abgelaufen waren. Entlang der Baker Street und ihrer Umgebung war alles auf Hochglanz poliert und geschmackvoll restauriert.

Hier lauerte die Gefahr immer noch dick wie der Londoner Nebel über den alten Backsteinfassaden und Bürgersteigen.

Knut blieb in einer Straßenecke vor einer Backsteinmauer stehen, die nun eine Schule umgab.

Ein rascher Blick auf Linda sagte ihm, dass dies hier definitiv nicht das war, was sie von einem Londonbesuch erwartete.

Nicht diese tristen Backsteinfassaden und vernagelten Fensterlöcher. Konnte man davor tatsächlich stehen bleiben und staunen? Diese hohe Mauer vor einem Schulhof. Was gab ihm dieser Anblick eigentlich?

Denn obwohl sie die Geschichte von Elizabeth Gustafsdotter Stride kannte, der Schwedin, die 1888 Jack the Rippers drittes Opfer wurde, war sie ihr bei weitem nicht so gegenwärtig wie ihm.

Doch Knut war wie verhext und glotzte die schmutzrote Wand an, als könnte er direkt durch sie hindurchsehen.

Was er tatsächlich tat.

Er war den Fall so genau durchgegangen, dass er vor seinem inneren Auge Elizabeth Gustafsdotter Stride mit dem Mann, den sie in der Flower and Dean Street getroffen hatte, vor sich sah, wie sie in dem Spezialgeschäft an der Ecke Trauben kauften. Er sah sie zusammen mit ihm eines der benachbarten Häuser betreten, bis sie viel später, in der Nacht vom 29. auf den 30. September, wieder auftauchte, nur um erneut in Begleitung eines anderen Mannes wieder in der Gasse zu verschwinden – ein Mann, der nur wenige Minuten darauf ihr Schicksal besiegeln sollte.

Das Spezialgeschäft gab es natürlich seit langem nicht

mehr. Ebenso die Gasse, in der sie ermordet wurde, sowie die umliegenden Häuser. Alles war verändert. Aber die Erinnerung war noch lebendig und trieb ihr Schattenspiel mit dem Drama, das sich einst hier zugetragen hatte. Das goldgelbe Licht der Gaslaternen, die die Gegend notdürftig erhellten, die Geräusche sich entfernender Pferdedroschken, das Gegröle aus dem Pub am Ende der Straße und das Gelächter aus der Herberge für Frauen, die vom rechten Weg abgekommen waren, beflügelten seine Fantasie.

Er hörte das Gemurmel der Leute, die mitten in der Nacht von dem Tumult geweckt worden waren, als Elizabeth Stride im Rinnstein mit durchtrennter Kehle gefunden wurde.

Sie war das dritte von fünf Opfern des legendären Serienmörders. Aber sie war die Einzige, die er nicht vom Schambein bis zum Brustkorb aufgeschlitzt hatte. Er war von Passanten überrascht worden und von dem Ort seiner Schandtat geflohen.

Eine Tat, die seitdem die Neugier, die Fantasie und die Spekulationen der Massen genährt hatte.

Im Laufe der Jahre hatten sich Regalmeter mit Literatur über diesen Fall gefüllt. Aber die Lösung blieb, obwohl glaubwürdige Indizien in eine bestimmte Richtung wiesen, im Dunkeln.

Zweifelsohne war es faszinierend, sich in eine Zeit zurückzuversetzen, in der die Frauen täglich mit dem Schrecken lebten, dem Unbekannten zu begegnen. Ein Mann, der, ohne mit der Wimper zu zucken, bereit war, ihnen die Eingeweide aus dem Leib zu reißen. Besonders wenn es sich um Prostituierte handelte – und es waren viele, die sich mit dem versorgten, was ihre Körper ihnen einbrachten.

Besonders frappierend war diese Geschichte für jemanden wie Knut Sahlman. Einer der scharfsinnigen Problemlöser der alten Schule, ein unmoderner Meisterdetektiv, wenn er selbst über sich urteilte. Ganz im Gegensatz zu den alltagspragmatischen Kollegen, die lieber zuerst handelten und dann nachdachten.

Was hätte er im damaligen London tun können, um die Morde zu verhindern? Er hätte in jedem Fall damit begonnen…

»Knut, ich bin schon völlig durchgefroren. Hier wird man ja nass bis auf die Knochen!«

Lindas verärgerter Ausruf holte ihn wieder in die Realität zurück. Mit einem tiefen Seufzer legte er den Arm um ihre Schultern und lenkte ihren Schritt zu dem Pub an der Ecke. Ein Pub, das aus Jack the Rippers Zeiten stammte und wo sie nicht nur ein Pint Lagerbier und eine Steak and Kidney Pie, sondern auch ein paar Gerüchte über die Morde serviert bekamen. Hier kannte jeder seinen Jack the Ripper in- und auswendig. Man war geradezu stolz auf diese blutrünstige Legende. Linda fand das grausam, Knut hingegen außerordentlich interessant. All diese Frauen, deren Namen und Schicksale unsterblich geworden waren. Ganz einfach weil sie dem falschen Mann am falschen Ort in einer dunklen Nacht vor langer Zeit begegnet waren.

»Er hat fast hundert Frauen auf seinem Gewissen!«, hatte Sahlman einen alten, gebeugten Mann sagen hören.

Doch das war weit von der Wahrheit entfernt.

Der dreiste Mörder aus dem East End des neunzehnten Jahrhunderts hatte zu weitaus mehr Geschichten und Mythen Anlass gegeben als irgendein anderer Mörder in der Geschichte.

Das Essen war einfach, aber gut – bedeutend besser als der haarsträubende Ruf, der der englischen Küche normalerweise anhaftet. Das Bier war herrlich kühl und die Atmosphäre göttlich. Jedenfalls für Sahlman. Linda sehnte sich meist ins Hotel und zu den umliegenden Boutiquen zurück. Es galt immer noch, vor der Heimreise ein bisschen zu shoppen.

»Wie geht es dir?«, erkundigte sich Sahlman und leerte den letzten Rest Bier in seinem Glas. »Ist dir noch kalt?«

Sie nickte verdrossen.

»Okay«, sagte er. »Wir nehmen ein Taxi zum Hotel zurück. Was du brauchst, ist ein warmes Bad.«

Er ging an die Bar und bat eine der Bedienungen, ein Taxi zu bestellen. Kurz darauf sahen sie eine der typisch buckelförmigen schwarzen Londoner Taxen draußen am Gehsteig halten.

Er musterte ein letztes Mal die Wände, die mit Zeitungsartikeln und Notizen über den berühmten Mord gepflastert waren, und fühlte, dass er sich an diesen Ort zurücksehnen würde. Warum? Weil noch immer so viele ungelöste Rätsel um die Fälle herum existierten. Und genau deswegen war er schließlich Polizist.

Er hatte zweifellos einen notwendigen, professionellen Tritt in sein Hinterteil bekommen.

Die Müdigkeit, die der Anlass für diesen Urlaub gewesen war, schien wie weggeblasen. Die andere Umgebung hatte den Detektiveifer in ihm geweckt. Er konnte es kaum erwarten, wieder zu Hause zu sein, um sich mit den wie auch immer gearteten Problemen, die sich in Helsingborg angesammelt hatten, auseinander zu setzen.

Was immer es sein mochte – wenn er nur nicht noch mehr moderne Kunst sehen musste!

Es war Sonntag, und Joakim Hill hatte keinen Bereitschaftsdienst.

Er konnte es kaum fassen. Er setzte sich kerzengerade im Bett auf und starrte auf den Radiowecker, der ihm sagte, dass es sechs Uhr fünfzehn war. Aber welcher Tag war heute? Dann begriff er, und eine behagliche Lust begann, sich in seiner Magengegend auszubreiten.

Joakim Hill sank erleichtert auf das Kissen zurück, stellte

fest, dass Bia schlief, und versuchte, den Faden zu seinem Traum wiederzufinden, aus dem er soeben abrupt aufgewacht war.

Weder Catharina noch Bia kamen darin vor.

Es ging um ihn und einen Klassenkameraden, den er seit Jahrzehnten nicht gesehen hatte und kaum wiedererkannt hätte, wäre er ihm auf der Straße begegnet. Aber im Traum sah er ihn so deutlich vor sich, als wäre es gestern gewesen.

Er hieß Arne.

Sie wollten mit dem Boot hinausrudern. Unerlaubt, versteht sich. Die Verantwortung trug Joakim, denn bei ihm zu Hause trug sich all das zu, und der Kahn gehörte ihm. Als sie ein Stück hinausgerudert waren, begann das Boot, gefährlich zu schaukeln. Komischerweise kamen unvermittelt und ohne Wind unglaublich hohe Wellen auf. Das Wasser schwappte über die Reling, und das kleine Boot schaukelte in den Sturzwellen auf und nieder.

Schäumende Salzwassergischt schlug über ihnen zusammen, und sie klammerten sich, so gut es ging, an der Plicht fest.

Plötzlich wurde Joakim von einer Riesenwelle über Bord gespült und verschwand hilflos in der aufgewühlten See. Er schluckte kaltes Wasser, ihm kam es vor, als würden Brust und Lunge jeden Moment platzen, aber er kämpfte sich verbissen wieder an die Wasseroberfläche. Er sah das Boot ein Stück entfernt auf den wilden Wellen reiten und schwamm mit letzter Kraft darauf zu.

»Arne – hilf mir!«, schrie er.

Aber es war kein Arne zu sehen. Als Joakim sich mit Mühe über die Reling gestemmt hatte, entdeckte er seinen Freund. Er lag leblos am Boden. Aus einer Platzwunde am Kopf tropfte Blut. Das Blut mischte sich mit dem Salzwasser und floss in rosafarbenen Rinnsalen in die Fluten.

Unvermittelt wurde alles still. Die Wellen legten sich ebenso rasch, wie sie aufbegehrt hatten.

Jetzt waren sie wieder in Ufernähe, und Spaziergänger kamen angelaufen, um den Kahn an Land zu ziehen.

Was sollte Joakim tun?

Er wusste, dass er der Verantwortliche war.

Er beschloss, alles auf Arne zu schieben.

Er würde behaupten, er sei Arne und Arne sei er.

Arne, der bleich und leblos im Boot lag und nichts abstreiten konnte, denn Arne war ganz offensichtlich tot.

Deshalb machte es nichts, alles auf ihn zu schieben.

Die Eltern kamen zum Boot gerannt und…

Joakim wachte genauso abrupt auf wie vorhin, diesmal durchgeschwitzt. Himmel, was für ein unbehaglicher Traum. Es kam selten vor, dass er von seinen Eltern träumte, die bei einem tragischen Autounfall ums Leben gekommen waren, als er klein war. Aber es war immer wieder merkwürdig, wenn es passierte. Sie waren da, und er erkannte sie sofort wieder, obwohl er eigentlich keine deutliche Erinnerung an sie hatte. Er war noch so klein gewesen, und Tante Karin hatte den Platz der Vertrauensperson eingenommen, bei der er sich als Kind und Jugendlicher geborgen gefühlt hatte. Warum träumte er manchmal von seinen Eltern? Und weshalb tangierten die Träume stets verwickelte Schuldfragen?

Möglicherweise hing das damit zusammen, dass er nun selbst Vater war. Und dass er Angst hatte, die Verantwortung zu verlieren oder irgendeinen folgenschweren Fehler zu begehen. Nicht zu genügen.

Er verspürte ein ungeheures Bedürfnis nach Trost.

Die Uhr zeigte 07:12, und er streckte sich nach Catharinas warmem Körper neben sich. Er legte seine Hand auf ihre Hüfte, ließ sie langsam bis zur Taille und weiter ihren Brustkorb hinaufgleiten. Sie murmelte etwas Unverständliches. Obwohl sie sich nicht rührte, spürte er, dass sie wach wurde.

Als würde eine sehnsüchtige Erwartung durch seine suchende Hand strömen. Er tastete sich weiter und fand eine füllige, warme Brust. Die Brustwarze stellte sich zwischen seinen Fingern sofort auf, und der Warzenhof wurde aufregend fest.

Bia war noch immer still im Kinderzimmer.

Atemlos hob er Catharinas Decke, schob vorsichtig seine Beine zwischen ihre und rutschte auf ihre Seite. Er spürte ihre warmen Hinterbacken an seinen Leisten und war plötzlich hellwach.

Früher dachte er, das eheliche Sexleben sei nach den ersten vier Monaten langweilig und würde nach Schema F ablaufen, aber jedes Mal war er erneut freudig überrascht. Überrascht darüber herauszufinden, wer sie heute war. Die kleine Empfindliche, zu der er sich behutsam vortasten musste, oder die Löwin, die ihn, lange bevor er es ahnen konnte, bereits gewittert hatte und für seinen unausweichlichen Angriff gewappnet war. Aber sie konnte genauso gut verspielt und neugierig wie ein Hundewelpe sein. Gleichgültig, wie sie war, es war immer wie beim ersten Mal. Wieder und wieder.

Heute hatte sie Lust auf Spielereien.

Sie schnüffelte in seinem Gesicht, biss und leckte. Sie wusste, es gab eine Stelle zwischen Ohr und Kieferknochen, die ihn vollkommen selig machte. Nicht einmal sie konnte sich seine überwältigende Reaktion erklären. Aber rein pragmatisch wusste sie genau, dass ihre kreisende Zungenspitze exakt an der Stelle in einem Wunder resultierte.

Heute war keine Ausnahme.

Ein leises Stöhnen drang aus ihrem Mund, als er befriedigt über ihr zusammensank. Sie wimmerte – restlos zufrieden.

Und Bia begann gerade zu glucksen, als Catharina verstummte.

Er schlug die Augen auf und hob den Kopf. Küsste ihre glühend warme Nasenspitze und grinste.

»Du bist dran«, flüsterte sie mit glänzenden Augen.

»Nein!«, behauptete er und rollte auf seine Seite zurück. »Ich habe sie letzten Sonntag genommen.«

»Bitte…«

»Na gut! Aber das kostet dich was.«

»Was?«

»Du machst das Frühstück.«

»Einverstanden!«

Er setzte sich resolut auf, reckte sich und trat ans Fenster, um das Rollo hochzuziehen. Draußen war es bewölkt. Es hatte offenbar morgens geregnet. Wenn die Sonne warm in sein Gesicht scheinen würde, würde er sich besser fühlen, besonders nach diesem Traum.

Aber Bia würde sicher wie eine Sonne strahlen, dachte er und ging ins Kinderzimmer.

Sie lachte ihn mit offenem Mund an. Die beiden Reiskörner im Unterkiefer waren vergangenen Monat durch zwei kreideweiße Zähnchen im Oberkiefer ergänzt worden. Damit sah sie wie ein herrliches kleines Schlitzohr aus, und er mochte das.

»Hallo, meine Kleine!«, sagte er und hob sie aus ihrem Gitterbett. »Haben wir heute Nacht gut geschlafen?«

Er war sicher, dass sie ihn verstand, aber antworten konnte sie ihm nicht. Also wertete er ihren belustigten Juchzer als Zustimmung.

»Oopsie doopsie«, witzelte er und hielt sie hoch in die Luft, wie sie es gern hatte.

Gerade als ihre nackten kleinen Füße wild strampelten, um seine Nase zu treffen, sah er den nassen Fleck, der sich auf der Pyjamahose ausgebreitet hatte.

»Oh, oh…«, seufzte er und stellte fest, dass ein weiterer auf dem bunten Bettlaken prangte.

Was für ein herrlicher Sonntag.

Joakim trug sie ins Badezimmer und zog seinem Augenstern saubere, trockene Kleider an.

Er hörte Catharina in der Küche mit Geschirr und anderem klappern und dachte, dass das Leben doch gar nicht so übel war.

Der Duft von frisch gebrühtem Kaffee erfüllte die Küche, und geröstete Weißbrotscheiben sprangen mit einem Schnappgeräusch aus dem Toaster.

Die Sonne schaute zwischen den letzten Regenwolken hervor, und es gab sogar Chancen auf einen richtig schönen freien Tag.

Bia war in bester Laune.

Sie babbelte mit Nachdruck unverständliche Laute und verteilte Fruchtjoghurt auf ihrem Plastikset. Die aufgedruckten Elefanten bekamen üppige Portionen auf ihre Rüssel geschmiert.

Sie selbst aß nicht besonders viel. Aber bei den Mahlzeiten wurde eine ganze Menge Essbares für wahrnehmungsfördernde Projekte verbraucht. Für Joakim und Catharina war es äußerst unterhaltsam, Bia zuzusehen, wenn sie sich unverdrossen bemühte, für verzwickte Probleme kluge Lösungen zu finden. Wie in diesem Fall mit den Elefanten auf dem Kunststoffset, die essen sollten.

»Sie wird auch mal Polizistin«, lachte Catharina. »Rätsel scheinen sie schon jetzt zu faszinieren.«

»Für sie ist das ganze Leben noch ein Rätsel. Sie kann ebenso gut Quacksalber werden, wie ihre Mutter.«

Amüsiert gab sie ihm einen Klaps, dem er geschickt auswich und aufstand.

Er schenkte sich eine Tasse Kaffee ein und steckte noch zwei Scheiben in den Toaster.

»Was hältst du von einem Ausflug in den Schlosspark?«, schlug er vor, mit gestärktem Optimismus aufgrund der ausgezeichneten Streicheleinheiten, die sie ihm geschenkt hatte, und der wärmer werdenden Sonnenstrahlen.

»Das klingt herrlich, ich habe auch Schaufel und Eimer für Bia gekauft. Glaubst du, es ist noch zu früh, sie damit spielen zu lassen?«

»Das kann nie zu früh sein. Wenn sie's kann, dann klappt's. Jedenfalls isst sie dann auch was – nämlich Erde.«

»Bah!«, machte Catharina aus Spaß, und Bia begriff, dass es etwas zu lachen gab. Sie blickte von einem zum anderen, schlug mit dem Löffel rhythmisch auf den Tisch und lachte über das ganze Gesicht.

»Andererseits ist es vielleicht tatsächlich so, wie man sagt«, fuhr Catharina fort.

»Was denn?«

»Dass ein bisschen Schmutz den Magen reinigt.«

»Da ist wohl was dran. Also, hättest du gern etwas Blumenerde auf deinem Brot?«

Es war ein herrlich fauler Morgen, eine richtige Seltenheit im Hill'schen Hause. Und als sie in Richtung Park aufbrachen, der die mittelalterliche Burg Kärnan mit ihren lang gestreckten Schatten umgab, war es schon nach halb zwei. Sie waren alles andere als allein dort, denn der Park war ein populäres Ausflugsziel für alle, die in der Stadt wohnten. Teils wegen der Aussicht über den Sund, die noch überwältigender war als die vom Präsidium aus. Und teils weil man um diese Jahreszeit bei Kaffee und Eis unten am Kiosk beim Museum in der Sonne sitzen, die Meeresbrise genießen und einfach abschalten konnte.

So wie Bia, die, müde von dem Sand und einem Streit mit einem gleichaltrigen Knaben, der ihr auf Teufel komm raus zeigen wollte, wie man Sand siebte, im Kinderwagen ihren ruhigen Nachmittagsschlaf machte. Der neunmalkluge Junge und seine Eltern waren nicht mehr zu sehen. Joakim nahm an, dass sie wieder nach Hause gegangen waren, nachdem Bia ihrem Strategen mit der Plastikschaufel auf die Finger gehauen hatte. Er hatte geheult vor Schmerz und Erstaunen, auf den ersten weiblichen Widerstand seines Lebens gestoßen zu sein.

Joakim hatte die Wogen geglättet, und die Eltern hatten versichert, dass es nicht so schlimm war. Das passierte ihrem Kalle ständig, erklärten sie, und er glaubte ihnen jedes Wort.

Bei Bia hatte er auf Granit gebissen.

Sie war anscheinend schon eine kleine selbstbewusste Person, die sich zu verteidigen wusste, wenn das notwendig war. Ihre Mutter hatte sie schließlich auch mit Waffen ausgestattet …

Jetzt schlief sie tief in der behaglichen Nachmittagssonne, und das aufgeklappte Verdeck schützte sie vor den Strahlen.

Catharina stützte entspannt ihre Füße auf das Kinderwagengestell und lehnte ihren Kopf an Joakims Schulter.

Eigentlich glaubte er an keinen Gott. Wenn er sich zu irgendetwas bekennen sollte, dann sah er sich am ehesten als pantheistischen Agnostiker – als einen, der das Göttliche in der Welt und der Natur selbst sah, und alles, was darüber hinausging, überstieg sein Wissen. Er konnte sich kaum noch daran erinnern, wie es gewesen war, allein zu sein. Ohne Catharina und Bia an so einem freien Sonntagnachmittag. Und eigentlich wünschte er sich, er könnte einer höheren Instanz für sein Glück danken.

Alles schien perfekt.

Bis auf die Tatsache, dass ihn sein seltsamer Traum nicht in Frieden lassen wollte.

Was zum Teufel wollte der Traum ihm sagen? Wenn er überhaupt eine Bedeutung hatte. Hill suchte normalerweise nicht in allem und jedem einen tieferen Sinn, aber dieser Traum war wirklich merkwürdig gewesen.

Wichtig.

Aber er konnte ihn nicht wirklich verstehen.

Er verspürte nicht den geringsten Wunsch, seine Identität zu ändern. Besonders jetzt nicht, wo alles so perfekt war, wie es nur sein konnte.

Und soviel er wusste, lastete auch keine Schuld auf ihm, die er abschütteln musste. Es sei denn…

Nein – wie um alles in der Welt sollte er die Schuld an dem fälschlicherweise für tot erklärten Per Vagnman bei sich suchen? Er hatte den einzig folgerichtigen Schluss aus den derzeit vorliegenden Umständen gezogen. Sicherlich war er in diesem Job noch ein Grünschnabel gewesen, doch er hatte sich mit erfahrenen Kollegen beratschlagt, und sie alle hatten seine Entscheidung gestützt. Es gab also keinen Grund, im Nachhinein so mit sich zu hadern.

Er verscheuchte den unsinnigen Gedanken, und Catharina zuckte unfreiwillig zusammen, als sein Körper sich plötzlich anspannte.

»Was ist denn?«

»Gar nichts«, log er. »Ich musste nur gerade meinen Rücken strecken.«

Sie sah ihn vorwurfsvoll an, weil er mit seiner Unruhe die friedliche Stimmung gestört hatte. Aber das war ihm gleichgültig.

»Übrigens«, fiel ihm ein, als er sich umdrehte und sein Blick auf die einladend offen stehende Eingangstür der Burg fiel, »morgen ist Montag, da kommt Sahlman aus dem Urlaub zurück.«

»Keine Flüche vor dem Baby!«, mahnte sie und leckte genüsslich an ihrem großen Eis mit Rumrosinen.

»Was denn – Sahlman?«

»Nein, Dummkopf – Montag!«

»Grüß dich, Sahlman«, murmelte Hill verschlafen am Montagmorgen.

Knut Sahlman war pünktlich an seinem Arbeitsplatz erschienen, obwohl er erst nach halb elf am Vorabend auf dem Kastruper Flughafen eingetroffen war. Er musste auch nicht so viel bedenken, bevor er ins Bett gehen konnte. Maja füttern natürlich – und ein bisschen mit ihr schmusen. Man konnte zwar finden, dass man mit einem Goldfisch nicht schmusen konnte, aber das war ein Irrtum. Er streckte gern seinen Kopf aus dem Wasser und ließ sich kraulen. Und es schien sogar, als würde der Fisch vor Freude mit seinen goldenen Flossen wedeln, sobald Knut sich dem Glas näherte.

Doch dann war Sahlman erschöpft eingeschlafen, früh wie immer aufgewacht und hatte sich für den Arbeitstag zurechtgemacht.

Während Joakim Hill ein paar Minuten zu lange mit einer quengeligen Bia verbracht und sich beunruhigt gefragt hatte, ob sie nicht den Notarzt rufen sollten.

»Aber nein«, hatte Catharina versichert. »Das sind nur die Zähne. Sie bekommt bald ihre ersten Backenzähne, da sind Kinder immer etwas weinerlicher.«

»Aber sie hat Fieber – fühl selbst!«

»Ja, Fieber kann dann auch auftreten. Und Bauchweh oder Hautausschlag. Aber es sind trotzdem nur die Zähne, die Ärger machen.«

Er schien ihrem Urteil als Ärztin nicht zu trauen. Vielleicht weil sie schlaftrunken und mit zerzausten Haaren in der Diele stand. Nur mit einem rosafarbenen String und einem viel zu kleinen T-Shirt mit dem Aufdruck »Fuck it!« bekleidet, das ihren ganzen herrlichen Bauch frei ließ.

Wie auch immer, er war zwanzig Minuten zu spät dran, ungekämmt und außer Atem von dem Stress am Wochenbeginn. Da hatte ihn das tadellose Äußere seines Kollegen ein wenig geärgert.

Verflucht nochmal, wie erholt und auf Zack dieser Snob aussah. Es war zum Haareraufen. Wenigstens war er nicht auf Mallorca gewesen, sonst hätte er außerdem noch mit einer beneidenswerten Bräune angeben können.

»Willkommen zurück! Wir können gerade eine Spürnase mehr brauchen«, fügte er hinzu.

»Was du nicht sagst, schön zu hören, dass man gebraucht wird. Worum geht es denn? Meinst du den Todesfall oben in Fredriksdal, denn da hätte ich ein paar interessante Anmerkungen.«

»Fredriksdal? Ach so, nein, das haben wir fein säuberlich gelöst.«

»Was – wirklich?«

»Klar, das Mädel und sein Bruder haben einen kleinen Horrorfilm inszeniert. Kein gutes Gefühl, wenn man solchen Perversitäten in die Augen schauen muss, aber wir haben ihnen immerhin ein Geständnis abgerungen.«

»Okay, womit seid ihr dann zugange?«

»Ein etwas spezieller Fall. Hast du schon von dem Brand mit Todesfolge oben in Söderåsen gehört?«

»Mandén hat davon gesprochen, ja. Aber ich bin da nicht ganz schlau draus geworden.«

»Das ist auch nicht verwunderlich, wir steigen auch nicht richtig durch. Aber gerade darum geht es ja – die winzigen Lücken in einem sonst recht wasserdichten Alibi aufzuspüren.«

»War der Bursche schon vor dem Brand tot oder ist er verbrannt?«

»Er ist verbrannt. Die Obduktion hat ergeben, dass er durch die Rauch- und Gasentwicklung erstickt und anschließend in den Flammen verkohlt ist.«

Joakim Hill hatte am Freitag einen Schlenker über die Rechtsmedizin in Lund gemacht und war bass erstaunt über den neuen Obduzenten gewesen, den er an Bellmans Stelle angetroffen hatte. Anna-Lena Lagerkvist hieß sie genau genommen und war nicht viel größer als Catharina. Wenn die

Umstände ihres Treffens nicht so ernst gewesen wären, hätte er das sogar ziemlich komisch gefunden. Sie musste den Obduktionstisch so tief wie möglich stellen, damit sie an der Leiche arbeiten konnte.

Aber sie hatte hervorragende Arbeit geleistet.

Hatte auf jedes verdächtige Detail hingewiesen sowie auf jede denkbare Erklärung, aber die endgültige Beurteilung den Kriminalbeamten überlassen. Das war professionell, und Hill hatte es wie eine Befreiung empfunden, die unvermeidlichen Missklänge und Reibereien zu umgehen, die stets störten, wenn er mit Dozent Månsson zu tun hatte.

Bei Anna-Lena Lagerkvist ging es um die Sache selbst.

Kein alter Spuk längst vergangener Tage.

Anna-Lena hatte nicht die geringste Verbindung mit Catharina und ihrer Zeit in Lund. Sie waren zwei Semester auseinander, und diese Demarkationslinie war breit genug. Ungefähr so wie zwischen der ersten und dritten Klasse in der Grundschule. Jeder unnötige Kontakt wurde vermieden.

Er hatte sich erkundigt, ob es möglich war, die DNA herauszufiltern.

»Doch, sicher können wir das – aber leider haben wir keinen Vergleich«, hatte sie erläutert. »Vor vier Jahren hat man noch nicht in dieser selbstverständlichen DNA-Richtung gedacht. Die Technik steckte noch in den Kinderschuhen, auch wenn sie sich seitdem schneller als der Schall entwickelt hat. Außerdem ist es lange her, dass der Kerl dauerhaft in ein und derselben Umgebung gelebt hat. In vier Jahren werden die meisten Spuren beseitigt. Alles, was mit der persönlichen Hygiene und der Lebensart zu tun hat, wird ausgelöscht. Zahnbürsten, Kleidungsstücke und andere Habseligkeiten. Auch wenn noch etwas geblieben ist, ist es fraglich, ob die DNA überhaupt verwendet werden kann. Denn sie muss entweder tiefgefroren oder auf andere Weise geschützt sein.«

Wie sie befürchtet hatten, hatte die Obduktion nicht viel

Neues ergeben. Keine Fahrscheine zur Lösung des Rätsels und auch keine Schleichwege.

Das Rätsel?

Ja, Hill betrachtete Per Vagnmans Schicksal immer noch als unerklärliches Rätsel. Obwohl alles in eine völlig unproblematische Richtung wies, war da irgendwas – sogar eine ganze Menge –, das seinen Polizeiinstinkt irritierte.

»Große Mengen Alkohol konnten trotz allem im Blut gefunden werden«, fuhr er an Sahlman gewandt fort, »also scheint der Fall sonnenklar. Der Bursche hatte getrunken, mit seinen Farben und Lösungsmitteln herumhantiert und vermutlich währenddessen geraucht. Das tat er meistens. Er war auch ein richtig starker Raucher. Hier hast du ein Foto von ihm.«

Hill warf ihm das Originalfoto zu, das die *Kvällsposten* auf Lises Veranlassung hin per Kurier raufgeschickt hatte.

»Gut, aber hat Mandén nicht etwas von einer Prellung am Kopf erzählt?«

»Das stimmt, aber es ist so gut wie unmöglich zu eruieren, ob die von dem Sturz herrührt oder von einem Außenstehenden stammt. Sie ist nicht besonders groß und befindet sich am Hinterkopf, genau da, wo er auf dem Boden lag.«

»Wieso legst du die Unterlagen nicht zu den Akten?«

»Mein Gefühl?«

Jeder andere hätte pikiert gelacht, aber Sahlman war schon viel zu lange dabei, um nicht zu verstehen. Er war in seiner Laufbahn selbst bisweilen seinem Unterbewusstsein gefolgt. Überraschend oft mit erfolgreichem Resultat.

»Was Besonderes?«, fragte er daher nur.

»The lady protests too much, methinks.«

Sahlman brauchte nicht frisch aus London eingetroffen zu sein, um seinen Shakespeare zu können. Die bekannte Replik aus *Hamlet* war höchst aussagekräftig und bezeichnete einen Tatbestand, der verleugnet wurde, obwohl er ganz offensichtlich war. Einem solchen Verhalten lag stets eine interessante Ursache zugrunde.

»Inwiefern?«, bohrte er weiter, denn seine Neugier war geweckt.

»Sie tut alles, um den Anschein zu erwecken, dass sie nichts mit ihrem Galeristen hat. Obwohl das völlig nebensächlich ist. Dazu noch nach vier Jahren. Da kann man doch jedem zubilligen, etwas Neues anzufangen, oder?«

»Auf jeden Fall«, gab Sahlman zurück und fragte sich, wie lange es wohl bei ihm dauern würde, bis er seine Fühler nach »etwas Neuem« ausstrecken würde.

Linda hatte davon angefangen.

Am Sonntagmorgen war ein dichter Regen gefallen, der die ohnehin schon melancholische Stimmung noch trübsinniger gemacht hatte. Nicht nur, weil dieser herrliche Urlaub zu Ende ging. Die ganze Stadt schien über ihre Abreise Tränen zu vergießen.

Der Bus fuhr durch stereotype Vororte, einige davon in dem typisch englischen roten Backstein, den es schon seit Dickens zu geben schien. Doch selbst dieses pittoreske Milieu hob die Laune nicht. Im Gegenteil, Sahlman sehnte sich wieder in die Baker Street zurück. Denn das hier war kaum stimmungsvoll, eher trist. Schließlich wurde das Stadtbild gegen die hügelige englische Landschaft getauscht, aber das Wetter färbte die Wiesen und Bäume genauso gräulich wie die Backsteinfassaden. Endlich tauchten die ersten Schilder auf, die nach Heathrow wiesen.

Zu dem Regen gesellten sich turbulente nordwestliche Winde vom Atlantik, und der Flug gestaltete sich alles andere als angenehm. Ein Luftloch nach dem anderen bescherte den Passagieren Übelkeit. Knut und Linda waren zwar nicht davon betroffen, wurden aber stattdessen von Schwermut heimgesucht.

»Das war eine schöne Woche, Knut«, begann Linda, während die Stewardessen ihnen scheinbar unbeteiligt Kaffee servierten. »Wir müssen die schönen Erlebnisse in Erinnerung behalten und nicht dieses Schmuddelwetter.«

Eigentlich waren die schönsten Erlebnisse die im Bett mit dem anschließenden Bad, dachten beide.

»Es war einfach fantastisch, Linda – besonders der Ausflug nach East End.«

»Ja, das finde ich auch – allerdings auf die Tate Gallery bezogen«, lachte sie.

Sie schwiegen, während eine männliche Stewardess – Sahlman begriff allmählich, dass sie sich bevorzugt Stewards nannten – aus Dänemark namens Søren ihnen ein in Madeira getränktes Schokoladentäfelchen zum Kaffee anbot.

»Das schmeckt ganz ausgezeichnet!«, versicherte er und machte mit den Armen eine ausladende Geste.

Sie lehnten beide ab, und Søren ging zur nächsten Sitzreihe weiter.

»Ich habe mir überlegt…«, fielen sie sich gegenseitig ins Wort.

Knut hatte leicht beschämt gelacht.

»Du zuerst«, sagte er dann.

»Ja, ich habe überlegt, ob es nicht gut wäre, wenn wir eine kleine Pause einlegen würden. Um alle Eindrücke zu verarbeiten und so weiter.«

Er schwieg.

Genau dasselbe hatte er auch sagen wollen.

Sie hatten eine wunderbare Zeit zusammen im Bett verbracht, aber das war leider nicht alles. Wie lange würde es dauern, bis seine Interessen ihr auf die Nerven gehen würden und ihr Kulturprogramm ihn zur Weißglut treiben würde?

»Bist du jetzt enttäuscht?«, fragte sie und legte ihre Hand auf seine.

Eine plötzliche Luftböe schüttelte die Passagiere, Knut und Lindas Schultern berührten sich, aber sie rückten voneinander ab. Die Grenzen waren gezogen, die Bedingungen festgelegt. Die Erinnerungen hatten dort keinen Platz. Nur das unbekannte Dickicht namens Zukunft. Und in der Zukunft hatten sie noch keinen Sex gehabt.

Er zuckte heuchlerisch die Achseln.

Der Gentleman in ihm wusste, was von ihm erwartet wurde.

Sie sollte die Initiative behalten und denken, dass sie die Entscheidungen traf. Dass nicht er es war, der sie nach der heißen Urlaubswoche in den Wind schoss. So war es ja auch nicht. Keiner schickte hier den anderen in die Wüste. Sie taten nur das, was sie ihrem Gefühl nach für das Beste hielten. Wenn sie sich dann nacheinander sehnten, war das wohl ein gutes Zeichen, vermutete er.

»Tja, was soll ich sagen? Ich respektiere natürlich deinen Wunsch.«

Deshalb hatten sie sich am Verkehrsknotenpunkt voneinander verabschiedet, nachdem sie die Fähre verlassen hatten, und waren mit ihren Taschen in verschiedene Richtungen davongegangen. Ihre waren mit Einkaufstüten und Souvenirs voll gestopft, seine vielleicht ein Gramm leichter als auf dem Hinflug.

»Mach's gut, wir hören voneinander«, hatte sie nach der etwas unbeholfenen, kameradschaftlichen Abschiedsumarmung gesagt.

»We'll always have Berner Street«, hatte er die leichte Missstimmung zu überspielen versucht und ihr ungeschickt nachgewunken.

»... dann haben Gårdeman und ich eine höchst seltsame Flasche im Vorratslager gefunden, das zu der heruntergebrannten Hütte gehört«, fuhr Hill fort, nichts von Sahlmans Gedankengängen ahnend. »Anderberg hat sie untersucht, aber sicherheitshalber nach Linköping geschickt. Wir warten also gespannt auf das Ergebnis.«

Knut Sahlman kehrte mit einem Ruck unsanft in die Gegenwart der Carl Krooksgatan zurück. Sicher würde ihm der Alltag leer vorkommen, außerdem hatte er sich an ein regelmäßiges Sexleben gewöhnt. Aber alle Gewohnheiten ließen sich auch wieder ablegen – und sei es, um in das alte Fahrwasser zurückzukehren.

»Hat Anderberg keine Abdrücke auf der Flasche gefunden?«, fragte er.

»Doch, er hat auch die CNA-Methode mit Kleber durchgeführt, aber von wem die Abdrücke stammen, konnte er nicht zuordnen.«

Das war ein Problem, aber Sahlman war bereit, seine Zähne in jedes Rätsel zu schlagen, wenn er nur kein Interesse für moderne Kunst und ihre Ableger heucheln musste.

»Gut, und was soll ich tun?«, erkundigte er sich.

»Es wäre schön, wenn du mich nächste Woche auf ein Fest begleiten würdest«, grinste Joakim leicht genervt.

So ein Statement würde die Presse zu gern breittreten: *Und was macht die Polizei? Sie geht auf eine Party!*

»Juhu! Ich mag Partys – was denn für eine?«

»Na ja, vielleicht keine Party direkt«, erklärte Hill und überlegte, wie er es nennen sollte, »eher… eine Kunstausstellung.«

Guiseppe Pileggi, Kunstimpresario aus dem süditalienischen Kalabrien, nickte zufrieden, als er vor dem Wochenende die Bilder in der Galerie Blå sah.

Jedes Mal, wenn er sich vor- und zurückbeugte, um ein Kunstwerk genauer zu betrachten, schlenkerte der dunkelblaue Kaschmirmantel behaglich um seine Waden. Der Hut in passendem Manchestersamt saß kunstvoll schief über einem Auge, auf der Nase thronte eine elegante Dior-Brille. Seine ganze Mimik ließ darauf schließen, dass er genau wegen dieser Bilder gekommen war.

Carl Linell stellte das zufrieden fest. Allein die Anwesenheit des ausländischen Kunsthändlers würde zweifelsohne dazu beitragen, die Preise der Retrospektive nächste Woche in die Höhe zu treiben. Für diese kleine private Ausstellung vorab nahm er sich gern Zeit.

Carl ärgerte sich, dass er mit dem Mann nicht italienisch reden konnte. Das Gespräch musste in gebrochenem Englisch geführt werden.

»Wie sublim«, meinte der Italiener, als er die eingehende Betrachtung des Diptychons *Getrennte Willen* beendet hatte. »Außerordentlich großartig!«

»Ja, das ist einer der Eckpfeiler in dieser retrospektiven Ausstellung«, konstatierte Carl selbstgefällig. »Hier kommen seine animalischen Gefühlsregungen am stärksten zum Ausdruck.«

»Ja, ohne Zweifel. Wunderbar – einfach wunderbar.«

Der Mann hatte am frühen Nachmittag die Galerie betreten und erzählt, dass er in der Gegend war, um Kunst einzukaufen, und zufällig erfahren hatte, dass eine Retrospektive von Vagnmans Werken gezeigt wurde. Carl hatte ihm sofort eine der frisch gedruckten Einladungskarten für die Vernissage überreicht.

Der nach kontinentaler Mode gekleidete Mann war die Fleisch gewordene Antwort auf Carls Träume. Jemand, der das Gerücht von Vagnmans mysteriösem Tod in der Kunstwelt von Rang und Namen verbreitete. In den deutschen Salons, auf den französischen Kulturbiennalen und in den englischen Galerien. Vielleicht würde es sich sogar lohnen, die Bilder noch etwas länger zu behalten, statt sie gleich für ein Butterbrot zu verscherbeln.

»Das hier stammt offensichtlich aus einer der früheren Perioden«, stellte Signor Pileggi fest. »Haben Sie nicht auch noch einige seiner älteren Werke?«

»Wie alt dachten Sie denn?«

Carl versuchte, beim Plaudern Zeit zu schinden, aber der Italiener ließ ihm nicht viel Zeit.

»Ja, aus der Zeit, kurz bevor das Unglück auf See passiert ist«, präzisierte er.

Der Mann aus Kalabrien war anscheinend gut informiert über Vagnmans Schaffen. Carl musterte ihn nachdenklich. Der dichte schwarze Bart war ausgesprochen gepflegt, der Schnurrbart akkurat gestutzt, die Koteletten waren nur eine Ahnung an den Schläfen ergraut.

»Selbstverständlich gibt es noch Bilder aus der Zeit, aber ich weiß nicht, ob die Witwe vorhat…«

»Es würde sich in dem Fall auch um einen größeren Ankauf handeln.«

»Größer?«

Carl versuchte zu überspielen, dass ihm das Wort im Halse stecken blieb.

»Ich habe die uneingeschränkte Befugnis, im Namen der Calabrian Society of Contemporary Art eine ganze Kollektion für das Museum in Cosenza einzukaufen. Vorausgesetzt, die Werke sind von höchster Qualität und spiegeln die gesamte Bandbreite seines künstlerischen Schaffens.«

Carl verlor beinahe die Fassung.

Was soll man dazu sagen, wenn der Goldesel durch die Tür tritt und fragt, ob er seine Taler hier ablegen dürfe? Carl überbrückte die entstandene Pause und bot eine Zigarette aus einem ziselierten Zinnkästchen aus Norwegen an.

»Nein, danke, ich rauche nicht«, erklärte der italienische Impresario mit einer abwehrenden Geste.

Carl insistierte nicht und stellte die Dose wieder auf den Schreibtisch. Immerhin hatte er die neue Situation so weit einschätzen können, dass er eine einigermaßen durchdachte Antwort geben konnte.

»Nun, das muss natürlich mit der hinterbliebenen Ehefrau besprochen werden, aber…«, lockte er schmeichlerisch,

»... ich werde ihr gerne Ihr Anliegen unterbreiten, dann können Sie sich auf der Vernissage genauer darüber unterhalten. Wäre das zu Ihrer Zufriedenheit?«

»Benissimo – fantastisch.«

Guiseppe Pileggi drehte eine letzte Runde durch die Galerie und betrachtete nicht nur Vagnmans Gemälde ein letztes Mal, sondern auch Werke einiger jüngerer, viel versprechender Talente. Schließlich wandte er sich zum Gehen, drückte seinen Samthut in die Stirn und gab dadurch zu verstehen, dass er mit seinem Besuch fürs Erste zufrieden war.

Carl wusste nicht recht, wie er sich verhalten sollte. Wie waren die italienischen Gepflogenheiten? Klopfte man sich gegenseitig auf den Rücken, umarmte man sich oder schüttelte man sich fest und männlich die Hand?

In der Angst zu übertreiben, eilte er zur Tür, um sie seinem bedeutenden Gast aufzuhalten, hieß ihn jederzeit wieder willkommen, im Besonderen jedoch zur Vernissage kommende Woche.

Signor Pileggi rückte mit weltgewandter Geste seine Dior-Brille zurecht und verließ mit einem charmanten »Ciao!« die Galerie.

Carl tat, als sei er mit irgendwelchen Dokumenten auf seinem Schreibtisch aus dem Designerstudio in Kinnarp beschäftigt, bis er glaubte, der Italiener könnte nicht länger beobachten, was er vorhatte. Dann schlüpfte er rasch hinter den schweren Stoffvorhang, der vor der kleinen Teeküche hing.

»Hast du das gehört?«, fragte er, aufgeregt von einem Bein aufs andere tretend, und streckte in einer triumphierenden Gebärde die Arme aus.

»Ich hab's gehört!«, kicherte der Assistent Henrik Malm nicht minder exaltiert und stellte die zierliche Kaffeetasse ab. »Das darf doch nicht wahr sein!«

Henrik war um die dreißig und hatte ein unverschämt

schönes Gesicht mit einem sehr charmanten Lächeln. Mittelgroß und schlank gebaut, gepflegtes, honigfarbenes Haar. Diese Farbe stammte allerdings nicht aus seinen Genen, sondern aus einer Dose Blondierungscreme aus dem Friseursalon. Das Hemd war perfekt gebügelt und ein, zwei Knöpfe zu weit aufgeknöpft. Seine Brust war komplett unbehaart. Eine grafitgraue Hose saß wie angegossen an seinen wohl geformten Beinen, und ein Gürtel aus Schlangenimitat zierte seine schmale Taille.

Er war seit zwei Jahren Carls Assistent. Die guten Noten von der Stockholmer Kunsthochschule und das sichere Gespür für neue Trends waren einige der Dinge, weshalb Carl seinen Mitarbeiter sehr schätzte.

»Give me five!«, lachte Carl und erhob die Hand zu dem inzwischen eingebürgerten Gruß aus den USA.

Henrik tat nicht nur das.

Er kam schnell auf Carl zu, legte seinen Kopf schief und verzog den Mund zu seinem reizvollen Wolf-im-Schafspelz-Lächeln. Ohne Zögern drückte er seine sinnlichen Lippen auf Carls.

Sie schmeckten nach Kaffee, und Carl trank begierig.

Die Klingel der vergitterten Außentür schellte schrill.

Gerade als Henrik richtig in Stimmung kam.

Einen Moment flackerte sein Blick lüstern auf, aber Carl fasste ihn resolut an den Schultern und schob ihn zur Seite.

Sie durften sich nicht verdächtig machen – noch nicht.

Carl zog den dicken Vorhang auf und kehrte in den Ausstellungsraum zurück.

Lise knallte ihre Handtasche auf den Tresen und bemerkte nicht einmal die tötenden Blicke, die Henrik in ihre Richtung schickte.

»Die wollen uns umbringen«, schnaubte sie gellend und schleuderte einen zerknitterten Brief auf die Tischplatte. »Einfach umbringen!«

Ebenso resolut, wie Carl Henrik von sich fortgeschoben hatte, drückte er Lise auf einen der Stühle in der Teeküche. Mit einem Nicken bedeutete er seinem sauer dreinblickenden Assistenten, in der Galerie weiterzumachen. Henrik wusste, dass er so beschäftigt wie möglich hinter dem Schreibtisch aussehen musste. Am besten, man telefonierte auch noch – ganz gleich, ob jemand am anderen Ende der Leitung war oder nicht.

Auch dass er dieses heikle Spiel so perfekt beherrschte, schätzte Carl an ihm.

Dieses Frauenzimmer verstand sich nicht auf solche Dinge. Sie würde ihn nie glücklich machen können.

Nicht so wie Henrik jedenfalls.

Henrik war überzeugt, dass Carls schmutzige Geschichte mit Lise nur dazu diente, den Überblick über die Geschäfte zu behalten. Seiner Meinung nach war das der einzige Grund, weshalb er bisweilen mit Lise ins Bett ging.

Abwarten und Tee trinken.

Warten, bis das richtig große Geld zu strömen beginnen und die Galerie Blå international bekannt werden würde. Dann konnte sie dahin verschwinden, wo der Pfeffer wuchs, denn Henrik war sich sicher, für wen von beiden Carl sich entscheiden würde.

Dieser Italiener hatte Henriks Träumen in Bezug auf Carl und die Vertiefung ihrer Beziehung neue Hoffnung verliehen. Es war nur noch eine Zeitfrage. Einem so fähigen, belesenen und skrupellosen Galeristen wie Carl musste früher oder später der Durchbruch gelingen. Und dann würde er, Henrik, an seiner Seite stehen.

Diese Fantasien beschäftigten ihn so sehr, dass er das leise Gemurmel aus der Teeküche kaum wahrnahm. Er hörte nicht, wie Lise schluchzend auf das Fax zeigte, das sie auf den Tisch geworfen hatte.

»Das hier ist ... vor einer knappen Stunde gefaxt worden!«,

rief sie schrill und deutete mit ihrem farbverschmierten Finger auf den schwarzen Text. »Was sollen wir jetzt bloß machen?«

Carl nahm das Papier, setzte seine Lesebrille auf die Nasenspitze und überflog den infamen Vorwurf.

»Auch das noch«, fluchte er und warf das Fax auf den Tisch zurück, »was für ein schlechtes Timing. Das hätte zu keinem ungünstigeren Zeitpunkt abgeschickt werden können.«

Volle Erstattung der Kaufsumme von 320000 Kronen für sechs Vagnman-Gemälde gefälschten Ursprungs (konkrete Beweise liegen vor und werden im Fall der Weigerung in den Medien bekannt gegeben) sowie Schadenersatz in Höhe von 150000 Kronen werden spätestens bis Mittwoch, 25. August, 22:00 Uhr, erwartet, oder es werden die erforderlichen Maßnahmen ergriffen.

So lautete der Text.

Erforderliche Maßnahmen.

Das konnte alles bedeuten, von scharfer Kritik seitens Sverker Olofssons in der Livesendung *Plus für Verbraucher* bis hin zu einer formalen Anzeige mit nachfolgendem Hin und Her im Dezernat für Betrugsdelikte.

Aber Carl und Lise wussten, dass der Absender, die Göteborger Anwaltskanzlei Olsson & Lang, lieber selbst die Initiative ergriff. Die Kanzlei hatte nicht den besten Ruf bei der Rechtsanwaltskammer, um genau zu sein, waren Herman Olsson und Bertil Lang seit längerem aus dieser ehrwürdigen Gesellschaft ausgeschlossen. Gegen die Kanzlei und ihre Art, Verhandlungen zu führen, waren schwerwiegende Vorwürfe erhoben worden. Im Besonderen dagegen, wie abschließende Vergleiche und die Abwicklung bestimmter Zivilprozesse zustande gekommen waren. Zu häufig hatten die Mandate mit dem Begräbnis des Klägers geendet. Und in sämtlichen Fällen war es zu einem verdächtigen, aber äußerst schwer zu beweisenden Informationsaustausch durch Vermittlung des Vorstands gekommen.

Olsson & Lang vertraten hier Direktor Emanuel Svedfält, und ihre Namen auf dem Briefkopf versprachen eine rasche und schonungslose Erledigung der Ansprüche ihres Mandanten.

Die Frist lief bis nächsten Mittwoch.

»Aber wie sollen sie etwas beweisen können – was soll das mit den konkreten Beweisen?«, wandte Carl ein und redete mehr ins Leere als mit seiner aufgebrachten Geliebten.

»Beweise!«, zischte sie schniefend. »Ich glaube kaum, dass sich dieser Direktor Svedfält sonderlich um Beweise schert. Der schießt doch gleich aus der Hüfte.«

Carl stellte sich Emanuel Svedfält vor. Er hatte markante Gesichtszüge, trug einen unzeitgemäßen Nadelstreifenanzug und bewegte sich ruckartig. Sie hatten keinen Augenblick die Kreise, in denen er sich bewegte, hinterfragt, als er die 320000 Kronen für sechs ausgesuchte Vagnman-Gemälde auf den Tisch gelegt hatte. Sie hatten sich erfreut beeilt, die Transaktion abzuschließen, wohl wissend, wer der Käufer war. Er betrieb umfassende Geschäfte im Drogen- und Prostituiertenmilieu an der West- sowie der Ostküste südlich von Göteborg beziehungsweise Stockholm.

Diese Einsicht hatte sie, wie gesagt, jedoch nicht daran gehindert, ihr Geschäft mit jenem Mann zu besiegeln.

Doch nun fiel es ihnen wie in einem quälenden Albtraum wie Schuppen von den Augen.

Ohne Zweifel wäre es problematisch, die Forderung des Direktors nicht zu erfüllen. Zumal er alles Recht der Welt hatte, wenn man denn in solchen Termini in ihrer Branche sprechen konnte, die Vereinbarung zu annullieren.

Die Gemälde waren korrekt geliefert worden, und das Geld hatte den Besitzer gewechselt. Aber unter den Werken hatten sich auch zwei Fälschungen befunden, angefertigt von Lise. Pers verschiedene Techniken, die sie fast vollkommen beherrschte, waren perfekt wiedergegeben. Die saloppe Vagnman-Signatur saß vollendet in der rechten Ecke, und niemand außer ein wirklicher Experte konnte einen Unterschied bemerken.

Carl und Lise waren also davon ausgegangen, dass die Wahrscheinlichkeit, entdeckt zu werden, bei etwa einem halben Prozent lag.

Doch da hatten sie sich offensichtlich geirrt.

»Das ist doch eine strafbare Drohung«, beschwerte sich Lise und stieß gegen den Kaffeebecher.

Carl bekam ihn zu fassen und konnte eine Katastrophe auf dem Tischtuch gerade noch verhindern.

»Und … was sollen wir dagegen tun?«

Ihre Blicke trafen sich, und in den Augen der sonst so hartgesottenen Künstlerin stand verzweifelt »Polizei?« geschrieben.

Polizei?

»Niemals! Daran ist gar nicht erst zu denken!«, gab er auf ihre wortlose Frage zurück. »Dann können wir uns auch gleich selbst hinter Gitter bringen, das ist dir doch wohl klar!«

Carl stand auf und stellte beinahe unbewusst das Geschirr in die Spüle, während er fieberhaft nach einem Ansatz suchte, um aus der Sache wieder herauszukommen.

»470000 Mäuse!«, zischte er plötzlich wütend. »Wo zum Teufel sollen wir die bloß hernehmen, vor allem bis zur nächsten Woche!«

»Selbst wenn wir jedes Konto leeren«, erwiderte Lise mit einem entmutigten Seufzer und schniefte unfein, »werden wir nicht sonderlich liquide sein.«

Immerhin waren sie so vernünftig gewesen, das Geld nicht in IT-Aktien zu investieren, sondern hatten es bedeutend weniger Gewinn bringend, dafür aber sicherer angelegt. Immobilien waren das eine, Mantelgesellschaften das andere Standbein. Klug – aber zwangsläufig schwierig, wieder flüssig zu machen. Auch wenn sie so schnell wie möglich alles aufzulösen versuchten, war es kaum wahrscheinlich, dass sie nach dieser kurzen Zeit irgendeinen Gewinn erzielten.

Und eines war sicher, was Direktor Svedfält betraf.

Er ließ niemals mit sich handeln.

»Warte mal …«, überlegte Carl überraschend optimistisch, »wo haben wir denn unsere Mappe mit den Dokumentationen?«

Auf einmal war alles andere vollkommen unwichtig, und er zog hastig den Vorhang auf.

»Henrik!«, rief er. »Henrik … komm mal her!«

Henrik, der in dem kleinen Grafikzimmer war und verträumt die ohnehin schon tadellos polierten Rahmen abstaubte, eilte mit Trippelschritten in den großen Salon.

»Hol uns die Fotos her«, befahl Carl, »von den Bildern, die wir vor Weihnachten an Direktor Svedfält verkauft haben – aber dalli!«

Henrik gefiel dieser resolute Tonfall seines Chefs. Der war viel interessanter und hatte weitaus mehr Sexappeal als seine blöde, unterwürfige Stimme, die er anschlug, sowie dieses Frauenzimmer im Anmarsch war. Er wertete das als gutes Zeichen.

»Mais oui, tout de suite!«

Es war Henrik, der für Ordnung in der Galerie Blå sorgte. Er besaß wohl ein gutes Gen für Aufgaben dieser Art, und Carl überließ ihm diese mit Freuden.

Henrik kniete sich vor das kleine Mahagoniregal hinter dem Schreibtisch. Seine enge Hose spannte sich über seinen prallen Hinterbacken. Doch er hatte nichts von seinen Bemühungen, denn Carl war so gleichgültig wie jeder andere dumpfe Hetero, sodass Henrik sich beeilte, die Mappe zu suchen.

»Hier!«, sagte er und warf die Hülle mit der CD-ROM und den Kopien nonchalant auf den Tisch. »Hier sind die Bilder. Wofür brauchst du die denn?«

Da die beiden regelmäßig Körperflüssigkeiten miteinander austauschten, meinte Henrik, ein gewisses Recht zu besitzen, diese Frage zu stellen.

»Um sie zu verkaufen.«

»Verkaufen? Die sind doch schon verkauft!«

»Das ist ja wohl nicht dein Ernst!«, witzelte Carl irritiert.

Henrik steuerte sauer auf den Grafikraum zu, hielt inne und starrte seinen Chef ebenso irritiert an.

»Darf man fragen, wer so dumm sein sollte, dass er oder sie bereits verkaufte Bilder kaufen würde?«

»Signor Pileggi – Guiseppe Pileggi aus Kalabrien!«

Das Telefon klingelte angenehm leise in einem Zimmer des Radisson SAS Hotel direkt am Stortorget. Fragte man die Helsingborger, wo dieses Hotel lag, begannen viele zu überlegen oder behaupteten gar, ein Hotel dieses Namens gäbe es nicht in der Stadt. Fragte man jedoch nach seinem alten Namen – dem ehrwürdigen Grand Hotel , wussten die meisten sofort Bescheid.

Das Grand Hotel ließ sich bis ins Jahr 1926 zurückverfolgen und hatte sich in einem gediegenen, alten Steingebäude befunden, zwischen Stenströms und dem Familienhotel Högvakten. Gegenüber lagen Fahlmans Konditorei und, etwas weiter entfernt, Killbergs Buchhandel.

Die Sonne schien schräg in Signor Pileggis Zimmer, das nach Norden zeigte. Sie strahlte über den Stortorget bis zur Burg hinauf und zu den Sundbooten hinunter, die im Hafen lagen und auf dem glitzernden Wasser schaukelten.

Dieser Ausblick bot sich Signor Pileggi, als er ans Telefon ging, das auf dem tadellos staubfreien Schreibtisch neben dem Fenster stand.

»Yes?«, sagte er abwartend und hielt eines der Qualitätsbadetücher des Hotels fest, das er rasch um seine frisch geduschten Hüften geschlungen hatte.

»Signor Pileggi? This is Carl Linell at the Gallery Blue. Ich hoffe, ich störe Sie nicht, aber ich möchte Ihnen einen hochinteressanten Vorschlag machen …«

Der Kunstimpresario hörte sich die Ausführungen des Galeristen aufmerksam an, und ein zufriedenes Grinsen breitete sich über sein bärtiges Gesicht.

»Wirklich äußerst interessant, Herr Linell. Ein, gelinde gesagt, überwältigender Gedanke, so viele Werke gleichzeitig in das Kunstmuseum in meiner Heimat überführen zu können. Aber Sie werden sicher Verständnis dafür haben, dass ich die Objekte in Augenschein nehmen muss, bevor ich eine endgültige Entscheidung fälle.«

»Die Gemälde befinden sich gegenwärtig leider noch auf dem Transportweg. Aber wir haben eine detaillierte Fotodokumentation von den Bildern, und ich kann damit sofort bei Ihnen im Hotel vorbeikommen, wenn Ihnen das recht ist.«

Carl war so servil wie sonst nie, und das wollte wirklich etwas heißen.

»Wann kommen denn dann die Originale?«, beharrte der Italiener.

»Sie kommen erst im Anschluss an die Vernissage nächste Woche. Aber um das Geschäft außen vor lassen zu können und das Risiko zu umgehen, dass die Sammlung geteilt werden muss wegen der Gebote anderer Interessenten, sollten wir vorher zu einem Abschluss kommen. Am besten noch diese Woche, wenn es möglich ist, innerhalb so kurzer Zeit die nötigen Mittel zur Verfügung zu stellen.«

Signor Pileggi schien noch zu zweifeln, auch wenn die Lichtreflexe der Sonne dort draußen munter in seinen Augen funkelten.

»Um welchen Betrag handelt es sich, sagten Sie?«

»570 000 schwedische Kronen, das wären ungefähr ...«

»Ja, danke, ich denke, ich habe den Wechselkurs vor mir. Das erscheint mir allerdings etwas sehr hoch gegriffen zu sein.«

Sein Tonfall war bewusst zögerlich. Carl sah mit Bedauern die Chance eines Bonusverdienstes von 100 000 Kronen, bezahlt von der Calabrian Society of Contemporary Art, in Rauch aufgehen.

»Was sagen Sie zu einem zehnprozentigen Rabatt?«, lockte Carl.

Zeigte er sich damit einverstanden, würde immer noch eine hübsche Summe übrig bleiben, aber Carl wagte kaum noch zu hoffen.

»Nun, ich weiß nicht recht ...«

»Der Anlass, dass ich den Preis derart drücken kann, liegt an dem Wunsch meines Klienten, ein schnelles Geschäft zu machen. Wenn jedoch die Verfügbarkeit dieser Sammlung allgemein bekannt wird, kann man die Preisentwicklung nicht mehr beeinflussen.«

Carl hielt den Atem an, was Guiseppe Pileggi am anderen Ende der Leitung registrierte.

Denn nur wenige Dinge sind beredter als das Schweigen.

Er war auch nicht von gestern, dieser vortreffliche Italiener – er wusste genau, was er wollte, und die Chancen standen gut für ihn.

»Es gibt also Fotomaterial, sagten Sie?«

»Ja, gewiss, soll ich mit den Unterlagen vorbeischauen?«

»Tja, wenn alles stimmt und die Originale heil ankommen, wäre es nicht auszuschließen, dass dann die nötigen Mittel überführt werden können.«

»Ich bin schon unterwegs«, keuchte Carl aufgeregt. »In zehn Minuten bin ich bei Ihnen, Signor Pileggi!«

Der Kunstimpresario legte zufrieden den Hörer auf die

Gabel. Er würde es vermutlich gerade schaffen, sich anzukleiden, bevor der aufdringliche Galerist eintraf, um sein unwiderstehliches Angebot zu unterbreiten.

Was für Joakim Hill am folgenden Mittwoch ausgesprochen ungewohnt war, fand Knut Sahlman völlig natürlich – nämlich einen Smoking zu tragen. Das eng geschnittene Jackett und die schwarze, kleine Fliege, die stramm den Hals umschloss, erhöhten das Lebensgefühl um Längen.

Wenn es um etwas anderes gegangen wäre als moderne Kunst.

Dass die Vernissage mitten im Stadtzentrum, in der Galerie Blå, stattfand, machte die Sache auch nicht besser. Hier wimmelte es nur so von Gästen, die ihn kannten.

Hill stolperte, blickte irritiert auf den Steinplattenweg vor der Galerie und entdeckte einen eigentümlichen Gegenstand.

»Was kann das hier denn sein?«, fragte er verwundert und hob das merkwürdige Plastikding auf. »Guck dir das an!«

Er hielt das blaue Plastikteil hoch und beäugte es, als käme es aus dem All.

»Komisch«, bemerkte Sahlman. »Entweder ist das ein Teil einer furchtbar schlauen Verpackung, oder es gehört zu einem der Kunstwerke.«

Joakim wusste, dass Sahlman sich über diese ungewöhnliche Art ärgerte, seinen Dienst abzuleisten. Er war nicht sehr begeistert davon gewesen, der Galerie einen Besuch abzustatten, die ihrerseits nur ungern die Einladungen für die Vernissage der Polizei zur Verfügung gestellt hatte. Da sie die Pferde nicht unnötig scheu machen wollten, hatten sie die Einladungen widerwillig geschickt.

»Aber in dieser Ausstellung werden nur Bilder gezeigt«, stellte Hill fest, während er den Gegenstand in seiner Hand drehte und wendete.

»Vielleicht trägt man das am Gürtel?«, schlug Sahlman vor und versuchte, es an seinem zu befestigen, allerdings vergeblich.

»Vergessen wir's«, seufzte Hill. »Wir können immer noch sehen, ob jemand da drinnen dieses Teil vermisst – komm.«

Hill steuerte zielstrebig auf den Eingang zu, denn er war bereits hier gewesen und kannte den Weg. Auch wenn das vier Jahre her war, als die Lokalität neu eröffnet worden war und alle über Vagnmans spurloses Verschwinden im Sund rätselten. Obwohl die Galerie nun kaum wiederzuerkennen war. Die Tür, damals eine einfache, dünne Holztür, war jetzt eine luxuriöse Konstruktion aus Panzerglas und Chrom. Die Tür war damals abweisend verrammelt gewesen und stand nun einladend weit offen. Licht, Geräusche und Wärme drangen heraus und zogen die beiden Beamten nach drinnen, zu der exaltierten Gesellschaft.

Als der Kriminalkommissar Carl Linell und Lise Vagnman zuletzt aufgesucht hatte, war er derjenige gewesen, der die Oberhand gehabt hatte. Er war Autoritätsperson gewesen und hatte sie mit gewagten Behauptungen und heiklen Fragen konfrontiert. Jetzt standen sie im Mittelpunkt und sollten Erläuterungen und Analysen zu Per Vagnmans hoch geschätzten Werken abgeben.

Wenn die Ermittlungsergebnisse der vergangenen Woche nicht so mager ausgefallen wären, hätte Hill sich auch nicht in die Höhle des Löwen vorgewagt. Aber Faktum war, dass im Fall Vagnman immer noch alles auf der Stelle trat. Lediglich die Analyse des SKL von der seltsamen, kleinen Flasche mit der roten Flüssigkeit hatte noch mehr Fragen aufgeworfen. Es handelte sich dabei um karmesinrote Künstlerfarbe, vermischt mit Verdünnungsöl, Gummiarabikum und – Blut! Es gab gewisse unvollständige und schwer analysierbare Spuren einer DNA, die möglicherweise …

Wegen all dieser Vermutungen waren sie heute Abend

hier. In dem verzweifelten Versuch, wenigstens eine dieser Unklarheiten durch Gewissheit zu ersetzen.

Doch Hill fühlte sich bereits auf der Türschwelle fehl am Platz.

Pelze, raffinierte Dekolletés und frisch gestärkte Gabardine raschelten im Foyer an ihm vorbei in den Ausstellungsraum. An der Tür stand ein Respekt einflößender Bursche und nahm die Einladungskarten entgegen. Joakim wusste, dass er zu den gefragtesten Türstehern des Helsingborger Nachtlebens zählte. Er hieß Sammy und verfügte über die begehrenswerten Eigenschaften, sowohl groß als auch stark zu sein. Er konnte unerwünschte Gäste einfach am Schlafittchen packen und an die frische Luft setzen.

Künstlertum, die High Society und salonfähige Gernegroße tummelten sich in dem Saal. Und Joakim Hill wünschte sich, kehrtmachen und zurück nach Hause zu seinen Mädels fahren zu können. Aber er war im Dienst – und außerdem wollte er in Erfahrung bringen, was er draußen auf dem Weg gefunden hatte.

Die Antwort erhielt er, sowie er den Ausstellungsraum betrat.

Alle hatten nämlich dieses Plastikding.

Es klemmte am Rand der Essteller, die die Gäste in der Hand hielten, und fungierte als Weinglashalter. Damit man eine Hand frei hatte, um andere, wichtige Hände zu schütteln, ohne dass der Lachs oder die Kanapees Gefahr liefen, auf dem Boden zu landen.

Was um alles in der Welt würde die Menschheit noch erfinden?

Einige hatten offenbar sofort die Herren identifiziert, die gerade eingetroffen waren. Mit verstohlenen Ellenbogenstößen wurden auch die anderen auf das freche Eindringen in den sublimen Kunstliebhaberkreis aufmerksam gemacht.

Carl Linell hatte sie noch nicht bemerkt. Er glitt zwischen

seinen bekannten Gästen hin und her, machte Konversation und versuchte zu verbergen, dass er vor Euphorie nur so strahlte. Dem bevorstehenden Riesengeschäft entgegenzusehen war nämlich die reine Freude. Aber dieser Abend sollte eigentlich dem Gedenken an den außergewöhnlichen Per Vagnman und sein wundersames Schicksal gewidmet werden.

Und natürlich sollte auch dringend nötiges Aufsehen um seine Person sowie um Lise geschaffen werden.

Wobei sie nicht den Stil hatte, hier aufzutauchen, überlegte er und warf einen verstohlenen Blick auf seine Rolex. Fünfundzwanzig Minuten nach sechs! Für die normalen Gäste der Vernissage machte es keinen guten Eindruck, wenn sie zu spät kam, aber wie sah das für Signor Pileggi aus? Besonders da er demnächst mit einem herrlichen Scheck über den vereinbarten fetten Betrag auftauchen würde.

Carl hatte, sobald sie sich geeinigt hatten, Direktor Svedfälts Bevollmächtigten kontaktiert und erklärt, er sei einverstanden, die Kunstwerke zurückzukaufen. Bis heute Abend um zweiundzwanzig Uhr, unter der Bedingung, dass die Gemälde unversehrt direkt an die Galerie Blå geschickt würden. Es war bedauerlich, hatte er sich nicht verkneifen können, spitz anzumerken, dass Direktor Svedfält mit dem Kauf nicht zufrieden gewesen war. Aber er konnte garantieren, dass er andere Käufer hatte, die sicher nichts zu bemängeln hätten.

Die letzten Gäste würden bestimmt gegangen sein, bevor der Bevollmächtigte des Direktors eintraf. Dann wäre diese unbehagliche Geschichte endlich aus der Welt geschafft.

Das Mindeste, was man erwarten konnte, war, dass Lise die Güte haben würde, sich heute hier zu zeigen. Sowohl allen Anwesenden und besonders diesem Italiener gegenüber – zumal er mit Gold in der Tasche auftauchen würde! Außerdem war abgemacht worden, dass sie ein paar Worte zu den Bildern – auch zu denen, die sie selbst angefertigt hatte – und ihrer Bedeutung in Pers künstlerischer Entwicklung sagte.

Carl drehte sich geschickt um, um festzustellen, ob sie sich inzwischen bereits im Raum befand, doch die einzigen Neuzugänge, auf die sein Blick fiel, waren diese unerwünschten Herrschaften.

Mein Gott – hatten die wirklich keine Undercover-Einheit, die ihnen hätte aushelfen können?

Man merkte schon zehn Meter gegen den Wind, dass sie von der Polente und in diesen Kreisen nicht so ganz zu Hause waren. Sie hätten sich auch mit einem Megafon ankündigen können, dachte er boshaft, zupfte am Revers seiner Smokingjacke und hieß sie mit einem falschen Lächeln willkommen.

»Nein, so was, Kommissar Hill«, grüßte er kriecherisch, »wie schön, dass Sie den Fall Per mit so… blutigem Ernst behandeln.«

»Blutig würde ich zwar nicht sagen wollen, aber für uns sind natürlich alle Aspekte von Pers Leben äußerst interessant. Es gibt ja noch eine Menge offene Fragen. Das hier ist übrigens mein Kollege, Kriminalkommissar Sahlman.«

Carl nickte kurz.

»Aber ich verstehe trotzdem nicht, was Sie sich von dieser Vernissage versprechen«, insistierte er. »Lise hat schon alles gesagt, was sie weiß.«

Joakim Hill schwieg, aber Sahlman konnte sich nicht beherrschen und stellte die Frage, die in der Luft lag.

»Hat sie wirklich all die Jahre geglaubt, er sei tot?«

»Das hat sie bereits ausgesagt. Wieso sollte sie denn lügen?«, konterte der Galerist.

Hill konnte darauf leider nicht so antworten, wie er wollte, denn die Regeln waren in diesem Punkt vollkommen unmissverständlich. Nicht untermauerte Beschuldigungen müssen stets vermieden werden – sonst gab es vom Staatsanwalt was auf die Finger.

Carl Linell nutzte die Gelegenheit und wechselte das Gesprächsthema. Er deutete in Richtung Buffet, das auf einem runden Tisch mitten im Atelier aufgebaut war. Abgesehen von Lachs und Kanapees, gab es alle möglichen Leckerbissen. Pastete mit Cumberlandsoße, Kartoffelsalat und knackiges Gemüse.

»Bitte sehr«, forderte er sie auf. »Nehmen Sie ein Glas Wein und etwas zu essen, während Sie Pers hervorragende Kunst genießen. Das hier ist übrigens Henrik Malm, unser Assistent. Wenn Sie eine Frage haben, kann er Ihnen sicher weiterhelfen. Entschuldigen Sie mich, aber ich muss weiter, zu anderen Gästen.«

Zu wichtigeren Gästen vielleicht?

Hill und sein Kollege nickten dem jungen Mann höflich zu, versuchten jedoch, weder ihn noch den Gastgeber weiter in Anspruch zu nehmen. Im Gegenteil, je weniger man sich auf die formelle Etikette konzentrieren musste, desto größer war die Möglichkeit, dem Wesentlichen auf die Spur zu kommen. Wie etwa den Anzeichen dafür, dass sich bedeutend mehr unter der Oberfläche dieses Kunstereignisses befand als das, was auf der Hand lag.

Unauffällig beobachteten sie die übrigen Gäste und näherten sich den Gegenständen des allgemeinen, begierigen Interesses – Pers Gemälden.

Fließende Farben auf grob strukturierten Leinwänden. Düstere Visionen von Tristesse, drohende Katastrophen, vermischt mit plötzlicher, wirbelnder Heiterkeit. All das war rauschhaft absurder Ausdruck für die widersprüchliche Sicht des Lebens, die die wirklich interessanten Künstler auszeichnete – schenkte man der Broschüre Glauben.

Sahlman fand das lächerlich. Seine Nichte hatte in der fünften Klasse mindestens genauso gut gemalt, meinte er, war allerdings klug genug, seine Ansicht nicht laut zu äußern.

Plötzlich entdeckte Hill Lotta Jönsson im Gedränge vor dem Buffet. Das hob seine Laune nicht gerade. Er hatte immer noch die groß aufgemachten Schlagzeilen in der Presse vor Augen und wandte sich rasch ab.

Sahlman knuffte Hill leicht in die Seite und musterte viel sagend die einzige Attraktion, die seinen Mund wässrig machte – die kulinarischen Köstlichkeiten auf dem runden Tisch.

Joakim folgte seinem Blick und nickte.

»Klar, bedien dich einfach«, sagte er. »Ich sehe mir so lange die Bilder an.«

Doch daraus wurde er auch nicht besonders schlau. Es traf eindeutig nicht zu, dass ein Bild mehr sagte als tausend Worte. In dem Fall würde er hier ein ganzes Verhörprotokoll brauchen. Und auch nach zwanzig Minuten vor den Werken war er zu keiner Erkenntnis gelangt.

Im Gegensatz zu Sahlman, der sich am Buffet bedient hatte und nun von den ausgestellten Gemälden unglaublich fasziniert schien. Und das, wo Hill Sahlman für einen eingefleischten Klassizisten gehalten hatte.

»Wie isses, Sahlman?«, fragte er unschuldig.

»Das ist richtig gut«, erklärte er Hill, rosmaringewürzte Wildpastete kauend, »und die Soße, was immer da drin ist, ist herrlich gewürzt. Ingwer, glaube ich, das gibt eine frische…«

»Nein, ich dachte eher, ob dir etwas Interessantes aufgefallen ist.«

»Ach so… äh, nein.«

»Hast du mit Lotta Jönsson gesprochen?«

»Nein, bloß nicht – ich habe ihr nur zugenickt.«

»Okay, hast du Lise Vagnman gesehen?«

»Kein Stück. Ist das nicht ein bisschen komisch?«

»Mehr als das. Aber andererseits ist es noch nicht sieben. Wir sehen uns noch etwas um.«

Joakim Hill ließ das Buffet links liegen, schob die Hände in die Hosentaschen und schlenderte durch den Saal. Es kamen ständig neue Gäste, und das Stimmengewirr stieg proportional zum Weinkonsum der Gäste, die nicht dienstlich hier waren und sich ein oder zwei Gläser des offensichtlich vorzüglichen Tropfens gönnten. Auf der Veranstaltung herrschte kaum Trauerstimmung, wenn man sie nicht als irische Totenwache bezeichnen wollte. Er beobachtete diskret, was Carl Linell vorhatte, und stellte fest, dass er sich mit einer imponierenden Erscheinung unterhielt, die soeben die Galerie betreten hatte. Ein Herr, der mindestens einen ebenso interessanten Anblick bot wie die Bilder. Er war groß und stattlich. Hatte einen gepflegten, dunklen Bart über sinnlich-fülligen Lippen. Der Mann trug ein längeres, kontinental-schneidig geschnittenes Jackett aus schwarzem Baumwollsatin mit passender Weste und Hose. Dazu hatte er einen schwarzen Schlapphut und einen Spazierstock aus glänzendem Ebenholz. Nicht weil er ihn als Gehhilfe benötigte, sondern weil er das ausschlaggebende Detail seiner Garderobe darstellte.

Kaum schwedisch, dachte Hill – definitiv nicht schwedisch.

Er näherte sich so weit wie möglich und schnappte die eine oder andere Replik in gebrochenem Englisch auf. Linells Englisch klang wie das des schwedischen Kochs aus der *Muppet Show*, den Akzent des fremden Mannes konnte er klar als italienisch identifizieren. Er konnte jedoch nicht hören, worum es ging, nur dass sie sich auf ein späteres Treffen einigten.

Carl Linell wirkte nervös. Er schaute immer wieder auf seine Uhr. Hill tat das Gleiche und konstatierte, dass der Galerist jeden Grund hatte, ins Schwitzen zu geraten. Es war sieben Minuten vor sieben, und Lise war noch immer nicht aufgetaucht.

Das tat allerdings Polizeichef Harry Runsten.

Er betrat freudestrahlend die Galerie. Strahlte voller Stolz darüber, dass er die stellvertretende Polizeichefin Christel Bremer untergehakt hatte.

Seit der Geburtstagsfeier bei Harrys war er offenbar auf den Geschmack gekommen. Aber das hier war auch nicht die Christel Bremer, wie sie allgemein bekannt war. Auch an diesem Abend ließ sie ihr langes, dunkles Haar, das sonst schick im Nacken hochgesteckt war, frei ihre sinnlich bloßen Schultern umspielen, nur dass diesmal auch Partyglitter darin schimmerte. Das fließende Haar, das über ihre runden, sonnengebräunten Schultern fiel, war reizvoll glamourös.

Sie trug ein enges Abendkleid aus rotem Organza mit eingenähtem Push-up-BH und langem Seitenschlitz. Hill fiel auf, dass er bisher nie auf Christel Bremers Beine geachtet hatte. Aber jetzt bemerkte er, welchen wohl geformten Genuss sie unter den langen, exekutiven Röcken versteckte. Hatte sie neulich bei Harrys alle überrascht, war dies der absolute Gnadenstoß. Ihre Beine wirkten aufreizend raffiniert in schwarzen Seidenstrümpfen mit Strassdekoration, und ihre Schuhe waren alles andere als kampftauglich und flach.

Hill fragte sich unweigerlich, ob diese Verwandlung vielleicht mit Harry Runsten zu tun hatte.

Hatte er die Liaison mit der dänischen Kommissarin Mette Mogensen beendet? Hill hatte keine Ahnung, und es kümmerte ihn eigentlich auch nicht. Es war nur eine vage Überlegung, die er nicht unterdrücken konnte.

Er sah, wie sie Carl Linell begrüßten und einige unbedeutende Höflichkeitsfloskeln sowie strahlende Lächeln austauschten, bevor sie weiter Richtung Buffet schritten.

Joakim Hill bemerkte zu seinem Ärgernis, dass er Christel Bremer mit offenem Mund anstarrte. Zum Glück hatten weder sie noch der Polizeichef ihn entdeckt, sodass er sich unauffällig auf die Suche nach Sahlman machen konnte, um ihm kurz mitzuteilen, dass nicht nur der eine, sondern beide höchsten Chefs anwesend waren.

»Gut«, meinte Sahlman, »dann sind wir wohl erlöst.«

»Nicht, bis Lise die Ausstellung eröffnet hat.«

»Verdammt!«

»Ich frage mich, wo sie bleibt.«

Sahlman hatte sich bereits umgedreht und betrachtete ein Bild mit dem Titel *Leibriemen der Wirklichkeit*. Er verstand die Darstellung nicht, aber irgendetwas an diesem Werk interessierte ihn ungeheuer.

Ein Stück entfernt schwang Linell sich auf ein kleines Podium mit Mikrofon und machte einen etwas unbeholfenen Test.

»Hallo, hallo… können Sie mich hören?«

Das war etwas lächerlich, denn es handelte sich nicht um einen Konzertsaal, sondern nur um einen Raum, den – obwohl er groß war – die normale Stimme bequem ausfüllen konnte.

»Eh, ja, liebe Kunstfreunde, leider scheint es, dass wir uns ein paar Minuten verspäten. Lise Vagnman sollte eigentlich die Ausstellung mit einigen Worten zu Pers Kunst eröffnen. Leider ist ihr etwas dazwischengekommen, doch wir hoffen auf Ihr Verständnis. Lassen Sie das Buffet so lange den Magen erfreuen und Pers fantastische Gemälde Ihre Augen, sodass…«

Eine Tür wurde mit einem Knall zugeschlagen.

»Entschuldigen Sie mich einen Augenblick bitte…«, sagte er, sprang vom Podium und eilte ins Foyer. Man hörte ihn eindringlich an eine Tür klopfen. Die Tür wurde offenbar geöffnet, er verschwand und zog sie hinter sich zu.

Es war die Toilettentür.

Jetzt waren anscheinend zwei Personen da drinnen.

Unvermittelt war die Veranstaltung bedeutend interessanter geworden. Hills Instinkt meldete sich, und er ging zügig Richtung Foyer. Harry Runsten, der kurz vorher dem Örtchen einen Besuch abgestattet hatte, schnitt ihm im Türrahmen den Weg ab.

»Hallo«, sagte er fröhlich und rieb sich vergnügt seine frisch gewaschenen Hände. »Wie sieht's aus?«

Er rückte selbstgefällig seine weiße Smokingjacke zurecht. Es war keine Garderobe, die Repräsentationszwecken diente mit Rangabzeichen oder Ähnlichem, anscheinend war er privat hier. Er konnte sich sicher so viele Gläser Wein genehmigen, wie er wollte, dachte Hill säuerlich, sagte jedoch nichts.

»Hej, hej«, erwiderte er stattdessen und spähte über die Schulter seines Chefs ins Foyer hinaus. Aber bei der Gästetoilette war alles still und ruhig. Nichts, was Anlass zur Stürmung des stillen Örtchens gegeben hätte, war zu hören.

»Ja, Joansson hat schon berichtet, dass ihr heute Abend hier sein würdet, Burschen«, erklärte Runsten.

»Aha«, entgegnete Hill und machte große Ohren.

»Und da es sich um einen aufregenden Abend zu handeln schien, habe ich mir auch eine Einladung besorgt. Oder eher – Einladungen!«, gluckste Runsten zufrieden und nickte viel sagend der stellvertretenden Polizeichefin zu.

»Klasse, dass ihr euch dem Anlass gemäß in Schale geworfen habt«, fuhr Runsten unbeirrt fort, ohne eine Antwort abgewartet zu haben. »Wäre vielleicht auch etwas fehl am Platz gewesen, im kleinen Schwarzen der Schutzpolizei aufzutauchen, oder nicht?«

Christel unterhielt sich mit dem sonderbaren Mann mit Hut ganz in Schwarz. Sie hatte ein Glas Wein in der Hand und lachte plötzlich amüsiert über eine Bemerkung des Unbekannten. Ihr Lachen perlte wie Champagnerbläschen, und ihre Augen funkelten, wie sie es sonst bei den Briefingterminen im Präsidium nie taten. Harry hatte ausreichend viel Zeit draußen auf der Straße verbracht, um zu erkennen, dass seine Interessen ernsthaft gefährdet waren.

»Nein, entschuldige mich kurz«, sagte er und schlug Hill freundschaftlich auf die Schulter. »Am besten kümmere ich mich mal um Christel, damit sie sich nicht so allein gelassen fühlt.«

Allein gelassen? Wohl kaum, mit den Aussichten, die sie heute Abend darbot. Hill grinste unfreiwillig und fragte sich, ob es die Statistik für ungeklärte Verbrechen verbessern oder verschlechtern würde, wenn sie in dieser Garderobe auch am Arbeitsplatz erschien? Löse einen kniffligen Fall, und du darfst eine Weile bei der Chefin auf dem Schoß sitzen. Mmm, vielleicht …?

Aus der Toilette war noch immer nichts Verdächtiges zu hören.

»Reiß dich zusammen, verdammt nochmal«, zischte Carl und stützte demonstrativ seinen Lackschuh auf die Toilettenbrille. »Der ganze Saal ist voller Leute, die darauf warten, dass du etwas Nettes über deinen Verblichenen sagst, also reiß dich jetzt mal am Riemen, Lise!«

»Ich habe nicht vor, da reinzugehen«, fauchte Lise zurück.

»Das musst du aber«, stellte er fest und war gleichzeitig dankbar, dass sie nicht losbrüllte, dass man sie draußen hören konnte.

»Ich gehe da nicht raus. Und auch sonst nirgendwohin, nur dass du's weißt!«

»Beruhige dich, Lise.«

»Beruhigen … es gibt wirklich keinen Grund, sich zu beruhigen!«

Er wurde nervös, denn sie hob die Stimme. Ihm fiel auf, dass sie unterwegs geweint hatte, denn am Unterlid war ihre Wimperntusche verlaufen.

»Lise«, flehte er und warf einen raschen Blick auf seine Uhr. »Bitte, Lise, können wir das nicht später klären? Geh raus und zieh deine Sache durch, dann reden wir mit dem Italiener, und danach können wir nach Hause fahren und darüber reden. Bitte reiß dich jetzt zusammen!«

Er wusste, dass sie hysterisch werden konnte, wenn sie sich in eine Ecke gedrängt fühlte. Der Druck war offenbar zu groß geworden, mit Zeitungsartikeln, Vernissage und allem.

»Die werden mich bestimmt umbringen…«, schluchzte sie, dass die Mascara noch weiter zerlief, »ich werde sterben.«

Er nahm ihr unvermittelt äußerst unattraktiv gewordenes Gesicht zwischen seine Hände und zwang sie, ihm in die Augen zu blicken.

»Hör mir zu!«, befahl er. »Niemand wird uns irgendwas tun. Wir machen hier einfach unsere kleine Show, wie geplant, fahren die Knete von dem Spaghettitypen ein und ziehen das Geschäft durch. Kapiert?«

Sein selbstsicherer Ton hatte wie üblich einen überzeugenden Effekt. Nicht nur überzeugend, sondern auch provokant. Sie schniefte pathetisch, räkelte sich aber schon etwas berechnender. Ihre Hand fand den Weg unter seine Hemdbrust, und mit langen Fingern spielte sie an den Knöpfen. Das ziepte an seinem Brusthaar und irritierte ihn nur.

Er schob ihre ungeduldigen Finger weg, riss ein großes Stück Toilettenpapier ab und reichte es ihr.

»Hier! Wisch dir die schwarze Schmiere von den Augen. Ich gehe rein und verliere ein paar Worte und erwarte, dass du kommst und eine perfekte kleine Vorstellung von fünf Minuten ablieferst. Immerhin geht es um eine halbe Million Mäuse.«

Sie seufzte tief, riss ihm das Papier aus der Hand und putzte sich geräuschvoll die Nase.

Er überlegte, dass es bald an der Zeit war, sich für eine Seite zu entscheiden.

Und Henrik benutzte weder unästhetische Wimperntusche, noch hatte er hormonbedingte Anfälle.

Die Waagschale hob sich definitiv zu Henriks Gunsten.

»Okay«, gab Lise kleinlaut nach und richtete sich resolut auf. »Gut – fünf Minuten.«

Carl verließ die Toilette, ohne sich darum zu kümmern, ob Sammy von dem Vorfall Notiz nahm. Aber Sammy war die Ruhe selbst, offenbar an deutlich extremere Sachen gewöhnt.

»…diese meisterhaften Ölgemälde, die bereits ihren unstreitigen Platz unter den richtig großen Meilensteinen der Kunstwelt bekleiden.«

Hill und Sahlman beklatschten Lise Vagnmans hochtrabende Eröffnungsrede. Sie war eine perfekt abgewogene Mischung aus Sentimentalität, Revolutionshetze und Floskeln. Aber das hatte gewirkt! Nachdem sie endlich aufgetaucht war. Es war bereits neunzehn Uhr siebenundzwanzig, als sie die Toilette entriegelt und sich zu erscheinen bequemt hatte.

Carl Linell war acht Minuten zuvor aus derselben Toilette getreten.

Doch damit nicht genug. Der Assistent Henrik Malm hatte vorher schon ungeduldig gewartet. Als Carl endlich herausgekommen war, hatte Henrik ihm schnell etwas ins Ohr geflüstert, seine Hand genommen und bekümmert an seine Brust gedrückt. Carl hatte mit einer zärtlichen Geste geantwortet. Hatte rasch, aber unmissverständlich sensuell die Wange und die ängstlichen Lippen des jungen Mannes gestreichelt.

Das war sonderbar, aber kaum kriminell.

Und auf keinen Fall ein Grund, um einzugreifen.

Lise war also gründlich zu spät gekommen, aber sie hatte

sich noch die verlaufene Schminke abwischen können. Sie hatte sicher neue aufgetragen, den Lippenstift nachgezogen und das Gesicht gepudert. Sie wirkte sofort um einiges attraktiver, aber Hill meinte trotz allem zu sehen, dass sie geweint hatte. Tränen hinterlassen einen verschwommenen Ausdruck in den Augen, den keine Schminke der Welt übertünchen kann.

Sie hatte die Gäste nur schwach angelächelt, während Carl mit seinem gezwungenen Exposé über seine Erinnerungen an den großen Per Vagnman zum Ende kam. Um Fragen zu entgehen, übergab er das Wort sofort an Lise, die eine herzerweichende Rede über das umfassende Œuvre ihres Mannes hielt, die stilgemäß damit endete, dass sie ihn auf ein kolossales, kunsthistorisches Piedestal stellte. Und wer sollte heutzutage so dummdreist sein und das anzweifeln?

Stürmischer, lang anhaltender Applaus brandete ihr entgegen. Herzliche Anerkennung und Kondolenzbezeugungen. Lise blieb auf dem Podium stehen und ließ den Jubel des Publikums gnädig über sich ergehen.

Der Einzige, der seine Aufmerksamkeit nicht länger dem Geschehen auf dem Podium widmete, war Knut Sahlman.

Er blätterte den Ausstellungskatalog durch.

»Öl? Was denn für Öl?«, grunzte er. »Das ist hier doch kein verdammtes Öl.«

»Sch!«, machte Hill. »Was ist denn los?«

»Sie hat gesagt, dass das Öl ist, aber das stimmt überhaupt nicht.«

»Wie meinst du das?«

Das Publikum begann sich zu verteilen, um die Exponate zu studieren, und Sahlman stellte sich mit Hill vor das Bild *Leibriemen der Wirklichkeit*. Das Werk zog keine große Aufmerksamkeit auf sich, sodass nur wenige Gäste davor standen. Die meisten hatten sich vor einer riesigen Leinwand ein Stück entfernt versammelt. Der *Schandfleck der*

Solidarität in explosiven, schwarzblauroten Farbtönen zog die meisten Besucher an. Inklusive des mondänen Kunstkenners mit dem schwarzen Schlapphut, der mit dem Galeriebesitzer über die Bedeutung des Werkes diskutierte. Kameras blitzten, und der Kulturredakteur vom *Helsingborgs Dagblad* stellte interessiert seine Fragen und schrieb dabei emsig in sein Notizheft.

Hill bemerkte, dass Lise wieder auf die Toilette verschwand.

Sie machte ein verbissenes Gesicht, und es fiel ihm schwer, seinen Blick von ihr abzuwenden, obwohl Sahlman langsam ungeduldig wurde.

»Schau dir das an«, forderte er ihn auf, »das ist kein Öl, sondern Acryl!«

»Und?«

»Ja, ich meine, das ist schon ziemlich merkwürdig.«

»Was denn?«

»Dass so ein Perfektionist wie dieser Vagnman kein Öl, sondern Acryl genommen hat.«

»Was für einen Unterschied soll das denn machen?«

Das fiel nicht in Hills Interessengebiet, und er war überrascht über Sahlmans kunsttechnisches Wissen.

»Der Unterschied liegt natürlich nicht so sehr in dem Bild selbst«, fuhr Sahlman euphorisch fort, »sondern in den Lösungsmitteln, die beim Malen verwendet werden. Öl ist da anspruchsvoller, denn da braucht man starke Lösungsmittel wie etwa Leinöl, venezianisches Terpentin oder andere chemotechnische Produkte. Dadurch bleibt die Farbe länger flüssig, und man kann das Motiv länger bearbeiten, aber das stinkt erbärmlich. Und anschließend muss man die Pinsel und seine Hände mit Kristallöl oder Lacknaphtha säubern.«

»Du klingst wie ein Kunstlexikon – komm zum Punkt.«

»Wohingegen Acryl schneller trocknet, aber dafür außer Wasser keine anderen Zusätze braucht.«

»Wasser?«

»Genau. Wasser zum Verdünnen – eventuell noch eine Art Verzögerer –, aber sonst nur Wasser und ein mildes Waschpulver zum Reinigen. Aber ich denke, dass so ein Eingefleischter wie dieser Typ hier mit den harten Sachen gearbeitet hat. Über Ölfarben kursiert auch das Gerücht, dass es besonders kernig ist, in den Benzinderivatdämpfen zu malen.«

Hill betrachtete nachdenklich *Leibriemen der Wirklichkeit.*

»Und woher weißt du, dass das Acryl ist?«, kam die logische Folgefrage.

»Das erkennt man an den intensiveren Farben. Das ist ja eine Kunstharzfarbe, die ist sehr viel härter und wirkt immer etwas greller. Nichts, was den gewöhnlichen Betrachter stört, aber wenn man genauer hinsieht, fällt der Unterschied auf.«

Sahlman wusste, dass er ein Echo von Linda war, die ihm alles über ihren Kunstmalkurs erzählt hatte, den sie im Frühjahr an der Volkshochschule besucht hatte. Und diese technische Seite hatte ihn auch dazu bewegt, die ewigen Rundgänge durch die Galerien in London zu überstehen. Das und der Moloch Berner Street. Er fragte sich, ob sie dabei auch etwas gelernt hatte.

»Manchmal kann man das auch an der Pinselführung erkennen, besonders dann, wenn ein speziell für Schattierungen geeigneter Pinsel verwendet wurde oder …«

»Danke, ich verstehe schon«, sagte Hill und wandte sich der Menschentraube vor *Schandfleck der Solidarität* zu. »Weißt du, ob das hier Öl oder Acryl ist?«

»Das scheint zweifelsfrei in Öl gemalt zu sein.«

»Und wann ist das entstanden?«

Sahlman blätterte wieder im Katalog, bis er die Entstehungsjahre beider Werke fand.

»Dies hier ist 1995 gemalt worden, das da drüben 1992.«

»Und das hier?«

Hill zeigte auf das Bild direkt neben *Leibriemen der Wirklichkeit,* eine überraschend harmonische Komposition mit dem harmlosen Titel *Haferwiese.*

»Auf jeden Fall Acryl, 1996 gemalt.«

»Und wieso«, murmelte Hill, verärgert über die unangenehm pochende Gewissheit, dass er sich hinters Licht hatte führen lassen, »standen dann lauter Lösungsmittel oben in der Hütte?«

Die Ermittlungen der Brandursache basierten fast hundertprozentig auf der Annahme, dass Vagnman mit starken Lösungsmitteln gearbeitet hatte. Wenn er aber gegen Ende seines »ersten Lebens« das nicht mehr getan hatte, wäre es interessant zu erfahren, warum.

»Warum sollte er plötzlich von Öl auf Acryl umsteigen? Ist das billiger?«

»Nein, wohl kaum. Entweder entscheidet man sich dafür, weil es bequemer ist, aber viele, die früher mit Öl gearbeitet haben, steigen aus gesundheitlichen Gründen um. Sie werden allergisch gegen die beißenden Dämpfe.«

»Und weshalb hatte er dann haufenweise von dem Zeug in seiner Hütte?«

»Ja, das fragt sich. Glaubst du, wir kriegen hier noch irgendwas raus – wir machen lieber die Fliege, oder?«

»Ich will nur noch kurz mit Lise reden«, beharrte Hill.

Er fand, es gab keine bessere Gelegenheit als diese, um sie mit den Acrylfarben zu konfrontieren. Vielleicht gelang es ihm jetzt, eine brauchbare Antwort aus ihr herauszubringen, nachdem sie ohnehin so aufgewühlt war.

Doch gerade als er seinen Entschluss gefasst hatte, hörte er die Tür der Gästetoilette zum hundertsten Mal zuschlagen und sah Lise Richtung Ausgang eilen, an Sammy vorbei durch die Glastür, und in die Nacht verschwinden.

Verflucht nochmal – er hatte die günstige Gelegenheit verpasst!

Immerhin war endlich die Toilette frei.

Hill hatte sich schließlich von einem Ramlösa Citrus verleiten lassen und wurde plötzlich an den unumgänglichen Gang der Natur erinnert. Schnell schlüpfte er in die Toilette. Eigentlich hatte er vermutet, es würde dort irgendwie nach Frau riechen. Parfum, Haarspray oder Deodorant oder etwas in der Art. Aber es roch nach gar nichts. Ein großes, verdammtes Nichts – genauso leer wie die Ermittlungsbemühungen des Abends.

Er setzte sich. Nicht, um die Forderung der Feministinnen zu erfüllen, sondern einfach, weil seine Beine wehtaten. Er war fast eineinhalb Stunden lang hin und her gegangen oder hatte gestanden, das machte nicht nur die Beine müde. Er stützte die Ellenbogen auf und ließ seinen Kopf in den Handflächen ruhen, während es in der Toilettenschüssel plätscherte.

Konnte eine Flasche Ramlösa wirklich solche Mengen fassen?

Als es endlich zu Ende gerieselt und er abgeschüttelt hatte, suchte er das Toilettenpapier, das auf dem Waschbeckenrand stand.

Da sah er ihn.

Den Ring mit den schönen, funkelnden Edelsteinen, der ihm schon an dem Abend aufgefallen war, als er mit Svenningsson zur Villa Mohnglück gefahren war, um von der schrecklichen Entdeckung zu berichten.

Er schnappte nach ihm wie ein Kind, das den letzten Bonbon aus der Süßigkeitenschale ergattert.

Noch bevor er sich die letzten Tropfen abtrocknete.

Der Ring glitzerte in seiner Handfläche.

Wie um alles in der Welt hatte sie eine solche Kostbarkeit hier vergessen können?

Aber ihm war klar, wie leicht das passieren konnte.

Man wusch sich die Hände und musste sie abtrocknen. Man legte den Ring kurz zur Seite. Dachte vielleicht an ganz andere Dinge, während man sich die Hände abtrocknete. Lise hatte heute Abend offenbar ein Problem gehabt. Dann fasste man einen Entschluss, und wie er selbst gesehen hatte, war sie auch plötzlich schneller als der Schall verschwunden.

Ohne an den Ring auf dem Waschbeckenrand zu denken.

Aber sie würde schon bald bemerken, dass sie ihn vermisste.

Und dann wollte er zur Stelle sein. Mit dem Ring. Genau dann, wenn sie über den Verlust dieses wertvollen Schmuckstücks schier verzweifelte. Würde ihm das nicht ein paar ermittlungstechnische Vorteile verschaffen?

Die Frage war nur, wo sie abgeblieben war.

Er steckte den Fingerring in die Innentasche seines Smokings, wusch sich rasch die Hände und gesellte sich mit unschuldiger Miene zu Sahlman. Es gab eigentlich keinen Grund, ihm davon zu erzählen, falls etwas schief gehen würde und es Probleme mit der internen Ermittlung geben sollte. Dieser kleine Diebstahl war seine Sache. Den Regeln gemäß hätte er seinen Fund Carl Linell zeigen und ihn bitten müssen, Lise auf dem Handy anzurufen und ihr den Ring zu geben.

»Okay, dann sind wir hier wohl fertig«, sagte er und warf einen letzten Blick in den Ausstellungssaal.

Harry Runsten und Christel Bremer waren allerdings noch nicht fertig. Sie standen beim Buffet, enthusiastisch in ein Gespräch mit dem Journalisten des *Helsingborgs Dagblad* vertieft, und hoben für den Fotografen lachend ihre Weingläser. Von Lotta Jönsson war nichts mehr zu sehen.

Hill machte kehrt und verließ zusammen mit seinem Kollegen die Galerie Blå. Sammy rümpfte leicht die Nase, aber nur so viel, wie wenn ihn ein Staubkorn gekitzelt hätte – dachte Hill.

Die Nachtluft war angenehm. Fast besser als jeder beliebige Vernissagenwein. Sahlman zog es vor, zu Fuß nach Hause zu gehen, sodass Joakim Hill allein im Auto saß. Er konnte auch nach Hause fahren und von dort aus telefonieren, aber …

Er beschloss, über Land zu fahren. Richtung Vallåkra und weiter zur Villa Mohnglück.

»Was zum Henker meinen Sie? Wir hatten einen verdammten Deal!«

Carl Linell war mit Recht erbost über die Wetterwendigkeit des Impresarios. Das hier war kein kleiner Rechenfehler, das war eine totale Niederlage.

In achtundvierzig Minuten würden die Anwälte der Kanzlei Olsson & Lang im Büro eintreffen, um den Rückkauf der zweifelhaften Vagnman-Gemälde abzuwickeln, und hier saß der verfluchte Typ mit versteinerter Miene und verkündete das Todesurteil.

»Leider ist es so, dass die Society schlussendlich die Legitimität des Erwerbs nicht als ausreichend vorhanden angesehen hat, um die Bezahlung sofort in die Wege zu leiten. Nach und nach vielleicht schon, allerdings nicht ausschließlich aufgrund von Fotodokumentationen.«

Carl hörte die umständlichen Formulierungen, aber in seinem Kopf hämmerte etwas ganz anderes: Du bist ein toter Mann, Carl Linell. Du hast nicht die geringste Chance – dein Leben hat nur noch fünfundvierzig Minuten!

»Wir waren uns doch einig!«, protestierte er verzweifelt. »Mit Handschlag!«

»Nein, nein«, wehrte Signor Pileggi übertrieben gelassen ab. »Wir haben uns die Hand darauf gegeben, dass ich mein Äußerstes versuche. Das habe ich auch getan, aber leider …!«

Signor Pileggi war die Ruhe selbst. Gefasst, aber gleichzeitig spielte ein unbehagliches Lächeln unter dem sorgsam gepflegten Bart. Als hätten seine verbalen Beteuerungen nicht die geringste Glaubwürdigkeit, was wohl auch tatsächlich der Fall war. Carl Linell hatte gedacht, ein dummer Fisch wie er würde anbeißen, doch der hatte stattdessen den Köder samt Haken und Leine mit seinem hinterhältigen Haifischmaul verschlungen.

Denn genau das waren seine Worte gewesen:

»... I'm sure there will be no trouble. I'm certainly going to do my very best.«

Diese Formulierung hatten sie mit Handschlag besiegelt. Doch Carl hatte das als definitive Zusicherung aufgefasst.

Ein Versprechen, an das er willig sein Leben geknüpft hatte.

Jetzt fehlten ihm die Worte, während sich der Italiener aus dem Besuchersessel erhob, die Falten in der Hose glatt strich und seinen Hut zurechtrückte.

»So sorry«, wiederholte Guiseppe Pileggi nicht sehr überzeugend. »Aber melden Sie sich doch, wenn sich die Gemälde in Ihrem Besitz befinden, dann können wir vielleicht unsere Verhandlungen wieder aufnehmen. Buona sera, Signor Linell.«

Carl starrte an dem Mann vorbei ins Leere. Bemerkte weder die ausgestreckte Hand noch das Schulterzucken, als sie nicht geschüttelt wurde. Er hörte wie von fern die Tür zuschlagen und zuckte zusammen, als hätte jemand aus einer Pistole geschossen.

Er starrte auf die Rolex.

Noch neununddreißig Minuten.

Er flüchtete Hals über Kopf aus der Galerie Blå in die Dunkelheit hinaus.

Die Nacht war besonders finster, und die Scheinwerfer von Hills Dienst-Volvo schweiften wie auflodernde Flammen über die stille Landschaft. Nahmen spielend die weichen Kurven und flackerten wie Kugelblitze gegen erloschene Fenster der Höfe und Häuser am Straßenrand.

Es hatte schon länger nicht mehr geregnet, und der feinkörnige Straßenstaub wirbelte wie ein Sandsturm in der Sahara hinter dem Heck auf. Der Mond hätte ruhig etwas mehr zur Orientierung beitragen können, fand Hill, aber es war bewölkt, und draußen auf dem Land, weit von der elektrischen Beleuchtung der Stadt entfernt, war es pechschwarz. Hill hoffte, dass kein Wild die Straße kreuzte.

Waren Frauen vielleicht aufmerksamer am Steuer? Er erinnerte sich daran, wie problemlos und geschickt Svenningsson letzte Woche die Begegnung mit der Hirschkuh und ihrem Kitz gemeistert hatte.

Was wäre passiert, wenn er in dem Moment hinter dem Steuer gesessen hätte – Rehbraten möglicherweise?

Er verscheuchte seine selbstkritischen Überlegungen, bog ostwärts Richtung Bälteberga ab und fuhr weiter den Hügel hinauf. Das Getreide war schon gemäht und eingefahren, und viele Äcker waren neu besät worden in der Hoffnung auf einen milden Herbst.

Aber die Kartoffeln hatten noch einen guten Monat vor sich unter ihrem immer dunkelgrüner werdenden Kraut. Das Wetter der bevorstehenden Wochen würde entscheiden, ob die Ernte problemlos ablaufen und lukrativ werden würde. Oder ein mühsames Trampeln in triefnassen Lehmfurchen mit allen Unannehmlichkeiten, die das mit sich bringen würde.

Joakim Hill wurde im Rückspiegel von einem penetrant strahlenden Halogenscheinwerfer geblendet.

Der Fahrer des fremden Autos betätigte die Lichthupe und saß ihm direkt im Nacken. Eine ungeduldige Aufforderung an Hill, den Weg frei zu machen und am besten in den Straßengraben abzutauchen oder sonst irgendwohin.

Mit äußerster Anstrengung gelang es ihm, nicht seiner instinktiven Reaktion nachzugeben und der Provokation mit blanker Wut zu begegnen.

Er steuerte, so gut es ging, zur Seite, ohne von der Fahrbahn abzukommen, und hielt seinen Blick fest auf den Verkehrsrowdy gerichtet, der sich mit führerscheingefährdendem Tempo und einem ärgerlichen Hupen links an ihm vorbeidrängte.

»Mein Gott, komm erst mal wieder runter – du verrückter Hohlkopf!«, brummte Joakim mit keinem anderen Resultat als dem angenehmen Gefühl, seinem Ärger Luft machen zu können.

Unter den Reifen spritzte der Splitt hervor, und als ein Steinchen gegen die Karosserie des Volvo schlug, sah Hill das Nummernschild. Im nächsten Augenblick war der dunkelgrüne Alfa Romeo hinter einer Staubwolke verschwunden, doch er hatte die Autonummer noch lesen können.

BLÅ 2.

Man brauchte kein Kriminaler zu sein, um zu begreifen, zu wem die gehörte oder wohin der Wagen unterwegs war. Aller Wahrscheinlichkeit nach hatten beide dasselbe Ziel, jedoch aus völlig verschiedenen Gründen.

Er trat das Gaspedal durch und hängte sich, so gut es ging, an den Alfa Romeo, ohne dass es wie eine Verfolgungsjagd wirkte. Er wollte Carl Linell nicht in erster Linie anhalten und ihm eine berechtigte Buße wegen lausigen Verhaltens im Straßenverkehr aufbrummen – auch wenn er die mehr als verdiente. Sondern es war vermutlich weitaus ergiebiger, auf diese unvorhergesehene Weise die Möglichkeit ungeplanter Ermittlungsarbeit zu nutzen.

Wohin Linell unterwegs war, war klar, aber warum raste er so halsbrecherisch?

BLÅ 2 bog mit quietschenden Reifen von der Landstraße ab und donnerte die Allee zur Villa Mohnglück hinauf. Hill ging sofort vom Gas und fand eine Parkbucht auf der anderen Straßenseite mit günstigem Blick auf die gutshofartige Villa. Er drehte das Licht aus und spähte wachsam wie ein Spitz auf Fasanjagd.

Die Fassadenbeleuchtung brannte, aber im Haus schien alles dunkel.

Hill sah die Haustür aufgehen, Carl Linell hineinschlüpfen und sie sorgsam hinter sich zudrücken. Alles blieb ruhig.

Danach ging eine Lampe nach der anderen im Haus an.

Sie wurden an- und kurz darauf wieder ausgeschaltet.

Anscheinend suchte er Lise, aber sie war offenbar nicht zu Hause.

Nach wenigen Minuten trat er wieder aus der Haustür, knallte sie wütend zu und lief zum Auto zurück.

Hill überlegte kurz, bevor er die Verfolgung wieder aufnahm. Bisher konnte er seine Fahrt damit rechtfertigen, dass er zu Lise Vagnman wollte, aber alles darüber hinaus war unerlaubte Privatermittlung. Und er wusste, dass er damit ein verdammt hohes Risiko einging. Das Risiko, die Untersuchungen auf den Kopf zu stellen, die gerade interessant zu werden begannen.

BLÅ 2 wendete auf dem Vorplatz, dass der Kies stob, raste die Auffahrt hinunter und nahm die Kurve, ohne das Tempo zu drosseln. Carl fuhr ostwärts und beachtete das Auto, das in falscher Richtung geparkt stand, überhaupt nicht. Hill sah die hell leuchtenden Rückscheinwerfer in der Dunkelheit verschwinden.

Und beschloss, sich diese Chance nicht entgehen zu lassen.

Das erste Stück folgte er den roten Lichtern mit ausgeschalteten Scheinwerfern, um sich nicht zu erkennen zu geben.

Als der Abstand groß genug war, schaltete er das Abblendlicht ein und bemerkte in letzter Sekunde, dass er in einer scharfen Rechtskurve geradeaus fuhr. Blitzartig riss er das Lenkrad herum, sodass die Vorderreifen wieder die Fahrbahn unter sich hatten, und steuerte das Auto geschickt durch die Kurve. Ihm war der kalte Schweiß ausgebrochen. Das war unheimlich knapp gewesen. Die Rücklichter des Alfa Romeo waren kaum noch zu erkennen, sodass er mehr Gas gab, um ihn einzuholen. Die Gefahr, den Wagen aus den Augen zu verlieren, war groß, denn die schmale Landstraße mündete bald in die Bundesstraße Richtung Ekeby. Dort würden die Scheinwerfer der anderen Autos es erschweren, dem richtigen Wagen zu folgen.

Aber der Alfa Romeo bog rechts ab und wählte die alte Strecke über Hässlunda und Risekatslösa, als ob er ebenso wie Hill andere Verkehrsteilnehmer meiden wollte. Hill verlangsamte seine Fahrt und war wieder der unberechenbare Schatten der schmalen, dunklen Landstraßen. Landstraßen, die sie in eine immer eindeutigere Richtung brachten – direkt nach Söderåsen.

Das Adrenalin schoss in Hills Blutbahn. Er würde die Verfolgung nicht aufgeben, und wenn es das Letzte war, was er tat. War Carl Linell unterwegs zu der niedergebrannten Hütte, wollte Hill derjenige sein, der das mit eigenen Augen bezeugen konnte. Sowohl Lise als auch Carl hatten die Kenntnis von diesem Sommerhaus kategorisch abgestritten. Wenn der Galerist jedoch nun direkt dorthin fuhr, wäre er auf frischer Tat ertappt.

Jetzt! Jetzt fuhr der Alfa… nein, Moment mal!

Das war gar nicht der richtige Weg zu den Hütten – der lag einen halben Kilometer weiter oben. Was hatte er nun vor? Hill folgte den Rücklichtern durch den dichten Tannenwald. Sie stoppten mit grellroten Bremslichtern, fuhren wieder an, hielten erneut. Schließlich bogen sie auf einen kleinen Seitenweg ab.

Joakim Hill fuhr behutsam weiter, ohne Licht, und bemerkte, dass er sich in einer Sackgasse befand. Sollte er Linell weiter folgen und eine Frontalbegegnung riskieren, wenn er wendete und wieder zurückkam?

Nein, so gnädig war Fortuna auch nicht, dass sie dummdreiste Herausforderungen schätzte. Er fuhr ein Stück zurück, entdeckte eine kleine Lichtung, auf der er parken konnte, und stellte den Motor ab. Er ließ die Scheibe einen Spalt herunter, um den Alfa hören zu können, wenn er wiederkam. In den Baumkronen rauschte es, als würde Zeus selbst an ihnen rütteln. Die Luft war wunderbar, voller Sauerstoff und Wohlgerüche. Überhaupt nicht so, als …

Hill hörte einen Kavalierstart, als würde das Auto auf zwei Rädern herumgeschleudert, beeilte sich, das Fenster zu schließen, und versank so tief wie möglich im Sitz. Wie erhofft, gab ihm die Glücksgöttin Bonuspunkte für gutes Benehmen. Linell kam denselben Weg zurück und brauste an dem nachtschwarzen Volvo auf der Lichtung vorbei, ohne ihn eines Blickes zu würdigen.

Hill setzte sich kerzengerade auf, sowie der Wagen außer Sichtweite war, startete und folgte ihm.

Er folgte geduldig – aber immer frustrierter – BLÅ 2 auf den kleinen Straßen der Sommerhaussiedlung. Sie befanden sich sogar eine Zeit lang auf dem richtigen Weg, aber Linell verpasste die Abzweigung zu Åkermans und Anna Svenssons Grundstücken. Danach hatte der Galerist offenbar genug, denn er fuhr nun Richtung Autobahn und steuerte auf direktem Weg seine Wohnung in Tågaborg an. Mit Joakim Hill unsichtbar auf seinen Fersen.

Hill musste sich kleinlaut eingestehen, dass alles nur eine sinnlose Jagd auf Tontauben gewesen war. Es war sonnenklar, dass Linell nicht die geringste Ahnung hatte, wo die Hütte gestanden hatte – und demzufolge wusste Lise Vagnman das ebenso wenig.

Er schaltete das Radio ein, wählte den Sender mit der besten Sechzigerjahremusik und drehte auf volle Lautstärke. Fuhr auf direktem Weg in die Hebsackersgatan und dachte nicht länger an diesen Reinfall.

Bis er dankbar aus dem Smokingjackett schlüpfte, reflexartig die Taschen abklopfte und den Brillantring wiederfand.

Den würde er als Erstes morgen Früh zurückbringen.

5

Wenn es noch mehr Morde innerhalb kurzer Zeit gibt, gehen unsere Ressourcen wirklich zur Neige.

Lise Vagnmans aufgerissene Augen starrten Hill ungläubig an, als er am nächsten Vormittag von einem Schlosser die Tür der Villa Mohnglück hatte aufbrechen lassen und rasch die Treppe zum Schlafzimmer hochgelaufen war.

Zunächst hatte man versucht, Carl Linell zu erreichen, jedoch ohne Resultat. Sein Assistent wusste nicht, wo er sich aufhielt. Aber er hätte es gern gewusst. Teils aus Eifersucht, teils weil er fand, der Chef könnte in der Galerie wenigstens aufräumen helfen nach der glamourösen Vernissage.

Und jetzt würde nicht mal mehr Lise helfen können.

Lise Vagnman lag nackt auf dem Bett und war ohne jeden Zweifel tot.

Die bloße Betrachtung ließ darauf schließen, dass ihr Tod mit sexuellen Handlungen zusammenhing. Ihre Hände waren mit Lederriemen am Kopfteil des Bettes festgebunden, genau so, wie sie es gemocht hatte. Um ihren Hals war ein aufgerolltes Frotteehandtuch geschlungen, das offensichtlich zugezogen und festgehalten worden war, bis ihre Zunge blau aus dem Mund gequollen war und sie ihr Leben ausgehaucht hatte.

Das musste enorme Kräfte gekostet haben, sowohl physische als auch psychische. Ein Schuss oder schlimmstenfalls mehrere Schüsse haben einen unmittelbaren Effekt, aber jemanden zu erdrosseln ist etwas ganz anderes. Das erfordert einen ausreichend starken Hass, damit man den verzweifelten Versuchen des Opfers, sich zu wehren, nicht nachgibt. Oder möglicherweise Liebe – oder zumindest erotische Passion –, die zu weit gegangen ist.

Joakim Hill kannte diesen Anblick. Das ging allen so, ausgenommen vielleicht einigen von den jüngsten Polizeiassistenten. Aber man gewöhnte sich nie daran, sondern reagierte jedes Mal. Immerhin gab es noch Normen, und zu denen zählte definitiv kein Mord.

Nein, das hier war wirklich kein schöner Anblick.

Besonders jetzt nicht, da er den Brillantring des Mordopfers in der Innentasche trug.

Eigentlich brauchte er sich dessen nicht zu schämen. Er hatte ihn nur an sich genommen und die ganze Zeit die Absicht gehabt, den Fund baldmöglichst zurückzubringen.

Doch nun fühlte Hill sich nicht mehr wohl dabei.

Wenn er sich nicht auf diese kindische Agentenjagd mitten in der Nacht eingelassen, sondern versucht hätte, Lise Vagnman zu finden, wäre sie vielleicht noch am Leben.

Er wusste noch nicht, wie er das am besten erklären sollte, aber er ahnte schon, dass es das Klügste wäre, wenn er einfach sagte, wie sich die Sache verhielt.

Wann war sie eigentlich umgebracht worden?

War sie bereits tot, als Linell gestern Abend hier gewesen war? Er hatte den Mord kaum selbst verüben können, in der kurzen Zeit, in der er das Haus durchsucht hatte. Und wenn der Mord zu dem Zeitpunkt bereits stattgefunden hatte, weshalb war er dann wie ein Wahnsinniger nach Söderåsen gebrettert? Obwohl Hill versuchte, strukturiert zu denken, beschlich ihn das instinktive Gefühl, dass Linell gestern Abend nach Lise gesucht hatte. Und man sucht kaum nach jemandem, von dem man schon weiß, dass er tot ist.

Ein noch recht junger Mann, bekleidet mit einem knallroten Tennisshirt, Blue Jeans und Gummihandschuhen, untersuchte eine Viertelstunde später die Leiche. Es war der Gerichtsmediziner Doktor Johannesson. Er maß die Körpertemperatur, überprüfte den Trübungsgrad der Augenlinsen und untersuchte die unzweideutigen Anzeichen der Blutansammlung in tiefer liegenden Körperteilen.

»Ist Doktor Olin heute nicht da?«, hatte Hill hoffnungsvoll gefragt, als der Notarztwagen eingetroffen war. Dieser junge Bursche erinnerte ihn an Dozent Månsson, und das konnte er jetzt überhaupt nicht gebrauchen.

»Doktor Olin?«, gab der junge Arzt zurück. »Nein, haben Sie davon noch nichts gehört?«

»Was?«

»Doktor Olin ist pensioniert und nach Málaga gezogen. Da spielt er den lieben langen Tag Golf und horcht als Nebenverdienst dem einen oder anderen jungen Societyfräulein das Herz ab. Stellen Sie sich vor, wir würden es im Leben so weit bringen!«

Hill konnte sich ein Leben als Luxusrentner beim besten Willen nicht vorstellen. Die Pension der Polizei reichte nicht einmal bis an die Riviera, und als Bulle im Ruhestand war es auch nicht so einfach, sich nebenher noch etwas dazuzuverdienen. Was konnte man da schon machen? Verheiratete Männer beim Fremdgehen beschatten und sich von Busch zu Busch schleichen?

Er schüttelte missgelaunt den Kopf und ließ den Doktor Doktor sein.

Unterdessen durchkämmte das Technikerteam das Zimmer so gründlich wie möglich, ohne die Arbeit des Arztes zu stören.

Natürlich zog die große Kommode sofort die Aufmerksamkeit auf sich. Einerseits wegen des bombastischen Designs, andererseits weil sie ein typisches Möbelstück aus der Jahrhundertwende war. Ein Relikt aus der Zeit, als man Möbel mit so vielen Geheimfächern und Verstecken entwarf, als wären sie für Kardinal Richelieu selbst vorgesehen gewesen.

Die Waschschüssel samt Kanne schien seit Ewigkeiten nicht mehr benutzt, aber dass die Schubladen und Seitenfächer noch verwendet wurden, war offensichtlich. Sie waren abgeschlossen, doch der Schlüssel hing gut sichtbar an einem Nagel daneben. Ein menschlich inkonsequenter Zug, der in krassem Gegensatz zu dem Inhalt der Fächer stand.

Das Sortiment der Sexspielzeuge war mit bewundernswerter Stringenz sortiert. Jede Sache hatte ihren Platz. Halsband und Leinen, Handschellen, Masken, Peitschen und diverse Attrappen. Alles lag an seinem Platz, ausgenommen die Lederriemen, mit denen ihre Hände am Bettgestell festgebunden waren.

Und die Pistole.

Larsson entdeckte sie bei den Kondomen und nicht dort, wo die Patronen und die Utensilien für Waffenpflege lagen.

»Hill«, rief er, »schau mal her! Hat sie dafür einen Schein?«

Er hob die Browning vorsichtig mit einem Stift auf, den er durch den Bügel unter dem Abzugshahn schob.

»Nach dem, was Anderberg gesagt hat, könnte das stimmen. Wir müssen die Seriennummer überprüfen.«

»Dann kann man davon ausgehen, dass sie sich nicht unmittelbar von demjenigen, der das hier gemacht hat, bedroht gefühlt hat. Dann hätte sie wohl versucht, an die Pistole zu kommen.«

»Eine plausible, aber auch etwas heikle Annahme. Sie kann mit einer Waffe gezwungen worden sein, hier raufzugehen, aber ich muss zugeben, dass es eher danach aussieht, als hätte sie sich freiwillig darauf eingelassen.«

»Tja, weiß der Himmel, wie man das deuten soll«, sagte Doktor Johannesson, zog die Untersuchungshandschuhe ab und trat an die Kommode. »Es soll zwar wie ein Sexmord aussehen, aber soweit ich das nach dieser äußerlichen Untersuchung feststellen kann, gab es keinen Sex. Ich habe kein körperfremdes Sekret in der Scheide vorgefunden. Und die schwachen blauen Flecken an Oberschenkeln und Rücken sind alt. Mindestens eine Woche, würde ich sagen, vielleicht sogar älter. Dagegen habe ich eine Schramme auf der Wange entdeckt – die möglicherweise im Kampf um das Handtuch entstanden ist, bis die Tat vollbracht war –, die frisch ist. Da könnte man nach DNA-Spuren von Verdächtigen suchen – wenn man denn jemanden aufspürt.«

»Okay«, entgegnete Larsson und bereitete auf der Wange des Opfers einige Proben vor.

»Ist sie überhaupt hier umgebracht worden?«, fragte Hill.

»Ja, das glaube ich schon. Die Anzeichen der Kontakte an Waden, Pobacken und Schulterblättern weisen darauf hin.«

Doktor Olin hätte eine pathologische Vorlesung darüber gehalten. Hill würde seine minuziösen Erläuterungen vermissen, aber ehrlicherweise war Johannessons Aussage genauso brauchbar. Alles Weitere mussten die Gerichtsmediziner in Lund eruieren.

Die Anzahl der Gegenstände, die, sorgsam in Plastik verpackt, entweder ins Präsidium oder zum SKL für die weitere Analyse gebracht werden sollten, war beachtlich.

»Und was machen wir mit der Katze?«, erkundigte sich ein Beamter.

»Katze?«

»Ja, hier streift eine verdammt hungrige und wütende getigerte Katze unten im Wohnzimmer herum. Die können wir ja schlecht einfach hier lassen.«

»Percy«, erinnerte sich Hill und schnippte mit den Fingern. »Natürlich. Rufen Sie Birgitta Svenningsson an.«

»Sie hat heute frei«, bemerkte der Beamte.

»Rufen Sie sie trotzdem an. Das hier ist nicht dienstlich – das ist humanitär. Oder animalisch oder wie immer man die Sache sehen will. Die beiden mögen sich, Svenningsson und Percy. Sie kann sich eventuell um ihn kümmern, bis wir eine andere Lösung gefunden haben.«

»Ja, dann bin ich hier fertig«, gab Johannesson kund und ließ seine Arzttasche zuschnappen. »Sie bekommen meinen Bericht so bald wie möglich.«

So bald wie möglich.

Die Floskel klang altbekannt. Was die Arbeitsbelastung betraf, unterschieden sich Ärzte und Polizisten kaum voneinander. Eher die Sache mit der Pension war etwas anderes.

Jedenfalls konnte die Tote nun weiter nach Lund transportiert werden.

Als die Bahre die Treppe hinuntergetragen wurde, dachte Hill darüber nach, wie ironisch all das war. Villa Mohnglück hatte Lise alles andere als Glück gebracht. Alles deutete darauf hin, dass sie dort draußen in der Idylle ein chaotisches, disharmonisches Leben gelebt hatte.

Sie selbst würden wieder in die Carl Krooksgatan zurückfahren, die Seriennummer überprüfen, den Brillantring registrieren sowie die Umstände, unter welchen er in Hills Besitz gelangt war, und ihn nach Fingerabdrücken untersuchen. Und vor allem – Carl Linell ausfindig machen.

Gegenwärtig gab es nicht viel, was Carl Linell lieber getan hätte, als mit der Polizei zu sprechen. Er war zu jedem Geständnis bereit, Hauptsache, er konnte den Schutz der Ordnungsmacht genießen.

Und wenn er nur reden könnte.

Knapp zehn Minuten nachdem Joakim Hill seine pathetische Aktion beendet hatte, hatte es unten an der Tür des frustrierten Galeristen geklingelt.

Er hatte nach diesem komplett missglückten Abend nicht die geringste Lust, von seiner Umwelt kontaktiert zu werden, aber plötzlich dachte er, es könnte vielleicht sogar sie sein – Lise.

»Ja?«, fragte er in die Sprechanlage und drückte den Knopf zum Gegensprechen.

»Carl? Ich bin's… mach auf«, hörte er. Der dänische Akzent war schwach, aber deutlich durch den knisternden Lautsprecher zu hören.

»Lise?«, fragte er trotzdem.

»Ja, Herrgott – wer sonst?«

Er betätigte den Summer. Sie hatten eine Menge zu besprechen, verschiedene Entscheidungen zu fällen und Pläne zu diskutieren. Wenn sie denn die Folgen des erfolglosen Geschäfts mit dem unzuverlässigen Italiener überleben wollten.

Er schenkte Weißwein in zwei Gläser und wartete auf die Wohnungstürklingel. Er hatte den Smoking gegen seinen bequemen Morgenrock getauscht und die Kontaktlinsen herausgenommen. Spätnachts war es schön, die Augen von dieser Plastikoptik zu befreien und eine gewöhnliche Brille aufzusetzen. Normalerweise gab er den Linsen den Vorzug, aber für Lise musste er sich nicht herausputzen. Nicht in dem Stil.

Er öffnete die Tür, sowie es klingelte.

»Hör zu Lise…«, begann er.

Aber sie war es nicht.

Drei Männer in dunklen Anzügen drängten herein – Männer, die er nicht kannte.

»Was zum Teufel soll das!«, brüllte er, aber ein kraftvoller Schlag gegen den Brustkorb schleuderte ihn in den Flur zurück.

»Halt's Maul!«, grunzte einer der Männer und warf die Tür mit einem lauten Knall ins Schloss. »Jetzt bist du still und hörst verdammt gut zu.«

Die Drohung in seiner vollkommen ruhigen und eiskalten Stimme war deutlich. Sobald der erste Schock überwunden war, begriff Carl sehr wohl, wer diese Männer waren. Er hatte nicht geglaubt, dass er ihnen auf lange Sicht entkommen konnte. Aber damit, dass sie ihn so schnell finden würden, hatte er nicht gerechnet.

»Wir sind von der Kanzlei Olsson & Lang«, fuhr der Mann fort. »Wir haben den Auftrag, Ihnen mitzuteilen, dass Direktor Svedfält sehr unzufrieden damit ist, wie Sie mit unserer Vereinbarung umgehen.«

»Wenn Sie Mittelsmänner der Kanzlei sind, müssten Sie es eigentlich besser wissen und sich nicht auf privaten Grund Zutritt verschaffen!«, protestierte Carl matt.

»Wer hat sich Zutritt verschafft? Sie haben doch freiwillig die Tür aufgemacht, oder etwa nicht?«, gab der Mann gehässig zurück.

»War es nicht so?«, bohrte er weiter und wandte sich mit einem hämischen Grinsen an seine Kollegen. »Seht ihr das so, als hättet ihr die Rechte von Herrn Linell missachtet?«

Sie grinsten ironisch zurück und schüttelten den Kopf. Ihre Statur war beeindruckend, und man konnte sich mit Recht fragen, ob sie tatsächlich aufgrund ihrer akademischen Qualifikationen den Job bei der Kanzlei bekommen hatten.

»Wo ist Lise?«, wollte Carl wissen. Seine Stimme war kurz davor, ins Falsett umzuschlagen, und kalte Schweißtropfen perlten auf seiner Stirn. »Was haben Sie mit ihr gemacht?«

»Das ist eine der Sachen, die Sie uns erzählen könnten, dachten wir uns.«

»Was meinen Sie damit, verflucht nochmal? Sie war doch da unten an der Sprechanlage!«

»Das war wirklich überzeugend«, höhnte der Mann, »aber das war tatsächlich eine junge Dame, die gerne – gegen Barzahlung, versteht sich – ihr Talent im Imitieren für einen kleinen Scherz zur Verfügung gestellt hat. Wir haben sie auf dem Weg von der Vernissage angesprochen, wo sie die kurze Eröffnungsrede von Frau Vagnman gehört hatte.«

Carl hörte nur mit halbem Ohr hin und tat währenddessen sein Äußerstes, sich eine vernünftige Erklärung und eine für Direktor Svedfält annehmbare Lösung der akuten Situation zu überlegen.

»Ja, ich weiß, dass das hier übel aussieht, aber ich versichere Ihnen, wenn Direktor Svedfält mir nur eine Frist von vierzehn Tagen einräumen kann, dann kann ich den Geldbetrag beschaffen. Ich hatte nämlich einen Käufer, der nur eine Stunde, bevor wir unser Geschäft abschließen wollten, abgesprungen ist.«

»Ach so, na, so was«, gluckste der Mann, während seine beiden Helfer neben der Tür belustigt kicherten. »Aber diesmal würden Sie wirklich Ihr Versprechen halten?«

»Auf jeden Fall!«, versicherte Linell und meinte, der Klammergriff um sein Herz ginge leicht zurück.

»Leider, aber daran glauben wir nicht so ganz«, erklärte der Mann und ließ keinen Zweifel daran, dass alles ein Katz-und-Maus-Spiel war. »Es ist nämlich so, dass wir die Anweisung vom Direktor haben … einen schärferen Ton anzuschlagen – und zwar bedeutend!«

»Aber Sie müssen doch trotz allem verstehen, dass …«, begann Carl, worauf sich sein Magen in einem fürchterlichen Verdacht zusammenzog.

»Lise!«, schrie er und starrte von einem zum anderen. »Wieso um alles in der Welt mussten Sie das tun?«

»Wovon redest du da?«, fragte der Mann, ehrlich überrascht.

»Ich rede von Lise, verdammt«, platzte es aus Carl heraus. »Wozu soll das gut sein, sie aus dem Weg zu schaffen! Ich war doch bereit zu zahlen!«

»Beruhige dich erst mal. Du weckst noch das ganze Haus

auf!«, zischte der Mann. »Hier hat keiner deine Matratze umgebracht, Kleiner. Zum einen wissen wir nicht, wo sie ist, und zum anderen wären wir doch komplette Idioten, wenn wir den Goldesel unschädlich machen, bevor er uns die Goldstücke beschert hat. Oder etwa nicht?«

Carl musterte den Mann misstrauisch, doch dieser hielt seinem Blick stand, und er wusste plötzlich nicht mehr recht, was er glauben sollte. Hatte er bloß überreagiert? Und was meinte der Mann sonst mit einem »schärferen Ton«?

Als hätte der Mittelsmann der Kanzlei seine Gedanken gelesen, zog er ein Paar dünne Kalbslederhandschuhe an. Handschuhe – mitten im Sommer?

»Wir fahren ein bisschen durch die Gegend«, sagte er.

Carl bekam einen staubtrockenen Hals. Er war noch nie mit Typen wie diesen durch die Gegend gefahren, aber er hatte auch nicht den leisesten Zweifel, dass das eine richtig unangenehme Fahrt werden würde.

Er hatte gerade die berühmten Worte: »Und wenn ich mich weigere, was dann?«, sagen wollen, als er einen der Kollegen eine Waffe aus seiner Innentasche hervorzaubern sah. Eine Glock-Kopie, der man sich nicht gern widersetzte.

»Wo… wohin geht's denn?«, stammelte er, unternahm aber keine ernsthaften Versuche, sich zu sträuben.

»Wir fahren irgendwo hin, wo wir reden können. Richtig ungestört und abgeschieden. Damit du sozusagen mit Sicherheit die Rechtmäßigkeit unserer Argumente verstehst. Das Ausmaß unserer Forderung also.«

»Aber das tue ich doch! Wirklich!«

»Direktor Svedfält glaubt das leider nicht. Aber er will, dass wir uns überzeugen, dass du auch tatsächlich zuhörst. Und das machen wir jetzt.«

Sie waren durch ruhige Straßen gefahren. Den einen oder anderen Autofahrer hatten sie zwar passiert, aber die vier

Männer in dem schwarzen Peugeot waren niemandem besonders aufgefallen. Vermutlich unterschieden sie sich nicht sehr von vielen anderen, die so spät noch unterwegs waren, um ein bisschen vom Kneipenleben der Stadt zu schnuppern. Doch tatsächlich waren sie auf dem Weg nach Domsten – zu den verlassenen Wäldern am Strand.

Carl war vollkommen überzeugt, dass er bald eine Kugel im Kopf haben würde. Aber die Repräsentanten von Olsson & Lang hatten einen anderen Auftrag: »Nicht töten, sondern nur erschrecken – so todesnah wie möglich.«

»Dort – da unten am Ufer, hinter den Steinen«, sagte jemand.

Da entschloss Carl sich und begann zu rennen. Er rannte über Moos und Tannennadeln, so schnell, dass seine Füße kaum die Erde berührten. Lief, wie er noch nie in seinem ganzen Leben gelaufen war – Himmel, er war Galerist und kein Sprinter! –, denn er war sicher, wenn sie ihn kriegen würden, würde er nie wieder rennen können.

Deshalb hätte Carl sich mehr als gern Joakim Hill an den Hals geworfen, wenn dieser plötzlich hinter einer Fichte aufgetaucht wäre.

Aber das tat Hill nicht.

Stattdessen hörte Carl Linell schwere Schritte direkt hinter sich auf den Boden stampfen. Die hünenhaften Gorillas der Kanzlei keuchten, und plötzlich bekam eine starke Hand seine sich verzweifelt windende Schulter zu fassen.

Er unternahm einen letzten desperaten Versuch, den Griff abzuschütteln, schlug mit einem Arm nach hinten und stolperte dabei über eine Baumwurzel.

Die drei Häscher waren sofort wie heißhungrige Hyänen über ihm. Er spürte, wie seine Arme so gewaltsam auf seinen Rücken gebogen wurden, dass er in die Nacht hinausschrie. Sein Gesicht wurde in das feuchte Moos gedrückt, Erde, zertretene Zapfen und Nadeln drängten in seinen

Mund, sein Nasenbein schlug auf einen Stein und knackte. Der Schmerz traf sein Hirn wie glühende Pfeile …

Als Joakim Hill die Tür der Galerie Blå unmittelbar nach der Mittagspause öffnete, stolzierte Henrik Malm mit einem völlig neuen Gefühl der Sicherheit umher. Als wäre er endlich der, der die Macht über die Galerie und den Galeristen besaß.

Lise Vagnman hatte sich wirklich vor dem Chef blamiert gestern Abend. Zuerst kam sie ewig zu spät. Dann hielt sie eine farblose und stockende Rede, bevor sie schließlich verschwand.

Carl wäre beinahe wahnsinnig geworden, aber was hätte er denn tun sollen? Nichts. Nicht mit der ganzen Galerie voller gespannter wichtiger Gäste. Es war an ihm und Henrik gewesen, Hände zu schütteln, sich zu unterhalten und die Wogen zu glätten.

Aber Henrik war das nur recht.

Er war gestern Abend der Verlässliche gewesen. Und wer war derjenige, der heute hier war, um die Unordnung zu beseitigen, wenn nicht er? Carl würde das bestimmt verstehen und zu würdigen wissen. Dieses Miststück war auf dem absteigenden Ast, ohne Frage. Bald würde es nur noch ihn, Carl und das rentable Kunstgeschäft geben. Also war Henrik im Großen und Ganzen recht zufrieden, als Kriminalkommissar Hill über die Schwelle trat, während eine heute in zivil gekleidete Susanna Avehed draußen wartete.

Sie hatten eine Weile vor der Kunsthandlung gestanden und so getan, als betrachteten sie die ausgestellten Grafiken. Hill hatte eigentlich den Assistenten durch die großen Schaufenster der Galerie gemustert und versucht, sich ein Bild von seiner möglichen Schuld oder Unschuld zu machen. Ein Motiv könnte sicher die deutlich homosexuelle Geste abgeben, die Hill vergangenen Abend vor der Toilette beobachtet hatte.

Aber… konnte der Assistent Lise wirklich getötet haben? Das schien Joakim Hill ziemlich unglaublich, dass man nachts morden und am nächsten Vormittag herumspazieren und vergoldete Rahmen abstauben konnte. Andererseits wäre das bei weitem noch nicht das Merkwürdigste, das dem Dezernat untergekommen wäre.

Aber in erster Linie führte ein ganz anderes Anliegen Joakim Hill in die Galerie.

Die Suche nach Carl Linell war erfolglos geblieben. Er war offensichtlich nicht zu Hause, obwohl BLÅ 2 noch immer auf dem Anwohnerparkplatz stand, und über sein Handy war er auch nicht erreichbar. Hill hoffte, dass Carls kleiner Spielkamerad vielleicht wusste, wo jener sich befand.

Henrik erkannte ihn offenbar sofort wieder, denn er konnte eine missgelaunte Furche zwischen den Augenbrauen nicht verbergen.

»Ja?«, fragte er, ohne den Staubwedel aus der Hand zu legen.

Auf dem Tisch in der Mitte lag noch immer das weiße, bodenlange Tischtuch, aber die Speisen, das Geschirr und alles andere waren fort. Die Cateringfirma musste frühmorgens schon hier gewesen sein.

»Ich suche Carl Linell«, erklärte Hill, ohne auf das überflüssige Mienenspiel des Bengels zu reagieren. »Wissen Sie, wo ich ihn finden kann?«

»Physisch oder gefühlsmäßig?«, provozierte Henrik, schwänzelte an dem Kommissar vorbei und nahm den geschützten Platz hinter dem Schreibtisch ein.

»Beides, fürchte ich. Physisch, weil wir einen Stuhl fürs Verhör auf dem Präsidium für ihn haben, und gefühlsmäßig, weil ich hoffe, dass er einsieht, dass das Beste, was er tun kann, ist, die Wahrheit zu sagen. Die ganze Wahrheit und nichts anderes.«

Henrik stand abrupt auf.

»Was sagen Sie da? Was ist passiert? Carl hat nichts getan. Er hat ein Alibi«, versicherte er zu rasch und zu schrill.

»Und wie wissen Sie davon?«

»Er… er war mit mir zusammen!«

»Aha – wie können Sie denn da so sicher sein?«

»Sicher? Natürlich bin ich sicher!«

»Interessant – ich habe nämlich noch gar nicht gesagt, um welche Zeit es überhaupt geht.«

Henrik blieb der Mund offen stehen, aber er sah seinen Schnitzer ein und schwieg.

»Also? Haben Sie eine Idee, wo er sich aufhalten könnte?«

»Nein.«

Henrik brauchte nicht zu lügen. Er hatte selbst versucht, Carl seit Viertel nach zwölf in der Nacht zu erreichen. Sammy wollte für seinen Auftrag bar bezahlt werden, aber der Galerist hatte wohl die Schlüssel zum Tresor mitgenommen, als er gegangen war. Henrik hatte auch keinen Erfolg gehabt, Carl zu erwischen. Aber er hatte leider ein ungutes Gefühl, wer vermutlich mehr Glück gehabt hatte.

»Er ist wohl draußen bei… Frau Vagnman, kann ich mir vorstellen!«, schnaubte er und setzte sich irritiert wieder in den Lederstuhl.

»Wieso glauben Sie das?«

»Ha!«, grunzte Henrik. »Wäre es vor ein paar Tagen gewesen, hätte ich gesagt, dass er dort ist, um zu vögeln. Aber seit ihrer Entgleisung auf der Vernissage gestern nehme ich an, dass er ihr gründlich die Leviten liest und ihr den endgültigen Plan präsentiert, um die Zusammenarbeit zu beenden – endgültig!«

Eine äußerst interessante Annahme. Besonders unter Berücksichtigung des gerade Geschehenen. Carl Linell war also höchst verärgert über Lise Vagnman gewesen…

Das Mobiltelefon klingelte, beziehungsweise es vibrierte

nur, denn es war auf stumm geschaltet. Das Display blendete Anderbergs Nummer ein.

»Entschuldigen Sie«, sagte Hill rein formell an Henrik gewandt. »Ja, hej Johan.«

Er hörte aufmerksam zu, und Henrik nutzte die Gelegenheit, sich eine Tasse Kaffee aus der Küche zu holen. Als er zurückkehrte, hatte Hill das Telefonat beendet und nahm den Gesprächsfaden wieder auf.

»Nein, er ist nicht rausgefahren.«

»Und wie können Sie da so sicher sein? Sie haben kein Recht, ihr Haus zu observieren.«

»Doch, seit elf Uhr heute Vormittag haben wir das.«

Das war ein netter Versuch von Hill, aber Henrik blickte völlig verständnislos drein.

»Was meinen Sie denn damit?«

»Lise Vagnman ist tot.«

Er beobachtete den jungen Mann immer noch minuziös. Es konnte Carl, es konnte aber auch dieser Kerl hier sein, der ein brauchbares Eifersuchtsmotiv hatte. Carls Berührung seiner Wange sprach eine unmissverständliche Sprache. Aber… es konnte natürlich auch jemand anders sein. Man musste aufpassen, dass man sich nicht in die Sackgasse der falschen Prämissen manövrierte.

Henrik starrte ihn mit offenem Mund an und kniff die Augen zusammen, als versuchte er, durch den Kriminalkommissar hindurchzublicken. Dann begann er zu kichern.

»Lise – tot! Der war wirklich gut! Der war ausgesprochen gut. Haben Sie noch so einen Witz auf Lager?«, höhnte er und wurde plötzlich wütend. »Was ist das hier eigentlich für ein Blödsinn? Warum erfinden Sie solchen Mist? Was glauben Sie, zu welchen Geständnissen Sie uns damit bewegen können?«

»Das ist kein dummes Zeug«, antwortete Hill und rieb sich die Augen. »Lise Vagnman ist tot, und uns ist sehr daran gelegen, Carl Linell zu finden. Besonders nach Ihrer Information über seine aggressive Reaktion gestern Abend auf ihr Verhalten.«

Henrik blickte ihn verständnislos an. Als würde die Bedeutung der Worte nicht bis in sein Hirn vordringen. Joakim Hill wollte ihn nicht noch mehr beanspruchen und keine weiteren Fakten offenbaren. Anderberg hatte ihm soeben mitgeteilt, dass Linells Fingerabdrücke, die ihm während seiner stürmischen Jugendjahre abgenommen worden waren, auf fast jedem Sexspielzeug wiedergefunden worden waren. Und auf Lises Browning.

»T… tot«, stammelte Henrik, als er die Information endlich begriffen hatte. »Wie… tot?«

»Ermordet.«

»Ermordet – das ist ausgeschlossen!«, rief Henrik aus, aber Hill registrierte, dass er im selben Atemzug wusste, dass es sehr wohl möglich war.

»Und Sie sind sich immer noch sicher, nicht zu wissen, wo Linell sich aufhält?«

»Ja, ich bin sicher! Verflucht, Sie glauben doch nicht…«

»Ich glaube gar nichts. Aber wo waren Sie denn gestern Abend?«

Henrik konnte die Beantwortung der Frage umgehen, denn Susanna Avehed betrat eilig die Galerie. Malm hielt sie zunächst für eine potenzielle Kundin, begriff jedoch sofort, dass sie Hills Verstärkung bei diesem kleinen Verhör war. Sie informierte den Kriminalkommissar flüsternd über irgendetwas. Er warf einen raschen Blick auf die Uhr und nickte.

»Wir müssen das Gespräch zu einem späteren Zeitpunkt weiterführen«, erklärte Hill und wandte sich mit seiner Kollegin zur Tür. »Und Sie brauchen nicht länger versuchen, Linell zu erwischen. Wir haben ihn gefunden. Oder besser gesagt, eine Familie beim Baden draußen in Domsten hat ihn halb erschlagen in einem Gebüsch am Strand entdeckt. Er liegt auf der Intensivstation, und sein Zustand ist alles andere als stabil.«

Carl Linell war kaum wiederzuerkennen. Er hatte beide Arme und ein Bein in Gips. Ein Tropf hing an einem glänzenden Stahlgestell neben seinem Bett, und er war intubiert, um seine Atmung aufrechtzuerhalten.

Das Gesicht wirkte sogar auf dem weißen Kissen bleich, jedenfalls an den Stellen, an denen die Ratscher und Blutergüsse, die ihm bei der Misshandlung zugefügt worden waren, nicht in blauroten Nuancen leuchteten.

Wäre der Anblick nicht zu ernst gewesen, um zu scherzen, hätte Hill ihn nur zu gern mit Per Vagnmans dramatischem *Schandfleck der Solidarität* verglichen.

Fraglich war, ob sie jemals erfahren würden, welche Art von »Solidarität« hinter dieser Körperverletzung lag.

Linell war noch immer bewusstlos. Fakt war, dass unklar war, ob er das Bewusstsein jemals wiedererlangen würde. Die Nacht, die er draußen gelegen hatte, war kühl gewesen. Als die Sonne aufgegangen war, hatte sie eine Hochsommertemperatur von vierundzwanzig Grad geboten, aber nicht einmal das hatte Linell geweckt. Er hatte in der prallen Sonne gelegen, wie ein Betrunkener, der seinen Rausch ausschläft. Die kleine Tochter der Familie hatte wissen wollen, weshalb der Onkel da drüben in den Büschen lag und schlief. Und ihre Mutter hatte reagiert, als das Mädchen zurückgekommen war und insistiert hatte, dass der Onkel ein Pflaster brauchte.

»Er hat ein Aua«, beharrte sie, »seine Nase blutet!«

Zwanzig Minuten später war der Notarzt da, und die Mutter hatte die ganzen Strandspielsachen wieder zusammengepackt, die Kinder ins Auto gesetzt und war nach Hause gefahren. Für heute hatten sie genug gebadet. Stattdessen würde sie mit ihnen ins DinoLand nach Nyvång fahren. Die

Gruselechsen würden hoffentlich die Missstimmung nach der grausigen Entdeckung am Strand etwas abschwächen.

Linell war also am Leben, aber jenseits jeder für ein Verhör brauchbaren Verfassung. Joakim Hill stand vor seinem Zimmer und musterte ihn durch die Glasscheibe hindurch. Er sah wirklich miserabel aus, wie er dalag – alles andere als der sture Kulturlöwe, der gestern Abend den Zirkus der Vernissage dirigiert hatte.

Wenn er in der Nacht noch mal nach Mohnglück rausgefahren war und seine Partnerin umgebracht hatte, was war in dem Fall ihm selbst später widerfahren? Wer hatte ihm aufgelauert, ihn misshandelt und dann seinem Schicksal draußen in Domsten überlassen? Hing die Misshandlung mit dem Mord zusammen, oder war das eine reine Zufälligkeit? Aber eigentlich wusste Hill das besser. In den Sphären, in denen Carl und Lise sich bewegten, passierte nichts zufällig. Das schien nur so. Aber in Wahrheit passierten ständig alle möglichen Dinge. Dinge, die miteinander verbunden waren, sich aneinander rieben und ineinander griffen auf eine Art, die der normale Bürger nur schwer nachvollziehen konnte. A implizierte B, B implizierte C, das eine Kontradiktion zu A darstellte, und so weiter. Unendlich. Die Entwicklung der Geschehnisse und der Täter waren eng mit dem Sozialkreis verknüpft, in dem sich das Opfer bewegt hatte.

Eine Frau im weißen Kittel kam den Flur entlanggestürmt, und Hill hoffte, dass sie Doktor Melander war, auf die oder den er schon eine geraume Weile wartete.

»Hej – Ninni Melander«, stellte sie sich vor und streckte ihm eine schmale, kühle Hand entgegen.

Er betrachtete sie eingehend, ließ sie aber sofort wieder los. Sie erinnerte ihn an die Hand der Babysitterin – des achtzehnjährigen Nachbarmädchens, das in die letzte Klasse der Nicolai-Schule ging und gern ein paar Stunden bei der schlafenden Bia saß, wenn sie ins Kino oder sonst wohin gehen wollten. Zu einem Hunderter extra in der Tasche sagte kein Gymnasiast nein.

Konnte diese zierliche Person wirklich für den Mann in der Intensivbehandlung verantwortlich sein? Ja, das konnte sie. Sie war Doktor Ninni Melander und blätterte schwungvoll durch eine Akte, um sich ein Bild von dem Zustand des Patienten zu machen.

»Ich verstehe, Sie möchten den Mann gern verhören«, kam sie gleich zur Sache, »aber selbst wenn er jetzt das Bewusstsein wiedererlangt, würde ich meine Zustimmung dazu nicht geben. Für ihn steht es auf des Messers Schneide, und selbst wenn wir unser Äußerstes tun, können wir nichts garantieren.«

»Haben Sie eine Vermutung, wie lange er da draußen am Strand gelegen haben könnte?«

»Nein, leider nicht. Aber anhand des Heilungsprozesses der Verletzungen können wir annehmen, dass er ungefähr seit drei oder vier Uhr nachts dort gelegen hat. Und dann sind … um genau zu sein … nachtaktive Käfer bereits durch Mund und Ohren in seinen Körper eingedrungen.«

Joakim Hill stockte unfreiwillig der Atem. Dass so etwas vorkam, war alles andere als ungewöhnlich. Allerdings meist bei Personen, die bereits tot waren. Die weichen und flüssigkeitsreichen Gesichtspartien eigneten sich ausgezeichnet als Versteck für Insekten vor der Sonne. Weder der Anblick noch der Gedanke daran war sonderlich angenehm. Aber dass sie dort gefunden worden waren, bestätigte die Annahme, dass er noch vor Anbruch der Morgendämmerung niedergeschlagen worden war.

»Okay, das klingt plausibel«, pflichtete er bei.

»Und, wie gesagt, selbst wenn er aufwachen sollte, können wir nicht versprechen, dass er verhört werden kann. Er braucht Zeit, um seinen Zustand zu stabilisieren. Und er kann unter Amnesie leiden. Er hat starke Schläge auf den

Hinterkopf abbekommen, und die Schädeldecke hat auch etwas abgekriegt.«

»Ja, dafür habe ich Verständnis«, druckste Hill vor der mädchenhaften Ärztin herum. »Aber was ich oder, eher gesagt, das kriminaltechnische Dezernat wissen möchte, ist, ob jemand herkommen und DNA-Proben unter seinen Nägeln nehmen kann?«

»Wird er irgendwie verdächtigt?«, fragte sie und fixierte ihn aus klarblauen Augen mit bewundernswerter Standhaftigkeit.

»Ja, er steht unter Verdacht – aber leider haben wir noch nichts Konkretes. Deshalb wäre es wichtig zu wissen, ob aus medizinischer Sicht derartige Proben entnommen werden können. Also, ohne dass der Patient irgendwelchen zusätzlichen Risiken ausgesetzt wird.«

»Nein, das wäre nicht der Fall, denke ich«, erwiderte sie und klappte entschlossen die Akte zu. »Aber Sie wissen, worum es geht. Bringen Sie das entsprechende Papier der Staatsanwaltschaft, damit wir keine Rechte verletzen.«

»Danke«, gab er zurück und winkte ihren von dannen klappernden Scholl-Sandalen nach.

Er blickte noch mal zu Carl Linell. Seine Augen waren geschlossen, aber der Herzrhythmus auf dem Monitor war regelmäßig und den Umständen entsprechend kräftig. Er dachte, dass hier ein Mann lag, der die Kunst der Lüge bis zur Vollendung beherrscht hatte. Und wenn es um die Wahrheit ging, war er unfreiwillig stumm.

Hill tippte die Nummer der Staatsanwaltschaft und vereinbarte einen Termin für die Ausfertigung der Befugnis, die Wahrheit herauszufinden, komme, was da wolle.

Es war schon spät, und er sollte längst zu Hause bei seinen Mädels sein. Aber das Rätsel, was eigentlich passiert war, ließ ihm keine Ruhe.

Joakim Hill saß in seinem Büro und starrte missgelaunt auf alle bekannten Details. Die Umstände der Geschehnisse des vergangenen Abends sowie der Nacht hatte er in einem schematischen Diagramm sorgsam notiert. An die Zeitachse schrieb er jeden bekannten Sachverhalt, seit er und seine Kollegen in der Galerie Blå eingetroffen waren. Unter der Zeitachse hielt er die Fragezeichen fest, die er nicht konkret platzieren konnte. Ihre Zahl war unbehaglich stark gewachsen.

Das fand auch Polizeichef Harry Runsten. Allerdings aus etwas anderen, aber nichtsdestoweniger korrekten Gründen als Hill. Runsten war selbst gegen halb drei in Hills Büro hinuntergekommen. Kaum zu glauben! Normalerweise wurde man in die Diensträume des Polizeichefs im fünften Stock beordert. In das hübsch eingerichtete Prachtzimmer mit moosgrünem Ochsenledersofa, Bildern an den Wänden und weichen Teppichen. Das Zimmer, das nach Westen ging und ihm eine beneidenswerte Aussicht über den Sund bis zur dänischen Seite gewährte.

Aber nun hatte er sich zu Joakim hinunterbemüht, und er wirkte aufgebracht, als er eintrat und die Tür hinter sich schloss.

»Ja, also, Hill…«, begann er zögernd.

»Geht es um diesen Artikel?«, unterbrach Hill gedankenlos. »Ich wusste, dass es Beschwerden geben würde, aber kann das nicht etwas warten?«

»Wie? Welchen Artikel… ach so, den, ja. Nein, nein, unsere Kollegen auf Landesebene haben sich zwar gemeldet, aber ich habe ihnen erklärt, dass ich da ganz auf deiner Seite stehe und dass keine Entscheidung infrage gestellt worden ist. Weder zu dem Zeitpunkt noch später.«

Hill musterte Runsten ungläubig, nickte aber anerkennend als Dank für die unerwartete Unterstützung. Obwohl Joakim auf der anderen Seite eine ganze Kaskade von Machtdemonstrationen seitens des Polizeichefs in den letzten Jahren erlebt hatte. Seitdem Hill widerwillig über Runstens Einmischungsversuch in einen Fall mit einer ihm nahe stehenden Person geschwiegen hatte. Zunächst war Joakim ernsthaft verärgert gewesen, aber mit der Zeit hatte er den Vorfall als menschlich verständlichen Fehler vonseiten seines Chefs akzeptiert. Nun dachte er nur noch selten daran. Doch jetzt fragte er sich, ob wohl wieder etwas Derartiges im Anmarsch war.

»Nein, es geht um die Sache mit Lise Vagnman. Ich bin wirklich erschüttert.«

Joakim Hill spitzte instinktiv die Ohren.

»Wir haben uns ja etwas mit ihr auf der Vernissage unterhalten. Linell, dieser Galerist, hat mich und Christel vorgestellt. Wir haben über die intensive Kunst ihres Mannes, über ihre eigenen Zukunftspläne… und über die Option, eines der Kunstwerke fürs Präsidium zu erwerben, gesprochen. Und jetzt ist sie einfach… weg. Das ist unfassbar!«

»Ja«, stimmte Hill zu, »das ist immer so.«

»Aber dieses Mal ist das etwas anderes. Ich wünschte, wir hätten uns auf der Stelle entschieden. Jetzt, wo sie nicht mehr da ist, kommt wohl der Typ aus Kalabrien und schnappt uns die ganze Kollektion weg.«

»Der Typ aus… Kalabrien?«

»Ja, dieser Impresario aus Italien – der mit dem schwarzen Schlapphut.«

»Ach der, ja, ich frage mich sowieso, was das für eine Gestalt ist.«

»Ja, Linell hat von ihm erzählt. Und wahrscheinlich war er da, um so viel wie möglich mit der Signatur Vagnman zu erwerben. Ich habe schon daran gedacht, Linell anzurufen, um ihn zu bitten, ein paar hübsche Exemplare für das Präsidium zurückzuhalten. Was meinst du, Joakim? Wäre das richtig, oder wäre das falsch?«

Joakim Hill wusste, dass Bilder dieses Kalibers kaum für die Verschönerung der Personalräume eingekauft wurden. Wonach der Polizeichef im Grunde fragte, war, ob er dachte, dass der Polizeichef die Gelegenheit nutzen sollte, um seine eigene Kunstsammlung oben im fünften Stock zu erweitern. Joakim Hill war das einerlei, aber er suchte nach einer diplomatischen Antwort.

»Rein aus inventarsbezogener Sicht gesehen, hielte ich das für ein lohnendes Unterfangen, aber gegenwärtig glaube ich, dass sich das nicht so leicht bewerkstelligen ließe.«

»Wieso?«

»Carl Linell wurde heute in Domsten gefunden. Halb totgeschlagen, liegt er bewusstlos auf der Intensivstation.«

Er hatte seinem Chef ein Schreiben, das auf seinem Tisch gelegen hatte, gereicht.

»Das hier«, erläuterte er, »ist der Beschluss des Staatsanwalts, dass wir befugt sind, eine DNA-Probe unter Linells Fingernägeln abzunehmen, obwohl er immer noch im Koma liegt. Es ist bei weitem nicht sicher, dass er überhaupt überlebt. Jedenfalls wird Linell eine ganze Weile lang keine Kunstgeschäfte abschließen können.«

Harry Runsten starrte den Schrieb an. Offensichtlich irritierte ihn irgendetwas, denn schließlich wischte er sich mit einem tadellos reinen Taschentuch aus der Innentasche den Schweiß von der Stirn.

»Joakim«, sagte er mit belegter Stimme, »sieh zu, dass du das regelst. Lösen wir das nicht, können alle wie auch immer gearteten Dementis meinerseits uns nicht mehr vor den Geiern retten. Alle, sowohl die Medien als auch die Vorgesetzten, werden mit größtem Vergnügen versuchen, uns die Augen auszukratzen und die Eingeweide herauszureißen – am besten bei lebendigem Leib!«

Hill nickte. Das war vollkommen richtig und ganz unvermeidbar.

»Und außerdem«, bemerkte Runsten, als er die Klinke herunterdrückte, um die Tür zu öffnen, »ist es einfach furchtbar, dass man im einen Moment noch mit den Leuten redet, und im nächsten Moment sind sie tot oder liegen im Sterben.«

Hill hatte erneut genickt – das war ebenfalls nur allzu wahr.

So war das immer.

»Und du, Joakim«, hatte sich der Chef vertraulich verabschiedet, »versuch, nicht noch mehr Ärger auf dich zu lenken. Man kann die Wölfe nur so lange fern halten, wie es nicht allzu verdorben riecht.«

War das vermeidbar, wenn man das Ziel der Schmutzschlacht war?

Unstrittiger Fakt war, dass die Polizei unter unerhört großem Personalmangel litt. Fast zwanzig Prozent waren gestrichen worden, ohne dass Neuzugänge die Vakanzen besetzt hatten. Das bedeutete, dass jede verfluchte Kraft zur Verbrechensbekämpfung gebraucht wurde. War es da zu viel verlangt, dass die Presse auf die schonungslosesten Schikanierungskampagnen verzichtete?

Offenbar ja.

Deshalb hatte er jetzt seine Zeitachse vor sich und suchte verzweifelt nach dem unsichtbaren Muster, das seiner Meinung nach in diesen Vorfällen zu finden war.

Wenn man mit Lise den Anfang machte, wusste man im Prinzip nicht, was passiert war, seit sie die Vernissage fluchtartig verlassen hatte. War sie nach Hause gefahren und dann erneut weggefahren? War sie woanders hingefahren, und war sie in dem Fall allein oder in Begleitung gewesen?

Hill selbst hatte Linell auf dem Weg zur Villa Mohnglück verfolgt. Und das Verhalten des Galeristen war schwer anders zu deuten, als dass er nach Lise gesucht hatte, nachdem er sie zu Hause nicht angetroffen hatte. Wenn sie aber zu der

Zeit doch zu Hause gewesen war? Wenn sie da schon tot im Bett gelegen und Linell sofort auf dem Absatz kehrtgemacht hatte und geschockt von dannen gebraust war? Aber weshalb sollte er dann nach Söderåsen raufgefahren sein? Als suchte er dort nach jemandem, jedoch ohne die gesuchte Person und Stelle zu finden. Hill musste einfach annehmen, dass er nach Lise gesucht hatte.

Da war es bereits kurz nach halb elf gewesen.

Linell hatte weitere fünfundzwanzig Minuten gebraucht, um in die Stadt zurückzukehren, einen freien Parkplatz zu finden und in seine Wohnung zu verschwinden. War es unlogisch anzunehmen, dass Lise möglicherweise dort auf ihn wartete? Nein, das nicht, aber unmöglich zu beweisen. Die Beamten waren in Linells Wohnung gewesen, hatten jedoch keinerlei Anzeichen eines Streits feststellen können. Larsson hatte lediglich darauf hingewiesen, dass auf dem Flurteppich ein schwarzes Haar lag. Und dass sowohl Carl als auch Lise blond waren. Es sah zweifelsfrei wie ein Menschenhaar aus, aber vorsichtshalber ließen sie es analysieren. Larsson wollte eruieren, ob es von einem Mann oder einer Frau stammte, doch absolut sichere Aussagen darüber zu treffen, war leider nicht möglich. Viel mehr konnte man auch nicht tun.

Aber es war erlaubt, Proben für die DNA-Analyse unter Linells Fingernägeln zu nehmen. Proben, mit deren Hilfe man hoffentlich nachweisen konnte, dass er derjenige gewesen war, der Lise die Schramme auf ihrer Wange zugefügt hatte. Es waren tatsächlich DNA-Spuren gefunden worden, die jedoch mit keiner passenden DNA abgeglichen werden konnten.

Es gab also immer noch zu viele Hoffentlich und zu wenige beantwortete Fragezeichen, als dass Hill Gefallen daran fand.

Henrik war auch so ein unbegreiflicher Fall. Als die Techniker zum Krankenzimmer zurückgekehrt waren, um die Proben zu nehmen, hatte der junge Assistent an der Scheibe gestanden, genau wie Hill vorher. Tränen waren unablässig Henrik Malms Wangen hinabgeströmt, während er seinen Chef, seinen Freund und Liebhaber im Krankenbett betrachtet hatte. Linell sah keineswegs besser aus, und das Personal bestätigte, dass er immer noch auf der Liste der kritischen Patienten stand.

Über das, was Carl die schmutzige Hurerei mit dieser dänischen Hexe eingebracht hatte, sah Henrik nun keinen Grund mehr, noch länger seine Zunge im Zaum zu halten. Wer wäre sonst der nächste Mann in einem Krankenhausbett oder sogar auf der Totenbahre? Er nicht, besten Dank! Er sah jedenfalls zu, sich zu schützen. Und die ganzen Millionen, die sie verdienen würden und von denen Carl geschwärmt hatte – was war das noch wert? Wenn sie sowieso nicht mehr leben und das Geld genießen konnten.

Er wollte diesem Kommissar Hill alles geben, was er brauchte.

Egal, was – Hauptsache derjenige, der Carl das angetan hatte, erhielt seine Strafe.

Hill verspürte den Impuls, dem jungen Mann tröstend auf die Schulter zu klopfen. Aber er hatte sich trotz allem zurückgehalten. Nicht aufgrund einer tief wurzelnden Homophobie, sondern weil noch immer nicht geklärt war, ob eventuell Linells junger Liebhaber dessen Geliebte umgebracht hatte.

Die Obduktion in Lund hatte ergeben, dass kein regelrechter Sexualverkehr stattgefunden hatte. Dieser Umstand konnte Malm unter Umständen schwer belasten.

Der Zeitpunkt war eine andere, enervierende Sache.

Es war völlig unmöglich, aus medizinischer Sicht einen Zeitpunkt für Lises Tod zu bestimmen. Aber die Nachforschungen hatten im Laufe des Tages ergeben, dass Lise spätabends mit ihrer Schwester telefoniert hatte, kurz nach halb zwölf. Die Schwester hatte aus Kopenhagen Lise auf ihrem Mobiltelefon angerufen, weil sie neugierig war, wie die Vernissage gelaufen war. Lise hatte ihr mitgeteilt, dass sie zu Hause war, doch die Schwester fand, dass ihre Stimme merkwürdig gedämpft klang, was nicht zu den hohen Räumen in Lises Haus passte. Die Schwester hatte also nicht die geringste Ahnung, wo Lise sich aufgehalten hatte, meinte aber, sie sei etwas kurz angebunden gewcsen. Allerdings eher so, als sei sie in Gesellschaft gewesen, und nicht, als hätte sie vor irgendetwas Angst gehabt. Die Verbindungsvermittlung hatte das Gespräch bestätigen und den Sender in Lises Nähe bestimmen können. Sie hatte sich im Süden von Helsingborg befunden und noch ein zweites Gespräch angenommen, von einer nicht registrierten Nummer.

Man konnte also davon ausgehen, dass Lise bis zu diesem Zeitpunkt noch am Leben gewesen war.

»Ja, Herr Kommissar«, begann Henrik und zog unappetitlich die Nase hoch, als Hill vor dem Fenster an ihm vorbeiging, »ich würde das Gespräch von vorhin mit Ihnen gern fortsetzen, wenn das geht.«

Ob das ging? Joakim Hill kreuzte erwartungsvoll die Finger hinter dem Rücken und dachte, dass es doch noch Zeichen und Wunder geben konnte!

6

Die Ermittlungen im Mordfall laufen recht gut, die Situation ist eine ganz andere als letztes Mal. Jetzt ist alles am Ort unverändert, er ist abgesperrt ohne Einsichtsmöglichkeiten, die Leiche ist noch da, mit maximaler polizeilicher Bewachung tagsüber. Das ist schon mal ein guter Anfang. Dann gehen aus allen möglichen Richtungen verschiedene Aussagen ein, glaubwürdige und weniger glaubwürdige…

Eine Kunstausstellung und zwei Begräbnisse. Das wäre ein gelungener Filmtitel, doch leider war das die Wirklichkeit im Helsingborger Polizeibezirk.

Nach dem Mord an Lise Vagnman waren eineinhalb Wochen vergangen. Carl Linell lag immer noch im Koma. Sein Zustand hatte sich zwar leicht gebessert, aber er war noch nicht ansprechbar.

»Er kann in einer Viertelstunde aufwachen«, erklärte Doktor Melander geduldig. »Er kann in drei Monaten aufwachen oder überhaupt nicht mehr. Mehr wissen wir leider auch nicht, aber wir versichern Ihnen, dass wir uns mit Ihnen in Verbindung setzen, sobald sein Zustand sich irgendwie verändert.«

Joakim Hill hatte fast jeden Tag angerufen. Und die kleine Frau Doktor hatte fast immer dasselbe geantwortet.

Die DNA-Proben von Linells Fingernägeln waren enttäuschend gewesen. Nichts deutete darauf hin, dass er derjenige gewesen war, der Lise Vagnman im Gesicht gekratzt hatte.

Und nun stand auch noch ein Begräbnis auf dem Plan.

»Ich jage lieber ganz normale Strolche«, grunzte Gårdeman, machte sich aber trotzdem auf den Weg zu diesem traurigen Anlass.

Er hatte sich aus freien Stücken entschieden, zu Annas Beisetzung auf dem Friedhof in Åstorp zu gehen. Er glaubte zwar nicht, ermittlungstechnisch gesehen etwas Interessantes herauszufinden, aber einen Versuch war es immerhin wert. Es kam vor, dass der Täter seinem Opfer bis zur letzten Ruhestatt folgte, wenn auch auf Abstand. Vor allem aber wollte Gårdeman der alten Dame seine Ehre erweisen. Denn was konnte er sonst noch für sie tun? Er tat sein Bestes, um etwas Neues in der Fahndung nach ihrem Mörder in Erfahrung zu bringen. Aber bisher war der Fall ein komplettes Rätsel, noch mehr als der Fall Vagnman.

Da gab es wenigstens ein paar Spuren, denen man nachgehen konnte.

In Bezug auf Anna endete alles bei ihrem Tod.

Sie hatte mit niemandem Kontakt gehabt, niemand konnte mit neuen Beobachtungen oder Hinweisen aufwarten. Nicht einmal Anna-Lena Lagerkvist aus Lund. Es konnte lediglich festgestellt werden, dass sie mit ihrem eigenen Bademantelgürtel erwürgt worden war, bevor sie im Vorratskeller abgelegt worden war. Aber er würde in jedem Fall an der Trauerfeier teilnehmen und die Augen offen halten. Er würde auf ihrer letzten Reise an ihrer Seite sein – damit sie nicht allein war.

Joakim Hill gedachte, aus dienstlichen Gründen einer bedeutend zahlreicher besuchten Feier beizuwohnen. An ihm war es hängen geblieben, bei Lise Vagnmans Beisetzung in der schönen, mittelalterlichen Kirche in Kvistofta anwesend zu sein. Susanna Avehed begleitete ihn, da anzunehmen war, dass sie diskreter auftrat als beispielsweise Svenningsson. Susanna kaute nämlich selten Kaugummi – und sicherlich nie während Beerdigungen.

Henrik dachte natürlich nicht daran hinzugehen, aber er hatte Joakim Hill und seine Kollegen mit ausreichend Information darüber versorgt, was sich innerhalb der vier Wände der Galerie abgespielt hatte, damit sie ihre Ermittlungen weitaus effektiver gestalten konnten.

Lise und Carl war mit Mord gedroht worden. Henrik wollte sich nicht präziser ausdrücken, hatte aber angedeutet, er glaube, es handelte sich um gefälschte Gemälde. Die Staatsanwaltschaft war sehr großzügig gewesen. Hill hatte ohne größere Schwierigkeiten die Befugnis erhalten, Villa Mohnglück nach Indizien zu durchsuchen, die diesen Verdacht erhärteten. Bis oben unters Dach, bis in den letzten Winkel im Gebälk, wohin sich sonst nur Spinnen und Mäuse verkrochen. Dort wurden einige unbekannte Werke, signiert mit »Per Vagnman« gefunden, datiert auf Mitte der Neunziger. Niemand war sonderlich überrascht, als die Expertise ergab, dass die Farbe eindeutig nicht so alt war, dass die Bilder in der angegebenen Zeit gemalt worden sein konnten. Hier handelte es sich um relativ frisch getrocknete Farbe. Die Signatur war selbst für einen Experten nur schwer vom Original zu unterscheiden, aber die Sache war klar: Es handelte sich um Fälschungen. Und es lag quasi auf der Hand, dass Lise selbst diese Fälschungen angefertigt hatte, während Carl sie zu überhöhten Preisen in Umlauf gebracht hatte.

Es fragte sich nur, wen sie über den Tisch ziehen wollten.

Henrik hatte eine dunkle Vermutung bezüglich einer großen Nummer mit dem italienischen Impresario. Ein Deal, der definitiv nicht nach Plan abgelaufen war, wie Carl am Abend der Vernissage unzusammenhängend gestammelt hatte, bevor er verschwunden war. Henrik ging davon aus, dass dieser Kauf nie abgeschlossen wurde. Also hatte der Impresario vermutlich kein Motiv, wohl aber die andere Seite dieser geschäftlichen Vereinbarung, die leer ausgegangen war.

Direktor Svedfält war der Helsingborger Polizei alles andere als unbekannt. Selbstverständlich geschah es nicht oft, dass der berüchtigte Direktor so weit im Süden tätig war. Aber es war schon vorgekommen, und es war sicher nicht das letzte Mal. Sofern man ihm nicht die Beteiligung an einem Mord nachweisen konnte.

Durch die Kollegen in Göteborg war der Direktor zu dem seltsamen Kunstkauf befragt worden, doch er wisse von nichts, behauptete er. Es war immer wieder bezeichnend, wie unschuldig alle wurden, wenn es um Mord ging. Nicht dass seine Beteuerungen ernst genommen wurden – er stand auf der Liste der möglichen Täter immer noch ganz oben –, aber es gab keinerlei Beweise oder handfeste Indizien. Er versicherte sogar, keines der Gemälde befände sich noch in seinem Besitz.

Aus offensichtlichen Gründen war er auch bei Lises Beerdigung nicht anwesend. Keine Spur von irgendetwas, das mit dem lichtscheuen Geschäftsmann in Verbindung gebracht werden konnte.

Außer den nächsten Familienangehörigen von der anderen Seite des Sundes waren Freunde und Bewunderer gekommen. Ein paar Zeitungsleute – Lotta Jönsson natürlich, die leicht beschämt so tat, als würde sie Hill nicht sehen – und, wie einem Film noir entsprungen, sogar der merkwürdige Italiener, der auf der Vernissage gewesen war. Er schien mehr aus Höflichkeit gekommen zu sein, drehte und wendete sich und unterhielt sich leise mit seiner Begleitung. Einer Dame, die Hill als bedeutende Repräsentantin des Kulturausschusses der Stadt kannte.

Es war kein übermäßiges Gedränge in der Kirche, aber

immerhin so voll, dass Hill und Avehed sich eine Bank mit einem älteren Mann teilten. Er wirkte adrett, sah aber etwas künstlerisch aus. Hill lächelte höflich, und der Mann nickte freundlich zurück.

Die Orgelmusik setzte ein, und die Klänge von Bachs Toccata, Adagio und Fuge in C-Dur, BWV 564, erfüllten die Gewölbe der Kirche.

Als die Töne verklungen waren, scharrten Füße in den Bankreihen, und Stimmen räusperten sich, als schienen sie die Pause zu nutzen, bevor der nächste Akt begann. Eine Pastorin mit barschem Blick, aber einer weichen, wohl klingenden Stimme trat in gemessenem Schritt an den weißen Sarg vor dem Altar. Er war mit weißen und gelben Rosen geschmückt. Ein Hoffnungsschimmer inmitten der Trauer, die alle hier versammelt hatte. Die Pastorin leitete ihre Ansprache mit einigen Anmerkungen über die Kunst ein. Die Kunst als Vermächtnis des Künstlers an die gesamte Menschheit, ebenso bedeutend für unsere ästhetische Wahrnehmung wie der genetische Code für die rein physische Entwicklung.

Hill fand das leicht übertrieben. Aber andererseits war das vielleicht der eigentliche Sinn der Rede? Die Kleckse zu übertünchen, dass die Gesamtheit gleichermaßen bedeutsam wie hübsch anzusehen war. Damit die Tatsache, dass die Uhr für jeden tickte, leichter zu ertragen war.

Das Ritual ging nur schleppend voran, und Hill und Susanna nutzten die Gelegenheit, um die Anwesenden etwas genauer in Augenschein zu nehmen. Die Schwester saß blass und vergrämt in der ersten Bankreihe schräg vor dem Altar. Im Augenblick weinte sie nicht. Der Kerl neben ihr war vermutlich ihr Mann. Ein Bruder sicher nicht, denn er reichte ihr irritiert ein Taschentuch und bat sie energisch, sich zu schnäuzen. Im Übrigen sah er so aus, als würde er sich nach einem Bier sehnen.

Lise hatte sich anscheinend bisweilen um ihre Tante Magda gekümmert, die nun hier neben den Ihren saß und ziemlich verwirrt zu sein schien. Als begriffe sie nicht recht, was da vor sich ging, lachte sie zufrieden über die stilvolle Feierlichkeit und blickte sich um, um festzustellen, wer außer ihr an diesem großartigen Zauber teilnahm.

Sie musterte auch Hill, nickte freundlich und winkte ihm mit ihrer kleinen, schmalen Hand.

Er konnte nicht anders und lächelte zurück, schielte aber verstohlen zu Susanna, die den kleinen Zwischenfall bemerkt hatte, in die Gottesdienstordnung hinunterschaute und grinste. Verdammt. Er wollte eigentlich sein Image nicht mit einem Günstling alter Damen in Verbindung gebracht sehen. Aber gut, das war auch nicht das Schlimmste.

Der Impresario saß zusammen mit der Dame aus dem Kulturausschuss und einer anderen Frau, die, wie Hill wusste, vom Kunstmuseum Vikingsberg war, der Familie direkt gegenüber. Aber von ihm war nur wenig zu sehen. Der schwarze Schlapphut passte ausgezeichnet zu diesem Anlass. Er wirkte genauso natürlich auf seinem Kopf wie die Trauerhüte der Damen.

Die Presse und Hill saßen wie gewöhnlich auf verschiedenen Seiten. Sie hatten ihren jeweiligen Abschnitt in den Bankreihen besetzt, die den Altargang säumten. Das *Helsingborgs Dagblad* hatte seinen besten Kulturjournalisten geschickt, und es war anzunehmen, dass in der kommenden Wochenendausgabe eine ganze Seite über Lise Vagnmans Leben und künstlerisches Schaffen gebracht werden würde.

»Ich frage mich, wieso Antonsson nicht hier ist.«

»Bitte, wie?«, fragte Hill und beugte sich zu dem älteren Mann in seiner Bank.

»Antonsson hat Lise doch vergöttert«, flüsterte der Mann, »wieso kommt er dann nicht zu ihrer Beerdigung?«

Das wollte Hill auch gern wissen. Aber viel lieber wollte er wissen, wer dieser Antonsson war.

»Verzeihung, aber wer ist dieser... Antonsson?«

Susanna verpasste ihm einen leichten Rippenstoß, damit er leiser sprach. Hill lehnte sich noch weiter zu dem Mann hinüber und konnte riechen, dass der Mann sich nicht nur mit einer Zigarette, sondern auch mit einem Schluck Whisky gestärkt hatte.

»Herman Antonsson war ihr guter Freund aus der Zeit an der Kunsthochschule in Stockholm gewesen. Herman war unsagbar begabt, aber er hatte einen schwachen Charakter, na ja.«

Wer hatte das nicht?

»Deswegen hat sie sich für Per entschieden. Aber eigentlich hat Herman sie viel mehr geliebt, und ich glaube, sie ist vom Regen in die Traufe gekommen.«

Plötzlich erhoben sich alle von ihren Plätzen. Hill tat es ihnen, ohne nachzudenken, gleich. Die Worte des Mannes mahlten in seinem Kopf. Herman Antonsson? Von ihm hatte er noch nie etwas gehört. Aber zum ersten Mal hatte er jemanden gefunden, der das Ehepaar Vagnman kannte und außerdem bereit war, darüber zu reden.

»Von Erde bist du gekommen...«, predigte die Pastorin am Sarg und ließ die erste Schaufel Erde auf den Deckel rieseln.

Aber Hill dachte nicht daran, diese einmalige Gelegenheit verstreichen zu lassen.

»Und wer sind Sie?«, fragte er den Mann, ohne den Blick von der Zeremonie am Altar abzuwenden.

»...zu Erde sollst du werden...«, fuhr die Pastorin fort und schraubte ihre Stimme leicht verärgert eine halbe Oktave höher.

Die zweite Schaufel Erde prasselte hohl auf den Sargdeckel.

»Torsten Tengmar«, keuchte der Mann mühsam. »Torsten Tengmar – erkennen Sie mich nicht wieder? Und ich weiß alles, müssen Sie wissen!«

»Doch, ja«, beeilte Hill sich zu bestätigen.

»... aus Erde sollst du wieder auferstehen«, endete die Pastorin, leerte die dritte Schaufel auf den Blumenschmuck und musterte den Ruhestörer wütend, bevor sie zu dem Segensspruch überging.

Alle nahmen wieder Platz – außer Joakim Hill. Hätte Susanna Avehed ihn nicht am Jackenärmel gezupft, wäre er stehen geblieben. Die Worte des Mannes schwirrten noch in seinem Kopf.

»... und ich weiß alles!«

Die Toccata aus Charles-Marie Widors fünfter Orgelsymphonie dröhnte plötzlich aus der kleinen Orgel im Chor des Nordflügels der Kirche. Das war ein großartiges Werk, das mit der Macht seiner Klänge selbst den Tod überwand.

Doch die Orgel der kleinen Kirche vermochte diese Botschaft nicht gänzlich zu übermitteln. Lise Vagnman war und blieb dahingeschieden.

Als der Sarg in das Grab hinabgesenkt wurde, jeder Abschied genommen und der Toten eine letzte Blume geschenkt hatte, war alles endgültig. Der Küster würde das Grab mit Erde füllen und die Kränze an ihre Plätze legen. Eine Künstlerlaufbahn war zu Ende gegangen. Doch wer trug die Verantwortung dafür, dass sie kürzer gedauert hatte, als von der Natur vorgesehen?

Joakim beobachtete den Mann, der alles zu wissen meinte, und als die Trauernden auseinander gingen, hatte er ihn rasch auf dem Kiesweg eingeholt.

»Entschuldigen Sie«, begann er und zeigte ungefragt seine Dienstmarke. »Wie ungehörig, dass ich Sie nicht gleich erkannt habe. Ich habe fast nur ältere Fotos von Ihnen gesehen. Können wir uns kurz unterhalten? Über Lise?«

Der Mann namens Torsten Tengmar ließ sich nicht lange bitten. Er war zwar ein gutes Stück älter als Lise und Per, aber hatte mit ihnen dieselben Kurse an der Kunsthochschule in Stockholm besucht. Sie waren Bekannte gewesen, keine besten Freunde, hatte aber einiges zusammen erlebt. Und nun gefiel es ihm, hier in der warmen Spätsommersonne vor einer kleinen schonischen Kirche zu stehen und von Lise zu erzählen. Was Per betraf, wurde er in Torstens Erzählung nur als »verdammter Mistkerl« bezeichnet, besonders in Bezug auf sein Verhalten Lise gegenüber – die offensichtlich nicht nur von Antonsson aus der Künstlerclique vergöttert wurde.

Leider wusste Torsten doch nicht alles. Aber eine ganze Menge, und als Joakim Hill sich von ihm verabschiedete, wusste er, dass Lise gelogen hatte. Sie hatte gesagt, in ihrer Ehe mit Per hätte es keine Probleme gegeben. Doch in Wahrheit war er ihr gegenüber oft gewalttätig geworden. Und das nicht mit den gewissen Spielsachen im Schlafzimmer. Einmal hatte er ihr Handgelenk gebrochen, ein anderes Mal hatte er so kräftig auf ihr Ohr geschlagen, dass sie mehrere Monate lang taub war. Und vieles mehr. Seiner Verachtung für ihre Ehe hatte er die Krone aufgesetzt, indem er sie betrogen hatte. Mit irgendeiner miserablen Konkurrentin! Wenn Torsten es gewagt hätte, auf einen Friedhof zu spucken, hätte er das demonstrativ getan, als er den Namen der betreffenden Künstlerin aussprach.

Susanna Avehed hatte sich etwas im Hintergrund gehalten, beschleunigte nun jedoch ihren Schritt, um Hill einzuholen.

»Wer war das?«, erkundigte sie sich.

»Torsten Tengmar«, gab Hill zurück und hielt ihr das Tor zum Parkplatz auf.

»Und wer ist das?«

»Keine Ahnung«, gestand er und lächelte etwas ertappt. »Eine Art Künstler, nehme ich an. Und als ich so tat, als würde ich ihn kennen, wurde er plötzlich gesprächig. Habe ich da gesündigt?«

»Definitiv«, stellte sie fest. »Besonders in der Kirche. Aber der Zweck heiligt die Mittel. Und wo wir gerade dabei sind: Hat Lotta Jönsson mit dir gesprochen?«

»Nein, wollte sie das denn?«

»Ich weiß nicht. Ich hatte den Eindruck, als wollte sie etwas von dir, aber da warst du schon in deine Unterhaltung mit diesem Tengmar vertieft. Dann war sie plötzlich verschwunden. Sie hat wohl irgendeine Sensation gewittert, nehme ich an.«

»Hmm«, brummte Hill und sah vor seinem inneren Auge das jüngste Beispiel ihres Sensationsjournalismus vor sich. Die letzte Schlagzeile war ohne Rücksicht auf Verluste formuliert worden. So kannte er sie gar nicht, und er fragte sich, was sie dazu bewogen hatte, zuerst ins Blaue draufloszuschießen und erst dann zu fragen.

»Hast du denn etwas Interessantes herausbekommen?«, wechselte Susanna schnell das Gesprächsthema.

»Wir werden diesen Burschen mal durch die Kartei laufen lassen. Ich bin zwar nicht sicher, ob wir da wirklich fündig werden, aber als abgehalfterter Künstler aus Stockholm ist die Chance recht groß.«

»Okay, wen suchen wir?«, wollte sie wissen und zückte ihren Notizblock, sowie sie neben ihm auf dem Beifahrersitz saß.

»Lises ehemaligen Verlobten – einen gewissen Herman Antonsson aus Akalla.«

Lotta Jönsson kaute so nervös an ihren Nägeln wie ein Teenager mit Menstruationsbeschwerden. Sie konnte sich beim besten Willen nicht entscheiden, wie sie den Reichtum an Wissen, den sie nun besaß, verwenden wollte.

Sie strich sich hektisch den kurz geschnittenen Pony aus der Stirn und stöhnte entnervt in ihrem kleinen roten Fiat vor sich hin.

Was würde ihr selbst am meisten nutzen, und was wäre das Richtige, gemessen mit dem Maß der Ehrhaftigkeit, das ihre Eltern ihr in ihrer Kindheit und Jugend zu Hause in der Malmöer Spångatan hatten mitgeben wollen?

Sollte sie auf den persönlichen Erfolg setzen, oder wog das Wohl der Gesellschaft schwerer?

Als sie das Auto den lieblichen Landstrich Schonens nördlich von Höganäs hinunterfahren sah, wusste sie, dass sie vollkommen Recht gehabt hatte.

Lise hatte möglicherweise nicht vorgehabt, so viel von ihrem Privatleben preiszugeben, wie sie dann doch verraten hatte. Konnte man seinen Fuß erst einmal über die Haustürschwelle setzen, war es auch nicht schwer, die inneren Türen der Menschen zu öffnen. Die, hinter denen Lüge und Wahrheit, Freude und Schmerz und nicht zuletzt die Demütigungen verborgen lagen. Die Demütigungen, die man niemals wieder vergisst.

Lise hatte, fast ohne es zu wissen, Lotta mit bedeutend mehr Hintergrundinformationen versehen, als sie anfangs vermutlich vorgehabt hatte. Und Lotta war nicht umsonst Sensationsjournalistin. Ihre weiteren Nachforschungen hatten sie zu der Künstlervereinigung geführt, die im Frühling das Kulturevent *Kunstrunde* organisierte. Kunstinteressierte konnten dann auf einer speziellen Kulturroute von Atelier zu Atelier spazieren und meistens die Künstler auch persönlich dort antreffen.

Signe Bille aus Nyhamnsläge gehörte ebenfalls zu dieser Gruppe von publikumsnahen Künstlern.

Sie begrüßte so gern kunstinteressierte Gäste, dass das rotgelbe Symbol der *Kunstrunde* das ganze Jahr über draußen hing.

Lotta sah das Schild im Wind hin- und herschwenken. Es war an einem kunstvoll geschmiedeten Metallpfosten angebracht, und eine direkt darunter in die Wand geschraubte

Platte informierte die Passanten, was es in Signes Reich im Kakelvägen 7 zu finden gab.

Dort stand schlicht und ergreifend »Porträt«.

Signe zählte zu den wenigen Künstlern der Gegenwart, die sich auf Porträtmalerei spezialisiert hatten. Die meisten ihres Jahrgangs, die die Kunsthochschule besuchten, hatten eine bedeutend romantischere Sichtweise der Malerei. Aber sie war praktisch, schon immer praktisch gewesen. Zielstrebig in ihrem Studium, sparsam mit Geld und vorsichtig mit Alkohol. Sie eignete sich rasch ihren persönlichen Stil an und war innerhalb weniger Jahre bei den Gemeinden, Firmen und Ämtern sehr begehrt. Jeder hatte ein Mitglied des Vorstands oder der Verwaltung, das pensioniert wurde oder unerwartet verstorben war. Ein Porträt dieser Person war stets eine angemessene Ehrung in diesen Zusammenhängen. Sie hatte ihre kleine Nische eisern gepflegt. Einen stabilen Kundenstamm aufgebaut und ihre Erträge eingefahren. Signe Bille hatte ein sicheres, aber relativ uninteressantes Künstlerdasein dort draußen an der Küste geführt. Bis sich vor fast sechs Jahren eine Erinnerung aus der Vergangenheit meldete.

Lotta Jönsson hielt das Telefon in der Hand und überlegte, ob sie Joakim Hill anrufen sollte. Vielleicht weil sie trotz allem ein schwaches schlechtes Gewissen hatte wegen des harschen Artikels von vergangener Woche. Sie hatte Hill absichtlich brüskiert, um sich selbst in einem besseren Licht darzustellen. Und eigentlich verdiente er auch etwas Besseres.

Oder die Stimme ihrer guten Erziehung meldete sich, die ihr sagte, dass anzurufen das einzig Richtige wäre.

Aber ihre Finger dazu zu bewegen, der moralischen Entscheidung nachzukommen, war schwieriger, als sie dachte.

Sie wusste, dass sie seine Nummer wählen sollte, und zwar sofort. In dem Haus konnte jetzt alles Mögliche passieren. Und da sie Bescheid wusste, war es ihre Schuldigkeit zu erzählen. Nicht wahr? Die Finger waren anscheinend nicht einverstanden. Es war nicht einmal möglich, die Tastensperre zu entriegeln. Warum zögerten sie? Genügten die bisherigen Hinweise nicht?

Lotta ließ ihren Blick über den schönen Landstrich schweifen. Er lag in einer flachen Senke. Sie könnte ein Stück weiter oben hinter einem Tannengehölz parken und versuchen, etwas mehr herauszufinden, bevor sie Hill anrief.

Jedenfalls sollte sie sich nicht ohne Absicherung in solche Unternehmungen stürzen. So viel hatten sowohl Hill als auch Gårdeman ihr in den Gesprächen der vergangenen Jahre über Verbrechen und Polizeitechnik eingeprägt.

Ihre abgekauten Fingernägel gaben endlich auf und stellten eine Verbindung zu Joakim Hills Mobiltelefon her.

Es ertönte das gereizte Besetztzeichen.

»Verdammt!«, fluchte sie enttäuscht.

Oder war sie erleichtert? Wäre sie durchgekommen, hätte er ihr aufgetragen, sich unmittelbar zu entfernen und auf die Polizei zu warten. Wenn er ihr überhaupt glauben würde. Hatte sie überhaupt eine Garantie dafür? So, wie er sie in letzter Zeit behandelt hatte?

Wie sollte sie ihn überzeugen können?

Moment! Umschlag und Briefmarken lagen doch im Handschuhfach, und weiter oben am Weg war sie an einem Briefkasten vorbeigefahren. Entschlossen nahm sie ihre Schultertasche vom Hintersitz, kramte darin herum und fand das Papierbündel. Ihre gesamte Dokumentation über die Theorie, die sich nun als völlig folgerichtig erwiesen hatte. Für das, was sie heute Abend hier gesehen hatte, gab es keine Aufzeichnungen, sondern nur ihre Worte.

Und was würde Hill mit ihren Worten tun, wenn er jetzt Zugang zu ihnen bekäme? Würde sie überhaupt über ihren Coup schreiben dürfen, wenn das als formelle, polizeiliche Angelegenheit registriert wurde?

Sie fasste einen Entschluss.

Sie würde nicht versuchen, Hill wieder anzurufen. Aber sie würde die Unterlagen mit der Post schicken, dann konnte sie behaupten, dass sie ernsthaft versucht hatte, ihn zu erreichen. Aber sowie sie mehr handfeste Beweise gefunden hatte, schwor sie bei ihrer Ehre, dass sie ihn wieder anrufen würde.

Sollte sie die Aufzeichnungen wirklich der Post anvertrauen?

Ihre Finger zögerten auf einmal überhaupt nicht mehr, als sie die Briefmarken auf das Kuvert klebte, die Adresse des Präsidiums darauf schrieb, zum Briefkasten zurückfuhr und die Sendung in den dunklen Schlitz verschwinden ließ.

»Weg! Spurlos verschwunden seit zwei Jahren!«

Gårdeman war ebenso frustriert wie Joakim Hill über diesen niederschmetternden Bescheid der Kollegen aus Stockholm. Herman Antonsson war zuletzt am Bahnhof von Akalla gesehen worden, sternhagelvoll, und dann nie wieder. Der Fall, dem nicht die höchste Priorität eingeräumt worden war, da Antonsson ein versoffener Landstreicher gewesen war, wurde sehr bald zu den Akten gelegt. Es kursierte lediglich das Gerücht, er habe sich Richtung Süden aufgemacht, aber niemand wusste etwas Konkretes.

»Verflixt und zugenäht!«, beschwerte sich Hill. »Stundenlange Arbeit für nichts und wieder nichts!«

»So, what else is new?«, fragte Gårdeman und zuckte entmutigt die Schultern. Diese intensiven Arbeitseinsätze, die am Ende nicht viel weiter als zurück zum Ausgangspunkt führten, waren nichts Neues und stellten einen der großen Nachteile dieses Jobs dar. Man konnte genauso viel Mühe darauf verwenden, einer Spur zu folgen, die in einer Sackgasse endete, wie einer anderen Spur zu folgen, die wie eine Bombe einschlug und fette Schlagzeilen brachte. Löste man einen Fall, war man ein Held – wenn nicht, ein Versager. Aber niemand kümmerte sich darum, wie viel Arbeit darin steckte. Einzig das Ergebnis zählte.

»Was hatte er denn auf dem Kerbholz?«

»Das Übliche – Diebstahl, Drogenmissbrauch, Ruhestörung und in einigen Fällen Körperverletzung. Nichts, was mehr als Bußen und Tagessätze gegeben hat.«

»Aber er ist in der Kartei«, bemerkte Hill. »Konnten die für uns auch ein Foto von ihm entbehren?«

»Entbehren ... An sich schon, aber sie hatten gerade keine Zeit für uns. Am Stureplan war ein Bankraub passiert, und die von der Kartei waren schon alle im Feierabend. Sie haben uns gebeten, es morgen Früh wieder zu versuchen, wenn es nichts äußerst Dringendes ist. Und das konnte ich ja beim besten Willen nicht behaupten.«

»Hmmm ...«, brummte Hill. »Ich frage mich, wieso ich da nicht lockerlassen kann. Es ist wohl die Art, wie Tengmar geredet hat, vermute ich. Als ginge es um irgendeine Anomalie oder etwas Komisches, Unvorstellbares.«

»Es gibt ja ein paar Angaben im Strafregister, aber nicht viel. Das meiste liegt natürlich in deren Archiv. Im Strafregister stehen außer Informationen über seine Verurteilungen noch ein paar allgemeine Dinge. Adressen, mehr als fünfzehn Jahre alt. Aber das nützt uns ja nichts, denn er hat sich, seit er verschwand, dort nicht blicken lassen.«

»Und ... was noch?«, bohrte Hill.

»Nur allgemeine Angaben über Gesundheit, Missbrauch und so was – der Typ hat scheinbar alles von Schnaps bis Heroin ausprobiert. Und dann gibt es noch eine merkwürdige Notiz über einen Gefängnisaufenthalt in Kronoberg. Ich konnte mir nicht helfen, aber ich musste lachen, als ich das las. Offenbar hat er akute Zahnschmerzen bekommen und wurde in Begleitung zweier Beamter zum Zahnarzt gebracht. Der Zahnarzt hatte ein Röntgenbild gemacht und festgestellt, dass ein Backenzahn eine Wurzelentzündung hatte. Er hat vorgeschlagen, eine Wurzelfüllung zu machen, das zahlt ohnehin die Kasse. Ja, und als er sich mit der Betäubungsspritze nähert, wird der Kerl total wahnsinnig! Er schlägt und tritt um sich und schreit, dass er sich von niemandem eine Spritze geben lässt!«

Joakim konnte sich das Lachen auch nicht verkneifen. Es gab also auch solche Helden.

»Und – was passierte dann?«

»Es war einfach unmöglich, ihm eine Spritze zu geben, und der Zahnarzt weigerte sich, jemandem eine Wurzelfüllung zu machen, der nicht betäubt war. Er wollte schließlich nicht riskieren, mitten in dem Gemurkse einen rechten Haken einzustecken, wenn er einen Nerv traf. Es endete damit, dass der Arzt den Zahn ziehen musste – ohne Betäubung! Lieber das, als einen Stich von der gefährlichen Spritze zu riskieren.«

»Hast du nicht gesagt, dass er drogenabhängig war?«

»Ja – das war ja die Krönung. Der Bursche war erfahrener Fixer und klappt bei einer Betäubungsspritze zusammen.«

Joakim Hill merkte, dass er einen langen Tag hinter sich hatte. Er ordnete ein paar Unterlagen auf seinem Schreibtisch und erhob sich. Gårdeman hatte auch nichts dagegen, für heute Schluss zu machen. Er hoffte, dass ihm Tage wie dieser in Zukunft erspart blieben.

In der Kapelle waren nur er, Anna und der Pastor zugegen gewesen.

Er war innerlich erleichtert gewesen, dass der Pastor unerfahren, schlecht vorbereitet und nervös gewesen war. Der junge Mann hatte fast jedes Wort stockend abgelesen und nichts von den bitteren Tränen bemerkt, die langsam in stetem Strom Gårdemans Wangen hinuntergerollt waren.

Jetzt sehnte sich der Polizeiinspektor heim.

Mindestens ebenso sehr, wie Joakim Hill Sehnsucht nach seinen Mädels hatte.

Aber Gårdeman wusste, dass er zu etwas ganz anderem nach Hause kam – zur Unsicherheit. Die Unsicherheit in seinem Innern darüber, was er eigentlich mit seinem Leben wollte, wurde durch die ergreifende Stunde in der Kapelle noch verstärkt.

Sollte er das Gefühl zulassen, das der Kuss ausgelöst hatte, den er auf Birgitta Svenningssons Wange gedrückt hatte, solange das Leben noch jung war, oder sollte er das unter seinen metaphorischen Küchenflickenteppich kehren?

Vom Meer wehte ein scharfer Nordwestwind über Nyhamnsläge. Es war deutlich zu spüren, dass der September nicht mehr weit war. Der Monat, der – wie ungern man das auch wahrhaben wollte – den unausweichlichen Beginn des Herbstes kennzeichnete.

Lotta Jönsson von der *Kvällsposten* zog ihre Jeansjacke fester um sich und wappnete sich für die ungewohnte, windige Abendkühle. Es war noch längst nicht dunkel, aber die Dämmerung ließ sich im Osten bereits ahnen. Über Gilleleje auf der dänischen Seite breitete die Sonne ihre oranger werdenden Strahlen auf einem türkisfarbenen Himmel aus. Sollte sie warten, bis die Dunkelheit hereinbrach, oder sollte sie es wagen, bei Tageslicht herumzuschnüffeln?

Sie konnte ja immer noch in der Snack-Bar auf der anderen Seite der Straße Richtung Mölle eine Tasse Kaffee trinken und sich dann ihrem Objekt im Schutz der Dunkelheit nähern. Das klang bestechend vernünftig, und sie hoffte, dass der Kaffee wärmen und der böige Wind mit der Zeit nachlassen würde.

Die Snack-Bar war eine Kombination aus Tankstelle, Lebensmittelmarkt, Wettbüro und Konditorei. Ein Multifunktionsgeschäft, das dem Bedürfnis des kleinen Ortes, Teil des viel versprechenden Globalisierungsprozesses zu sein, entsprach.

Obwohl eine Tasse Kaffee mit einem Marzipanschiffchen trotz allem ein unveränderliches Bedürfnis des westlichen Menschen war und blieb. Das hatte man hier schon in den Fünfzigern verkauft. Und obwohl sowohl der Preis als auch die Zutaten damals anders waren als heute, war das Genusserlebnis dasselbe.

Sie genoss die Wärme und das leise und geborgene Gemurmel des Personals über Spiele, Kunden und die Wettervorhersage. Und das aromatische, koffeinhaltige Getränk, das bis in die Eierstöcke wärmte.

Aber danach gab es kein Zurück mehr.

Eine Frau musste ganz einfach das tun, was eine Frau tun musste. Also knöpfte sie ihre Metallknöpfe sorgfältig zu, bevor sie die Snack-Bar verließ, querte die Straße und begann, zum Strand zurückzutrotten, auf Signe Billes Haus zu.

Lottas kleiner Fiat stand immer noch hinter der Tannenlichtung geparkt. Sie ließ ihn stehen und entdeckte einen schmalen Pfad, der durch dichtes Gebüsch bis zu einem natürlichen Wall führte, der sich an der Rückseite des Hauses erstreckte. Dieser Wall bildete die Grundstücksgrenze und fungierte als effektiver Sichtschutz – gegen die meisten, aber nicht gegen Schreiberlinge mit einer Nase für Skandale.

Der Pfad bot mit seiner dichten Schicht aus modernden Nadeln eine weiche und nachgiebige Unterlage für Lottas vorsichtige Schritte. Hier standen mehrere große Strandföhren, auf dem Weg lagen Zapfen verstreut. Aber sie achtete auf alles, was sie verraten könnte, und setzte behutsam einen Fuß vor den anderen.

Es war noch nicht pechschwarz, aber schon sehr schummrig, und sie rechnete damit, dieses dunkle Licht auf ihrer Seite zu haben. Das Letzte, was sie wollte, war, entdeckt zu werden. Sie fragte sich, ob das unter einen Straftatbestand fiel. In dem Fall würden Hill und seine Kollegen sicher alles tun, um sie dranzukriegen. Besonders nach dem bissigen Artikel, den sie letzte Woche veröffentlicht hatte.

Aber es ging nun mal im Leben darum, zu fressen oder gefressen zu werden. Zumindest wenn man Journalist war.

Und Lotta Jönsson war ohne Frage lieber die, die sich großzügig am Buffet bediente, als die, die auf dem Menü stand. Sie gedachte, sich das pikante Geheimnis, das sich in Signe Billes Künstlerheim verbarg, mit Haut und Haar einzuverleiben. Die Details zu verdauen, alles Nährreiche zu extrahieren und dem verzückt wartenden Publikum die Wahrheit zu servieren. Danach wäre sie sicher mehr als willkommen in Stockholm. Vielleicht konnte sie sogar mit einer kleinen, gemütlichen Dachwohnung in Gamla Stan rechnen?

Der Nordwestwind blies ein Eismeergefühl und Tangduft über die Küste, und als sie den Abhang erreicht hatte, war der Wind so stark, dass sie froh war, hinter den Gräserbüscheln Schutz suchen zu können und das letzte Stück auf allen vieren voranzurobben. Sie kam sich wie eine Figur aus den *Fünf Freunde*-Büchern vor, eine tapfere Elfjährige, aber ihr fehlte ein mutiger und angriffslustiger Border-Collie auf den Fersen. Einer, der mit scharfen Eckzähnen ihr Leben verteidigen konnte, wenn etwas schief ging, aber es gab keinen hechelnden, treuen Begleiter hinter ihr, oben auf dem Steilhang. Sie war allein und ihrem eigenen dummdreisten Einfall ausgeliefert.

Sie verdrängte die Gefahren und kroch weiter. Der Wind zerrte an ihrem Pony, und feinkörniger Sand flog ihr in die Augen, dass sie zu tränen begannen. Als sie die lästige Flüssigkeit fortgeblinzelt hatte, blickte sie nach unten und stellte fest, dass sie sich, wie erwartet, direkt oberhalb der Rückseite des Hauses befand.

Im Wohnzimmer brannte Licht. Der Raum war mit einem

großspurigen Manchestersofa und minimalem Sofatisch möbliert. Haufenweise Bücher, kein Fernseher, aber Kunst auf jeder kleinen Fläche an den Wänden.

Ein Mann und eine Frau standen mitten im Zimmer, offenbar in einem erregten Gespräch. Sie gestikulierten wild, und der Mann streckte mehrmals seine Arme nach der Frau aus, die sich immer wieder entzog.

Lotta sah deutlich, dass es Signe Bille war.

Signe hatte halblanges rabenschwarzes Haar und trug eine Brille mit markantem schwarzem Gestell. Der Mann – trotz kompletter Geräuschlosigkeit italienisch ausdrucksstark – war unverkennbar Signor Guiseppe Pileggi.

Lotta wurde den Verdacht nicht los, dass es sich nicht um einen Höflichkeitsbesuch handelte. Weder Kaffee noch etwas anderes stand auf dem Sofatisch, nicht einmal ein Drink.

Die bloße Tatsache, dass er sich im Hause der Künstlerin aufhielt und sich offensichtlich auskannte, war für sich genommen schon ein schwerwiegendes Indiz. Vermutlich war das bereits genug, damit Joakim Hill über ein kleines Verhör nachdenken würde. Aber sie wollte noch viel mehr. Sie war gezwungen, ganz eindeutige Beweise zu beschaffen, damit die *Kvällspressen* die Story druckte. Denn wenn sie keine Story hatte, hatte sie auch keine Aussicht darauf, für Annika Bengtzon den Laufburschen zu spielen.

Fressen oder gefressen werden war alles andere als eine bloße Redensart. Das war das unumstößliche Gesetz im Dschungel des Journalismus.

Die Mimik des Impresarios wurde meisterhaft von dem Tosen des aufgewühlten Meeres hundert Meter entfernt begleitet.

Er forderte etwas. Er insistierte – mit unzweideutiger, rechthaberischer Emphase. Er schien seine gesamten Kräfte aufzubieten, um Signe von seinem Anliegen zu überzeugen. Aber Lotta befürchtete, dass er bald bedeutend handgreiflicher werden würde, wenn er so nicht weiterkam. Sie wusste, dass er ohne Zweifel dazu fähig war.

Er gestikulierte mit den Armen und schrie Signe offenbar an. Sie widersetzte sich verärgert und trat einen Schritt zurück.

Wenn Lotta nur hören könnte, was da gesprochen wurde. Aber sie war zu weit entfernt, um die Worte von den Lippen ablesen zu können. Obwohl, wenn sie …

Sie zog sich mit der rechten Hand etwas höher auf den Kamm hinauf und verfolgte mit unverhohlenem Interesse das Schauspiel, das sich ihr darbot.

Sie war so vertieft, als Pileggi mit hartem eisernem Griff Signe Bille am Arm packte, dass sie den Stein nicht bemerkte. Ein kleiner Stein, der fest zwischen Lehm und Grasbüscheln eingekeilt saß, löste sich plötzlich durch den Druck ihres Körpergewichts, sprang aus seiner Mulde und rollte den Hang hinab. Der Rest war ein Dominoeffekt. Nach dem ersten folgte sofort der daneben liegende Stein, der große Erdklumpen und Sand mit sich riss. Und Lotta hörte dieses unbehagliche, prasselnde Geräusch, bevor sie begriff, was gerade passierte. Sie dachte noch, dass sie sich lieber etwas weiter zurückziehen sollte, als die ganze Kuppe, auf die sie sich stützte, unter ihr nachgab und sie kopfüber den Abhang hinunterfiel.

Ohne bremsen zu können, stürzte Lotta hilflos mit den rutschenden Erdmassen in die Tiefe. Sie machte unfreiwillig eine Vorwärtsrolle und schlug hart mit der Schulter auf. Sie hatte noch so viel von dem Turnunterricht aus Schulzeiten verinnerlicht, dass sie instinktiv das Kinn auf die Brust senkte und den Nacken krümmte, wie bei einem Purzelbaum auf der weichen Matte. Das funktionierte jetzt auch, doch es nahm sie alles andere als eine weiche Unterlage in Empfang. Sie rollte fast wie eine Murmel abwärts, aber sie stieß und schrammte sich schmerzhaft im Fallen. Spitze Steine schlugen ihr in den Rücken, in die Schenkel und Schultern. Gemeine Dornen hinterließen blutige Kratzer in ihrem Gesicht und an ihren Händen.

Lotta spürte, dass ihr Kopf unsanft gegen irgendetwas schlug, während alles an ihr vorbeiwirbelte, als säße sie in einem rasenden Karussell. Sie versuchte verzweifelt, den gefährlichen Fall zu stoppen, aber sie bekam nichts zu fassen. Grasbüschel oder Farnkraut gaben keinen Halt und wurden einfach in die Tiefe mitgerissen. Ihr war übel. Das Gefühl, dass sowohl der Kaffee, den sie gerade getrunken hatte, als auch ihre letzte Mahlzeit auf dem Weg nach oben waren, konnte sie nicht länger unterdrücken. Hoffentlich hörte sie niemand hier unten – hoffentlich merkten die beiden im Haus nichts …!

Aber schon die ersten Steine, die nachgegeben und die Katastrophe ins Rollen gebracht hatten, hatten unter Zuhilfenahme der Erdanziehungskraft ihr Tempo blitzschnell beschleunigt und größere Steine mitgerissen.

Noch bevor Lotta halbwegs den Hügel hinabgekullert war, war ein Schwall Kieselsteine gegen die Gartenmöbel aus lackiertem Metall auf der Terrasse geschlagen und energisch an das große Wohnzimmerfenster geprasselt.

Signor Guiseppe Pileggi hatte augenblicklich den Griff um den Arm der Künstlerin gelöst und war ans Fenster gestürzt, um zu sehen, was draußen los war.

Er hatte ein graues Bündel entdeckt, das den Abhang hinabgerollt war, und war in das Schlafzimmer nebenan gerannt, denn dort befand sich die Terrassentür.

Lotta Jönsson hatte sich schon übergeben müssen, bevor sie mit einem schmerzlichen Schlag im Garten aufprallte. Aber das kümmerte sie nicht besonders, denn sofort nach ihrem Sturz verlor sie das Bewusstsein.

Sie merkte nichts davon, dass der kräftige Italiener herausgeschossen kam, seinen Stiefel auf ihren Brustkorb stemmte und ihr unsanft seine Springfield-XD-Pistole unter die Nase drückte.

»Was zum Teufel?!«, fluchte er in perfektem Schwedisch. »Das ist ja dieses verdammte Reporterweib – so ein Mist!«

Signe Bille war völlig außer sich. Sie hatte ihn nicht darum gebeten, ein zweites Mal herzukommen und ihr ganzes Leben zu zerstören. Doch sie war seltsam aufgeregt gewesen, als er unter solch mystischen Umständen wieder aufgetaucht war.

Aufgeregt und überrascht, um die Wahrheit zu sagen, und sie hatte sich wieder von seiner magnetischen Ausstrahlung blenden lassen – wie vor so vielen Jahren, als sie einem Geschäft zugestimmt hatte, das so falsch und so verwerflich gewesen war, aber auch so voller Passion, nach der jede echte Künstlerseele mit jedem Atemzug strebte.

Wie hatte sie da nein sagen können?

Weder damals noch jetzt.

Obwohl sie sehr wohl wusste, dass das nur schief gehen konnte, entweder für einen von ihnen oder für beide.

Damals hatte es ihn getroffen, doch nun fürchtete sie, dass sie diejenige war, die den Preis für ihre Sünden zahlen musste. Eigentlich hatte sie nicht gewollt, dass er sie nach dem Begräbnis nach Hause begleitete. Doch wie gewöhnlich hatte sie sich durch dieses Charisma erweichen lassen, bei dem sie immer schwach wurde.

Seit er an einem Sommertag vor beinahe sechs Jahren vor ihrem Haus gestanden und sie an die Stockholmer Zeit erinnert hatte. Eine Zeit, als sie dieselben Seminare besucht, aber nicht den geringsten Kontakt gehabt hatten. Sie war viel zu langweilig gewesen, um von dem jungen Genie eines Grußes auf dem Korridor gewürdigt zu werden.

»Ich habe heute deine Ausstellung in der Stadt gesehen«, hatte er erklärt und war ungebeten wie eine Art egozentrischer, der Malerei verschriebener John Lennon über die Schwelle getreten. »Gute Arbeit, aber was hast du mit deiner Seele gemacht?«

Seine Frechheit hatte sie vollkommen verblüfft. Und sie war genauso überrascht darüber, dass er immer noch diesen leicht nach oben gebogenen rechten Mundwinkel hatte. In den war sie all die Jahre an der Kunsthochschule stillschweigend und hoffnungslos verliebt gewesen. Wusste er? Nein, das war unmöglich.

»Meine Seele lebt in diesem Haus«, hatte sie geantwortet. »Meine Porträts geben mir die Möglichkeit, hier zu leben, am Meer – dem Ursprung von allem. Was geben deine Bilder dir?«

Er hatte sie angestarrt, und für einen Moment hatte sie geglaubt, er würde sie schlagen. Sie hatte Angst gehabt, Angst in ihrem eigenen Haus.

Dann hatte er zu lachen begonnen. Gelacht, dass die Wände wackelten. Die Wände, die sonst nur ihre eigenen Seufzer und das Miauen der Katzen hörten.

»Überhaupt nichts! Keinen feuchten Dreck! Woher zum Teufel wusstest du das?«

Sie hatte verneinend mit den Achseln gezuckt, aber er hatte weitergebohrt.

»Nein, wirklich – erzähl, warum hast du das gesagt? Ich will das wirklich wissen.«

»Weil große Künstler erst nach ihrem Tod etwas werden«, war ihr so herausgerutscht.

Und sie bekam wieder Angst. Angst vor dem, was sie im Innern dieses cholerischen, selbstgerechten Künstlers damit ausgelöst haben könnte.

Aber ein merkwürdig verletzlicher Ausdruck überschattete sein sonst so weltgewandtes, hartgesottenes Gesicht, und er nahm unaufgefordert auf dem Sofa Platz.

Er hatte seinen Kopf in die Hände gestützt, und sie hatte

befürchtet, er würde vielleicht weinen. Aber als er ihr wieder sein Gesicht zuwandte und ihren besorgten Blick bemerkte, schlich sich ein wunderbares Lächeln auf seine Lippen.

»Endlich«, hatte er gesagt, »endlich gibt es jemanden, der versteht, wer ich wirklich bin. Ich will, dass wir uns lieben.«

Diese Worte waren der Anfang einer Odyssee durch Begierden, Selbstprüfungen und Eifersucht hindurch gewesen. Einer Reise in die Gärten des Hades, in die Wüste der Verzweiflung und hinab in den modernden Sumpf der Verwünschungen. Bis er eines Abends vor ungefähr vier Jahren draußen im Sund über Bord gefallen und umgekommen war.

Das hatte sie bis vor einigen Wochen geglaubt.

Dann war er hier plötzlich wieder aufgetaucht.

Transformiert – umgemodelt in all das, was er früher verabscheut hatte.

Sie hatte einen riesigen Schock bekommen. Nicht nur, weil er es tatsächlich war, was er ohne jeden Zweifel bewies, denn er hatte ein bestimmtes, unverwechselbares Merkmal an einem Körperteil, das sie während ihrer leidenschaftlichen Liaison häufig zu Gesicht bekommen hatte. Sondern auch, weil er sich bis zur Unkenntlichkeit verändert hatte. In jeder Hinsicht. Er hatte sich einen mondänen Stil zugelegt, den er früher verachtet hätte. Und er hatte ein Herz aus Stahl, voller Berechnung, wo früher ein weltfremdes, empfindsames Pflänzchen gediehen war.

Nach all den Jahren war er als Signor Pileggi, Kunstkenner aus dem süditalienischen Kalabrien, zurückgekehrt. Und sie hätte schwören können, dass nicht einmal seine eigene Frau ihn wiedererkannt hätte. Sie hatte vollkommen Recht gehabt.

Aber die Veränderung hatte auch tiefer stattgefunden, war in seine Persönlichkeit eingedrungen. Von der auf Gedeih und Verderb schaffenden Künstlerseele war nicht mehr viel übrig.

Das Einzige, was er erreichen wollte, war seine höhnische Rache.

Und das schien ihm hervorragend gelungen zu sein.

Sie hatte keine Ahnung, wie sie überhaupt in der Kirche sitzen und den Worten der Pastorin über die Tote zuhören konnte, während er neben ihr saß und sie seinen muskulösen Oberschenkel neben ihrem spüren konnte. Aber ihre Arbeit hatte ihre Anwesenheit verlangt. Als die Affäre mit Per Vagnman Mitte der Neunzigerjahre immer beunruhigendere Dimensionen angenommen hatte, war ihr eigenes künstlerisches Wirken immer stärker ins Schleudern geraten, wogegen seines sich zu festigen schien. Sie war gezwungen gewesen, sich einen festen Job zu suchen. Und die Stelle als Intendantin beim Kunstmuseum Vikingsberg war ihr Retter in der Not gewesen. Sie bekam den Job, nicht weil sie die überzeugendste Kandidatin, sondern weil sie der schlichtende Kompromiss zwischen zwei konträren Interessen gewesen war. Aber sie hatte die Wahl nie infrage gestellt. Sie war ewig dankbar gewesen, dass sie ihr Leben hier draußen in Nyhamnsläge behalten konnte, auch nachdem Per so plötzlich im Sund verunglückt war.

Und nun stand er wieder in ihrem Wohnzimmer und war dabei, ihre Existenz zu zerstören.

»Nein!«, schrie sie. »Ich lasse es einfach nicht zu, dass du ihr wehtust! Lass sie in Ruhe! Sie braucht einen Arzt!«

»Bist du völlig von Sinnen? Ein Arzt würde doch mitkriegen, was hier los war.«

»Ja – und? Du siehst überall gleich Gespenster. Ein Jogger lief hier draußen vorbei, geriet zu weit an den Rand und ist runtergefallen. Wir können auch nichts dafür, dass sie hier gelandet ist.«

»Du hast wirklich nicht viel in deiner Birne, oder?«

»Sei bloß still, denn wäre das nicht, weil …«

»Nein, du bist diejenige, die jetzt mal still ist! Was glaubst du, wofür ich das hier mache – zu meiner eigenen Belustigung? Ich tue das für uns! Ich will, dass du mit zurück nach Italien kommst, kapierst du das nicht?«

Die Frau am Boden stöhnte, versuchte sich zu bewegen, wurde aber sofort wieder bewusstlos. Auf Signes grünweißem Wiltonteppich war Blut, doch das stammte hauptsächlich von den Schrammen im Gesicht und an den Händen. Keine Wunde blutete stark, soweit das zu erkennen war. Aber sie konnte innere Verletzungen oder sich etwas gebrochen haben. Ihr bleiches Gesicht besagte deutlich, dass es ihr nicht gut ging. Zuletzt hatte Signe diese Frau in der Kirche gesehen. Die Presse und andere Schaulustige hatten in den hinteren Bankreihen am Mittelgang gesessen.

»Ich will nicht nach Italien, das habe ich doch gesagt! Du hörst mir nie zu! Wer ist das hier überhaupt? Ich erkenne sie aus der Kirche wieder.«

»Aus der Kirche, genau. Sie war auch auf der Vernissage letzte Woche. Wir haben uns unterhalten, aber ich habe vergessen, wie sie heißt. Ich glaube, sie ist von einem dieser Abendblätter.«

»Ja, ist ja auch egal – sie braucht jedenfalls einen Arzt.«

»Hast du nicht begriffen, was ich gesagt habe? Wir dürfen jetzt keine Aufmerksamkeit auf uns lenken, wo wir schon so nah dran sind.«

»Nah an was?«

»Kurz davor, den dicken Fisch zu angeln – kurz davor, dass wir uns nie mehr um solche Kleinigkeiten wie zum Beispiel Geld kümmern müssen!«

»Hier krümmt sich eine Frau am Boden und liegt vielleicht sogar im Sterben, und du denkst an Geld!«

Er schlug so fest mit der Hand auf den Sofatisch, dass sie bei dem Knall zusammenfuhr.

»Hör zu – wer würde uns jemals glauben, dass es sich hier

um einen reinen Zufall handelt? Wir waren heute sogar auf derselben Beerdigung!«

Sie hasste es, wenn er fluchte, aber das hatte ihn noch nie gekümmert, warum sollte es das jetzt tun?

»Die Braut hier war nicht zufällig da oben. Sie hatte einen ganz bestimmten Grund dafür – sie hat uns ausspioniert.«

Signe war bei weitem nicht dumm. Sie verzichtete auf die Frage: »Warum das?« Es war offensichtlich, dass jemand, der derartige Anstrengungen unternahm, sehr gute Gründe dafür hatte. Gründe, die mit Schuld und falschem Spiel zu tun hatten und die sie nur schwer abstreiten konnten. Aber wo lag die Grenze, wann man einen Menschen einfach sterben ließ? Oder ihn sogar... tötete?

»Ja, es ist wirklich völlig egal, was du sagst! Sie braucht Hilfe, und wenn du abhauen willst, dann kümmere ich mich...«

»Und sagst, dass du sie aus dem Garten reingetragen hast? Mamma mia! Begreifst du nicht, dass es keine Rolle spielt, was du behauptest? Wenn die Braut aufwacht, wird sie alles erzählen, was sie heute Abend hier gesehen hat, und dann wirst du in jedem Fall eingelocht.«

Signe Bille verschränkte unentschlossen ihre schlanken Arme vor der Brust und musterte verzweifelt die Frau, die gekrümmt wie ein Fötus auf ihrem etwas tristen Wohnzimmerteppich lag. Ihre zahllosen Schrammen und Ratscher bluteten, sie hatte auf ihre sonst tadellose Jeansjacke gespuckt und würde vielleicht bald...

»Kapierst du wirklich nicht«, bohrte Per Vagnman, als hätte er ihre innersten Gedanken gelesen, »dass sie sterben muss?«

Sterben? Seine Worte hallten wie ein eigenartiges Echo in Lottas Kopf. Was meint der eigentlich – wer soll hier sterben?

Ihr Gehirn begann offensichtlich einigermaßen zu funktionieren, aber sie begriff weder, was sie hier auf dem Boden machte, noch, wer da sprach. Und definitiv nicht, warum sie sich nicht rühren konnte.

Sie versuchte, einen Arm zu bewegen, der unbequem abgewinkelt war. Aber als die Muskeln dem Befehl des Großhirns zu gehorchen versuchten, überrollte sie eine Schmerzwelle. Sie wollte laut aufschreien, doch sie hörte sich nur aus der Ferne winseln wie ein Hund.

»Sie wacht auf!«, rief eine Frau.

Aber Lotta war noch nicht so weit, dass sie die Augen aufschlagen konnte, um zu sehen, wer da so einen Radau machte.

»Sie wacht auf, was sollen wir jetzt verdammt nochmal machen?«

Plötzlich stand eine gewählte Ausdrucksweise nicht länger an erster Stelle.

»Du hast gehört, was ich gesagt habe… sie muss sterben.«

Da war wieder dieses unbehagliche Wort. Sterben. Und irgendwie registrierte ihr Unterbewusstsein endlich, dass sie damit gemeint war. Sie sollte sterben – ohne dass sie die geringste Ahnung hatte, weswegen.

Instinktiv entspannte sie ihre Muskeln und sank wieder in sich zusammen. Ein stechender Schmerz schoss in ihre Schulter, aber sie tat alles, um sich nichts anmerken zu lassen. Sie lag so still, wie sie nur konnte.

»Per – ich flehe dich an! Das kann nicht die einzige Alternative sein. Bitte, das ist doch Mord!«

»Ja, Signe-Maus – kleine, unschuldige Amateurin. Das ist Mord. Aber das wäre auch nicht der erste.«

Lotta hörte, wie der Frau entsetzt der Atem stockte.

»Was – habe ich meine kleine, unschuldige Kulturengagierte etwa geschockt?«, höhnte er. »Meine Güte. Hör mal zu, Signe. Deine Ausbildung hat an der Kunsthochschule geendet, aber meine hat da erst richtig angefangen. Du hattest ganz Recht damals – aus großen Künstlern wird erst nach ihrem Tod etwas. Oder wenn sie selbst bereit sind zu töten, möchte ich noch hinzufügen. Ich habe das eingesehen und die logischen Konsequenzen daraus gezogen. Niemand sollte sich auf meine Kosten bereichern und sich mit dem, was ich im Schweiße meines Angesichts geschaffen habe, ein schönes Leben machen. Selbst wenn das beinhaltete, dass ich gezwungen sein würde zu töten.«

Lotta gefror das Blut in ihren Adern, als sie begriff, dass ihre wahrscheinlich gebrochene Schulter bei weitem nicht ihr größtes Problem war.

»Und ob ich schon getötet habe, da kannst du Gift drauf nehmen. Und willst du das Komischste daran wissen? Es ist viel leichter, als man zuerst denkt. Ja, ich würde sagen, dass ich nicht nur aus der Kunst zu lieben, sondern auch aus der Kunst zu sterben ein spannendes Abenteuer gemacht habe. Wie ein Fürst in der Renaissance ungefähr.«

»Du bist krank, Per. Du weißt nicht einmal mehr, wer du bist. Per – Signor Pileggi – oder einfach ein kranker Lustmörder?«

»Lustmörder? Nein. In dem Fall war es eher Zweckmäßigkeit. Hat es mir etwas genützt, habe ich es gemacht. Und jetzt sehe ich das so, dass wir den größten Vorteil haben, wenn dieses neugierige Weib sich nicht länger quälen muss.«

»Per!«, schrie die Frau.

Lotta wurde erneut übel, und ihr brach der kalte Schweiß aus. Wollte er sie etwa erschießen? Erdrosseln, ersticken oder ihr das Genick brechen? Das war ohnehin egal, sie war in jedem Fall ein chancenloses Opfer.

»Kannst du mir einen einzigen vernünftigen Grund dafür nennen, wieso ich das bleiben lassen sollte?«, schleuderte er der protestierenden Frau bissig entgegen.

Lotta war sich inzwischen vollkommen klar darüber geworden, was sich abgespielt hatte, wo sie sich befand und wer die beiden Kontrahenten waren.

Alles stimmte komplett mit der bewegenden Geschichte überein, die Lise mehr oder weniger gegen ihren Willen über Pers Liebesbeziehung mit Signe Bille erzählt hatte.

Ein bitteres Bekenntnis der Untreue ihres Mannes mit einer Künstlerin, mit der sie selbst »konkurrierte«. Eine, die sich, was ihr Äußeres betraf, nicht mit ihr messen konnte, die ihrem halsstarrigen Mann jedoch offenbar etwas ganz anderes bieten konnte. Intellektuelle Onanie, hatte ihre Theorie gelautet. Eine Geschichte, die zusammen mit der Recherche in Nachschlagewerken und Feuilletonartikeln, die Lotta angestellt hatte, eine Struktur aufzeigte, die vermutlich sonst niemandem aufgefallen war.

Ein lebensgefährliches Muster, das auf unerbittliche Rache hindeutete.

Aber sie war nicht schnell genug gewesen. Lise Vagnman hatte bereits dafür bezahlen müssen. Vielleicht auch Carl Linell.

Sie hatte sich so sicher gewähnt, dass sie unvorsichtig geworden war. Oder sollte man eher sagen, dass die Gier gesiegt hatte – das gleiche Motiv, das Pers Verwandlung verursacht hatte. Die Gier, dass niemand außer ihr sich ihre Story zunutze machen konnte.

Und unvermittelt war sie in eine heikle Situation geraten. Dem Wild, das sie eben so bedingungslos gejagt hatte, war sie zur Beute geworden. Und das Tier dachte nicht daran, den Kieferdruck zu lockern, es sei denn, es gab einen triftigen Grund.

»Per… nicht die Pistole«, hörte sie zu ihrem Entsetzen Signe Bille flehen.

»Und wieso nicht? Das geht am schnellsten. Ihr Blut ist schon auf unserem Teppich, was gibt es denn da noch zu jammern? Lass mich diese Farce endlich zu einem Ende bringen, es weiß vermutlich sowieso keiner, dass sie hier ist …«

»Hill …«, röchelte die Todgeweihte am Boden.

»Verdammt – sie ist bei Bewusstsein!«, zischte Per und richtete die Pistole zielsicher mit beiden Händen auf ihren Hinterkopf. »Aber nicht mehr lange …«

»Stopp, um Himmels willen, Per! Hast du nicht gehört, was sie gesagt hat?«

»Was? Was meinst du denn?«

»Sie hat ›Hill‹ gesagt, ich bin ganz sicher, dass sie ›Hill‹ gesagt hat.«

»Ja – und?«

»So heißt dieser Kriminalkommissar, der deinen Fall bearbeitet – beide, genau genommen.«

Per Vagnman senkte die Pistole und beäugte die Frau vor seinen Füßen skeptisch.

Lotta Jönsson hob unter größter Anstrengung ihren Kopf und öffnete die Augenlider, um mit eigenen Augen den Mann zu sehen, der bereit war, ihr eine Kugel in den Kopf zu jagen. Das rechte Lid funktionierte recht gut, aber das linke hatte einen Schlag abbekommen und war völlig zugeschwollen.

Aber es reichte aus, um den hoch gewachsenen Mann zu mustern, den sie bisher als verbindlichen, charmanten Signor Guiseppe Pileggi gekannt hatte. Nun war er der eiskalt berechnende Abschaum, als den Lise ihn beschrieben hatte.

Und sie wusste, dass sie gezwungen war, ihm genau den entscheidenden Grund zu liefern, damit er umdachte.

»Joakim Hill«, versuchte sie trotz aufgeplatzter Lippe und stark geschwollener linker Wange, »weiß alles. Er bekommt meine Aufzeichnungen morgen mit … mit der Post.«

Joakim Hill war es am folgenden Morgen schwer gefallen, ins Präsidium zu fahren. Bianca war bester Laune und nicht davon abzubringen, Geräusche zu produzieren, die seiner felsenfesten Überzeugung nach »Guck, Papa!« bedeuteten.

»Es kann genauso gut ›Such Papa!‹ heißen«, meinte Catharina leicht vorwurfsvoll. »In letzter Zeit hast du dich nicht allzu oft hier blicken lassen, Liebster.«

Nein, da hatte sie Recht. Es war eine harte und ertraglose Arbeit, Hinweise zu finden, sowohl was den Mord an Anna Svensson als auch seit kurzem den Mord an Lise Vagnman betraf. Letztgenannter weckte aus offensichtlichen Gründen weitaus größeres Interesse bei den Medien, was dazu führte, dass der Leistungsdruck in diesem Fall bedeutend höher war. Aber nicht einmal das hatte viel geholfen. Die Ermittlungen über Carl Linell hatten nichts Brauchbares ergeben. Und nur auf reinen Verdacht war es nicht möglich, jemanden einzubuchten. Wie begründet dieser Verdacht auch sein mochte und wie wenig die fragliche Person sich gegen die Vorwürfe wehren konnte.

Wenn Hill sagen sollte, ob er es für möglich hielt, jemals denjenigen, der Anna Svensson auf dem Gewissen hatte, ins Gefängnis zu bringen, dann würde er eher davon abraten, darauf sein Geld zu verwetten. Es gab in dem Fall kein einziges Indiz.

Außer der Theorie von einem Einbrecher, der sie schon im Vorfeld ausspioniert hatte. Ihr hohes Alter und ihre wenigen sozialen Kontakte hatten die allein stehende Frau zu der idealen Zielscheibe für Einbrüche solcher Art gemacht, die im Allgemeinen eine ausgesprochen niedrige Aufklärungsquote hatten.

Dadurch waren bedeutend mehr Überstunden angewachsen, als sowohl Gårdeman wie auch Hill zunächst gedacht hatten. Aber Joakim küsste Catharina und versprach, sich zu bessern.

»Ach was«, gab sie zurück und schlang die Arme um seinen Hals, »ich weiß, wie viel du zu tun hast, Liebling. Das ist schon in Ordnung, ich wollte dich nur ein bisschen ärgern. Ich habe schließlich gewusst, was ich tat, als ich einen Polizisten geheiratet habe.«

»Das denkst du vielleicht«, neckte er sie und bohrte liebevoll seine Nase in ihr Haar, dann sagte er mit ernster, tiefer Stimme: »Du hast keine Ahnung, wie das wird, wenn ich Polizeichef werde und täglich, nein stündlich im Fernsehen und in den Zeitungen bin, um den allgemeinen Stand der Dinge zu kommentieren. Dann wirst du erst recht einen Grund haben, dich für dein Los zu beklagen, das sage ich dir.«

Sie lachte und küsste ihn.

Er hoffte, der Tag würde schnell und ohne besondere Vorkommnisse vergehen.

»... u ... Pa ...«, wiederholte Bia und krabbelte über die Küchentürschwelle. »... u ... Pa ...«

Er nahm sie lachend auf den Arm, gab ihr einen Kuss auf die Nase und ließ sie dann die große spannende Welt, die aus ihrer Dreizimmerwohnung bestand, weiter erkunden.

»Ich glaube immer noch, dass sie ›Guck, Papa!‹ sagt«, beharrte er und eilte mit motivierten Morgenschritten die Treppe hinunter und ging zur Bushaltestelle.

Am Vormittag bekam er einen Brief. Es war ein brauner Umschlag, adressiert an »Joe Hill«, was ihn ziemlich verblüffte. Kaum jemand außerhalb des Kollegenkreises hatte ihn jemals »Joe« genannt. Und als er vor eineinhalb Jahren in den Stand der Ehe getreten war, hatte er in den Augen aller Kollegen einen ganz anderen Grad der Reife erreicht. Seither hatte ihn niemand mehr »Joe Hill« genannt. Wer war das also, der sich plötzlich diesen Spaß erlaubte?

Er befühlte vorsichtig die Postsendung, um sicherzugehen, dass das Kuvert nichts Verdächtiges enthielt. Wie etwa eine hübsche kleine Briefbombe. Das war wohl eine Berufskrankheit, nahm er an. Aber es schienen nur Papiere in dem Kuvert zu stecken.

In dem Augenblick stürmte Gårdeman herein und warf einen Stapel Digitalaufnahmen auf seinen Schreibtisch.

»Stockholm ist endlich aufgewacht!«, triumphierte er. »Das Archiv hat ein paar Bilder von diesem Antonsson geschickt, aber ob wir damit weiterkommen, wissen die Götter. Er sieht wie jeder andere Drogenabhängige auch aus. Kann ja sein, dass er Lise vergöttert hat, aber sie wird seine Gefühle wohl kaum erwidert haben, oder?«

Hill legte das geheimnisvolle Kuvert zur Seite und studierte eingehend die Aufnahmen von dem spöttischen Antonsson. Auch ihm sagten sie nicht viel. Außer dass er bei der einen Aufnahme zusammenzuckte, auf der der gebeutelte Herman Antonsson aus irgendeinem merkwürdigen Grund in die Kamera gelächelt hatte – irgendwas kam ihm daran bekannt vor.

Aber dieses fast verrückte Grinsen passte auch zu jedem Beliebigen aus einem ganzen Dutzend ihrer eigenen nordwestschonischen Drogenabhängigen.

Er schmunzelte, als er an die Geschichte mit dem entzündeten Backenzahn dachte. Das Leben war schon komisch. Das Röntgenbild war knapp ein halbes Jahr vor Antonssons Verschwinden gemacht worden. Und zu dem Zeitpunkt hatte der Drogenmissbrauch die tiefsten Spuren in seinem ganzen Gesicht hinterlassen. Von den Schneidezähnen war nicht viel zu sehen, da die Gesichtsmuskeln schlaff geworden waren, aber es ließ sich erahnen, dass er die Beißer vermutlich noch hatte. Ein Eckzahn lugte auf der rechten Seite wie ein weißes Reiskorn hervor.

»Tja, hier war nicht gerade viel zu holen«, stellte er fest. »Wer weiß, der Kerl hat möglicherweise gar nicht so übel ausgesehen in seinen besseren Tagen. Drogenmissbrauch verändert die Physiognomie stärker, als man sich das vorstellen kann.«

»Ja, er sieht nicht besonders munter aus. Und es wird

umso schwieriger, je spärlicher die Spuren werden. Wie geht es eigentlich Linell?«

»Noch immer stabil – stabiles Koma. Wir haben mit dem Arzt zusammen Henrik Malm überzeugen können, jeden Tag an seinem Bett zu sitzen und ein bisschen mit ihm zu reden. Es ist fast herzerweichend, ihn auf der Bettkante sitzen und seine Hand streicheln zu sehen, während er erzählt, was in der Galerie passiert ist, oder über Erinnerungen und alte Bekannte spricht. Alles, um irgendeinen kleinen Verbindungsdraht dort drinnen aufzubauen, der stark genug ist, um ihn aus der Bewusstlosigkeit zu holen.«

»Okay«, antwortete Gårdeman und wandte sich wieder zum Gehen, als sein Blick auf den braunen Umschlag fiel.

Die Aufschrift »Joe Hill« weckte sein Interesse.

»He, Joakim«, lachte er und zeigte auf die Adresse, »das ist schon lange her, dass du ›Joe‹ genannt worden bist. Erinnerst du dich noch, wie spaßig das war, dich damit auf den Arm zu nehmen?«

Besten Dank – Hill erinnerte sich nur zu gut daran und wünschte diese Zeiten auf keinen Fall zurück.

»Wir können ja schauen, wer dieser Spaßvogel ist«, meinte er und schlitzte das Kuvert mit dem Brieföffner auf. »Was ist das denn? Lauter handbeschriebene Seiten. Aber von wem … warte, hier, die sind von Lotta Jönsson!«

»Was will sie dir denn jetzt vorwerfen – Kindesraub oder Sodomie oder vielleicht beides?«

Gårdeman war in ihrem letzten Artikel zwar nicht ausdrücklich erwähnt worden, aber er hatte sich trotzdem kollegial gerügt gefühlt. Er war sauer, und wenn Gårdeman schmollte, war das stets eine langwierige Angelegenheit.

Aber Hill nahm keine Notiz davon. Er war vollkommen in die handgeschriebenen Seiten mit Eselsohren vertieft. Sie waren anscheinend hastig aus einem Ringblock gerissen worden.

»Was ist das?«, fragte Gårdeman, der die intensive Konzentration des Kollegen plötzlich bemerkte. »Was Interessantes?«

Dumme Frage natürlich, dachte er, aber manche Dinge sagt man eben so. Es war vollkommen offensichtlich, dass es kein Rezept für Erbsensuppe war, für das Hill sich so brennend interessierte.

»Himmel«, stöhnte er und legte die Unterlagen mit ungläubig zweifelnder Miene beiseite. »Wenn das hier wahr ist…«

Gårdeman stand nicht in dem Ruf, mit besonders großer Geduld gesegnet worden zu sein. Also schnappte er sich die Dokumente und überflog sie, als handelte es sich um Spielberichte von der Fußball-WM.

Aber tatsächlich stellten sie die Puzzleteile eines weitaus wichtigeren Thrillers dar.

Lotta Jönssons Aufzeichnungen veränderten das ganze Bild auf einen Schlag. Es war ihr gelungen, auf Informationen zu stoßen, die besagten, dass Per Vagnman ein halbes Jahr in Kalabrien studiert hatte, bevor er 1964 an die Kunsthochschule gekommen war. Außerdem hatte er laut eines Artikels seine Studiengebühren dadurch bezahlt, dass er an einem Badestrand in der Nähe als Rettungsschwimmer gearbeitet hatte, obwohl er erst siebzehn gewesen war! Wovon Lise offenbar nichts gewusst hatte.

Hill hatte vor rund vier Jahren Lise Vagnmans Aussage, dass ihr Mann kaum schwimmen konnte, ohne Zögern Glauben geschenkt. Aber das war offenbar nicht der Fall gewesen.

Dass Per vor sechs Jahren schon ein Verhältnis gehabt hatte, stimmte völlig mit Torsten Tengmans Angaben überein. Aber dass es sich dabei um Signe Bille gehandelt hatte, war neu. Das war die Frau, die Hill auf der Beerdigung als Intendantin des Kunstmuseums Vikingsberg wiedererkannt hatte. Sie hatte für das Präsidium Porträts angefertigt, unter anderen von dem alten Polizeichef Enochsson, der Ende der Siebzigerjahre für Harry Runsten das Feld geräumt hatte.

Die Misshandlung der Ehefrau hatte Tengmar ebenfalls angedeutet, aber erst jetzt begann alles eine nachvollziehbarere Struktur anzunehmen.

»Per Vagnman war also alles andere als ein romantischer Künstler, weder in der Malerei noch privat«, konstatierte Hill, als er sich gefasst hatte. »Seine Auffassung eines gelungenen Abends war allem Anschein nach, seine Frau zu beleidigen und zu misshandeln oder sie mit ihren früheren Kommilitoninnen aus der Kunsthochschule zu betrügen. Und jetzt behauptet Lotta, er sei mit diesem Italiener identisch – dem Kunsthändler, dem wir auf der Vernissage begegnet sind! Aber wie erklärt sich dann, dass ...«

Auch wenn die Konturen in dieser Schmutzschlacht immer deutlicher wurden, blieb dennoch die enorme Schwierigkeit, die Wahrheit zu schlucken.

Ganz unten auf der letzten Seite stand: *PS: Wie können Sie denn so sicher sein, dass er wirklich tot ist? Lotta J.*

Eine sowohl schmerzliche als auch wichtige Frage, auf die Hill verzweifelt eine gute Antwort zu finden suchte.

Im Polizeiradio auf dem Fensterbrett rauschte es, aber es handelte es sich nur um einen Autounfall mit leichtem Blechschaden sowie einen gestohlenen Geldbeutel im Kaufhaus Åhléns.

Hill und Gårdeman mussten sich mit weitaus schwerwiegenderen Dingen auseinander setzen.

»Ja, du«, sagte Hill und blickte Gårdeman auffordernd an, der sich unentschlossen in den kanarienvogelgelben Besuchersessel fallen ließ. »Warum waren wir uns eigentlich von Anfang an so sicher, dass er wirklich tot war?«

Gårdeman schüttelte nachdenklich den Kopf.

»Wir hatten nichts, eigentlich«, gab er widerwillig zu,

»nur ihre Zeugenaussage. Hätten wir eine Leiche gefunden, hätten wir die Aufnahmen vom Gebiss vergleichen können – aber die ist ja nie gefunden worden.«

»Aber jetzt hat alles wunderbar mit der Leiche oben in Söderåsen zusammengepasst«, vervollständigte Hill.

Und während er sprach, fügten sich die Bruchstücke seiner Überlegungen zu einem Ganzen.

»Arne!«, platzte es aus ihm heraus, und er erinnerte sich an seinen eigenartigen Traum vor ein paar Wochen.

»Wie?«, wunderte sich Gårdeman. »Welcher Arne?«

»Never mind«, erwiderte Hill, aber sein Traum ließ ihn nicht in Ruhe. Er war Arne, und Arne war er gewesen – sie hatten die Identität getauscht, damit ihm niemand die Schuld geben konnte.

»In puncto Zähne«, murmelte er und begann, auf dem Schreibtisch zwischen den Papieren zu wühlen, »wo zum Henker sind die schon wieder abgeblieben?«

Was war das für eine Sache mit den Zähnen? Zuletzt war es um Antonssons Zähne gegangen. Plötzlich bekam er die Bilder, die Gårdeman ihm gerade gebracht hatte, in die Finger.

»Schau her«, forderte er ihn auf und ging um den Schreibtisch, damit sie den gleichen Blickwinkel hatten. »Siehst du, dass hier rechts ein Stück von dem Eckzahn zu sehen ist? Obwohl der Bursche kaum lächelt, kann man den vorstehenden Zahn deutlich erkennen, stimmt's?«

»Ja … und?«

»Denk mal wie einer unserer Rekonstruktionskünstler, Ulf. Stell dir vor, wie der Kerl ausgesehen haben könnte, als seine Gesichtsmuskeln noch intakt waren und er ordentlich lächeln konnte.«

Hill stellte dasselbe Denkexperiment an, während er seinen Kollegen aufforderte. Er trat an die Flip-Chart und begann zu skizzieren. Eine Linie stellte die Nase dar, eine halb elliptische Kontur das Kinn. Dann wandte er sich wieder Gårdeman zu.

»Der Typ hat oder hatte einen recht breiten Mund mit dünnen Lippen«, erklärte Hill und zog die entsprechenden Linien mit dem Stift. »Ich kann mir gut vorstellen, dass das Lächeln sowohl offener und breiter gewesen sein muss als auf dem Foto, als die Muskeln noch funktioniert haben. Also…«

»… sind vermutlich auch die Eckzähne stärker vorgestanden als hier!«, ergänzte Gårdeman begeistert.

»Genau!«

Hill konzentrierte sich, um die Konturen möglichst genau nachzuzeichnen, denn die kleinste Ungenauigkeit konnte die ganze Illusion zerstören. Mit der Zungenspitze im Mundwinkel, zeichnete er leicht schräg stehende, verlängerte Eckzähne.

»So«, sagte er und trat zur Seite, damit der Kollege sehen konnte. »Wie sieht das aus?«

»Mensch! Verdammt nochmal, das ist ja genau…«

»… eben!«, fiel Hill exaltiert ein. »Genau wie bei dem Mann, den wir oben im Sommerhaus gefunden haben. Mir ist auch aufgefallen, dass die Zahnstellung etwas fast Tierartiges hatte. Etwas Wolfsähnliches oder so.«

»Aber die Gebissaufnahme stammte doch von Vagnmans Zahnarzt hier in der Stadt«, wandte Gårdeman mit bestechender Logik ein.

»Natürlich«, stimmte Hill zu. »Aber ich glaube, wir bitten die Stockholmer Kollegen, uns schnell noch ein paar Informationen über diesen Zahnarzt auf Kungsholmen zu schicken – und dann versuchen wir, Lotta Jönsson zu erwischen.«

Lotta Jönsson hatte zumindest zeitweise in der Nacht schlafen können. Signe hatte geholfen, ihre Wunden zu säubern, sie verpflastert, wo das nötig war, und ihr ein paar Tabletten gegeben, um den übelsten Schmerz zu lindern.

Aber die Schulter tat immer noch sehr weh.

Dass Per Vagnman im Laufe des Abends mehrmals ihre Blessuren noch verschlimmerte, machte die Sache auch nicht besser. Er war felsenfest davon überzeugt gewesen, von ihr eine Antwort zu erhalten, und am Ende hatte er die auch bekommen.

Sie war gezwungen, ihm genau zu erzählen, was ihre Aufzeichnungen besagten, und leider auch einzugestehen, dass sie die Unterlagen an den Kommissar geschickt hatte, weil sein Mobiltelefon besetzt gewesen war. Sie hatte also nicht persönlich mit ihm darüber gesprochen … aber die Post würde er sicher bald bekommen!

Per Vagnman hatte sie eiskalt durchschaut. Entschieden, dass sie vermutlich die Wahrheit sagte, und überlegt, was er dagegen zu unternehmen gedachte.

Dann hatten sie sich endlich ausruhen können, sie und Signe Bille.

Durch einen halb betäubten Nebel hindurch hatte sie gehört, dass er nachts die meiste Zeit auf gewesen war und in Schubladen und Schrankfächern herumgekramt hatte. Aber sie hatte nicht hören können, was er genau machte.

Der Morgen hatte blaugrau gedämmert, und es war dunstig. Sie hörte das eine oder andere Nebelhorn der Schiffe draußen auf dem Meer. Gnädig hatte er sie zur Toilette gehen und ein Glas Wasser trinken lassen. Aber darin hatte sich seine samariterähnliche Hilfsbereitschaft auch erschöpft.

Und als er ihr nun befahl, sich auf ihrem Stuhl gerade hinzusetzen, entbrannte der Schmerz erneut wie lodernde Flammen.

Aber er verschwendete nicht den geringsten Gedanken an Mitleid. Signe hatte er bereits fest an ihren Stuhl gefesselt. Jetzt fesselte er die beiden auf ihren Stühlen aneinander. Das würde erstmal für Ruhe mit den beiden Weibern sorgen.

Signe hatte sich leider als desillusioniert weichherzig herausgestellt, das arme Hascherl. Das war eine Enttäuschung. Beinahe eine so große, dass er seine Meinung über sie änderte. Es war vielleicht gar nicht so selbstverständlich, dass sie mit nach Italien kommen würde.

Er hatte die Vorhänge zugezogen, für den Fall, dass irgendein Idiot die Idee hatte, oben am Abhang vorbeizugehen, und zufällig ins Wohnzimmer hineinsah.

Rasch und unsanft band er die beiden Stühle, auf denen die Frauen saßen, zusammen.

»So, meine hübschen Damen – jetzt könnt ihr hier sitzen und eine richtig schöne Plauderstunde halten. Es stört euch niemand, und es kann euch auch niemand hier heraushelfen«, stellte er fest.

Ihre Antwort fiel nicht sehr damenhaft aus. Sie spuckten Gift und Galle, und er lachte amüsiert. Das Mädel von der *Kvällsposten* hatte es allerdings in sich, das musste er zugeben. Aber das half ihr jetzt auch nicht viel. Er hatte schon bei ihrer Zeitung angerufen und sie krankgemeldet.

Und er hatte jetzt überhaupt keine Zeit, um sich um ihr Wohlbefinden und ihre Flüche zu kümmern.

Er hatte entschieden, wie die Sache laufen sollte, und musste noch ein wichtiges Telefongespräch führen.

In Malmö war Lotta Jönsson nicht zu erreichen gewesen. Die Zeitungsredaktion teilte mit, dass sie sich krankgemeldet hatte. Aber in Stockholm wurde für die Kollegen in Skåne wirklich Dampf gemacht. Kurz vor zwölf schickten sie die Angaben zu Antonssons Patientenakte vom Zahnarzt.

Das war ganz einfach.

Weder der Zahnarzt noch die Akte existierten noch.

Der Zahnarzt – ein Doktor Jalenius – war vor zwei Jahren

in Pension gegangen, und die Akte war bei einem Einbruch vor über sechs Jahren verschwunden. Das war noch, bevor es ein funktionierendes Computersystem gab, sodass zahlreiche Patientenakten und Röntgenbilder auf diese Weise verloren gingen. Niemand konnte begreifen, welchen Nutzen das haben sollte, Zahnarztakten zu entwenden. Aber es gab so viele sinnlose Beschädigungen, dass es sich hierbei auch um einen dieser sinnlosen und grundlosen Einfälle der Jugend handeln konnte.

Joakim Hill hatte auch eine sehr methodische Erklärung parat. Nämlich die, dass die Akte von Antonsson selbst gestohlen worden war. Vielleicht hatte er sie für viel Geld, das er brauchte, um sich Stoff zu besorgen, an seinen alten Kumpel Per verkauft, der sie anschließend bei seinem Zahnarzt eingeschmuggelt und seine eigene Akte vernichtet hatte.

Per Vagnman war tatsächlich nur einige Wochen nach dem Einbruch in Stockholm und fünf Tage vor seinem Bootsunfall bei seinem Zahnarzt gewesen.

Hill hyperventilierte fast vor Glück. Die Freude wurde lediglich dadurch getrübt, dass es ohne beglaubigte Dublette von Antonssons Gebiss sehr schwierig sein würde zu beweisen, dass die Aufnahme nicht Vagnmans Garnitur darstellte.

Gab es möglicherweise eine solche in Stockholm?

Nein, es gehörte leider nicht zu den Aufgaben der Kriminalbehörde, ein Register über die Zähne der Gefangenen zu führen.

Ergo.

Gårdeman war immer tiefer in den kanarienvogelgelben Sessel gesunken. Während Hill immer begeisterter darüber wurde, überhaupt ein begreifliches Muster in dem ganzen Wahnsinn der letzten Zeit zu sehen, schien Gårdeman immer weiter in eine Schwermut zu verfallen, die Hill nicht ganz verstand.

»Was ist denn mit dir los?«, erkundigte er sich. »Gibt es was, das in meiner Berechnung nicht stimmt?«

»Nein, nein«, seufzte Gårdeman und schlug auf die Sessellehne, dass eine weiße Staubwolke aufgewirbelt wurde. »Leider stimmt das viel zu gut, das macht mich so verdammt niedergeschlagen.«

»Warum in aller Welt sollte das die logische Konsequenz sein?«, wollte Hill wissen.

»Ich habe nicht gesagt, dass das die logische, sondern die anständige ist. Es wäre fast leichter gewesen zu glauben, dass sie einem Raubmörder zum Opfer gefallen ist. Aber dass sie kaltblütig abserviert worden ist, nur weil sie diese Null eventuell hätte identifizieren können, macht mich wahnsinnig.«

»Anna Svensson«, begriff Hill plötzlich und verstand Gårdemans Missmut.

Gårdeman nickte und sank noch ein paar Zentimeter tiefer in die knallgelben Kissen.

»Angenommen, all das stimmt«, fuhr Hill fort, um die Stille zu brechen, »dann hat der Kerl aus dem Sterben eine Kunst gemacht. Eine schöne, wiederholbare Kunst, die anderen das Leben gekostet hat. Herrje – wir müssen den Mann finden, und zwar schnell!«

Hills Telefon läutete, und er starrte wütend auf den Hörer. Das passte ihm gar nicht. Er hatte Wichtiges zu erledigen. Aber er kannte seine Pflicht und nahm nach dem dritten Klingeln ab.

»Hill«, meldete er sich.

»This is Guiseppe Pileggi«, sagte eine schmeichlerische Stimme, die Hill von der Vernissage kannte. »You may not know me but I know your boss. I met him at the exhibition a couple of weeks ago.«

Was um Himmels willen…?

Wenn das wirklich Per Vagnman war, was veranstaltete er

dann da für ein schräges Schauspiel? Aber Hill begriff plötzlich, dass Vagnman pokerte. Er war anscheinend nicht sicher, wie viel Hill wusste. Hill reagierte blitzschnell und entschied sich, die Rolle genau so ungeschickt zu spielen, wie die Abendzeitungen ihn gern darstellten.

»Ah, Signor Pileggi«, erwiderte er und wechselte in ein abgehacktes Schwenglisch. »Natürlich erinnere ich mich an Sie, wir haben uns doch auch gestern auf der Beerdigung gesehen?«

»Ja, das ist richtig.«

»Was kann ich für Sie tun?«

»Es geht um einen Brief. Ein braunes Kuvert, das heute angekommen sein soll, adressiert an Joe Hill – haben Sie das bekommen?«

»Ich weiß nicht genau, lassen Sie mich in dem Stapel hier nachsehen.«

Er machte einen Riesenlärm, indem er Papierstapel auf dem Schreibtisch hin und her schob und gleichzeitig Gårdeman bedeutete, mucksmäuschenstill zu sein.

»Ja, hier ist es!«, sagte er. »Ist das von Ihnen? Leider habe ich es noch nicht geöffnet – ist das was Eiliges?«

»Nein, nein«, versicherte der andere, »im Gegenteil! Ich wäre Ihnen sehr verbunden, wenn Sie es erst gar nicht aufmachen würden. Ich wäre äußerst dankbar, wenn ich den Brief einfach wieder zurückbekommen könnte. Ich wollte Ihnen gewisse Verdächtigungen mitteilen, aber ich habe herausgefunden, dass sie vollkommen grundlos sind. Es war ein peinliches Missverständnis, und ich wäre Ihnen wirklich dankbar, wenn wir das Ganze einfach vergessen könnten.«

»Ah so, ja, das liegt ganz bei Ihnen, Signor Pileggi – wenn Sie Ihrer Sache sicher sind. Die Post hat noch keinen Eingangsstempel bekommen.«

Gårdeman hielt seinen Kopf so nah wie möglich an die Hörmuschel, um das Gespräch mitverfolgen zu können.

»Ja, ja, ich bin ganz sicher. Wenn Sie mir diesen Gefallen tun, sowohl Ihnen als auch Ihrem Chef zuliebe, werde ich das wirklich nicht vergessen.«

»Ja, der Umschlag liegt so lange bei mir sicher verwahrt. Kommen Sie selbst vorbei, um ihn abzuholen?«

»Tja, die Sache ist die, dass ich diese Situation als äußerst unangenehm empfinde. Ich weiß, dass ich mich dumm verhalten habe, aber vielleicht wären Sie so gut und könnten mich, sagen wir… auf neutralem Boden treffen? Zum Beispiel dort draußen bei diesem Blumenschloss?«

»Sofiero, meinen Sie?«

»Ja, genau, so heißt das.«

Hill versuchte desperat, auf eine glaubwürdige Weise Zeit zu gewinnen. Er war schier verzweifelt bei der Vorstellung, allein einen Massenmörder zu treffen. Er brauchte eine Ausrede, um das Treffen hinauszögern zu können.

»Ja, das ist kein Problem – aber leider kann ich nicht vor zwei Uhr kommen. Ich habe einen Verhandlungstermin bei Gericht, schon um … Viertel vor eins«, improvisierte er und hoffte, Vagnman würde das schlucken.

Vagnman überlegte kurz, dann schien Hills Erklärung ihm offensichtlich plausibel, denn er war einverstanden.

»Ausgezeichnet – ich bedanke mich. Können wir uns oben bei diesem Spielhaus sehen, das einst den Kindern des Königs gehört hat?«

»Ja, das passt gut«, versicherte Hill, Schweiß stand ihm auf der Stirn.

»Ah, Kommissar Hill«, fügte Per Vagnman mit geschicktem italienischem Akzent hinzu, »ich gehe davon aus, dass Sie allein kommen, nicht wahr?«

»But of course – a matter of honour.«

Hill legte mit leicht zittriger Hand den Hörer auf die Gabel. Aber er hatte seinen Entschluss bereits gefasst, indem er behauptet hatte, das Kuvert sei noch ungeöffnet.

»Hast du gehört?«

Gårdeman nickte, spürte, wie das Adrenalin in die Blutbahnen gepumpt wurde und die Rachgier ihm die Kehle zuschnürte. Nun erschien der Fall in einem ganz anderen Licht, und sämtliche Reflexe des Bluthundes waren aktiviert.

»Du kannst ihn treffen«, überlegte er, »aber wir haben nichts, womit wir ihn festnageln können. Das Einzige wäre ... ich verzichte auf die Unantastbarkeit des Privatlebens. Ich werde den pensionierten Zahnarzt ausfindig machen. Stell dir vor, er hat vielleicht alles in einer privaten Datenbank gespeichert.«

»Wir haben nur eine knappe Stunde, um Verstärkung aus Malmö zu organisieren«, gab Hill zu bedenken. »Es gibt allen Grund anzunehmen, dass der Bursche bewaffnet ist und außerdem keine Sekunde zögert zu töten, wenn er sieht, dass seine kleine Theatervorstellung aus dem Ruder zu laufen droht. Also müssen wir eine Strategie finden, die ihn nicht sofort alarmiert.«

»Ich rufe in Malmö an, und zwar pronto.«

»Gut! Ich mache Kopien von den Aufzeichnungen. Dann gehe ich zur Post und versuche, eine der Damen charmant dazu zu überreden, einen neuen Umschlag zu stempeln. Treffen wir uns wieder hier in, sagen wir, einer halben Stunde?«

»Wir müssen auch Lotta Jönsson erreichen«, bemerkte Gårdeman rasch. »Unter diesen Umständen steckt sie höchstwahrscheinlich in der Klemme. Ich setze ein paar Leute darauf an.«

Hill hoffte, dass das keine Untertreibung war – wenn Vagnman sie in seinen Fängen hatte, konnte sie weitaus mehr als übel dran sein.

Er nickte, und Gårdeman sprang resolut aus dem bequemen Besuchersessel auf.

»Jetzt aber, Hill«, rief er und klopfte seinem Kollegen im Vorbeigehen auf die Schulter, »jetzt brennt's!«

Per Vagnman verließ das Haus am Meer ein paar Minuten nach eins. Bevor er ging, stellte er einen Beutel aus schwarzem Stoff direkt unter die Stühle der Frauen.

Sollte er ihnen sagen, was sich darin befand?

Nein, weshalb auch – dann würden sie jede einzelne Sekunde leiden, die verstrich.

Aber andererseits – warum sollten sie das nicht? Sie hatten ihr Äußerstes getan, um ihm Knüppel zwischen die Beine zu werfen, oder etwa nicht?

»Ja, übrigens«, sagte er unvermittelt, »wenn ihr euch über die Tasche wundert, die ich unter die Stühle gestellt habe – sie enthält eine kleine, zwar selbst gebastelte, aber trotzdem äußerst effektive Dynamitbombe mit Zeitzünder. Kein Grund zur Beunruhigung – außer ich bin aus irgendwelchen Gründen nicht bis drei Uhr zurück. Dann knallt es, leider. Have fun, ladies.«

Die Beschimpfungen fielen diesmal nicht milder aus, aber das tangierte ihn nicht im Geringsten.

Er ging aus dem Haus und fuhr gemächlich davon, als wollte er oben an der Tankstelle einen Liter Milch kaufen. Stattdessen bog er südwärts auf die Landstraße und trat das Gaspedal durch. Er wollte rechtzeitig da sein, bevor dieser Kriminalkommissar eintraf. Gut vorbereitet zu sein war stets die beste Taktik.

Er fuhr in gemäßigtem Tempo, bis er etwa die Höhe von Domsten erreichte. Dann bog er rechts ab. Er passierte mit dreißig Stundenkilometern die Tannenschonung und die Büsche am Strand. Dort hatte Carl Linell endlich seine Lektion gelernt. Er wusste davon, obwohl er in keiner Weise selbst daran beteiligt gewesen war. Tja, es kam vielleicht darauf an, wie man das sah. Hätte er Direktor Svedfält aus Göteborg nicht auf die einzig verlässliche Methode, die die Authentizität eines Vagnman-Gemäldes garantierte, aufmerksam gemacht, wäre das alles natürlich nie geschehen. Also trug er auch eine gewisse Schuld an dem Ganzen und lachte sich ins Fäustchen.

Das Lachen hätte auch als bittersüß bezeichnet werden können, was auch stimmte. Es hatte viele lange und schwere Jahre gebraucht, bis er sich endlich wehren konnte. Aber er fand selbst, dass es ihm mit Bravour gelungen war. Der Direktor hatte ganz emotional reagiert und vertrauensvoll die Auswertung dem zuverlässigen Italiener überlassen. Er hatte ihm die Analyse geliefert, dass kein einziges der Bilder, die der Direktor durch die Galerie Blå erworben hatte, echt war. Doch tatsächlich verhielt es sich so, dass lediglich zwei Gemälde Fälschungen waren. Sehr gute allerdings, war er gezwungen zuzugeben. Lise hatte offenbar eine ganz neue Façon an den Tag gelegt, seit sie Witwe geworden war. Er hatte sich beeilt, bereits am Tag nach der Vernissage dem Direktor eine einigermaßen annehmbare Wiedergutmachung für seine im Zusammenhang mit dem unzuverlässigen Galeristen entstandenen Verluste anzubieten. Der Direktor hatte ohne Zögern und Fragen das Angebot in Höhe von 180 000 Kronen für sämtliche Bilder, die er für Fälschungen hielt, angenommen.

Per Vagnman hatte also auf einen Schlag vier seiner eigenen Gemälde für wenig Geld zurückbekommen und außerdem Direktor Svedfält einen unerhört bestechenden Grund geliefert, sich Carl Linell vorzuknöpfen.

Der Künstler mit den undurchsichtigen Absichten fuhr ruhig durch die kleine, pittoreske Gemeinde, bremste sorgsam vor jeder Fahrbahnschwelle und glitt weiter die alte Straße Richtung Hittarp hinauf. Er sah auf die Uhr. Sie zeigte erst zwanzig nach eins. Vielleicht war es angebracht, sich diese trotz allem hoch geschätzte Gegend einzuprägen. Denn er rechnete nicht damit, jemals wieder hierher zurückkommen zu können, wenn alles überstanden war.

Was Signe Bille betraf, hatte er seinen Entschluss bereits

gefasst. Sie würde sich ohnehin nie dem expansiveren Lebensstil anpassen können, dem er anschließend frönen wollte. Sie hatte ihm eine überraschend feige Seite gezeigt, die ihm wirklich nicht zusagte. Nein, es würde so kommen, wie das Schicksal unter dem Stuhl es wollte – das war das Beste.

Er fuhr langsam weiter, und fünf Minuten später hielt er vor Sofiero. König Gustav VI. Adolfs geliebtes Blumenschloss war direkt nördlich der Stadt gelegen. Ein ewig grünendes Monument für seine garteninteressierte erste Gemahlin, Kronprinzessin Margareta.

Vagnman parkte nicht auf dem großen Parkplatz gegenüber des neuen, verglasten Eingangs, sondern stellte sich ein Stück weiter oben an den Hittarpsvägen bei dem alten Eingang.

Wenn etwas schief gehen würde, konnte er durch dieses Tor flüchten, selbst wenn er über den einen oder anderen Zaun klettern musste auf seiner Flucht. Er war zwar fast vierundfünfzig, aber für solche sportlichen Herausforderungen durchaus noch zu haben.

Jetzt machte er einen kleinen Spaziergang um die Schlossmauer und zahlte an der Kasse Eintritt. Er flirtete etwas südländisch-höflich mit der Dame, die die Eintrittskarten verkaufte. Nicht weil sie ihn auch nur im Mindesten interessierte. Sondern weil er es einfach nicht lassen konnte, seine Rolle absolut perfekt zu spielen. Der Kriminalkommissar war offenbar auch darauf reingefallen.

Er kaufte eine schmale Broschüre, die über das Schloss informierte und die das hübsche Rhododendron-Rondell, das Plateau mit den Skulpturen und den Wasserlauf zum Strand hinunter beschrieb.

Mehr brauchte er eigentlich nicht. Er wusste seit seiner Jugend, wo sich die alphüttenähnliche Spielstube der königlichen Sprösslinge befand. Nach Gustav Adolfs Tod hier im Schloss war sie in den Besitz der Gemeinde übergegangen und für die Öffentlichkeit zugänglich gemacht worden. Der König hatte das sicher wohlwollend von seinem Platz im Himmel verfolgt. Für einen angemessenen Preis hatte der gemeine Mann seiner Familie einen Sonntagsausflug bieten können, bis vor einigen Jahren der Eintrittspreis in die Höhe geschossen war, nachdem der Eingangsbereich verlegt und touristenfreundlicher gestaltet worden war.

Nun betrachtete Per Vagnman missbilligend das spärliche Wechselgeld, das er auf den Hunderter, den er der Kassiererin gereicht hatte, herausbekommen hatte. Er warf die Münzen in den Fischteich und hoffte, dass sich wenigstens die Goldfische daran erfreuen würden.

Wie um alles in der Welt sollten es sich Familien noch leisten können, diese herrliche Oase zu besuchen? Er selbst müsste sich in Zukunft vermutlich keine Sorgen darüber machen, was wie viel kostete. Wenn er nun endlich die unschönen Unterlagen von dieser Journalistenschlampe zurückbekam.

Er stieg einen der steilen Pfade zum Plateau hinauf, wo sich die Spielstube befand. Der Weg führte fast senkrecht bergan, und an manchen Stellen waren Steine für einen besseren Halt in die Erde eingelassen worden. Das war eine anstrengende Kletterei, aber Per Vagnman störte das nicht im Geringsten. Sein Puls ging zwar etwas schneller als sonst, als er oben ankam, aber nicht so schnell, dass es seinem Kreislauf schaden würde, und das Blut wurde effektiv mit Sauerstoff versorgt. Er fühlte sich in Topform und gedachte, diesem Hill eine Vorstellung zu liefern, die sich gewaschen hatte.

Lotta Jönsson war völlig durchnässt. Ihr BH war durchgeschwitzt, und Schweißperlen liefen ihren Bauch hinunter.

Und sie konnte sich nirgends kratzen.

Das Seil, das sie unverändert am Stuhl gefesselt hielt,

hatte nicht nachgegeben. Sie und Signe Bille hatten durch beharrliches Winden versucht, etwas Spielraum zu gewinnen, aber es hatte sich keinen Millimeter gelockert, wie es schien.

Die Schultern hatten schrecklich geschmerzt, sobald eine von ihnen etwas unvorsichtiger an ihren Fesseln gezogen hatte, und Signe wollte Lotta nicht wehtun.

»Ich würde fester an dem Seil ziehen, das ich mit den Fingern zu fassen kriege«, schniefte sie. »Aber dafür muss ich mich, so weit es geht, zur Seite beugen, und das tut dir bestimmt unheimlich weh.«

»Tu das«, hauchte Lotta heiser. Sie warf einen entsetzten Blick auf die alte vergoldete Salonuhr an der Wand. Sie zeigte zweiundzwanzig Minuten nach eins. »Tu es einfach!«

Signe atmete aus, um das Seil so weit zu lockern, dass sie einen Finger unter den Knoten schieben konnte. Dann zog sie mit einem Ruck nach rechts, um die Seilenden etwas zu weiten.

Lotta schrie auf.

Sie warf ihren Kopf so schwungvoll zurück, dass er mit einem dumpfen Laut gegen Signes Schädel schlug. Signe biss sich fest auf die Zunge und schmeckte Blut. Ihr Kopf dröhnte beunruhigend und tat unbeschreiblich weh. Sie fühlte Übelkeit in sich aufsteigen. Ihre Mitgefangene hing schlapp in dem Seil. Sie war doch nicht etwa …? Signe fragte sich besorgt, ob man durch solch einen intensiven Schmerz sterben konnte.

»Entschuldige… entschuldige bitte!«, schluchzte sie und spürte, dass Blut aus ihrem Mundwinkel tropfte. »Wie geht es dir… bist du so weit in Ordnung?«

»Nein …«, stöhnte Lotta, »und du?«

Signe heulte plötzlich los. Speichel und Blut mischten sich und hinterließen Flecke auf ihrem hellen Pullover. Ihre Zunge schwoll an, und sie fühlte sich alles andere als gut.

»Nein, ich bin überhaupt nicht in Ordnung!«, brüllte sie resigniert. »Wir werden sterben, und das ist meine Schuld.«

»Das stimmt doch gar nicht…«, versuchte Lotta, sie zu beschwichtigen.

»Doch, ist es wohl! Hätte ich mich nicht so blind in diesen eingebildeten, verfluchten Maler verliebt, wäre das alles nie passiert.«

»Ist ja gut – aber denk jetzt nicht daran. Versuch, deine Kräfte positiv zu nutzen. Mach noch einen Versuch mit dem Seil.«

»Niemals – das würde dich umbringen!«

Signe zog die Nase hoch, musste aufstoßen und sank erschöpft in sich zusammen.

»Er kommt bestimmt zurück«, hoffte sie verzweifelt. »Er mag zwar ein unzuverlässiger Schurke sein, aber er kann uns nicht einfach hier sitzen lassen.«

Lotta verdrehte entmutigt die Augen. Das war völlig hoffnungslos!

»Hallo – wach auf! Er kommt ganz sicher nicht zurück. Er hat bereits mindestens drei Personen umgebracht. Wir sind die Einzigen, die gegen ihn aussagen können. Er kommt auf keinen Fall wieder!«

Signe schniefte und schwieg.

»Also bitte«, flehte Lotta, »hör auf, die Nase hochzuziehen, und versuch es noch mal. Kümmere dich nicht darum, wenn ich schreie, das ist es auf jeden Fall wert.«

Signe seufzte tief, atmete wieder aus und versuchte, die winzige Lücke zwischen den Seilenden zu weiten, damit sie eine Fingerspitze dazwischenzwängen konnte.

Lotta biss sich verzweifelt auf die Lippen, um nicht zu zeigen, wie sehr das in ihren Schultern schmerzte. Aber anscheinend hatten die Endorphine im Körper betäubend zu wirken begonnen. Signe mühte sich tapfer weiter.

Lotta hob den Blick und sah erneut auf die Uhr.

Es war bereits dreiundzwanzig vor zwei.

Ihr Herz schlug einen Salto. »… bei diesem Spielhaus sehen, das einst den Kindern des Königs gehört hat«, hatte sie Vagnman am Telefon sagen hören. Sie begriff, dass er ein Treffen vereinbart hatte, und obwohl sie nicht das gesamte Gespräch mit angehört hatte, gab es keinen Zweifel daran, dass er Joakim Hill dort treffen würde.

Unfreiwillig zog sie an dem Seil.

»Verdammt!«, entfuhr es ihr.

»Mist … entschuldige, entschuldige«, erwiderte Signe rasch und hielt inne.

»Nein, nein – du bist das nicht. Es ist der gleiche Gedanke, den du vorhin hattest. Wenn ich dies und jenes nicht getan hätte, dann …«

»Wie meinst du das?«

»Wenn ich meine Aufzeichnungen nicht an Hill geschickt hätte, hätte er niemals eingewilligt, Per in Sofiero zu treffen. Wenn irgendetwas schief geht, dann ist es mein Fehler.«

Signe begann wieder, hilflos zu schluchzen.

»Und hier sitzen wir wie gefangene Ratten, und niemand hat eine Ahnung, dass wir in Gefahr sind.«

Es klingelte.

Eine durchdringende, geschmacklos muntere Melodie.

Der Refrain von Tom Jones' Sechzigerjahrehit »Help Yourself«.

Lotta hatte ihn sich im Büro heruntergeladen – ein Angebot von Telia. Das war die höhnische Retourkutsche – es war kaum daran zu denken, sich selbst zu helfen. Sie konnte nicht einmal ihren Anruf entgegennehmen!

Das Handy klingelte unverdrossen in ihrer Jackentasche.

Nicht die vier bis fünf Mal wie sonst.

Es klingelte zwölf Mal.

Signe lauschte angespannt und schien den Atem anzuhalten.

Wer auch immer Lotta sprechen wollte, es war offensichtlich wichtig. Dafür hatte sie augenblicklich vollstes Verständnis. Es kam recht häufig vor, dass sie diese aufdringlichen Anrufe ihrer Umwelt verfluchte. Doch jetzt hätte sie alles gegeben, um ihr Handy nehmen zu können, die Taste mit dem grünen Hörer zu drücken und »Hiiiilfe!« zu brüllen.

Dann wurde es plötzlich still.

Nur das leise, regelmäßige Ticken aus der schwarzen Stofftasche unter dem Stuhl war zu hören.

7

Ein paar von uns »Eingeweihten« haben wie immer weitergearbeitet, aber mit den Gedanken waren wir woanders. Ein Wagen hat Beweismaterial ins SKL gebracht, und wir haben gespannt auf die Antwort gewartet. Als das positive Ergebnis bei uns einging, wurde der innere Kern zusammengetrommelt und alles in Bewegung gesetzt. Schnelle Anweisungen und Funkstille.

Gårdeman rief Hill gerade an, als dieser vor dem Haupteingang von Sofiero geparkt hatte. Gårdeman hatte sich mit Svenningsson und Petrén im Streifenwagen weiter oben auf den Rasenparkplatz gestellt – der sonst nur zu Mittsommer oder bei anderen großen Veranstaltungen im Schloss gebraucht wurde.

»Yes«, antwortete Hill, »wie sieht's aus?«

»Die Verstärkung ist jetzt in der Järnvägsgatan. Wir dirigieren sie, wenn sie hier eintreffen, dann können sie durch den Personaleingang in den Park gehen. Aber ihr hier müsst verdammt vorsichtig sein. Wir haben nicht die geringste Ahnung, was der Kerl vorhat. Hast du den Umschlag?«

»Doch, doch. Er sieht ganz harmlos aus, mit dem Poststempel von gestern und allem. Das Mädel am Schalter hat den Umschlag sogar beschriftet. Sie hat eine weibliche Schrift, so ähnlich wie Lottas. Habt ihr sie eigentlich erreicht?«

»Keine Spur. Aber ihre Zeitung hat uns schließlich ihre Handynummer gegeben. Sie geht nicht ran, aber wir rufen sie weiterhin an. Wir orten ihren Mobilfunksender über GSM, ob das funktioniert, ist allerdings nicht so sicher.«

»Der Zahnarzt?«

»Nichts Neues, bisher.«

»Habt ihr Kontakt zu Signe Bille?«

»Nein, sie war auch nicht in der Galerie. Sie hatte dort Bescheid gesagt, dass sie ein paar Tage Urlaub nehmen wollte im Anschluss an die Beerdigung.«

»Hmmm«, überlegte Hill missgestimmt. »Bitte jemanden, weiter nach den beiden zu suchen.«

»Okay«, bestätigte Gårdeman. »Susanna versucht, den Zahnarzt ausfindig zu machen. Er wohnt anscheinend noch auf Kungsholmen, ist aber gerade nicht zu Hause.«

»Verflixt nochmal – da kann man eben nichts machen. Wir machen hier trotzdem weiter.«

Ihm gefiel das zwar nicht besonders, aber er hatte keine andere Wahl, als Per Vagnman gegenüberzutreten, dem Mann mit Gott weiß wie vielen Leben. Er würde zunächst so tun als ob und das Signor-Pileggi-Spiel mitspielen, aber ihn dann im günstigsten Fall irgendwie davon überzeugen, dass es das Beste wäre, wenn er freiwillig für alles Weitere mit aufs Präsidium käme. Hill nahm an, so etwas liefe unter der Rubrik »Mission Impossible«.

»Gut«, sagte er, holte tief Luft und klemmte sich das Kuvert unter den Arm. »Ich gehe jetzt rein. Gebt mir rund eine Viertelstunde, bevor ihr loslegt. Ich gebe euch das Zeichen.«

Sie hatten sich bereits auf ein Zeichen geeinigt, um visuelle Missverständnisse zu vermeiden. Es war eine Geste, die Hill sonst nie machte. Wenn er mit der rechten Hand seinen Nacken umfasste und nachdenklich massierte, konnten sie starten.

»Okay«, sagte Gårdeman und sah den Verstärkungstrupp

im Polizeibus den Hügel heraufkommen. »Sei bloß vorsichtig!«, mahnte er und winkte die Malmöer Kollegen für eine kurze Lagebesprechung heran.

Joakim Hill fühlte sich ziemlich allein.

In dem weitläufigen Park von Sofiero waren um diese Zeit nur wenige Besucher. Das war natürlich ein Vorteil, der das Risiko minderte, dass einem Unschuldigen etwas zustieß.

Er kaufte eine Eintrittskarte an der Kasse wie jeder andere Besucher auch. Er hätte auch sagen können, dass es sich um eine dienstliche Angelegenheit handelte, aber er wollte das Personal nicht unnötig in Angst versetzen. Eine solche Aufregung verselbstständigte sich oft, und das brauchte er nun wirklich nicht.

Hill war in dieser Umgebung ebenso zu Hause wie Vagnman. Er nahm die rechte Treppe, die das Rhododendron-Rondell hinaufführte. Nur vereinzelt blühten die unverwüstlichsten Büsche noch, aber Mitte Juni war der ganze Hügel eine leuchtende Kaskade aus fantastischen Farben und herrlichen Düften. Als er noch allein war, vor Catharinas Zeit, war er oft hier draußen spazieren gegangen und hatte die Natur genossen. Für ihn war das eine sublime Form der Entspannung gewesen. Aber jetzt war jeder Nerv in seinem Körper angespannt. Er war unruhig und nervös und hoffte, dass man ihm das nicht ansah. Hoffte, dass Vagnman so versessen darauf war, das wertvolle Kuvert zurückzubekommen, dass er davon nichts merkte.

Hill bog etwas eher als Vagnman ab. Schon vor dem Fischteich warf er einen Blick nach oben, sah aber nichts. Er erkannte nur den Rand des alten Brunnens und ein Stück vom Dachfirst der Spielstube. Sonst nichts. Er schluckte und begann den Aufstieg.

Eigentlich war er sich nicht einmal sicher, ob »Signor Pileggi« tatsächlich dort oben anzutreffen war.

Wer noch am Leben war, würde das schon sehen.

Es klingelte unverdrossen, boshaft und vollkommen nutzlos in Lotta Jönssons Jackentasche. Noch nie hatte sie sich so unsäglich machtlos gefühlt wie jetzt, unfähig, das Gespräch anzunehmen, das ihr Leben würde retten können.

Sie war sich ganz sicher, dass der Anrufer verzweifelt herausfinden wollte, wo sie sich befand.

Das Telefon hatte fast ununterbrochen geklingelt. Sie hoffte, dass es die Polizei war. Konnte sie ihr Mobiltelefon orten? Vielleicht nicht, solange es auf Stand-by geschaltet war.

Die Wanduhr zeigte zehn Minuten nach zwei.

Gab es eigentlich eine einzige reelle Chance, dass jemand in der knappen Stunde, die ihnen noch blieb, herausfinden konnte, wo sie waren, um ihnen zu Hilfe zu kommen?

Nein, vermutlich nicht.

Es war offensichtlich komplett aussichtslos, das robuste Seil auch nur einen Millimeter zu lockern.

Signe verharrte nach ihren verzweifelten Versuchen, den Knoten zu lösen, entmutigt in Passivität – Versuche, die die Haut an den Handgelenken aufgescheuert und die Nägel unangenehm nah am Nagelbett abgebrochen hatten.

Lotta hörte sie leise schniefen und befürchtete, dass sie weinte.

So würde also die Endstation aussehen.

Der Schlusspunkt, der ein einziges großes Vakuum nach allem, wofür sie so sehr gekämpft hatte, hinterlassen würde.

Der ihrer unmittelbaren Konkurrentin, der geschickten Gunilla Ström von *Nerikes Allehanda*, ungehinderten Zugriff auf die Stelle als Annika Bengtzons Nachfolgerin bei der *Kvällspressen* sichern würde.

Bei dem Gedanken wurde ihr mulmig im Magen.

Bittere Galle stieg in ihre Speiseröhre auf.

Nein – das durfte einfach nicht wahr sein.

Man darf nie aufgeben, bevor man endgültig besiegt ist – nie!

Und wenn Mohammed nicht zum Berg kommen konnte, konnte vielleicht der Berg trotz allem das völlig Unmögliche vollbringen?

Lotta Jönsson drehte den Kopf, so weit sie konnte, bis zur Schulter. Der Schmerz brannte wie Feuer in ihrer Seite, aber sie ließ sich nicht beirren. Sie riss und nagte mit den Zähnen an ihrer Jeansjacke, bekam Stofffetzen in den Mund und spuckte wütend. Sie zog weiter an der Jacke, bis sie in die Kragenecke beißen konnte.

Ihr stand der kalte Schweiß auf der Oberlippe, aber ihr sturer, entschlossener Blick trat ihr in die Augen, den man normalerweise mit Lotta Jönsson assoziierte.

Dann begann sie zu kauen.

Nagte beharrlich Stück für Stück an dem Stoff, wie ein Bluthund, und sie war auch tatsächlich einer.

Joakim Hill bemerkte Per Vagnman, der an das Treppengeländer der Spielstube gelehnt stand, erst als er den Hügel heraufgekommen war. Da fielen ihm der große schwarze Schlapphut und das schwarze Cape auf, das schwach im Wind flatterte. Vagnman hatte sich geschützt vor dem stärker werdenden Wind positioniert und wartete.

Die beiden Männer waren ganz allein dort oben.

Unter ihnen spazierte der eine oder andere blumenvernarrte Pensionär, aber bis nach oben kam man meistens nur mit Kindern.

Von Westen zogen große, dunkle Wolken über das Meer. Sie kamen rasch näher und hatten Unwetter und nervenaufreibende Ionen im Gepäck. Hill versuchte, diese Unheil verkündenden Vorzeichen zu ignorieren, lächelte dem Mann in Schwarz freundlich zu und grüßte ihn auf Englisch.

»Signor Pileggi, wie schön, Sie wiederzusehen«, sagte er und reichte ihm zur Begrüßung die Hand. »Entschuldigen Sie, dass ich mich ein paar Minuten verspätet habe. Es freut mich, Ihnen in aller Einfachheit diesen kleinen Dienst erweisen zu können.«

»Ah, ich bitte Sie – das ist unsagbar nett von Ihnen«, schwatzte Per Vagnman gekünstelt und glotzte unverhohlen gierig einen Moment das Kuvert unter Hills Arm an. »Ich werde nicht vergessen, das Ihrem Chef gegenüber zu erwähnen.«

»Sehr freundlich, ich bedanke mich. Ist heute nicht ein wunderbar frischer Tag?«

»Doch, sicher …«

»Und, was halten Sie von dem Stolz der Stadt? Sofiero ist floristisch betrachtet eines der weltberühmtesten Schlösser, und die königlichen Ahnen ziehen viele Touristen an. Wussten Sie übrigens, dass unser alter König tatsächlich seine letzten Jahre hier verbracht hat und sogar im Schloss verstorben ist?«

»Ja, so, wirklich – nein, das wusste ich nicht, aber …«

Der Mann hatte nicht im Geringsten Ähnlichkeit mit dem Foto, das die *Kvällsposten* geschickt hatte – selbst wenn man berücksichtigte, dass es vor langer Zeit aufgenommen worden war. Ihm war offenbar daran gelegen, das Treffen rasch zu beenden, aber Hill plapperte drauflos, um der Verstärkung genügend Zeit zu geben, sich dem Treffpunkt zu nähern. Selbst er würde sie nicht bemerken, aber er wusste, dass sie sich im Schlosspark verteilten.

»Doch, ja, und sein größtes Interesse galt diesen enormen Rhododendron-Formationen. Die Vorliebe für den Garten hatte er seit seiner ersten Frau, der englischen Kronprinzessin Margareta, die schon in den Zwanzigerjahren einem Fieber erlag.«

»Äußerst interessant, aber ich glaube, ich muss …«

»Haben Sie es eilig, Signor Pileggi? Ich stehe hier und rede, aber Sie haben vielleicht noch etwas vor. Müssen Sie etwa schon wieder nach Italien zurück?«

»Tatsache ist«, erklärte Per Vagnman leicht gereizt, und eine tiefe Falte grub sich plötzlich zwischen seine Augenbrauen, »dass es sich exakt so verhält. Ich habe es wirklich eilig – wenn Sie also nichts dagegen haben, dann …?«

Der Kies vor der Spielstube knirschte unter Vagnmans robusten Rindslederschuhen, als er einen Schritt auf Hill zuging und ihm energisch die Hand entgegenstreckte.

Das Handy klingelte – relativ diskret – in Hills Jackentasche.

»Entschuldigung«, sagte er, griff schnell in die Tasche, fischte das Telefon heraus und nahm das Gespräch entgegen, ohne Vagnmans Zustimmung abzuwarten.

»Hill«, meldete er sich so neutral, wie er konnte.

Es war Gårdeman, er sprach so leise wie möglich.

»Arzt gefunden, Akte im privaten Computer sichergestellt – Beweis positiv«, war alles, was er zu sagen hatte.

»Gut, danke.«

»Wenn ich jetzt also den Umschlag haben könnte?«, insistierte Vagnman ungeduldig.

»Wie? Ach ja, genau«, lachte Hill leicht verlegen und reichte ihm das Kuvert, »bitte sehr!«

Per Vagnman riss es regelrecht an sich, plötzlich sehr darauf erpicht, sich aus dem Staub zu machen. Er warf einen Blick auf seine Uhr. Sie zeigte 14:16, und er wollte nach Möglichkeit schon an Bord der Fähre sein, wenn es draußen in Nyhamnsläge krachte.

»Ja, haben Sie vielen Dank – und verzeihen Sie, wenn ich eile, Kommissar Hill«, begann Vagnman, schob den Brief unter seinen Arm, wedelte forciert mit dem Cape und machte auf dem Absatz kehrt.

»Ach, sagen Sie doch Joakim«, bot Hill ihm lautstark an und wechselte demonstrativ ins Schwedische, »dann kann ich ja Per sagen, nicht wahr?«

Per Vagnman blieb wie vom Donner gerührt mitten auf dem Kies stehen.

Die wenigen Sekunden schienen wie eine höllische Ewigkeit, während Hill den imposanten Rücken des hoch gewachsenen Künstlers anstarrte.

Dann wandte Vagnman sich um und lachte auf.

Lachte, dass Hill die kleinen, leicht nach innen gestellten Eckzähne sah. Das gesamte Gebiss war so weit von dem entfernt, das in der Asche oben in Söderåsen gefunden wurde, wie nur möglich.

»Aha, ach so«, sagte er, »dann darf ich zu einem richtig gelungenen Schauspielauftritt gratulieren. Seit wann hast du das gewusst?«

»Seit heute Vormittag der Brief angekommen ist.«

Vagnman schlug sich mit dem Umschlag auf den Schenkel und schnaubte erbost.

»Ha – ich hätte es merken müssen. Aber ich muss zugeben, dass du ein verdammt guter Schauspieler bist.«

»Was hältst du davon, wenn wir auf dem Präsidium weiterreden?«, fragte Joakim Hill und verzichtete darauf, sich für das Kompliment zu bedanken.

»Was hältst du davon, wenn wir überhaupt nicht mehr darüber reden?«, konterte Vagnman.

»Aber es gibt noch jede Menge Fragezeichen.«

»Ja, eines davon ist, ob du ein Mikrofon trägst.«

»Nein«, versicherte Hill und öffnete die Jacke. Er trug ein T-Shirt darunter und dachte, dass Vagnman sofort sehen würde, dass er keine Funkverbindung hatte.

Aber Vagnman riskierte nichts. Er näherte sich bis auf eine Armlänge und bestand darauf, sich selbst zu überzeugen. Seine Hände tasteten leicht aber konzentriert Hills Brustkorb, Bauchbereich und Rücken ab. Anschließend war er zufrieden.

»Okay«, sagte er und trat wieder einen Schritt zurück. »Hör zu. Du weißt und ich weiß, aber von hier bis zu handfesten Beweisen ist noch ein langer Weg.«

»Na ja, ich weiß ja bei weitem nicht alles«, gab Hill zu. »Wir haben nur mögliche Theorien.«

Hill bemerkte, dass es um die Fischteiche herum vollkommen leer geworden war, und verstand, dass die Zivilisten unauffällig gebeten worden waren, den Park zu verlassen. Die Verstärkung hatte vermutlich rundherum im Gebüsch ihre Plätze eingenommen. Aber er war noch nicht bereit, ihnen das verabredete Zeichen zu geben. Die ganze Operation war ein Vabanquespiel, und nun versuchte er auf gut Glück, Vagnmans Schwachstelle zu treffen.

»Ich verstehe«, sagte er, »dass du mehr als ausreichend schwimmtüchtig gewesen bist, um vor vier Jahren den Sturz von der Reling zu überleben. Aber was danach passiert ist und wie du dir das alles gedacht hast, ist mir schleierhaft.«

Der große Per Vagnman war nicht umsonst Künstler. Durch Hills gewagte Provokation konnte sich sein extremer Exhibitionismus voll entfalten. Er lächelte herablassend und richtig zufrieden, die Details seines verzwickten Plans ausführlich erläutern zu können.

»Was als Verrat begann, endet zu meinem Vorteil … Joakim«, begann er. »Wie du sicher verstehst, war alles im Zusammenhang mit dem Unfall von vornherein geplant. Ich sollte den Toten spielen, um die Nachfrage nach meinen Werken zu erhöhen. Dank der Konjunkturflaute Mitte der Neunziger hat sich in der Branche fast nichts mehr getan, und was ich gebraucht habe, war ein PR-Hype in großem Stil. Wie Signe Bille einmal gesagt hat: ›Große Künstler werden erst nach ihrem Tod etwas.‹ Es war nie die Rede davon gewesen, dass mir etwas passieren sollte, ich war gar nicht besonders betrunken. Aber meine Freunde hatten etwas ganz anderes vor, anstatt mich mitmachen zu lassen und mit mir zu teilen. Sie haben mir Drogen gegeben, damit ich wirklich ertrinke.«

»Was ist passiert?«, fragte Hill ehrlich neugierig.

Für alles, was jahrelang im Dunkeln gelegen hatte, gab es jetzt eine Erklärung.

»Das kalte Wasser hat mich zur Besinnung gebracht, und ich habe mich wieder an die Oberfläche hochgearbeitet. Ich habe gesehen, wie die Fähre ein Stück entfernt beigedreht ist und ihre Motoren ausgestellt hat. Aber in der ganzen Aufregung wollte ich nicht gefunden werden. Ein Segelboot lag direkt hinter der Fähre, und ich bekam einen Tampen zu fassen, der im Kielwasser hing. Wie schlampig die Leute sind – aber das war meine Rettung. Ich habe mir ein Seil um den Brustkorb geknotet und mich mitziehen lassen. Dann hat die Droge gewirkt, und ich glaube tatsächlich, dass ich hinter dem verdammten Kahn eingeschlafen und erst wieder aufgewacht bin, als die im Hafen von Gilleleje angelegt hatten.«

Vagnman lachte auf. Beinahe befreit, als ob es ihn erleichterte, diese fantastische Geschichte zu erzählen. Und Hill war ein begeisterter Zuhörer.

»Das Einzige, was für mich infrage kam, war, nach Kalabrien zu gehen. Da hatte ich aus meiner Jugendzeit Freunde, der Kontakt hat sich gehalten. Dort konnte ich meinen Rachefeldzug in aller Ruhe planen. ›Die Rückkehr des Künstlers‹ – hätte sich das nicht gut im Kino gemacht?«

»Und wie sollte der aussehen – der Rachefeldzug, meine ich?«

Per Vagnman gluckste bei der Erinnerung daran und ließ Hill gern an seinen Gedanken teilhaben.

»Zuerst wollte ich zurückkommen und sie windelweich prügeln. Aber als mir zu Ohren kam, was hier oben vor sich ging, war der Ofen wirklich aus. Nicht genug, dass die alte Schabracke mich umbringen wollte – sie hat außerdem noch in meinem Namen gefälscht! Ich entschied mich, noch viel mehr zu tun – ich hatte ein kleines Geheimnis, von dem sie nichts wussten. Eines, das den Wert der echten Bilder um das Hundertfache steigerte.«

»Und was war das?«

»Nein, nein«, lachte Vagnman und drohte Hill mit erhobenem Zeigefinger. Hill hoffte bei Gott, dass die Verstärkung das nicht als ernsthafte Drohung auffassen und loslegen würde. Er musste die Geschichte bis zum Ende hören. »Gewisse Geheimnisse gedenke ich trotz allem zu behalten.«

»Wo kommt dann Antonsson ins Bild?«, fragte Hill.

»Ach so, ja, Gott«, entgegnete Vagnman, zum ersten Mal etwas beeindruckt, »das mit Antonsson hast du auch durchschaut? Ja, aber der arme Teufel war von Anfang an dabei. Ohne dass er die leiseste Ahnung hatte. Er hat mir bereitwillig seine Zahnarztakte für ein paar Piepen verkauft. Die Überlegung, dass wir uns wohl oder übel eine Leiche organisieren mussten bei Bedarf, hatten wir schon geäußert. Aber Antonsson hatte Glück, er konnte noch einige Jahre unter den Lebenden weilen.«

»Und wieso die ganze Scharade im Ferienhaus oben in Söderåsen?«, sah Hill sich zu fragen gezwungen. »Was sollte das, sich da derart zu benehmen und wie ein Säufer aufzuführen?«

»Ich musste Antonsson rechtzeitig aus Stockholm wegschaffen, damit die Leute sein Verschwinden akzeptierten. Er hatte es gut in der Hütte, mit seinem Schnaps und seinen Drogen. Er fühlte sich sogar sicher. Aber die Nachbarn mussten fern gehalten werden. Meistens habe ich da oben den Berserker gespielt, aber manchmal war es auch Herman. Keiner hat den Unterschied bemerkt. Sie haben geglaubt, dass es immer derselbe Besoffene gewesen ist.«

»Wie ist er eigentlich zu Tode gekommen? Wir haben Spuren von Spiritus auf dem Linoleumboden gefunden. Aber so was benutzt du doch nicht?«

»Ha, du weißt ja ’ne ganze Menge, du! Nein, ich verwende keine Lösungsmittel beim Arbeiten mehr. Ich bin überempfindlich geworden, und das ist in dieser Branche nicht ratsam, kann ich dir sagen. Aber man hat solche Sachen für alle Fälle in Reserve. Für das Gefühl vielleicht. Das meiste hat sowieso Herman gehört. Das kam uns dann ja sehr gelegen. Ein Schlag auf den Schädel, ein bisschen Terpentinersatz und eine angezündete Zigarette. So einfach war das.«

Plötzlich wurde im Westen dumpfes Donnergrollen laut. Die schwarzen Wolken zogen von Dänemark herüber, und Hill stellte fest, dass es in Espegærde bereits regnete.

»Und dann …?«

»Tja, dann gab es nichts mehr zu lachen. Per Vagnman war zurückgekommen, aber auf eine dramatische Weise, die in keinem Fall folgenlos bleiben würde. Das Nötige für die Beweisführung habe ich vorab in die Wege geleitet, und der Rest hat sich von allein erledigt.«

»Anna Svensson«, ergänzte Hill und brauchte nicht mehr zu sagen.

»Ja, schade um sie. Aber trotzdem notwendig. Auch wenn es das erste Mal danebenging, als ich das Fenster aufstoßen wollte und irgendeinen verfluchten Glasbehälter – oder was das war – umgeworfen habe. Das Risiko, dass sie mich identifiziert, konnte ich unter keinen Umständen eingehen. Der Vorratskeller war genau genommen ein kleiner Fehler. Ich wusste davon, dachte aber, dass sie dort unten nie entdeckt werden würde. Doch mir blieb keine Wahl, sie war nämlich die Einzige, die mich aus der Nähe gesehen hatte. Herman war zwar in der Woche davor bei ihr gewesen, um sich Socken zu leihen, aber ich glaube nicht, dass sie ihn reingebeten hat.«

Die Einzige, die ihn wieder erkannt hätte?

Natürlich – da musste die Alte sterben.

Joakim Hill wurde allmählich wütend, und er wusste, dass er das dieses eine Mal nicht auf das Wetter schieben konnte.

»Das ist doch überhaupt nicht überzeugend«, widersprach Hill aufgebracht, »denn Lise muss dich doch erkannt haben – ihr seid doch verheiratet gewesen.«

Dass sein Geschick angezweifelt wurde, erschütterte Vagnman geradezu.

»Hast du eine Ahnung«, zischte er und breitete theatralisch die Arme aus, »wie es für einen Mann ist, einem Mordversuch zum Opfer zu fallen?«

Hill verzichtete darauf, diese Frage zu beantworten, aber warf einen raschen Blick die südliche Seite des Kieswegs hinab. Er bemerkte die Umrisse eines schwarzen Overalls und wusste, dass die Kollegen auf ihren Positionen waren.

»Ich habe mich mit harter Plackerei und brennendem Hass durch ganz Europa geschlagen«, fuhr Vagnman ahnungslos fort. »Das hinterlässt seine Spuren, das sage ich dir. Ich sehe heute bei weitem nicht so aus wie früher, abgesehen von meinem Körperbau. Die plastische Chirurgie hat auch wahre Wunder vollbracht. Lise ist sofort auf meine braunen Kontaktlinsen und italienischen Silikonlippen abgefahren. Deshalb hatte sie nichts dagegen, dass ich sie im Anschluss an die Vernissage mitgenommen habe. Sie war äußerst gewillt, mit mir ins Bett zu gehen – aber ich fürchte, sie ist enttäuscht worden. Sie hat Carl, ohne mit der Wimper zu zucken, betrogen, wenn sie sich dafür einen Platz an der Sonne zusammen mit dem mächtigen Impresario kaufen konnte – pfui Teufel!«

»Und weshalb hat dieser Svedfält mitspielen müssen?«

»Das war fast ein reiner Zufall. Ich habe von seinem großen Kauf erfahren, wusste von seinem gewalttätigen Ruf und habe die Chance gewittert, Carl und Lise für immer unschädlich zu machen, indem ich das Gerücht von den Fälschungen verbreitet habe. Und dann dachte ich natürlich«, erklärte er mit fast kindischem Gekicher, »wieso soll ich das tun, was andere so viel besser können? Das waren übrigens die anderen, die Carl erledigt haben – nicht ich.«

»Was geschieht jetzt?«

»Jetzt lacht das Leben«, erläuterte Vagnman siegessicher. »Die Vagnman-Gemälde werden Vermögen wert sein – pro Stück. Und ich habe viele!«

»Genau, es wurden keine Bilder oben im Sommerhaus gefunden.«

Der Künstler nickte und steckte zufrieden die Hände in die Manteltaschen.

»Wo kommt Signe Bille ins Bild?«, beharrte Hill.

Endlich schien der unnahbare Maler eine Regung zu zeigen. Sein Blick wurde beinahe aufrichtig bedauernd, doch er riss sich zusammen und gab die einzige gentlemanlike akzeptable Antwort.

»Signe kommt überhaupt nicht ins Bild. Sie wusste nicht einmal, dass ich immer noch am Leben war, als ich vor einigen Wochen Kontakt mit ihr aufnahm. Ich kann Stein und Bein schwören, dass sie damit nichts zu tun hat. Ich hatte gehofft, dass sie die Zukunft mit mir teilen wollte, aber… daraus ist nichts geworden.«

»Lotta Jönsson?«, fragte Hill schließlich.

»Lotta wer? Habe noch nie von ihr gehört«, gluckste Vagnman.

»Wir werden sie finden.«

»Bezweifle ich keinen Augenblick.«

Lotta Jönsson hatte lauter Haare und Stofffussel im Mund, und wenn sie das hier lebend überstand, würde sie eine Stunde lang ihren Mund mit Warmwasser ausspülen, um das Gefühl wieder loszuwerden.

Aber sie hatte unter Zuhilfenahme von Zähnen und Zunge Stück für Stück die halbe rechte Jackenhälfte bis zur Schulter hochgeschoben.

Beim nächsten Biss bekam sie einen Knopf zwischen die Zähne und fürchtete schon, der Zahn würde abbrechen.

Sie wimmerte leise, ließ sich jedoch nicht beirren und arbeitete sich weiter durch den Stoff.

Wozu ihr das nützen sollte, wusste sie auch nicht.

Und sie wusste ebenso wenig, wie viel Zeit ihr noch blieb.

Wenn sie den Kopf drehte, um auf die Uhr zu sehen, würde ihr bestimmt der Jackenstoff aus dem Mund rutschen – und das durfte auf keinen Fall passieren.

Signe hatte aufgehört zu weinen. Lottas merkwürdige Bewegungen und vor allem ihr eisernes Schweigen irritierten sie.

Was machte sie da eigentlich?

Nicht dass es einen Unterschied machte angesichts der bevorstehenden Ewigkeit, aber wäre es nicht angebracht, wenn sie in den letzten unausweichlichen Sekunden des Lebens der Ihren in Demut gedachte?

Was machte sie da eigentlich, sie schien in ihre eigene Jacke zu beißen! War sie jetzt verrückt geworden?

»Lotta, was tust du? Wie geht es dir?«

Lotta antwortete nicht, sondern stöhnte nur und schleuderte wütend den Kopf vor und zurück.

Sie war wirklich im Begriff, den Verstand zu verlieren.

Ein Schock würde in solchen Fällen helfen können, hatte Signe in einem Volkshochschulkurs über psychologische Schutzmechanismen gelernt. Mit diesem Gedanken im Hinterkopf versuchte sie Lotta so hart, wie sie konnte, unter dem Stuhl in die Wade zu treten. Sie verfehlte ihr Ziel, ihr Oberkörper wurde dabei nach vorn katapultiert, sodass es in Lottas Schulter schmerzhaft laut knackte.

Vor ihren Augen zuckten grellrote Lichtblitze auf.

Ihr Herz überschlug sich, und der Puls hämmerte beunruhigend bis in ihren Gehörgang.

Aber sie hielt den Stoff fest zwischen ihre Kiefer geklemmt wie eine Bulldogge.

Aus der Tiefe ihrer Kehle stieg ein erstickter Schrei auf.

Obwohl Signe kein Wort verstand, begriff sie sofort.

Lotta war verrückt geworden.

Sie verstummte erneut, und nach einer Weile merkte sie, wie ihre Mitgefangene die seltsamen Bewegungen wieder aufnahm.

So würde also alles enden.

Das Letzte, was sie erleben würde, war das wahnwitzige Kauen an den eigenen Kleidern.

Es machte ihm, Per Vagnman, anscheinend großen Spaß, seine einmalige Erfolgsstory zu erläutern. Aber Joakim Hills berühmte Geduld neigte sich allmählich ihrem Ende zu.

»Dann bist du also restlos zufrieden mit allem?«, fragte er kühl.

»Ich mache keine halben Sachen«, erklärte der Künstler. »Alles, was ich mir vornehme, betrachte ich als ein Kunstwerk von mir, und da kann ich mir nicht erlauben, mit Details zu pfuschen!«

Hill lachte sogar – er gedachte die ganze Sache zu genießen.

Die ersten Regentropfen trafen seine Wange, als er das Finale einläutete.

»Und du glaubst, dass diese ganzen Morde berechtigt waren? Antonsson, Anna und Lise – Carl wollen wir ja nicht direkt auf deine Liste setzen, oder? Alles war gerechtfertigt, weil du schlechte Erfahrungen im zwischenmenschlichen Miteinander gemacht hast?«

»Lass mich nachdenken«, kasperte Vagnman und rieb sich nachdenklich das Kinn. »Ja.«

Hill nickte.

»Aber leider denkt das Gesetz da anders.«

»Pah! Das Gesetz kann sagen, was es will. Wir hatten einen kleinen, gemütlichen Plausch, keiner hat zugehört, und ihr habt keine Beweise. Ich bin schon über alle Berge, bevor ihr die geringste Möglichkeit habt, etwas herauszufinden, was mich daran hindern könnte.«

Hill sah einen Blitz über die See zucken. Vagnman fuhr unfreiwillig zusammen und blickte nordwärts, zur dänischen Küste, wo der Regen bereits niederprasselte. Ein dunkler Schatten huschte quer über den Kiesweg hinter der königlichen Spielstube, geschützt durch den heftigen Donner, und verschwand hinter der Hausecke. Aber Joakim Hill war noch nicht fertig. Er ließ seine Hände noch in den Jackentaschen.

»Kennst du Doktor Jalenius?«, fuhr er fort.

»Was?«, fragte Vagnman und wandte der Szenerie über Nordsjælland den Rücken zu. »Nein, ich kenne keinen Doktor Jalenius.«

»Er ist jetzt im Ruhestand.«

»Interessant, aber jetzt ist es Zeit, dass ich gehe, denke ich. Es regnet, falls dem Kommissar das noch nicht aufgefallen ist.«

»Das ist der Zahnarzt, der Antonsson behandelt hat«, ergänzte Hill hartnäckig.

Vagnman stutzte zwar, aber zuckte dann die Achseln.

»Ja, das mag ja sein«, sagte er spitz, »da es jedoch keine Belege mehr gibt ...«

»Das Komische mit diesem Doktor Jalenius ist, dass er ein richtiger Pionier war«, informierte Hill zufrieden. »Er war einer der Ersten, die mit dem Computer gearbeitet haben, um die Patienten zu dokumentieren. Er hat Antonssons Akte in seinem Computer zu Hause.«

Per Vagnmans Gesicht verzerrte sich zu einer Grimasse.

»Du lügst!«, schnaubte er erbost und nahm mit einer schnellen Bewegung seine Hand aus der Manteltasche.

Joakim Hill sah das Korn der Springfield-Pistole direkt auf seine Stirn gerichtet.

Lotta Jönsson spürte endlich, wie die Antenne an ihre Schneidezähne schlug. Sie hätte jubeln können vor Freude, aber ihr stand immer noch ein weiter Weg bevor – wenn das überhaupt klappte.

Zwischen dem beharrlichen Klingeln des Telefons hörten sie das unheilvolle Ticken unter den Stühlen.

Keine von den beiden wusste, wie spät es war, denn Lotta konnte den Blick nicht heben und Signe hatte der goldenen Salonuhr den Rücken zugekehrt.

Aber wie hatte sie sich das Ganze gedacht?

Niemals aufgeben, bevor man endgültig besiegt war.

Also spielte es eigentlich keine Rolle, ob ihr noch zwei oder zwanzig Minuten blieben. Sie würde ihr Äußerstes versuchen – bis es knallte.

Sie hatte sich Zentimeter für Zentimeter bis zur Unterkante der Jacke vorangetastet und schließlich die Innentasche erwischt. Sie dankte Gott und der Evolution für die Entwicklung der Endorphine, des körpereigenen Stoffes, der die Schmerzen stillte. Anfangs war der Schmerz nahezu unerträglich gewesen, doch nun konnte sie nichts mehr aufhalten.

Sie packte mit den Schneidezähnen die kleine, plastikummantelte Antenne des Mobiltelefons. Ihr war es völlig egal, ob das Zahnabdrücke hinterließ, wenn sie nur nicht losließ!

Jetzt kam der kritische Teil.

Sie musste mit den Zähnen das Telefon aus der Tasche ziehen, es irgendwie auf die schmerzende Schulter bugsieren und es mit Kinn und Wange festklemmen.

Es klingelte wieder, und vor lauter Schreck hätte sie es beinahe fallen gelassen.

Aber sie beruhigte sich. Holte ein paarmal tief Luft und begann, es aus der Tasche zu ziehen, als es zu klingeln aufhörte.

Signe war tief in Gedanken an ihre geliebten Nichten und Neffen versunken.

An sie wollte sie denken, jetzt, da der Jüngste Tag nahte.

Sie liebte diese kleinen Monster. Das tat sie wirklich, auch wenn sie nicht so viel Zeit mit ihnen verbracht hatte, wie sie es eigentlich hätte tun sollen. Ihr jüngerer Bruder hatte zwei Töchter, ihre Schwester einen Sohn. Sie sah ihre aufgeweckten, verschmitzten und vollkommen unwiderstehlichen Gesichter vor sich. Und große, bittere Tränen rollten ihre Wangen hinab. Wenn sie nur begriffen hätte, wie viel sie ihr bedeuteten. Wenn sie, anstatt Geld und Geschenke zu schicken, lieber…

Plötzlich machte dieses verfluchte Weibsbild, das derart an dem Seil zog und zerrte, dass sie sich nicht einmal in den letzten Sekunden ihres Lebens richtig auf die Gedanken an die Kinder konzentrieren konnte, sie unsagbar ärgerlich.

»Kümmer dich nicht da drum, du verdammte Schnüfflerin. Wenn du nicht hergekommen wärst und dich eingemischt hättest, wäre das alles nicht…«

Das Telefon begann erneut zu klingeln, als Lotta es gerade zwischen ihrem furchtbar schmerzenden Schlüsselbein und ihrem Kiefer einklemmen konnte.

»Hör auf – hör auf zu klingeln, verdammt nochmal!«, schrie Signe hysterisch. »Sieh zu, dass das aufhört, sonst werde ich verrückt!«

Lotta Jönsson scherte sich nicht darum, was Signe wurde oder nicht wurde. Wer war das eigentlich, der hier versuchte, etwas zustande zu bringen? Ihr Mund war so trocken von dem Jeansstoff, dass sie fast wahnsinnig wurde. Während die bigotte Tusse nichts anderes getan hatte, als sich Leid zu tun und zu jammern.

Unter Aufbietung ihrer allerletzten Kräfte imitierte sie Gene Simmons von Kiss. Niemand in ihrem Freundeskreis und am wenigsten sie selbst hätte geglaubt, dass sie eine derart lange Zunge hatte.

Mit der staubtrockenen Zungenspitze vollführte sie schamlose Annäherungsversuche an ihr Mobiltelefon. Der untere Teil der Tasten war außer Reichweite, aber sie wollte die Taste mit dem grünen Hörer erreichen.

Ihr Mund war so trocken, dass es im Gaumen stach.

Aber jetzt durfte sie sich durch nichts unterbrechen lassen…

Sie spürte eine Welle der Übelkeit in sich aufsteigen, als sie die Taste mit der Zungenspitze berührte. Wie ein Ertrinkender, der nach einem Rettungsring greift, drückte sie so kräftig, wie ihr trockenes Geschmacksorgan es vermochte.

»Lotta Jönsson?« Susanna Aveheds Stimme klang resolut. »Lotta – sind Sie da? Antworten Sie!«

Signe wurde plötzlich aus ihren tiefen Gedanken gerissen und versuchte, sich umzudrehen.

Lotta ließ das Telefon fallen.

Aber es landete auf ihrem Schoß, und sie schrie so laut sie konnte.

»Ja – jaa!«, brüllte sie heiser. »Ich bin hiiiier!«

8

Das SKL meint, dass möglicherweise DNA unter Farbe konserviert werden kann. Das hängt davon ab, ob die DNA geschützt wird, zum Beispiel ob das Blut zunächst gerinnt und einen Schutzfilm zwischen Blut und Farbe bildet.

Per Vagnman lachte höhnisch und stopfte den braunen Umschlag, den Hill ihm gereicht hatte, in seine geräumige Manteltasche.

»Leider muss ich darauf bestehen, nun auf deine faszinierende Gesellschaft zu verzichten, Joakim«, erklärte er. »Vielleicht sehen wir uns ein anderes Mal, unter anderen Umständen – aber gegenwärtig habe ich einfach keine Zeit.«

Er zog sich langsam zurück, Richtung Spielstube, und zielte mit der Waffe weiterhin auf Hills Stirn.

»Viel Glück mit der DNA, Per«, bemerkte Hill trocken.

»Wie?«

»Das Blut«, improvisierte Hill intuitiv, »das Blut in der karmesinroten Farbe. Wir haben das analysieren lassen.«

»Was? Was zum Henker?«

»Ja, wir haben die Flasche oben in dem Schuppen neben der Hütte hinter den Calvadosflaschen entdeckt. Das SKL hat eine Analyse gemacht, und das Blut mit der DNA ist dann wohl das kleine Geheimnis, das du für dich behalten wolltest – nicht wahr? Dein eigener, kleiner Echtheitsbeweis.«

Das spöttische Lächeln verschwand blitzschnell aus Vagnmans Gesicht, und Hill bemerkte, wie er fieberhaft diese neue Situation einzuschätzen versuchte.

»Und?«, fauchte er schließlich, während die Regentropfen immer stärker auf seine Hutkrempe prasselten. »Es war schlampig von mir, sie zu vergessen, aber das beweist nichts – kein bisschen.«

»Doch, das tut es sehr wohl«, widersprach Hill. »Das bringt dich vermutlich mit dem Mord an Lise in Verbindung. Wir haben DNA-Spuren in dem Ratscher auf ihrer Wange gefunden.«

Vagnman zuckte zusammen und versuchte beinahe unbewusst, seine linke Hand hinter dem Rücken zu verstecken. Er hatte sie also mit der Hand gekratzt, überlegte Hill und legte seine Rechte in den Nacken.

Er hörte, wie ein Kollege von der Verstärkung einen Zweig umknickte, als er auf das verabredete Zeichen hin nach vorn stürmte. Doch bevor jemand zur Stelle war, hatte Vagnman sich auf Hill gestürzt. Die schnelle Reaktion des hoch gewachsenen Mannes kam völlig überraschend. Bevor Hill die Reservepistole aus dem Knöchelholster ziehen konnte, spürte er die kalte Mündung der Springfield an seiner Schläfe. Vagnman schleuderte ihn schwungvoll herum und hielt ihn wie einen Schutzschild vor seinen Körper.

»Stopp!«, schrie er, dass es den Weg hinunterhallte. »Keine Bewegung, wenn ihr wollt, dass er am Leben bleibt. Ich zögere nicht zu schießen – glaubt mir!«

Niemand hatte Schwierigkeiten damit, ihm das abzunehmen, zumal er seinen linken Arm eng um Hills Hals geschlungen und die Pistole entsichert hatte. Sie traten ein paar Schritte zurück und gewährten Vagnman für den Moment den notwendigen Platz.

Joakim Hill fest gepackt, bewegte er sich langsam rückwärts auf die Nordseite der Spielstube zu. Ein Blitz erhellte die Szene, und der Donner zog grollend über das dunkelblaue Meer.

Gårdeman verfluchte Hill – warum hatte der Dummkopf nicht schon viel eher die Verstärkung aktiviert und den Idioten in die Sackgasse manövriert, wo er hingehörte?

Doch vor allem warf er sich selbst vor, dass er nicht schon früher näher herangekommen war. Aber er hatte die Abmachung mit Hill respektiert, so lange Abstand zu halten, wie kein Zeichen gegeben wurde.

Nun war er zusammen mit Svenningsson und Petrén ganz unten auf dem Weg, fast vorn an der westlichen Pforte zum Strand. Sollten sie den Hügel hinauflaufen oder auf Position bleiben? Er hörte über Funk, dass dort oben irgendwas aus dem Ruder lief, denn allen wurde befohlen, sich sofort zurückzuziehen.

Der Instinkt sagte Gårdeman, den Hügel hochzusprinten und seinem Freund beizustehen, aber die gesunde Vernunft und die dienstlichen Anweisungen hießen ihn, an seinem Platz zu bleiben. Er warf Svenningsson und Petrén einen raschen Blick zu und merkte, dass es im Moment keiner der beiden besser hatte als er selbst. Svenningsson hatte plötzlich einen unnahbaren, zielstrebigen Zug um ihre rubinroten Lippen, und Augen und Ohren waren gebannt auf etwas gerichtet, das noch nicht eingetroffen war: Die Möglichkeit, dass die Geschehnisse den Verdächtigen direkt in ihre Arme lenken würden. Petréns Gesicht war vollkommen ausdruckslos, aber Gårdeman ließ sich nicht beirren. Bei dem geringsten Anlass würde er die gleiche Geschwindigkeit entwickeln wie ein von einem straff gespannten Bogen abgeschossener Jagdpfeil.

Doch gegenwärtig konnten sie nichts anderes tun, als gebückt im Schutz der Rhododendronbüsche den weiteren Fortgang abzuwarten. Der Regen trommelte trostlos auf die dunkelgrünen Blätter, und Gårdeman ging es alles andere als gut.

Vagnman hatte Hill an der westlichen Seite von dem Spielplatz auf dem Hügel hinuntergezerrt und sich dabei aus seinem unförmigen Cape zu winden begonnen. Den Hut behielt er auf, er schützte das Gesicht vor dem Regen und verhalf ihm auf die Weise zu einer klareren Sicht.

Hill gab keinen Laut von sich, aber dadurch, dass er rückwärts geschleift wurde, machte ihn der Druck auf seine Luftröhre fast wahnsinnig. Ihm wurde auf einmal klar, wie desperat Lise gewesen sein musste, als sie vergebens versucht hatte, sich gegen Vagnmans Würgegriff zu wehren.

Schlagartig hatte Vagnman sich aus seinem theatralischen Mantel befreit. Er machte eine hastige Bewegung, um ihn abzuschütteln, und das war alles, was Hill brauchte. Der Maestro verlor einen Augenblick das Gleichgewicht, Hill bemerkte die Schwachstelle und rammte seinen rechten Ellbogen mit aller Kraft in seine Rippen. Vagnman fluchte lautstark, konterte mit einem Schlag mit der Pistolenhand auf Hills Hinterkopf, traf ihn jedoch nur leicht.

Hill riss sich los, warf sich auf den Kiesweg und rollte ab. Mit dem linken Fuß verpasste er seinem Widersacher einen sauberen Tritt vor das Schienbein. Ein Manöver, das ihm die kostbare Sekunde verschaffte, die er brauchte, um die Reservewaffe aus dem Knöchelholster zu ziehen. Er hatte die kleine, nette P 239 ebenso schnell in seiner Hand, wie er zurückrollte und aus liegender Position mit einem stabilen Beidhandgriff zielte.

Aber Vagnman war verschwunden.

Der Künstler mit dem grandiosen Größenwahn rannte den Hügel hinab. Im Licht der immer öfter aufscheinenden Blitze sah Hill seine lange Gestalt im Zickzack über den Kiesweg flüchten. Hill brüllte los, sprang unmittelbar auf und setzte dem Mann nach, der ihn seit fast vier Jahren düpierte.

Vagnman war sowohl durchtrainiert als auch flink, aber

Joakim Hill war bedeutend leichter. Er holte den Betrüger ein, bevor dieser die Senke erreicht hatte, umklammerte seine Beine und riss den Hünen in dem Wildwuchs neben der Treppe zu Boden. Vagnman stürzte ungelenk, verlor im Fall seinen Hut, aber nicht die Springfield-Pistole. Im Handgemenge konnte Hill ein paar ordentliche Schläge austeilen. Einen rechten Haken gegen Vagnmans Kiefer und einen mittelschwachen Punch in den Solarplexus. Aber Vagnman quittierte mit einem heftigen Tritt, der Hill noch weiter in die Bodendecker hineinbeförderte. Vagnman war sofort über ihm und hatte dieses Mal größeren Erfolg. Ein harter Schlag mit der Pistole auf den Hinterkopf schickte Hill in eine unrettbare Bewusstlosigkeit.

Gårdeman und seine Kollegen hörten den Tumult, und Svenningsson nahm sofort eine stabile, breitbeinige Position zum Feuern ein.

Vagnman rannte unter zornigen Schreien das letzte Stück des Hügels hinunter. Wie ein Wahnsinniger eröffnete er das Feuer, sowie er die anderen hinter den Rhododendronbüschen entdeckte.

Petrén und Gårdeman warfen sich schützend auf den Boden, nur Svenningsson blieb unbeeindruckt stehen und leerte das Magazin auf den fliehenden Künstler.

Vagnman kannte sein Sofiero gut.

Er lief zielstrebig auf die kleine Pforte zu, die den Weg zum Strand versperrte. Früher stand sie häufig offen, doch nun war sie verriegelt und hinderte die Strandbesucher daran hindurchzugehen.

Hill war nur wenige Sekunden lang weggetreten, aber seine Beute hatte dennoch einen unerreichbaren Vorsprung erlangt. Sobald er wieder bei Sinnen war, rannte er Vagnman hinterher, doch nur um Augenzeuge seiner triumphierenden Flucht aus der ihm gestellten Falle zu werden.

Während ein fürchterlicher Donner das ganze, wunderbare Rhododendron-Rondell von Gustav VI. Adolf erzittern ließ, hängte Vagnman souverän die Verstärkung ab, sprang über die zugesperrte Pforte und verschwand mit großen Sprüngen Richtung Ufer.

Svenningsson heftete sich sofort an seine Fersen.

Mit Muskelkraft, vor der die amerikanische Sprintkönigin Flo-Jo erblasst wäre, flog sie über die Pforte und nahm die Verfolgung am Strand auf.

Der Himmel war schwarzlila über Dänemark, aber Vagnman kümmerte das nicht im Geringsten. Hinter ihm wartete das Gefängnis, vor sich hatte er seinen guten alten Freund, das Meer. Das ihm einst schon beigestanden hatte und das er, wie er wusste, ebenso gut meisterte wie Pinsel und Farbe. Die Wahl war sehr einfach. Obwohl die Blitze immer tiefer über den Wogen zuckten, rannte er direkt in die Fluten. Er rutschte leicht auf den Ufersteinen, doch dann erreichte er den ebenen, weichen Sand und lief weiter, mächtige Kaskaden schäumten um seine Beine.

Er hatte das schon früher getan, warum sollte es nicht auch ein zweites Mal glücken?

Sowie das Wasser tiefer wurde, warf er sich prustend in die Wellen und begann, mit kräftigen Zügen zu kraulen. Er fühlte sich sofort in seinem Element. Wieder einmal hatte er alle hereingelegt. Das war sein Steckenpferd, und auch die pathetischen Repräsentanten der Ordnungsmacht würden ihn nicht stoppen können. Mit schwungvollen Arm- und kräftigen Beinbewegungen pflügte er in der aufgewühlten See vorwärts.

Das Unwetter nahm zu. Es zog nicht nach Norden wie sonst, sondern hielt sich über dem Sund und wühlte auf der Grenzlinie zwischen den beiden Ländern hohe Sturmwellen auf. Die Sundboote hatten erhebliche Schwierigkeiten, bei dem Wellengang den Kurs zu halten. Sie hüpften haltlos auf und ab, fanden mit Glück die richtige Welle, um der Strömung zu entkommen, und wendeten sofort, um den sicheren Hafen anzusteuern. Vagnman sah, wie sie mit dem Unwetter rangen, schnaubte verächtlich und holte angesichts Poseidons Herausforderung zu neuen, kraftvollen Schwimmzügen aus.

»O Gott!«, rief Svenningsson aus, als Gårdeman und Hill sie fast gleichzeitig am Strand einholten.

Sie hatte ihre ungeladene Waffe gesenkt und starrte dem davonschwimmenden Mann hinterher, der offensichtlich den Verstand verloren hatte.

»Wie um Himmels willen soll er das schaffen?«, fragte Gårdeman.

Hill fixierte die breite Schulterpartie des Schwimmers. Sein Hinterkopf tat unglaublich weh von dem harten Schlag, aber er war vollkommen von dem Drama auf dem Meer eingenommen. Er war sich bei weitem nicht so sicher. Per Vagnman war nicht nur Maler, sondern vor allem Lebenskünstler. Er hatte bereits schier unlösbare Situationen überstanden dank seines unbezwingbaren Lebenswillens. Joakim Hill hätte definitiv nicht sein Geld darauf verwettet, dass er dieses Mal versagen würde.

Die Drohung kam für Per Vagnman nicht von den gigantischen Wellen. Er konnte problemlos an ihnen entlanggleiten, sich von ihnen tragen lassen und nach eigenem Behagen mit ihnen spielen. Es waren vielmehr die heimtückischen Strömungen, die das Unwetter am Meeresgrund aufwühlte, nach oben transportierte und einen knappen Meter unter der Wasseroberfläche herumwirbelte, die ihn überraschten. Die saugende Kraft aus der aufgewühlten Tiefe bekam seine Füße und Waden zu fassen und führte eiskalte Wassermassen mit sich. Jäh hatte er keine Kontrolle mehr über seine schwimmerfahrenen Extremitäten, und das Gefühl in den Beinen verschwand. Als er merkte, dass selbst seine Arme ihm nicht mehr gehorchten, war es definitiv zu spät.

Und die Polizisten konnten nichts tun, außer am Ufer in dem böigen Sturm zu stehen und zuzusehen, wie der Mann, der aus dem Sterben eine Kunst gemacht hatte, unversehens mitten in der Brandung innehielt. Er schien regelrecht zu erstarren und hob einen Arm wie ein machtloses Flehen um Hilfe, bevor er in die Tiefe hinabgezogen wurde.

Hill hatte fast geglaubt, er würde hinter der nächsten Welle wieder auftauchen, aber Vagnman blieb verschwunden.

Das war beinahe das Erschreckendste.

Dass sie erneut dastanden und sich wunderten. Zweifelten, ob es diesmal wirklich war oder ob er sie noch einmal …? Doch nein, das war einfach nicht möglich.

Das Meer besaß trotz allem eine Kraft, die selbst Per Vagnman nicht manipulieren konnte.

Das Gewitter zog ebenso schnell vorüber, wie es gekommen war. Es brauste über Kullen hinweg und verschwand bei Skälderviken. Das Wetterleuchten und der Donner verschwanden ebenfalls, aber der starke Sturm blieb und wütete im Sund wie ein zorniger Hund. Doch Vagnman war und blieb verschwunden. Über der ganzen Szenerie lag eine äußerst unwirkliche Stimmung.

Gårdemans Mobiltelefon vibrierte und holte sie wieder in die Wirklichkeit zurück.

»Ja, Gårdeman«, antwortete er, ohne den Blick von der wogenden See abzuwenden.

Er hörte konzentriert zu.

»Herrje, ja, das ist gut. Bleib dran, wir kommen sofort!«, rief er und begann, zum Ausgang zurückzulaufen, während er den anderen zubrüllte. »Bewegt euch! Lotta Jönsson und Signe Bille sind in Nyhamnsläge gefunden worden – die sitzen auf einer Bombe!«

Wenige Minuten vor halb drei hatte Susanna Avehed endlich Lotta Jönsson erreichen können.

»Signe Bille und ich sind hier. Wir sind gefesselt und haben eine Bombe unter dem Stuhl«, hatte sie gewimmert. »Die geht um drei Uhr hoch.«

»Um fünfzehn Uhr, meinen Sie?«, hatte Susanna nachgefragt.

»Ja – wie spät ist es jetzt?«, hatte Lotta sich erkundigt, aber endlich den Kopf drehen und auf die vergoldete Salonuhr blicken können. »Oh mein Gott…!«

»Ruhig, bleiben Sie ruhig«, beschwichtigte Susanna mit einer Beherrschung, die ihr selbst neu war, »wir schicken rechtzeitig jemanden hin. Ich lege den Hörer zur Seite, aber halte die Verbindung aufrecht. Ich muss über ein anderes Telefon den Notruf ausgeben – aber bleiben Sie bitte noch dran, ja?«

»Gut«, hatte Lotta geflüstert.

Dranbleiben? Was hätte sie auch sonst tun sollen?

Sie fixierte das Mobiltelefon auf ihrem Schoß, hörte Rauschen, Stimmen und Funksignale und dachte, dass sie immerhin eine Verbindung nach draußen zum Leben hatte. Selbst wenn sie nun in die Luft fliegen würden, wäre dort draußen zumindest jemand, der zuhören würde, wenn es passierte.

»Was?«, fragte Signe verwirrt. »Was ist los? Hast du eine Verbindung gekriegt?«

»Doch, ja, ich habe Kontakt – obwohl du mit aller Kraft versucht hast, mich aus dem Gleichgewicht zu bringen«, murrte Lotta.

»Entschuldige bitte – ich dachte, du würdest den Verstand verlieren.«

Lotta Jönsson seufzte, schniefte und entschuldigte.

»Ist schon gut«, beruhigte sie sich. »Und ich meine das auch so – ich hätte in deiner Situation vermutlich genau das Gleiche getan.«

»Was passiert jetzt?«, wollte Signe aufgeregt wissen.

»Jetzt«, antwortete Lotta und starrte unentwegt auf das erleuchtete Display ihres Handys, »... jetzt warten wir und beten.«

Die Aufgabe, rechtzeitig eine Streife nach Nyhamnsläge zu schicken, war fast ebenso aussichtslos, wie dass das berüchtigte Kamel durch das Nadelöhr ging, musste Susanna einsehen.

Aber das hatte sie bisher nicht abgeschreckt und tat es auch jetzt nicht. Sie brachte einen Wagen Hals über Kopf auf die Straße und besaß zudem die Geistesgegenwart, das Geschehen in Sofiero nicht zu vergessen. Eventuell hatten jene Kollegen die Möglichkeit, eher dort zu sein, vorausgesetzt, sie konnten im Schlosspark Kollegen von der Verstärkung entbehren.

Zuerst bekam sie mit der Verstärkung Funkkontakt, die sofort zwei Mann in den Kakelvägen 7 schickte. Dann erreichte sie Gårdeman über Mobilfunk, und sie wusste, dass er alles tun würde, um rechtzeitig da zu sein.

Aber die Uhr tickte unerbittlich.

Sie zeigte bereits vier Minuten nach halb drei, als Gårdeman das Gespräch beendete und mit seinen Kollegen auf den Ausgang zurannte.

Mehr konnte Susanna leider nicht tun. Die Kollegen von der Bombenentschärfung aus Malmö zu alarmieren hatte auch keinen Sinn. Sie würden unter keinen Umständen rechtzeitig eintreffen können.

Alles hing nun von zwei äußerst unsicheren Faktoren ab.

Dass eine der beiden alarmierten Gruppen die Uhr schlagen würde.

Und dass diejenigen, die zuerst eintrafen, die Bombe entschärfen konnten.

In Joakim Hills Kopf lärmten Riesenpresslufthämmer, doch das hinderte ihn nicht, Gårdeman zu überholen und als Erster den Volvo zu erreichen, der direkt vor den Toren geparkt stand.

Vor dem Eingang hatte sich eine Traube von Blumenliebhabern versammelt, die darüber diskutierten, ob die Polizei tatsächlich das Recht dazu hatte, so mit den Parkbesuchern zu verfahren, die immerhin Eintritt gezahlt hatten. Einige behaupteten, dass die Polizeibeamten alles nur erfanden, weil sie in dieser ruhigen Idylle nichts zu tun hatten. Die hatten wohl einfach zu viel ferngesehen. Mit einer unglaublichen Geschichte über einen bewaffneten Verrückten daherzukommen – wollte man die Leute für dumm verkaufen, oder was?

Hill setzte das externe Blaulicht auf das Autodach und legte einen Kavalierstart hin, dass der Rollsplitt nur so spritzte, als er vom Parkplatz fuhr. Das stimmte die Menschentraube auch nicht milder.

Joakim Hill bemühte sich für gewöhnlich nicht immer darum, die Geschwindigkeitsbegrenzung peinlich genau einzuhalten, aber heute war er ein flagranter Gesetzesbrecher. Die Tachonadel schnellte sprunghaft auf sechsundneunzig Stundenkilometer – und das innerhalb der verkehrsberuhigten Zone von Hittarp!

Er beschleunigte auf der Allee Richtung Kulla Gunnarstorp hinauf, bog rechts ab und fuhr mit quietschenden Reifen auf die Bundesstraße 3 Richtung Höganäs.

14:44.

Svenningsson wurde in der scharfen Kurve auf Gårdemans Seite geschleudert. Wenn die Gelegenheit nur eine andere gewesen wäre …!

Hill wusste nicht, dass der Volvo solche Geschwindigkeiten erreichen konnte wie jetzt auf der Strecke nach Höganäs. Ohne Proteste schaffte er hundertachtzig, und Hill ergänzte das Martinshorn mit einem gellenden Hupsignal, sowie ihm jemand in den Weg kam.

14:48.

Man musste durch ganz Höganäs durchfahren, über den ersten Kreisverkehr hinweg, beim zweiten links. Dann galt es, am Strandbad vorbeizusausen und dann …

14:51.

»Hallo! Hallo …?«, rief Lotta Jönsson verzweifelt in ihr Mobiltelefon. Sie hatte ihren Blick starr auf die Wanduhr geheftet, versuchte, ruhig zu bleiben und auf das Geräusch sich nähernder Autos zu horchen.

Doch bisher war es unheimlich still.

Bis auf das unbehagliche Ticken der Bombe unter dem Stuhl.

Aber jetzt hielt sie es nicht länger aus, so abgeschottet zu sein.

Die Uhr zeigte acht Minuten vor drei, und in ihr begann der Verdacht zu keimen, dass gar keine Rettung zu ihnen unterwegs war. Dass sich vielleicht niemand darum kümmerte. Besonders nach den boshaften Artikeln, die sie in letzter Zeit geschrieben hatte.

»Hallo, ist da jemand?«, rief sie verzweifelt.

»Ja, Lotta«, antwortete Susanna mit gezwungener Ruhe, »ich bin hier und … warten Sie kurz – hier kommt gerade ein Bericht rein.«

Plötzlich wurde es vollkommen still.

Nichts war zu hören. Nicht einmal das Rauschen und Knacken in der Funkverbindung.

Das war die Rache.

Aber gut, vielleicht war das auch gerechtfertigt … Wenn sie nachdachte, war sie ja selbst zu dem Schluss gekommen, dass derjenige, der für seine Sache kämpfen konnte, das auch mit allen Mitteln tun musste. Andernfalls würde ein hartes Urteil gefällt werden. Sie hatte keine versöhnliche Hand ausgestreckt, welches Recht hatte sie dann zu erwarten, dass das ein anderer für sie tat?

Und Signe? Sie war trotz allem unschuldig. Aber sie fiel wohl unter die Opfer aus der Zivilbevölkerung, vermutete Lotta resigniert. Zivile Opfer gab es in jedem Krieg. Und die ganze Vagnman-Geschichte war genau das gewesen – ein spannender und bisher potenziell rentabler Kriegszug.

Was hatte sie dann eigentlich zu jammern?

14:53.

Sie kannte die Spielregeln, hatte aber noch nie einkalkuliert, dass sie auch auf der Verliererseite landen konnte.

Signe seufzte röchelnd und sackte in sich zusammen, sodass das Seil schmerzhaft über Lottas Schulter spannte.

»Signe?«, sagte sie. »Wie geht es dir, Signe?«

Aber Signe gab keine Antwort. Sie war vermutlich in Ohnmacht gefallen, nahm Lotta an und fand, dass das auch die vernünftigste Idee war.

14:54.

»Hallo – Lotta?«

»Ja, ja?«

Lotta hörte plötzlich, wie quietschende Reifen von der Landstraße bogen.

»Die Verstärkung fährt jetzt in den Kakelvägen ein!«

Selbst Susanna konnte das kaum glauben – sie brüllte.

»Ich höre sie – sie kommen!«, schrie Lotta.

Es war keine Rede davon, anzuklopfen und darauf zu warten, eingelassen zu werden. Ein lauter Knall ertönte, als sie das Schloss kaputtschossen, dann wurde die Tür eingetreten. Sie konnte die Burschen wirklich nicht beschuldigen, auch nur eine einzige Sekunde zu vergeuden. Einer von ihnen rannte direkt ins Wohnzimmer, zog die Tasche hervor und warf einen raschen Blick auf ihren Inhalt.

»Zweihundertfünfzig Gramm Dynamit, an eine Eieruhr plus Batterie angeschlossen«, rief er seinem Kollegen zu, »schwer zu sagen, ob das ein entschärfungsgesicherter Zünder ist oder nicht.«

14:56.

»Her mit dem Mist!«, entschied der Kollege und fing die Tasche geschickt auf, als sie durch die Luft geflogen kam.

Mehrere Autos machten eine Vollbremsung vor dem Haus, ließen aber genügend Platz, sodass der Kollege mit der Tasche unter dem Arm direkt auf die Treppe, die zum Strand hinunterführte, zustürzen konnte.

Er rannte auf dem schmalen, ausgetretenen Pfad Richtung Meer, wobei er geschickt Steinen und anderen Hindernissen auswich und dabei gleichzeitig das Tempo steigerte.

Die See war am Ufer schwarz vom Unwetter, aufgewühlt und nur wenig einladend.

Aber es war auch keine herrlich kühlende Erfrischung, die dem Beamten vorschwebte.

Er rannte um sein Leben und um das der anderen.

14:58.

Er erreichte das Schilf auf den Dünen, die in den Sandstrand übergingen, als er spürte, wie ihm der Schweiß auf der Stirn perlte und in seine Augen lief. Das Salz brannte ihm in den Augen, beeinträchtigte die Sicht, und er stolperte hilflos in dem losen Sand.

Er fiel auf die Knie, die Tasche glitt ihm aus den Händen, doch er bekam einen der beiden Henkel zu fassen und rappelte sich wieder auf.

14:59.

Er erreichte das Ufer, hielt einen Sekundenbruchteil inne und legte seine gesamte Armkraft in den Wurf, der die Bombe weit über das Wasser schickte.

Anschließend warf er sich bäuchlings in den Sand und vergrub den Kopf in den Armen.

Die Bombe detonierte just in dem Augenblick, als sie auf die Wasseroberfläche auftraf, und die Explosion katapultierte enorme Wasserkaskaden in die Höhe und ließ einen sprühenden Gischtregen niedergehen.

Der Polizeibeamte blieb noch eine kleine Weile still liegen. Als er aufstand, konnte er feststellen, dass er unversehrt geblieben war. Aber es würde in der nächsten Zeit mehr als genug tote Fische am Strand aufzusammeln geben.

Die Einheit aus dem Präsidium war ungefähr zwei Minuten vor Hill, Gårdeman und Svenningsson eingetroffen. Die beiden Frauen waren bereits von dem Seil befreit worden, als Hill hereingestürmt kam.

Einer der Bereitschaftspolizisten versuchte, die in Ohnmacht gefallene Signe Bille zu wecken, indem er ihre Stirn mit einem feuchten Tuch abtupfte.

Lotta Jönsson stand mitten auf Signes grünweißem Wiltonteppich und rieb verzweifelt ihre aufgescheuerten Handgelenke. Ihre Schulter war offensichtlich verletzt, sodass sie in die Notfallaufnahme gebracht werden musste.

Als ihr Blick auf Hill fiel, war es, als ob ein Damm bräche.

Sie betrachtete ihn, als wäre er ein geliebter Bruder, den sie ein halbes Jahrhundert nicht gesehen hatte, und dann brach sie in Tränen aus. Sie hätte sich am liebsten selbst getreten dafür, dass sie diese Schwäche zeigte, aber sie konnte einfach nicht anders.

Hill kam auf Lotta zu, nahm sie behutsam in die Arme, sie legte ihren Kopf auf seine Schulter und weinte hemmungslos.

»Bitte«, schniefte sie, als die größte Attacke vorüber war und sie seine Schulter nicht mehr brauchte, »wir können den peinlichen Vorfall doch vergessen, oder?«

Aber Hill schüttelte belustigt den Kopf. Dieses eine Mal hatte er die Oberhand und gedachte, sie auch zu behalten.

»Nein, wirklich nicht«, gab er zurück und lächelte verschmitzt. »Ich bin einverstanden, Stillschweigen zu bewahren – fürs Erste. Aber noch eine einzige von Ihren bissigen Sensationsschmierereien, dann gehe ich zur Presse – mit der schmutzigen Geschichte, dass sich die hartgesottene Lotta Jönsson an meiner Schulter ausgeweint hat!«

Gårdeman und Svenningsson beobachteten die beiden von der Haustür aus. Sie tauschten einen belustigten Blick, und Gårdeman wollte schon fragen, ob sie nicht später ein Bier zusammen trinken gehen wollten, als sie etwas sagte, woraufhin er verstand, dass sie trotz allem nicht die gleiche Auffassung von der Intimität teilten, die er die letzten Wochen zu fühlen geglaubt hatte.

»Ich hoffe, sie begreift jetzt, dass es wichtig ist, jemanden zu haben, mit dem man kommunizieren kann, was den Job anbelangt. Hätte sie das hier mit jemandem durchsprechen können, so wie wir zusammen reden können, hätte das vermutlich nicht passieren brauchen.«

Gårdeman sandte ihr einen langen, suchenden Blick, aber ihre Miene war in keinster Weise ironisch. Sie sah das so, und er spürte, wie sich vor Enttäuschung sein Herz zusammenzog.

»Gut«, seufzte er und entschied sich für ein Ablenkungsmanöver. »Sollen wir die Dame in die Notaufnahme fahren, damit sie mit einem richtig verständigen Röntgenarzt ein bisschen über ihre Schulter kommunizieren kann?«

Epilog

Es ist bereits deutlich abzusehen, wie Verbrechen in Zukunft aufgeklärt werden, nämlich indem die traditionellen Verhörmethoden und die Kriminaltechnik mit der modernen Kommunikations- und Computertechnik verlinkt werden. Listen von Telefongesprächen sind ebenso selbstverständlich wie im Rahmen von Verhören gemachte Aussagen und Fingerabdrücke! An dieser Schnittstelle muss der richtige Ermittler zum richtigen Zeitpunkt die richtigen Schlüsse ziehen.

Der folgende Tag, ein Freitag, war ein kompletter Kontrast zum Vortag. Wo gestern beklemmendes Untergangswetter geherrscht hatte, schien heute strahlende Spätsommersonne über Helsingborg und den Sund.

Das Kupferdach von Kronborgs Schloss drüben in Helsingør leuchtete hellgrün von seinem erhöhten Platz auf der Landzunge. Die Sundboote schossen wie gewöhnlich zwischen den großen Passagierfähren hin und her, und den meisten Reisenden fiel nicht einmal auf, dass die Küstenwache am Ufer entlangglitt.

Per Vagnmans Leiche wurde an jenem Tag erst am frühen Nachmittag gefunden. Sie trieb in der Bucht vor dem Hafen und wurde von Tauchern geborgen. Auch wenn es das Beste gewesen wäre, Vagnman lebendig verhören zu können, war es dennoch eine enorme Erleichterung, endlich eine Leiche zu haben, bei der es sich ohne Zweifel um Vagnman handelte. Einige machten den ironischen Vorschlag, die Leiche zu pfählen, um sicherzugehen, dass sie nicht wieder auftauchte. Aber Joakim Hill war sich endlich sicher. Sicher, dass Vagnman wirklich tot war, und sicher, dass er wusste, was tatsächlich passiert war.

Auch Lotta Jönsson war sich sicher. So sicher, dass sie, obwohl sie aufgrund ihrer Schulter – oder, besser gesagt, eines langen, üblen Risses im Schlüsselbeinknochen – nicht mit ihrem Laptop arbeiten konnte, ihre erstaunliche Geschichte in ein Diktafon diktieren konnte. Sie lieferte über den Fall Vagnman den Knüllerartikel aller Zeiten ab, noch bevor die Röntgenbilder analysiert worden waren. Ein Coup, der ihr den Job bei der *Kvällspressen* absolut sichern würde.

Der Wert von Per Vagnmans Bildern würde ebenfalls in astronomische Höhen schnellen. Ein Vermögen, das nun niemand anderem als dem allgemeinen Erbschaftsfonds zufallen würde. Per hatte sein Ziel erreicht – wenn auch zu spät.

Carl Lincll erwachte allmählich aus dem Koma. Erwachte in einem völlig anderen Leben – einem Leben als Invalide.

Gårdeman ging an jenem Tag besonders früh nach Hause. Auf dem Heimweg entschied er sich, ihre Wohnung nicht eines einzigen Blickes zu würdigen. Aber er tat es trotzdem. Würde er Svenningssons Gesellschaft wirklich so leicht in den Wind schießen? Okay, sie waren nur Freunde – aber für wie lange?

Joakim Hill kam ausnahmsweise auch rechtzeitig zum Abendessen nach Hause zurück.

Nur dass Catharina und Bianca nicht zu Hause waren.

Es roch gut aus der Küche, der Fernseher war an, und ein Videofilm mit den Teletubbies lief ohne Publikum. Das Licht im Bad brannte, aber die Wohnung war vollkommen leer.

»Hallo? Catharina?«, rief er und wurde plötzlich unruhig.

Er verscheuchte das unbehagliche Gefühl und warf einen Blick in das Schlafzimmer.

Ebenfalls leer.

Da hörte er ein Geräusch. Ein seltsam knirschendes Geräusch und … Gekicher! Er spitzte die Ohren und vernahm ein immer deutlicheres Rasseln.

Es kam aus dem begehbaren Kleiderschrank. Er riss die Tür auf, und da saßen sie. Catharina und Bia fuhren die Tanklok 89 von Märklin, dass es in den Kurven rauchte, und lachten der Gefahr direkt ins Gesicht.

»… u … Pa …! … u … Pa …!«, schrie Bia fröhlich, als sie ihren Papa sah.

Das Rätselraten hatte ein Ende: Sie wollte unbedingt, dass Papa sah, was für einen Einfall seine Mädels gehabt hatten.

»Hallo, Liebling«, sagte Catharina, stand vorsichtig auf, um sich den Kopf nicht an der Schräge anzustoßen, und gab ihm einen langen, verheißungsvollen Kuss. »Wie ist es gelaufen? Wisst ihr jetzt, warum er das alles getan hat?«

»Klar ist auf jeden Fall, dass er es wegen des Geldes gemacht hat. Aber was ihn so weit getrieben hat, selbst vor Mord nicht zurückzuschrecken, wird vielleicht nie beantwortet werden. Wenn du mich fragst, hatte der Mann ›nicht alle Hühner im Stall‹, wie wir auf dem Präsidium zu sagen pflegen.«

Die Redewendung sprach für sich. Catharina lachte auf und ging in die Küche.

Sie hatte einen herrlichen Coq au Vin zubereitet. Der junge Hahn, der lange auf kleiner Flamme in seiner braunroten Soße vor sich hin geköchelt hatte, duftete wunderbar nach frischem Thymian.

»Es fragt sich nur, wo wir den Platz hernehmen sollen, wenn wir auch noch Modelleisenbahn fahren wollen«, meinte Catharina zwischen zwei Bissen. »Wir brauchen mehr Schienen und Wagen.«

»Dann müssen wir wohl ein Haus kaufen«, erwiderte Joakim und erhob ein Glas Agramont Cabernet Sauvignon auf das Wochenende.

»Haus …?«, überlegte Catharina und fand, dass der Gedanke ebenso gut schmeckte wie der Hahn. »Und was meinst du, wo das Haus liegen soll?«

»Ich kann mir sogar vorstellen, dass …«

Das Telefon klingelte, bevor er das Staatsgeheimnis lüften konnte, wo er sich vorstellen konnte, nach einem Haus zu suchen.

»Hill«, meldete er sich, während er einen Bissen von dem jungen Hahn hinunterschluckte.

»Grüß dich, Joakim«, sagte Sahlman, »ich hoffe, ich störe nicht, aber es gab gerade einen bewaffneten Überfall draußen in Väla …«

Nachwort und Dank

Die Kunst zu sterben ist eine fiktionale Geschichte, eventuelle Ähnlichkeiten mit realen Personen oder Geschehnissen sind rein zufälliger Natur.

Allerdings haben mir viele Menschen dabei geholfen, dem Buch eine realistische Prägung zu verleihen, und großzügig ihre Zeit und Erfahrung mit mir geteilt.

Großer Dank gebührt Kriminaltechniker Lars Henriksson, Helsingborg, für Inspiration, Unterstützung und Einblicke in die Geheimnisse der Kriminaltechnik sowie der heiklen Arbeit im Zusammenhang mit der Sicherung von Beweisen am Tatort.

Dank gebührt ebenso Kriminalkommissar Börje Sjöholm und Kriminalinspektor Anders Rahl, Helsingborg, für ihre Informationen über die Vorgehensweise der Polizei bei den Ermittlungen und den Verhörroutinen.

Dank ebenfalls an den Pressesprecher der Helsingborger Polizei, Charley Nilsson, sowie an das übrige Helsingborger Präsidium, das mit seinem Wissen und seiner Erfahrung rund um die Polizeiarbeit unersetzlich für die Authentizität der Geschichte war.

Besonderer Dank gilt der Assistentin Birgitta Nilstun von der Polizei in Lund, Inger Ekström mit Familie, Rolles Imbiss in Lund für Ansporn, Hilfe und Unterstützung vom allerersten Anfang an.

Und schließlich nicht zuletzt meiner Familie herzlichen Dank, die die Aufregung erträgt, die das Fertigstellen meiner Bücher stets mit sich bringt!

INGER FRIMANSSON

»Frimansson lesen heißt, nah an den Menschen zu sein – und an den Abgründen, in die sie blicken.«

WESTFÄLISCHE ALLGEMEINE ZEITUNG

73245 / € 9,00 [D]
Erscheint im September 2004

Als Tobias Vater nach einem Unfall ans Bett gefesselt ist, verlässt dieser Stockholm, um nach Hause zu fahren. Dort erwartet ihn eine seltsam aufgeheizte Stimmung – und eine Stiefmutter, die attraktiver ist, als allen gut tut.

»Sie ist die Einzige in Schweden, die es mit Minette Walters aufnehmen kann.«

LÄNSTIDNINGEN SÖDERTÄLJE

72832 / € 9,00 [D]

In einem Anfall von Raserei hat Beth, die sich bedroht fühlte, einen vollkommen harmlosen Mann getötet. Gemeinsam mit ihrem Mann Ulf beschließt sie, den Leichnam zu begraben und das Verbrechen zu verschweigen.

72730 / € 9,00 [D]

Zwei Feuerwehrmänner sind tot – einer angeblich einem obskuren Unfall zum Opfer gefallen, der andere ermordet. Besteht eine Verbindung zwischen den Toten? Hat man es gar mit einem gerissenen Serienmörder zu tun?

btb
www.btb-verlag.de